本书获国家社科基金一般项目"当代英语小说中的衰老创痛主题研究"（项目编号 14BWW067）

杭州师范大学人文社会科学振兴计划项目

杭州文化国际传播与话语策略研究中心资助

当代英语小说中的
衰老创痛主题研究

邓天中 著

A Study on Aging and Trauma
in Contemporary English Novels

中国社会科学出版社

图书在版编目(CIP)数据

当代英语小说中的衰老创痛主题研究 / 邓天中著 . —北京：中国
社会科学出版社，2021.11

ISBN 978-7-5203-8752-1

Ⅰ.①当… Ⅱ.①邓… Ⅲ.①英语文学—小说研究—世界—现代

Ⅳ.①I106.4

中国版本图书馆 CIP 数据核字 (2021) 第 138214 号

出 版 人	赵剑英	
责任编辑	宫京蕾	周怡冰
责任校对	秦　婵	
责任印制	郝美娜	

出　　版　中国社会科学出版社
社　　址　北京鼓楼西大街甲 158 号
邮　　编　100720
网　　址　http：//www.csspw.cn
发 行 部　010-84083685
门 市 部　010-84029450
经　　销　新华书店及其他书店

印　　刷　北京君升印刷有限公司
装　　订　廊坊市广阳区广增装订厂
版　　次　2021 年 11 月第 1 版
印　　次　2021 年 11 月第 1 次印刷

开　　本　710×1000　1/16
印　　张　22.75
插　　页　2
字　　数　387 千字
定　　价　138.00 元

目　　录

第一部分　结构性衰老创痛理论

第二部分　衰老创痛的文本呈现

第三部分　衰老创痛之"意义"出路

引　言

"文学即人学"表示人们希望通过文学来定义人生。人这样一个千古"斯芬克斯"之谜充满了永远的变数。在西方，德尔菲（Delphi）阿波罗神庙入口处的上方用希腊文清晰地镌刻着"认识自己"（γν ῶθι σεαυτόν：know thyself）。人生一世匆匆如白驹过隙，难得如愿真正找到自我，难以活出自己的生命意志。人要穷自己有限生命之一生一世，完成生命本来的可能使命，并且首先要在可能的情况下实现自己的"自然寿命"。汉语文化讲"盖棺论定"，真正该盖的"棺"当然最好是指完成自然寿命的死亡，不然"向使当初身便死，一生真伪复谁知"？

虞建华教授讲"老人才是真正意义上的被边缘化的群体。在社会动荡年代，老人往往是首当其冲的受害者；即使在和平岁月，老人也是社会中最大的弱势群体。相对而言，对老年的探讨则在文学中少有真正的关注"①。费瑟斯通则把消费社会里老年比作人类的"子类或近支"（para-human），是"一支受压迫的小股力量"②。波伏娃说"老年暴露了我们整个文明的失败"③。她还说，"是老年，而不是死亡，在与生活对立"④。用年龄来作为视角思考文学作品中人物在不同年龄阶段的行为特征即"年龄研究"（age study）⑤，人物的"年龄"已经成为一个探讨文学的重

---

① 虞建华：《解读人生年轮的刻记（代序）》，邓天中：《尢龙有悔的老年：利用空间理论对海明威笔下老年角色之分析》，中国社会科学出版社 2011 年版，第 1—4 页。

② Mike Featherstone, "Post-Bodies, Aging and Virtual Reality," p. 232.

③ Simone De Beauvoir, *Old Age*, Trans. Patrick O'Brian（London：Andre Deutsch and Weidenfeld and Nicolson, 1972），p. 543.

④ Beauvoir, *Old Age*, p. 599.

⑤ Sarah Falcus, "Literature and ageing," in *Routledge handbook of cultural gerontology*, edited by Twigg, Julia & Martin, Wendy（NY：Routledge, 2015），pp. 53-60.

要选择，是文学批评中"最后的差异，是不曾明说却又无法回避的战场，不仅仅是主体与主体之间的差异，也是主体内部的，主体都是从各自年轻的自我中被放逐出来的"①。从广义上讲，儿童文学研究、成长小说研究、中年危机研究，以及本研究中的老年角色研究，都属于年龄研究的范围。

年龄与文学研究的结合，与全球人口老龄化同步，催生了全新的跨学科平台——文学老年学（literary gerontology）。虽然经历了几十年的长足发展，文学老年学在文学性、老年社会性之间仍然摇摆不定，严重制约了其理论建构。

（一）文学与老年学的跨学科背景

第二次世界大战结束后，以美国为代表的西方出现了"生育高峰"（baby boom），到了 20 世纪 80 年代出现大量的"准老人"（即到了"年近半百"的成年关键期并有了明显的衰老意识），西方文化中开始出现"空巢"现象（Empty nest syndrome），出现了"年轻老人"（the young old）与"老老人"（the old old）这些概念，即老年学意义上的"第三年龄"（the Third Age）与"第四年龄"（the Fourth Age）。前者指年龄到了文化或公认标准认定的衰老年龄却生活能够完全自理的老人；后者指因衰老而卧病在床需要依赖他人照料②、包括大脑失智的老人。二者并不存在"年龄"意义上的区别，只是衰老依赖程度上的区别。在这种人口结构的革命性变化背景之下，学术界开始做出相应的反应，出现了文学批评与老年学结合的强劲势头，文学老年学开始萌芽，安妮·M. 怀亚特-布朗（Anne Marbury Wyatt-Brown）在 1990 年《衰老研究杂志》（*Journal of Aging Studies*）上"最早"③

---

① Victoria Bazin；White, Rosie, "Generations: Women, Age and Difference," *Studies in the Literary Imagination* 39 (2) (2006), pp. i-xi.

② Christopher Ball, "Reflections on the Third Age," *Quality in Ageing-Policy, practice and research* 3 (2) (2002), pp. 3-5, 4.

③ W. Andrew Achenbaum, Daniel M. Albert, *Profiles in Gerontology: A Biographical Dictionary* (Westport, Conn.: Greenwood Publishing Group, 1995), p. 639.

宣布"文学老年学成年"①，"文学老年学"这一概念正式进入学术视野。虽然在当时相关学术研究成果算不得特别丰富，但数量却一直在增加。怀亚特-布朗的这篇文章在 1992 年又被收录到托马斯·R. 科尔（Thomas R. Cole）编著的《人文主义与衰老手册》一书②，2000 年该书再版时，怀亚特-布朗又重新撰文《文学老年学的未来》③，怀亚特-布朗几十年来一直坚持从文学的角度来阐释衰老问题，为文学老年学的发展做出了长足的贡献。

在文学老年学的影响下，跨学科结合迅速得到学术界的广泛响应。在 20 世纪 90 年代，又先后出现了"叙事老年学"（narrative gerontology）④、"衰老诗学"（poetics of ageing）⑤，这些学科名称与主张虽然各有差异，但总体上都追求以文学的手段或视野来考察人类整体的衰老状况，来思考当代文明社会所无法回避的人口结构与人类文明的衰老进程。衰老主题也成了我们文学财富的重要组成部分，在当前作家作品中变得尤为突出⑥。

文学与老年学的这种结合针对的是生命科学与社会学这些传统领域里老年学研究在思考人类衰老现象时的不足，希望借助文学艺术的丰富想象力与虚构真实，特别是文学所独有的悠久人文关怀与呵护传统，来探讨在衰老边缘的生命的质量。

作为一个对文学老年学贡献卓著的学者，怀亚特-布朗肯定了前期学者的研究努力，但也在努力克服其中的不足。例如她在讨论作品中的衰老

---

①　Anne M. Wyatt-Brown, "The Coming of Age of Literary Gerontology," *Journal of Ageing Studies* 4 (1990), pp. 299-315.

②　Anne M. Wyatt-Brown, "The Coming of Age of Literary Gerontology," in *Handbook of the Humanities and Aging*, Thomas R. Cole, Robert Kastenbaum, Ruth E. Ray (eds.) (NY：Springer, 1992).

③　Anne M. Wyatt-Brown, "The Future of Literary Gerontology," *Handbook of the Humanities and Aging*, Thomas R. Cole, Robert Kastenbaum, Ruth E. Ray (eds.) (NY：Springer, 2000), pp. 41-61.

④　Mike Hepworth, *Stories of Ageing* (Buckingham：Open University Press, 2000). 另见 Gary Kenyon. *Storying Later Life：Issues, Investigations, and Interventions in Narrative Gerontology* (Oxford；New York：Oxford University Press, 2011).

⑤　William L. Randall & McKim, E., "Toward a Poetics of Aging：the Links between Literature and Life," *Narrative Inquiry* 14 (2) (2004), pp. 235-260.

⑥　Maricel Oro-Piqueras, "Narrating Ageing：Exploring Older Women's Attitude to Aging through Response," *Journal of Aging Studies* 27 (2013), pp. 47-51.

时，就刻意加入了前期普遍忽视的作者创作年龄、作者在作品中表现出来的对青年与中年的态度差异对比等因素。她在研究中坚持对文学性的关注，批评了部分学者在与人文主义老年学之间的结合时过于急迫地将历史、宗教、哲学和艺术联系起来分析衰老的做法，认为这容易将文学虚构看成社会数据；同时，前期文学老年学习惯于从文学文本中的创造性与超越的角度来探讨作家心理、衰老现象学，同样存在一定的将问题简单化的风险，比如将相应文学文本特征与心理学理论生硬地结合于文本分析。

怀亚特-布朗作为一位女性学者，对女性批评理论自然更感兴趣，她因而特别强调，诸多的心理学理论基本上只顾及老年男性特征，而忽视了老年女性的存在。在她的影响下，后来的文学老年学批评就几乎成了女性主义批评的天下，详情后面还将进一步论及。

怀亚特-布朗提出"整体人生"的概念（entire life）①，认为这是我们企图了解老年艺术家所创作的文学作品的相应艺术特色的必由之路，不仅仅是为了讨论在文学作品中"老年"是如何被虚构、被表现的，也希望让人类从老年人物中学到有益的东西，从而反思一个社会、一个具体的个人该如何理想地衰老、该如何在人生的每一阶段里既享受生活的福祉又能对社会有所贡献、如何在老年却仍可以恬淡地接受死亡，真正实现诗人所设想的"生如夏花般灿烂，死如秋叶般静美"，让老年能以诗性的闲适来总结一生的得失，来思考如何以宁静的心情来迎接那无法回避的死亡。

另一位对文学老年学贡献较大的是美国华盛顿大学人文学科主任伍德沃德（Kathleen Woodward），她先后编辑出版了《记忆与欲望》（*Memory and desire：aging，literature，psychoanalysis*，1986），著作有《衰老与不满》（*Aging and its discontents：Freud and other fictions*，1991），并发表了大量与文学老年学相关的学术论文。伍德沃德将精神分析与文学作品放在一起来探讨衰老，她提出"老年镜像期"的概念弥补了弗洛伊德与拉康"婴儿镜像期"对衰老的忽视，对镜像期在晚年生活中的特别表现提出了自己独立的思考②。再后来，伍德沃德提出，老年人通常会回避他们的镜像，借以回避岁月留下的残酷印记。他们经常会从别人的反应中了解到岁

---

① Anne M. Wyatt-Brown, "The Narrative Imperative：Fiction and the Ageing Writer," *Journal of Ageing Studies* 3（1）（1989），pp. 55-65，55.

② Kathleen Woodward, *Aging and its discontents：Freud and other fictions*（Bloomington：Indiana University Press 1991），p. 68.

月给自己带来的变化，伍德沃德总结说，如果老人们能够暂时地忽视自己的衰老，可以起到"心理缓刑"（psychic reprieve）①的作用。从文学文本分析的角度提出这些关于衰老的心理概念，除了对心理学研究有特别突出的贡献外，也为老年人的成长，特别是精神与心理成长准备了厚实的理论基础。

　　在这些前期先驱学者的影响下，文学老年学的著述日渐丰富。其中古列特（Margaret Morganroth Gullette）算得上一位比较专注的文学老年学方面的学者，她的四部书均与文学、文化中的年龄或衰老直接相关，其《文化催人老》（Aged by Culture，2004）一书影响颇大，获同年普利策奖提名。古列特明确表达了对文学老年学理论建构的设想，尖锐地指出是当代的青春膜拜文化在催着人们迅速地老去："我们需要了解的一个基本观点就是，不管身体发生了怎样的变化，人类首先是被文化催老的……年龄意识形态是我对整个规范系统的缩略表达。"②她希望找到一种理论可以"实用，明了，个性化，有诗学特征，有思考性，有激情"③。而且，作为一位女性学者，她很难能可贵地一反该领域里其他女性批评工作者的常见批评姿态，指出"男性衰老是一个真正的禁忌主题"④，她反对衰老研究中过分的性别区别。她曾用年龄自传（age autobiography）来探讨"退步—进步"的文化叙事以及她所定义的"年龄社会化"（age socialisation），试图替代老年思考中被过分强调的性别偏差。在此基础上，古列特又进一步指出前面学者用到的"年龄身份"（age identity）与"衰老身份"（ageing identity）是一对相近概念，实际上是"年龄意识"（age consciousness），而且都带有明显的老年歧视色彩⑤。她认为老年人性别不分与生活的"无角色状态"（rolelessness），在一定程度上会带来老年危机感："老年生活无角色状态对男人来说是一个严重问题，对女人来说是一个更大危机，而且开始得更早。容颜、生育能力、生产能力都已逝去，我们文化中步入中年的女性，虽然在大多数情形下离死亡还有非常漫长的距

---

① Woodward, *Aging and its discontents*, p. 69.

② Margaret M. Gullette, *Declining to Decline*: *Cultural Combat and the Politics of the Midlife* (Charlottesville, VA and London: University Press of Virginia, 1997), p. 3.

③ Gullette, *Declining to Decline*, p. 11.

④ Gullette, *Declining to Decline*, p. 106.

⑤ Margaret M. Gullette, *Aged by Culture* (University of Chicago Press, 2004), p. 124.

离，却在经历着过早的因忽视致死（death-by-invisibility）。"古列特指出老年文化中的"男女皆宜的性别模糊"（unisex blur）现象，远不止是女性，"男性也在与更年轻的男性竞争，物化青春，购买再春"。古列特因而得出结论说"年龄凌驾于性别之上"①。

针对部分学者认为衰老主题文学较多呈现了"衰败的过程"，充满"阴暗的、令人不快的老年画面"②，古列特认为情况并不完全如此。她讲衰老意识是生命历程中的下坡路，因此，我们要学会超越而不是简单地聚焦于"老年"③。在这一点上，她与伍德沃德的"心理缓刑"的衰老观形成了一定的呼应。

文学老年学的跨学科性除了像这几位学者把自己的大部分（如果不说毕生的话）精力放在研究文学如何面对老年学的各种复杂问题之外，还体现在有大量的文化学者或文学学者不时地将自己的研究焦点对准文学作品中的老年书写。霍普沃斯（Mike Hepworth，1957—2012）是英国的文化老年学学者，他的许多研究材料都来自文学作品，他也曾致力于希望通过文学老年学来建立一个自己的空间，有针对性地批判与老年相关的情感原型④，其中最典型的就是衰老过程的过分悲观主义⑤与文化中的"仇老"（gerontophobia）现象⑥。这些都明显区别于传统文学批评所希望关注的母题。更进一步地，霍普沃斯"要让作为读者的你来探索小说作为想象的资源来理解社会中衰老经历的含义"⑦。

概括来说，文学老年学从出现到兴盛，从研究人员到关注话题，都呈现出典型的跨学科，甚至是跨多学科的特征，直接面向社会现实的迫切需

---

① Gullette, *Aged by Culture*, p. 44.

② Celeste Loughman, "Novels of Senescence: A New Naturalism," *The Gerontologist* 17 (1977), pp. 79–84.

③ Gullette, *Aged by Culture*, pp. 3–20.

④ Mike Hepworth, "Aging and Emotions," in *Emotions in Social Life*: *Critical Themes and Contemporary Issue*, edited by Bendelow, G. and S. J. Williams (London: Routledge, 1998), pp. 173–188.

⑤ Joe Bailey, *Pessimism* (London and New York: Routledge, 1988).

⑥ Richard Freedman, "Sufficiently Decayed: Gerontophobia in English Literature," in *Aging and the Elderly*: *Humanistic Perspectives in Gerontology*, edited by Stuart F. Spicker, Kathleen M. Woodward, and David D. Van Tassel (Atlantic Highlands, NJ: Humanities Press, 1978), pp. 49–61.

⑦ Mike Hepworth, *Stories of Ageing*, p. 1.

要，是在全球老龄化背景下由"问题倒逼"催生出来的跨学科学术。文
学老年学的这种对现实问题的浓厚兴趣和跨学科特色是其主要学科特征，
但这也使得其学科建制、理论体系方面的问题比较突出，总结起来，主要
体现在以下几个方面：

第一，由于文学老年学的前期研究人员像怀亚特-布朗、古列特、伍
德沃德等，都是女性学者身份，而且她们又都是从明显女性主义批评理论
背景中将自己的批评关注转向文学中的衰老的。这就使得即使在今天，整
个文学老年学仍然呈现出以女性作家、作品中的老年女性或她们的衰老意
识为研究内容的"一边倒"的性别倾向，似乎衰老的人群中只有女性。
例如，布里南就在她的《近期小说中更老的女人》（*The Older Woman in
Recent Fiction*）一书中，在没有多少太让人信服的选择理由的前提下，声
称要聚焦于英美小说中"当代女性作家笔下的老年女性形象"①。

"女性主义理论"是文学老年学"最强劲发动机之一"②，为文学老
年学做出了非常大的贡献。华莱士认为这或许就是文学老年学走得如此深
远的一个原因③。在"青春迷信"的西方文化中，老年就是"他者"，是
文学作品"让我们凭着想象把我们自己的衰老联系起来"，让我们了解那
些比我们"更老"的世界，从而来理解我们文化中的年龄与衰老④。女性
批评将老年文学作为自己的"最后阵地"，奇利·罗素（Cherry Russell）
直接说"衰老在很大程度上是女性现象"⑤。

我们承认女性批评为文学老年学做出了巨大贡献，也认同老年女性在
人口比例上以绝对的优势压倒了老年男性——但很难说这是女性的或者文
化的幸运还是不幸。我们甚至还可以承认，由于文化与历史的诸多原因，
老年女性比他们的异性同伴在漫长的人生长河中遭受了更多的艰辛甚至是
创痛经历；但是，不争的常识是：男性也会衰老，也会像女性一样遭遇各
种衰老问题，女性主义批评实在没有必要将她们好战的姿态延伸到文学老

---

① Zoe Brennan, *The Older Woman in Recent Fiction* (McFarland & Co Inc Pub, 2005), p. 1.

② Diana Wallace, "Literary Portrayals of Ageing," in An *Introduction to Gerontology*, edited by
Ian Stuart-Hamilton (Cambridge University Press, 2011), pp. 389-415, 400.

③ Wallace, "Literary Portrayals of Ageing," p. 391.

④ Wallace, "Literary Portrayals of Ageing," p. 389.

⑤ Cherry Russell, "Ageing as a Feminist Issue," *Women's Studies International Forum*, 10 (2)
(1987), pp. 125-132.

年学中来。我们需要承认，虽然在老年性别差异还依然存在，例如卡罗琳·赫布拉恩指出女性生命轨迹迥异于男性："或许仅仅是在老年，明显是五十之后，女人可以不再是女性扮演者，可以利用这一机会来颠倒她们最珍爱的'女性'原则。"① 这无疑是给衰老中的女性一次从传统性别歧视中解放自己的机会——文学老年学确实赋予了女性更多的成长机会，但这些机会都不是在研究中无视男性存在的理由。性别的战争硝烟弥漫了整个文学老年学研究的历史，使得以前的文学老年学几乎变成了"女性文学老年学"。在当代文学老年学研究中的老年男人的话语，或者建构一种无明显性别差异、歧视的话语也就提上了研究日程。何况在我们所读过的文学作品中有数量巨大的老年男性作家、老男人文学形象，还有许多从事老年研究工作的男性学者，在他们的作品中对男性的关注也是一个值得我们探究的重要话题。

　　第二，文学老年学研究中存在的另外一个问题是，文学老年学的学科杂交特性使得其在研究过程中摇摆于文学与社会学问题的两个极端，因而未能充分凸显其本身的专业特色。文学老年学的问题取向固然是直接面向各类社会问题，但毕竟在本质上区别于社会学科研究，其分析来源主要还是文学文本。文学老年学的出发点是考察文学对年龄的处理，包括批评工作者是如何讨论衰老与文学的关系②，大量的文学文本虽然呈现了各种衰老景象，但真正的文学研究领域里对衰老的关注焦点还并不突出，文学素材的"文本特征"没有得到合理的解决。应该说这种情况正在得到一定的改观，西方的一些英语主流文学批评杂志如《文学想象力研究》（*Studies in the Literary Imaginations*）、《当代妇女写作》（*Contemporary Women's Writing*），与老年学领域里的权威杂志如《老年学家》（*Gerontologist*）都不断发表高质量的文学老年学方面的研究论文，表明文学老年学逐渐得到专业文学领域与权威老年学领域的各自认同与接纳；但从总体上讲，文学领域里对衰老的关注，还远远滞后于人口老龄化的进程，甚至远远落后于文学作家在这一方面的努力。另外，在高等教育领域内目前尚无相应的学科建制，在读的文学博士也未见这方面的研究③。

　　第三，文学老年学存在如何建构自身理论体系的困惑。文学不只是反

---

① Carolyn G. Heilbrun, *Writing a Woman's Life* (London: Women's Press, 1988), p. 126.

② Falcus, "Literature and ageing," p. 54.

③ Falcus, "Literature and ageing," p. 58.

映、反射社会、世界，而且是社会重要的组成部分，并参与社会的形构①。也就是说，文学即社会，文学本身既是老年学，也是人类文化及人类衰老过程的一个重要组成部分。文明在衰老，文学也有其诞生、成长与衰老的过程，文学与社会存在互动性的、交叉的衰老过程。教育体制内的学术建制与专业研究团队、项目的不足与文学老年学批评理论上的缺失有可能会形成一定的批评落差，即社会的强大需要与体系性理论建构的不足会导致某种意义上的恶性循环，会使得文学老年学研究在学术热闹的影响之下，过分受到文学文本或社会问题的掣肘，在一些常见研究问题上集中过多、过浅的重复讨论，不能够真正地把问题推向深入。

文学老年学界都在抱怨"理论"的欠缺，怀亚特-布朗也指出了文学老年学依然在沿袭这种缺少理论建构的传统②。尽管华莱士认为心理分析、后现代与后结构主义理论都可以在文学老年学中得到充分应用，但我们既不能停留在就事论事地孤立分析文学角色的衰老状况，也要防止将一切理论应用不加选择地应用于其中的倾向，而是需要采取全面、综合的整体手段在一个全景语境中有针对性地看待人的衰老③。

文学老年学要借鉴人类学以及自然科学领域对老年病理研究的成果，包括老年失智现象、近死理论，甚至黑洞理论、事件视界等概念。文学老年学依托丰富的文学文本与文学批评理论，与老年学联姻，对外来批评有着较大包容性。例如马克思主义空间批评理论，将人的生命空间视为社会生产的历程，从空间角度来看，（人的）空间生产从身体与器官开始，将这种理论应用于文学老年学分析，"身体是空间生产的加工场所、空间行为的发生场所。从身体开始，个人空间通过向外部空间不断伸展其与外界的关系来建造自己的领域"④。分析文学老年角色，可以围绕老年人以身体为核心的空间生产来展开。

因此，文学老年学的"理论缺失"不是一种真正意义的缺失，而是

---

① Falcus, "Literature and ageing," p. 54.

② Anne M. Wyatt-Brown, "Introduction: Aging, Gender, Creativity," in *Aging and Gender in Literature: Studies in Creativity*, edited by Wyatt-Brown and Rossen (Charlottesville: London: University Press of Virginia, 1993), p. 3.

③ Wallace, "Literary Portrayals of Ageing," p. 406.

④ 邓天中:《尤龙有悔的老年：利用空间理论对海明威笔下老年角色之分析》，中国社会科学出版社 2011 年版，第 201 页。

面对更加广泛的理论体系交叉时如何取舍，以期建构更适合于批评需要的问题。当然，文学老年学在批评视野与批评实践方面还存在这样或那样的问题，比如酷儿理论、外来移民的衰老等理应受到关注的话题尚未进入文学老年学的讨论中来①，这些都需要在后来的研究工作中有针对性地加以解决。但更加急迫的问题是，如何更加深入地走向作家作品，寻找文学本身独特的机制是如何解释人类衰老状况，如何养老、敬老，特别是如何解决老年生命的意义与老年成长空间的问题。

（二）　问题导向的衰老与创痛

人文主义老年学的一个基本问题是要阐释"老年的意义"（the meaning of old age），要"跨越衰老的躯体进入自己的思考"②。之所以会在生命的这个时间段提出这个问题，一是由于生命的意义首先是要活下去，人死了生命就没有了"意义"；二是只有到了老年，"人一定会死"这样一个生命常识性话题才如此迫切地摆在人们的面前。

人们对生的无限热爱，导致了对死的无限恐惧与好奇。几乎没有人（选择自杀或安乐死的除外）能够准确地知道自己会在哪一天死去，死亡又是如何真正地降临。文学作品中许多与老年或衰老相关的话题都在与死亡发生关联，像海明威等一大批作家那样直接将老年等同于死亡③，而在像奥斯特（Paul Auster，1947—）那样一批后现代作家那里，老年形象甚至被用来"思考整个人类文明的衰老与死亡"④。但诚如美国当代著名作家唐·德里罗在小说《白噪音》中说的那样："每一个人的死亡都来早了。我们没有科学上的理由不可以活 150 岁。按照我在超市里看到的报纸

① Falcus, "Literature and ageing," p. 58.

② Thomas R. Cole & Ruth E. Ray, "Introduction," in *Handbook of the Humanities and Aging*, Thomas R. Cole, Robert Kastenbaum, Ruth E. Ray（eds）（Springer Publishing Co, 1992），pp. xi-xxii, xvi.

③ Tianzhong Deng, "Hemingway's aged characters as the symbol of death," in *Death in Literature*, edited by O. Hakola & S. Kivistö（Newcastle：Cambridge Scholars Publishing, 2014），p. 115.

④ 邓天中：《当代英语小说中老年叙事研究》，中国社会科学出版社 2013 年版，第 6 页。

头条标题所说，有些人真活那么长。"① 人们一方面无法享受天然寿命，另一方面还以文化的方式让有限的寿命质量大打折扣——哪怕就是以我们今天见怪不怪的百岁高寿而论，大约在人们刚刚六十岁甚至更早的时候，我们就从社会与文化的角度把他们叫作"老人"。奥斯特在小说《密室中的旅行》中有过这样的观察："'老'这个词儿大有伸缩余地，你可以用它来形容任何一个六十岁至一百岁的人。"② 这就是说，文化凭着固有的歧视与残酷，将至少四十年的人生光阴，就这样简单地用一个"老"字轻松带过，将其等同于死亡。

也有作家比如菲力普·罗斯、多丽丝·莱辛等，会用老年便溺失禁来隐喻死亡③，凸显了衰老与死亡的关联深深地扎根于人类文化传统之中，看到了衰老对生命质量的威胁，也看到了灵魂无所归处的苦闷。

在文化学与社会学的学术中，与老年男性公民相关联的一个词是"脏老头"（dirty old man），光是字面就给人以道德与伦理指责的联想。但是，在作家笔下，这种现象却恰恰表达了老年人对文化老年歧视的愤怒。面对死亡的恐惧，老年人（当然不止于老年人）会有许多奇怪的行为举止。坊间戏称，不知是如今的"老人变坏"了，还是曾经的"坏人变老"了。老人群体中出现了不少的老年失德、为老不尊的现象，集中表现在对待"性"，尤其是代际之间的性关系上，所谓"怀里搂着下一代"的"脏老头"现象。这种文化现象背后体现的恰恰是西方语境下的原型隐喻，即把生命理解为爱神艾洛斯（Eros）与死神桑那托斯（Thanatos）之间的角逐。当爱神处于上风时，生命就呈现出勃勃生机；当死神临近时，生命就垂垂老矣。老年人为了摆脱死亡与衰老相关的阴影，有时就会主动去拥抱爱神。

面对一个全球范围内日渐衰老的人口所共同构成的衰老文化与衰老文明，面对人人都有的衰老恐惧与衰老可能，文学如何描写这种变化中的文化，特别是如何定义衰老，如何从人文主义的视角来贡献于人类衰老进程中的福祉，就成为不少作家、文论家、哲学家所共同努力的前景。西方的

① ［美］唐·德里罗：《白噪音》，朱叶译，译林出版社 2012 年版，第 313 页。

② ［美］保罗·奥斯特：《密室中的旅行》，文敏译，人民文学出版社 2008 年版，第 1 页。

③ Tianzhong Deng, "Traumatic Incontinence of Old Age in Contemporary Fiction," in *Ruptured Voices*: *Trauma and Recovery*, edited by Karen O' Donnell (Oxford: Inter-Disciplinary Press, 2016), pp. 41-51.

文学老年学虽然经历了几十年的长足发展，但在研究方向上面对文学性、老年社会性的选择而徘徊不定，特别是未能对老年文学作品中突出的衰老创痛现象进行集中讨论。

（三）　本研究的结构

在挑选研读文本的过程中，我们尽量选择覆盖不同地域的"西方"发达社会中的英语文学。英国、美国自然首当其冲，澳大利亚、加拿大、南非的优秀英语文本也有涉及；在时间上，从 20 世纪 60 年代到 21 世纪不同年代的作品都希望有所体现，以更好地从时间和空间的角度来观察西方社会衰老中所体现的人类盲视与人性结构所带来的各种创痛。在分析思路上，从分析与衰老相关的创痛的文本呈现方式，到小说中所体现的归因状况，再到小说所提供的关于如何走出创痛的手段，即实现拉卡普拉所设计的与结构性创痛的"相安无事"。

本书的主要内容共分为三部分十四章。第一部分包括第一章，从理论的角度为本研究设定基本的分析框架。人物的年龄当仁不让地成为首要参数，既包括老年主角的当前年龄，基本上从 50 岁左右一直到 90 岁左右的年龄；也包括小说对他们在不同年龄阶段的回忆或描写；还包括小说中人物因所处年龄阶段的不同所表现出来的差异，如莱辛的小说里将 20 岁左右的年轻女性与 40 岁后期的中年白领与 90 岁的高龄老人同时并列描写，重点讨论年龄作为主要因素在分析理论上的意义与方法。第二个分析参数主要是老年人物的创痛表现，包括他们当前正在遭受的因衰老而导致的身体痛苦，也包括他们的精神孤独、自我厌恶与仇恨。在对创痛研究中重历史性创痛、轻结构性创痛现象进行综述讨论之后，提出文学作品对分析结构性创痛的优势。第三个参数是围绕老年人物所呈现出来的情感结构性特征，包括他们对爱的渴求与爱的缺失状况。在依托威廉斯的"情感结构"理论基础上，探讨了对情感结构的不同理解与分析思路，以及其对创痛致因与创痛修复的意义。第四个参数是生命意义意识，从心理分析的角度区别"意义意志"与"权力意志"和"唯乐意志"的不同，看到"意义疗法"的不足，提出老年人面对衰老创痛的"存在性真实"时的叙述与书写作为缓解手段的思路。在这四个参数中，年龄是外部客观的而实际上也是表面的致因；创痛是年龄因素所带来的外部"结果"，情感则是老年主体的内心真实感受，生命意义是主体在试图摆脱创痛中的努力①。

第二部分从第二章到第十章，重点讨论当代英语小说中所呈现的衰老创痛的外部体征，基本以小说的发表时间为顺序，包括20世纪60年代的《石头天使》，70年代的《翘辫子》和《秋日四重奏》；80年代的《简·萨默斯的日记》和《男人们够了吗》；90年代的《终曲》《耻》和《人性的污秽》，21世纪的《黑暗中的人》和《失聪宣判》。以时间为一个大致的线索，是希望表明在西方老龄化过程中，人们对于衰老与创痛的文学呈现有一个变化的过程，即从中年作家外部观察、描写老年主人公的情感（如《石头天使》中的哈格、《翘辫子》中的伯纳德），到呈现衰老中的作家试图进入老年人的内心世界与情感诉求（如皮姆的《秋日四重奏》中玛茜娅在衰老过程中的单恋与"述情障碍"），再到对待创痛时老年人中的照顾方式与伦理态度（如《简·萨默斯的日记》和《男人们够了吗》中的养老问题），后现代语境下衰老创痛中的困惑与挣扎（《终曲》《耻》和《人性的污秽》），以及到21世纪小说中衰老创痛呈现方式（如《黑暗中的人》和《失聪宣判》中衰老叙事与症候消费）。

第二章以20世纪60年代加拿大女作家玛格丽特·劳伦斯的《石头天使》为分析文本，讨论老年人面对自己生命前期因各种盲视所导致的选择错误，在老年情感中表现出强烈的自我厌恶。即将死去的90岁高龄的女主人公哈格抱怨命运对自己不公，而事实上正是她不断地给身边的人带来各种麻烦。她拥有一种"天使情结"的双重盲视，即当她迫切渴望神力帮助时，她却感觉得不到命运天使的呵护，并因此怨天尤人；而另一方面自己又想做个天使呵护亲人，但却总是事与愿违。小说让她在临死前突

---

① 在本课题的盲审意见中，有一位专家在充分肯定这四个分析参数的前提下，建议从这四个参数的"某一角度入手"进行分类处理小说的分析，从行文的角度来看，这一建议非常有建设性意义，可以更加方便地看到生命结构性创痛的不同表现侧面；但这四个创痛分析参数是一个"四位一体"的有机概念，即年龄就是创痛——假如人活得足够长，能够接近其天命之年，在他的生命晚年，特别是第四年龄阶段，他就必然因依赖他人和社会而无法面对自己不能做出生命选择这一困境而遭受折磨；创痛就是感受（affect）、情感（feelings），而不是一般意义上的肉体伤痛；情感即生命意义，当生命充满了选择的自由，并能以自己的意志实现这些选择，不断地从中更新并习得生命的意义，生命就无所谓痛苦与折磨。因此，在具体的文学文本的分析中，我们无法将这四个概念分开来看。但是，每一章在讨论创痛的"感受"与"情感结构"时，还是会有一定的偏重。

然开悟，认识到是自己性格中的高傲导致了一生的苦痛与失败，并试图从"小我"的狭隘中走出，接受自己的命运与死亡，一定程度上体现了早期老年小说中的浪漫情怀。

第三章和第四章分析20世纪70年代的两部小说，一部是金斯利·艾米斯《翘辫子》所表述的衰老孤独所带来的痛苦与绝望。小说揭露了老人们的晚年凄凉生活，虽然他们未被描写为常见的因衰老而遭受所谓的"历史性创痛"，但他们租住在一起时对家人探访的期待所体现出的人生晚年"坐以待毙"的凄凉景象让人类的浅薄无情、不懂感恩回报的人性得到了充分的暴露。他们身上也同时反映了在老年人中间非常容易出现的"自我厌恶"的负面情绪。他们中间爱情的缺失，子女的背离，都体现了当代都市生活中强烈的"厌老文化"。这些因素都共同加强了老年人的"死亡冲动"，才最终导致这些老年人在一日之内死去的戏剧性结局。

另一部20世纪70年代的小说是皮姆的小说《秋日四重奏》。小说描写了20世纪70年代的伦敦，四个在同一办公室里共事多年的同事即将退休，传统叙事中的"爱情元素"不断出现，"爱情"却始终没有发生。这种老年无爱、老年不能爱的状况既有历史的原因（如两次世界大战的后遗症），也有都市化的因素。四位年龄并不算太大的老年人身上都体现了"述情障碍"的老年心理现象，爱情的缺失让他们宁愿生活在一种老年的"单恋"情感世界。

第五章分析莱辛的《简·萨默斯的日记》中的中年叙述者观察、照料身边几位90岁高龄的老人，一直到她们死去的经历，思考成年"巨婴"现象。小说对比了90岁的老人和40多岁的成年白领的拒绝成长的幼稚心理，塑造了中、老年阶段仍然是"长不大的妻子、长不大的女儿"的形象，既是对20世纪70年代流行的"女性批评"的反思，也是对人如何在中老年阶段应该继续追求开放与成长的思考，呈现了中年人应该以老年人为师，主动地走向老年人，积极地向他们学习衰老，既了解死亡、了解生命的真谛，也为老年人提供力所能及的帮助，体现了应对老龄化时代一种新的"时间银行"，甚至"情感银行"的思路。

第六章研读玛格丽特·福斯特在20世纪80年代末期发表的小说《男人们够了吗》，讨论居家养老模式中的衰老创痛与情感结构，将居家养老、老人日托与全托的机构养老模式分别进行了对比；以直系子女三人以及儿媳、孙辈不同的情感诉求所共同构成的家庭情感结构为维度，对人类养老模式中存在的各种利弊因素进行了充分的呈现。按照雷蒙·威廉斯的情感结构理论，情感结构是意识形态的萌芽，人口老龄化所改变的不仅仅是人口结构图谱，也体现了老龄化时代的新型意识形态，是衰老社会的政治生态中有待解决的重要课题，关系着每一个社会人对过去、现在和未来的思考方式。

第七章讨论衰老与遗忘和语言的关系，分析澳大利亚女作家西娅·阿斯特利 20 世纪 90 年代的《终曲》中老年主人公语言蚀失的后现代创痛。小说刻画了以澳大利亚为背景的后殖民文化向消费主义文化的转型过程中两代人在主人公的记忆中的背叛，以破碎画面拼凑出一幅马赛克式的衰老景象，既有当代文明在追求经济发展与消费感受过程中对老年人的无情掠夺、剥削和边缘化，也有家人将老年人作为负担来随意抛弃，更有年轻人以仇老的心态将老年人作为戏弄的对象。小说在表面上以老年人中常见的语言蚀失为描写对象，而实际上批判的是老龄化进程中的文化失语。老年人丧失的名词功能，实际上表现了当今社会的无法被命名，人们都停留在消费的感官层面，拒绝赡养老人。

第八章以世纪之交的两部小说——南非作家库切的《耻》（1999）和美国作家罗斯的《人性的污秽》（2000）进行对比分析，看到"脏老头"现象中所隐含的死亡恐惧与挣扎的盲目性。"脏老头"之构成要素包括男女双方必须要有较大的年龄差异（通常可能存在 30 岁以上的年龄差）。同时，小说中所模糊的"性"与"情"差异也在老人身上表现突出。以年龄作为分析变量可以看到，老人在衰老过程中，因为衰老程度的不一样，对性爱对象的选择态度上也有所变化；衰老中死亡的压力会让老年主体将性的取向作为对抗死亡的手段，却也相应地引起广泛的社会关注，形成"脏老头"现象与文化价值的冲突。

第九章分析美国作家保罗·奥斯特的《黑暗中的人》中所表现的作者惯有的政治情怀与老年创痛之间的关系。小说讲述了一位老人如何试图把一生所经历的各种苦难转化成虚构的小说。老年主人公不但无法凭借这种"小说中的小说"来走出创痛，反而还要见证年轻的孙女每日必须经受心灵创痛的煎熬。为了孩子，他开始放弃自己的小说虚构，开始与孙女一同想办法走出创痛。老人给孩子的不是简单的说教，而是陪伴。在陪伴的过程中，他以叙述的方式谈论自己的情感经历，特别是面对自己情感背叛所导致的巨大情感损失与创痛，他检讨自己曾经希望成为一个"情感魔术师"，游走于婚姻情感的温馨与婚外情感的浪漫之间，最终导致丧失最为宝贵的真情与家庭。他的检讨与叙述虽然没有让他本人从创痛中恢复过来，但在很大程度上缓解了孙女的痛苦。

第十章以戴维·洛奇的小说《失聪宣判》为对象，分析小说中一对退休父子都因衰老失聪而遭遇的诸多生活困境，面对衰老过程中身体器官功能衰退的常见特征以及在老龄化时代，"第三年龄老人"（the Third Age）却要伺候比自己更老的"第四年龄"（the Fourth Age）老人，亲情与生活的矛盾严重影响老年人的生活质量。在这种背景下，死亡又成为如影随形的提示符时时出现在老年人的生活之中。小说书名"deaf sentence"与"死刑"（death sentence）之间一个辅音上的细微差别，形成了一种近似文字游戏的张力。在后现代语境下的西方老龄化社会中，表面看来，好像是因为衰老而失聪所导致的各种滑稽可笑的生活画卷，但实际上是深层次的西方话语中"衰老即死亡"的创痛现实。后现代文化的特征之一，就是结构性创痛"症候"被"消费"。老人常常因失聪而无法与别人充分交流，产生许多误解性的滑稽场景，但很明显的是，这种滑稽所生成的短暂感官快乐与幸福体验有着天壤之别；与此同时，后现代文化在死亡的阴影中又以"性"的诱惑和营销来作为"不死"的承诺；死亡面对永生的反讽，让生活中从语言到文化层面，对幸福定义的需要时时萦绕在当代人的心头，但幸福却恰恰完全不可能被定义。

第三部分从第十一章到第十四章，重点观察作品对生命意义的呈现方式，包括主体面对死亡时的挣扎与遗产的定义方式（《遗产》与《凡人》），衰老创痛中的书写与生命意义的产生过程（《鬼作家》与《退场的鬼魂》），以及萨藤随记体写作中的老年生命创痛与生成意义的方式。

第十一章分析罗斯在《遗产》中描写的老父亲便溺失禁，作者感觉到这是父亲留给自己的"遗产"，以近乎"朝圣"的细腻笔法描写对父亲因失禁而带来的耻辱感、自己在清洗现场时的"激动"与"羞愧"相交的复杂心情。老年便溺失禁无论是因老年疾病或仅仅是因为衰老的原因，都让老人与身边的人处于十分难堪的境地，便溺成为了代际沟通的巨大障碍与悖论性遗产。当罗斯得知父亲即将不久于人世，他被巨大的失亲创痛所控制，难以自拔；无神论的他清楚地知道，父亲的一切将会从这个世界上彻底消失，他开始思考用什么样的方式可以让他永远地记住父亲。在对遗产的定义与寻找的过程中，金钱所代表的财富式的普遍性财产、犹太经文护符匣所代表的精神遗产，以及剃须杯所代表的代际身体方面的遗产，都被先后否定；但随着有更多机会照顾垂死父亲的起居，他更多地体会到了父子之间的亲情关爱，并总结认为，关爱陪伴的见证，即使是悖论性地体现在父亲失禁的便溺上，也是人世间最宝贵的遗产。从犹太文明的父子间以遗产为细节的思考，罗斯同时以对比的方式呈现了美国文明中亲情孝道的严重缺失。

　　第十二章以罗斯《凡人》在解决身体创痛中，通过技术手段来延续生命的努力，但最终却让老人死在手术台上，表明科学技术并不能给衰老带来预期的福祉。小说从一个已死叙述者的角度反观其努力躲避死亡的一生，来思考生命的意义，以及人物在面对死亡时的艰难选择。主人公从 9岁时就有了强烈的死亡恐惧，其后的一生都在逃脱死亡威胁的努力之中。他一生三次婚姻，第一次婚姻因为没有任何感情可言，在"磕磕绊绊"中分手，留下两个儿子；第二次婚姻是爱情的结合，给了他一个可爱的女儿南茜；但在情欲的诱惑下，他又走入了第三次、也是彻底失败的婚姻。小说以简略的语言一笔带过他 22 年的成年健康生活，却以大量的笔墨描写他一生经历的各种手术，把衰老与创痛书写突出到极致。在生与死的各种信息提示下，他开始学会接受死亡，并终于主动选择了死亡，带着他对生命强烈的爱，也实际上是对生命丧失的无限遗憾。

　　第十三章以罗斯《鬼作家》和《退场的鬼魂》两部跨度 20 余年的小说，分析罗斯所希望看到的人在老去之时，如何以书写手段来定义生命意义的方式。其中，小说人物也经历了近 30 年的衰老变化。两部小说都把衰老与创痛的主题进行了展现，而相对于衰老过程中的创痛的各种表现形式而言，生命的无意义才是最大的折磨。"书写"作为"意义"的主要生成方式，需要一个权威的、父亲式的角色来充当意义的尺度。作家祖克曼寻找意义之父的过程既代表了犹太传统中对终极"天父"式权威的依赖与寻求过程，也体现了意义本身的不确定性和这种不确定性给主体带来的困惑。如何定义生命的意义成了一个人需要用一生来反复尝试的努力，这既需要面对意义的勇气，需要枯燥的打磨书写技艺，还在精神上需要一个"意义之父"的鼓励与指引。在《鬼作家》中，祖克曼找到了"意义之父"，到了《退场的鬼魂》中，祖克曼已经到了可以做"意义之父"的年龄，却无法接受克里曼这位比自己小了 43 岁的年轻人作为自己的"文学之子"，暗喻了书写作为意义探寻之路正在丧失的困境，书写已经沦落为猎奇与谋生的手段，文学的"鬼魂"开始"退场"。

　　第十四章以美国作家梅·萨藤20余年的8部系列随记作为研究文本，探讨随记书写对于积极健康衰老的意义，主张以随记书写为组织、管理老年生活、晚年创新、建构衰老主体、探寻生命意义的主要手段。衰老中的书写重在定义"生命意义"，这是人类生命的"结构性需要"，如果人类的意义意志得不到实现，人们的生活就在支离破碎的感官"生命意思"中重复、轮回，主体也因此而更容易受到创痛的折磨。围绕生命意义的老年书写，两个突出问题有待解决：一是如何记录身心之病痛这些每日都会重复的感官经历，如何走出这些经历；二是如何面对一天天临近的死亡。死亡作为对生命意义的彻底颠覆，老年人在日记中不应该也不可能回避。萨藤在晚年生命书写中赋予生命"永不言死"的意志，赋予生命以本身的尊严；在面对痛苦时，她同样受到自杀的诱惑，但通过书写，她获得了一种死亡"觉悟"，愿意主动打消这些念头，选择尊重生命本身的进程，并通过对自己身后一些事情的安排把死亡变成了生命的一次"历险"。

　　最后为结语，认为老年人不能一味地追求生命的平静与无欲无求，而是相反，应该努力地保持一定的意义"落差"，即以书写来反思自己的生命意义，发现生命中意义的不足，来完成生命意义的建构，即通过书写来管理老年生活，同时达到延缓认知衰退的目的，并同时发现衰老与"无为""无用"之间的价值关系。

第一部分

结构性衰老创痛理论

在以前的"创痛研究"中，学者基本上将讨论焦点放在"历史创痛"的分析上，而且重于痛感描述，对于创痛的替代性修复较少讨论。通过对哈特曼等学者从文学的角度对创痛的思考入手，提出"生命即创痛"的结构性创痛会集中体现在人们身心皆弱的老年阶段；而创痛作为"感受"来说，具有一定的结构性特征，可以用威廉斯的"情感结构"来分析，其中的核心是关于"爱"的定义与理解，而决定"爱"的因素则首先在于人们的自尊自爱与自立，只有对自己生命无条件的自爱，让自己的生命具有"意义"，才能通过意义建构的方式让自己生命中的片段性的"意思"变成整体的"意义"。

第一章

批评理论中的创痛与衰老

（一） 简介

　　本研究将对西方第二次世界大战以后伴随老龄化进程不断涌现的老年小说进行系统梳理，选择观察其中的"衰老创痛"主题的呈现方式，在研究思路上按照耶鲁大学"创痛理论"（trauma theory）代表人物拉卡普拉（Dominique LaCapra）提出的"历史性创痛"与"结构性创痛"二分法，结合创痛理论新的发展方向，关注对创痛时间的叙述中个体创痛感受的研究。在厘清相关要素概念的基础上，重点讨论"结构性创痛"这一概念的含义，特别是厘清"结构性创痛"与"历史性创痛"在文学分析中的方法论上的差异，分析结构性创痛与衰老的内在关系。

（二） 历史性创痛与结构性创痛

　　人生在世总免不了各种大灾小痛，既可能是亲身"经历"，也可能是直接或间接的"见证"。创痛事件本身有长有短，有时可能短到数十秒、几分钟，主体甚至来不及做出任何的应激反应；有时可能会持续几个月、若干年。但相对于漫长的人生而言，引发各种创痛的具体"事件"都会很快过去，"伤口"也会愈合；不过事件对主体身心所产生的痛苦影响却往往会缠绕主体终生，形成所谓的"创伤后压力心理障碍症"（Post-trau-matic stress disorder，PTSD）。创痛心理学、各种临床医学都在努力寻找救治手段，但遗憾的是，所谓的"创痛"，即便是由在很短时间里或有限的特定空间里所发生的事件导致的创痛，每次涉及的受众和影响的深度、广度，都在耗尽各种社会医疗资源和学者心智的情形下，难有明显治愈的起色。更何况还有"结构性创痛"——那种不由具体事件引发的人类生命进程中的折磨与痛感，人人难免。因此，一种人文主义的结构性创痛理念就成为当代创痛思考的必然，让所有人都能够了解这种生命结构的必然性，认识到其可能给自己生命、自己的家人、自己的文化乃至整个社会都会带来伤害。由于结构性创痛的普遍性与必然性，也由于创痛的无法治愈性，人们如何未雨绸缪地延缓其发生，如何尽可能地减轻其负面后果，就成为面对结构性创痛的主要挑战。

"创痛"还是"创伤"

创痛理论出现于 20 世纪 90 年代初的美国，试图阐述创痛的文化和伦理含义①，卡鲁思编著的《创痛：对记忆的探索》（1995）具有标志性的意义。她对 PTSD "创痛"的临床定义是：

> 对一个或多个压迫性事件的一种反应，有时是迟滞的反应，这种反应的表现形式可以是因该事件而起的重复的、侵入式的幻觉、梦、想法或行为，同时伴随有过程中开始或过程后才开始的麻木，也可能增加对回忆事件的刺激物的唤起（和回避）②。

严格意义上说，该定义实际上是拉卡普拉所努力要区分的"历史性创痛"的定义，也是迄今为止创痛研究所重点聚焦的区域；而国内学界倾向于将 trauma 翻译为汉语的"创伤"，无论是期刊网还是电子书籍搜索，以该词为主题词或关键词的论述占绝对多数，而以"创痛"为主题词或关键词的著述则显得寥落。从汉语的字面理解，"创伤"给人以医学临床的印象，强调直观的"伤口"（虽然似乎也可以引申为"伤痛"或"伤害"）。这显然与我们想从 trauma 中得出的思考不相吻合。

创伤，在词源上属于"创伤学"（Traumatology），维基百科解释为"事故（accidents）或暴力（violence）对人的伤害（wounds）和损伤

---

① Anne Whitehead, *Trauma Fiction* (Edinburgh: Edinburgh University Press, 2004), p. 4.

② Cathy Caruth, *Trauma Explorations in Memory* (Baltimore, London: Johns Hopkins University Press, 1995), p. 4.

（injuries）的外科治疗（surgical therapy）和修复研究（repair of the damage）"①。

而我们所讨论的核心概念 trauma 虽然首先被理解为"伤害"（wounds）和"损伤"（injuries），但更普遍的定义还是 a disordered psychic or behavioral state resulting from severe mental or emotional stress or physical injury（参阅韦伯斯特词典 trauma 词条）："由于严重的精神或情绪压力或身体伤害而导致的精神或行为状态的混乱"，即不是一种单纯意义上的临床病理概念，而是包括情感、精神、心理方面的特征。

进一步来讲，虽然 trauma 是我们讨论的核心概念，但真正从西方学术的词源来说，该概念主要是围绕 post-traumatic stress disorder（PTSD），汉语习惯上翻译为"创伤后压力心理障碍症"或"创伤后应激障碍（PTSD）"。也就是说，该学术领域真正关心的不仅仅是伤口与损伤情况，而是受害人在事件过去之后（包括在时间意义上过去了很久，甚至超出了一般人所能够理解的记忆阈限）的"感受"（affect），是那种无法言状的痛感，而且不是直接来自机体中具体的伤口处，痛在心里、在大脑神经处，超出了外科医生的手术措施。一个典型的例子是"幻肢疼痛"——患者持续地感到被切断的肢体仍在，并在该处感受到疼痛，而且疼痛感不断加重。这种痛感已经超出了一般意义上医生所能够想到的疗法与作为。在相当多的时候，我们面对的竟然是只有"痛"而看不见"伤（口）"的状况。

人文学者——特别是文学学者，借"创痛研究"（Trauma Studies）来理解与描述人类生存状况（human conditions），并设计能够规避创痛的人类美好生活（good life），旨在通过文学作品看到主人公所受到的某种伤害之后的痛苦程度、起因与可能的修复路径——如果有的话。通过拉卡普拉的阐释，人们可以看到，创痛研究的关键，并不是身体或心理的临床伤口，而是人类共同命运中挥之不去的普遍痛感。

许多人认为自己不但没有"受伤"，而且连"痛感"都没有，岁月在他们面前就是无边的静美，却有学者主张现代社会"将整个人类社会置于全新的创伤性体验之中"②，这是因为"结构性创伤"将"无伤有痛"

---

① https://en.wikipedia.org/wiki/Traumatology（检索日期：2018 年 2 月 23 日）。
② 何卫华：《主体、结构性创伤与表征的伦理》，《外语教学》2018 年第 4 期。

的人类命运普遍性表述为结构性的痛感——人们并不是当下就有感觉，而是在自己的生命晚期集中体现出来，简单来说，就是如果人们尚没有对生命的痛感，那只表明他的经历尚不够多，他活得尚不够长。

基于这样的理解，汉语表达中"创痛"一词对痛感的强调远胜于"创伤"的表述。因此，在本研究中，"创痛"将作为 trauma 或 PTSD 的等值概念来展开讨论，涉及国内前期学术研究中的已有成果，除特别说明，基本上是将该领域里的"创痛""创伤"概念理解为同一概念的不同表达。

创痛的结构性差异

国内外现有关于创痛的研究，大部分围绕"历史性创痛"（historical trauma），这主要是由于人们习惯于"就事论事"地分析各类有重大影响的"事件式"因素，而对于事件尚处于未发生之际，人们纵然看到了可能性也未必会引起高度重视；事件发生之后，人们会觉得言而有据，即使是求得"事后诸葛亮"式的后知后觉，也容易引起共鸣。

在归因分析过程中，拉卡普拉提醒人们不可以泛化创痛的成因，比如借"结构性创痛"（structural trauma）将历史事件性创痛中的始作俑者或合谋者也解释为"伤口文化"（wound culture）中的牺牲品，从而淡化了对事件本身的思考：

> 因此，我们遇到了一个可疑的观点，即每个人（包括肇事者或合谋者）都是受害者，所有的历史都是创痛，或者我们都有一个病态的公共领域或"伤口文化"①。

拉卡普拉提出"结构性创痛"的主要目的在于警告人们不要将历史性创痛与结构性创痛混为一谈，更不能以此为借口为那些制造了人类灾难的首凶脱罪；因而他自己对结构性创痛的讨论，特别是对结构性创痛的文本分析，做得并不充分。"拉卡普拉认为，卡鲁思和费尔曼等理论家可能将结构性和历史创伤混为一谈，从而将历史损失置于跨历史的层面"②。

---

① Dominick LaCapra, *Writing History*, *Writing Trauma* (Baltimore; London: Johns Hopkins University Press, 2001), p. 64.

② Whitehead, *Trauma Fiction*, p. 13.

对于"损失"而言，并不是所有的损失都是"事件"性的，语言的蚀失、身体机能的衰退，都是指我们曾经有的能力慢慢地没有了——这种并非由一次性事故、事件所导致的损失，产生的"忧郁性麻痹"①。跳出具体的事件来纵观人生，人们就会发现"创痛是生活中不可避免的一部分，是成长过程中的一部分"②。单从字面来理解的话，这种论述是拉卡普拉所最不愿意看到的关于创痛的表述，是他所担心的结构性创痛与历史性创痛的界限模糊。但不能否认的是，这恰恰是关于结构性创痛普遍存在的真实表述。而且，作为"成长过程中的一部分"却并不是在"成长中"被感知到的，甚至永远都不被感知，主体只有痛感，而不一定知道痛在何处、因何而痛，这就是创痛的"滞后性"所导致。在卡鲁思的表述中，时滞（time lapse）总是存在，在事件和创痛经历之间的以遗忘为主要特征的一个潜伏期（a period of "latency"）③。

弗洛伊德一般被认为是较早将衰老与创痛关联起来的理论家，尽管他并没有直接这样表述。学者认为他在"阈下潜意识"（subliminally）的概念下，默认衰老与创痛之间有着"共同的"或"不出声的"危机④。

结构性创痛意味着每个人都是受害者，所有的历史都是创痛，我们共享一种病理的"创痛文化"。人们对事件性创痛的归因也会以"不被注意的、自然的、必要的"⑤方式走向了超历史的人类结构，这在本质上是可以理解的，因为一切事件都是人们在特定语境下按照自定的"合理"来构想、实施，并最终酿成大错的。事件的当事人，无论是施害人还是受害人，如果人们有机会并愿意去听取其内心的倾诉，都会发现他们有各自认为"正确"的理解与设计，都不是"坏人"。当我们试图把他们完成的"坏事"从人性结构上分析的时候，就有了结构性归因的创痛。这种归因方法让受害人在情感上永远无法接受，因为他们将不得不与施害人处在同

① Whitehead, *Trauma Fiction*, pp. 13-14.

② Geoffrey Hartman, "On Traumatic Knowledge and Literary Studies," *New Literary History* 26 (3)（1995）, pp. 537-563, 544.

③ Cathy Caruth, *Unclaimed Experience*: *Trauma*, *Narrative and History*（Baltimore: Johns Hopkins University Press, 1996）, pp. 16-18.

④ E. Ann Kaplan, *Trauma Culture*: *The Politics of Terror and Loss in Media and Literature*（NJ: Rutgers University Press, 2005）, p. 45.

⑤ Whitehead, *Trauma Fiction*, p. 48.

一评价平面上。这也表明，对于结构性创痛与事件性创痛，必须采取两套完全不同的分析模式。历史事件性创痛，在归因的时候看损失、语境；而结构性创痛，则分析人性结构、历史时间、个人启蒙、自我生命意识等。但是由于创痛研究源起于历史性创痛，如今在进行创痛分析时，离开了对具体事件、具体损失的观察，人们几乎无法谈论创痛了。拉卡普拉的警告也就成了人们在事件分析时的一条警戒线，而无法真正引导人们走向结构性创痛分析，更多的国内外学者在对文学文本或历史文本中的创痛现象进行讨论时，甚至倾向于不去定义什么叫作"创痛"，更谈不上做历史性与结构性的类别区分，而仅仅是直接"就事论事"地进行事件分析，这无疑导致了"创痛研究"无法更深入地接近问题的本质。

衰老的结构性创痛

　　从结构的角度来看，"生命即创痛"（Life is trauma）①，因为人生总是充满各种大灾小难，病痛死亡更是如影随形地困扰每一个人——"创痛是无处逃逸，不可避免。并非罕见，而是非常普遍"②。更重要的是，这些灾痛磨难并不是当时"痛"完就了事，许多是以"后遗症"的形式留待生命的老年集中出现。如果说还有人不太赞同这种"生命即创痛"的论断的话，那或许是因为他还尚处青年或壮年，生命还有许多选择与虚幻，来让他对未来充满各种想象，来纠正或解释过去的苦难："创痛不仅仅是我们如何经历时间的分离，也是我们如何再现时间"③，老年是时间进程的结果；老年人在其漫长人生中总会以这样或那样的形式经历各种历史性丧失（loss）或结构性缺失（absence），老年小说中有大量内容都是从"历史性创痛"的角度来表现老年人在生命历程中所遭受的身体衰老病痛、各种事故所遗留的创痛或经历丧失亲人的创痛记忆；老年小说中也

---

　　① Eric Metaxas, *Life*, *God*, *and Other Small Topics*：*Conversations from Socrates in the City*, （London：Collins, 2011），p. 46.

　　② Meera Atkinson and Michael Richardson, "Introduction：At the Nexus," in *Traumatic affect*, Meera Atkinson and Michael Richardson（eds）（Newcastle upon Tyne：Cambridge Scholars Publishing, 2013），p. 2.

　　③ Robert Eaglestone, "Knowledge, 'afterwardsness' and the future of trauma theory," *The Future of Trauma Theory*：*Contemporary Literary and Cultural Criticism*, Gert Buelens, Samuel Durrant, Robert Eaglestone（eds）（New York：Palgrave Macmill, 2014），p. 14.

有从"结构性创痛"的角度，来表现老年人随着自己阅历的积累而逐步认识到人生的悲剧性特征，并产生"缺失性"创痛。

在处理手段上，拉卡普拉认为对于结构性创痛的"缺失"（absence），只要处理得当（言下之意，既然是结构意义的东西，就别无他法，无法进行得当的处理，只能听之任之），结构性的缺失所带来的难以释怀的焦虑至少可以与人"相安无事"：

> 缺失，伴随着它带来的焦虑，只能在这样一种意义上操作，即一个人可以更好地学会与之相安无事，而不是把它转化成一个人们认为可以补偿的损失或匮乏（lack），尤其是无法通过消灭或牺牲那些受到指责的人①。

也正是这样的态度，相比较于历史事件性创痛，学界对于结构性创痛的态度普遍淡漠——因为无法消除，所以干脆置之不理；然而又恰恰是这种结构性的存在与普遍性的淡漠，更容易导致创痛事件不断地以新的形式来困扰人们对美好生活的建构，因而更应该引起学术意义上的充分关注。

理解这种在事件意义上不曾发生、却又真真切切地存在的概念，拉卡普拉定义中的"缺失"或"不在场"（absence）的意义不仅仅在于其未曾发生，更在于其以缺失的方式在场（时时被提及）——主体时时刻刻地感知到被其所困扰。这一特点定义了创痛的本质特征——被表面上并不存在的创伤或痛源所折磨，类似于临床意义上的"幻肢疼痛"。

哈特曼说："有梦的地方就有（或曾经有）创痛。"② 这就决定了在"结构上""天生"会做梦的"人"，注定离不开创痛的折磨。安妮·怀特海说："历史本身就是一种创痛，既是致命的，也是不可避免的。"③ 这种结构性的创痛，说到底，就是人意识到生命会"死亡"，在这种意识中，死亡是生命的"缺失"——而非生命的丧失（loss of life）。人们因感觉到死亡的到来，意识到在死亡中生命的缺失，这种意识在时时折磨人。相比较而言，"死亡只是痛苦的一种形式，有时生活本身也同样难以忍

---

① LaCapra, *Writing History, Writing Trauma*, p. 64.

② Hartman, "On Traumatic Knowledge and Literary Studies," p. 546.

③ Whitehead, *Trauma Fiction*, p. 139.

受"①。如克莫德（Frank Kermode）所论，人的生命，无论是生还是死，都是从"中间"开始的，生命的起源在哪里？生命的终结在哪里？我们都无从亲身知晓。对生命充满好奇的人们就用"虚构的"叙事方式来为自己的生命设计各种开始与结局，即赋予生命该有的意义：

> 人们出生之后就迅速"进入中间"，就像诗人爱从中间开始叙述一样。他们也是在中间死亡。所以，为了理解他们的人生意义，他们就需要一些与其他开头和结尾的和谐关系，以便赋予人生和诗歌意义。他们想象出的结尾会反映出处于中间的他们的那些无法遏制的担心。他们怕它，而且据我们所知，他们的这种害怕是一贯性的。这个结尾就象征着他们自己的死亡②。

人们生命的起源、终结都在意识阈限之外，但与生命起源之缺席所不同的是，生命终结之不在场却时时被衰老、病痛所联系而变成了在场的缺席。人们在理解、解释外部世界与内部意义的时候，一直在努力寻求一种"永恒"的、能解决一切问题的立足点与归宿。这种追求所引发的人性与文明的各种困惑与困扰，一直到今天，尚无合理的解决途径，更不要说答案。在过往的文明进程中，宗教在很大程度上协助平息这些结构意义上的纠缠，但大众理性不均衡、不全面的迅猛发展除了让宗教举步维艰，也让理性自身的发展受到前所未有的挑战。结果就是理性的技术越是发展，生活越是便利，人们的幸福指数却充满悖论地不升反降，人们在社会进步不断加速与个人幸福选择不断减少的悖论中，这种悖论本身就是痛苦之源，生命时时刻刻被莫名的焦虑与痛楚感所缠扰，特别是到了老年，在迅速发展的技术节奏与跟不上技术发展的衰老身体不断降速的反差之间，主体会表现出前所未有的各种不适与痛苦。

文学与创痛

与哲学、社会学和文化学对创痛的处理方式有所不同的是，文学以其

---

① Whitehead, *Trauma Fiction*, p. 107.

② ［英］弗兰克·克莫德：《结尾的意义：虚构理论研究》，刘建华译，辽宁教育出版社2000 年版，第 6—7 页。

更富想象力的各种手段接近创痛。安妮·怀特海将创痛理论与文学分析直接联系起来，不仅仅拘泥于将创痛心理学或心理分析理论简单地应用于文本分析，而是要努力看到二者之间的共鸣之处，即文学能够道出创痛理论所无法企及的内容。哈特曼结合创痛文学分析认为，创痛理论学者是在努力找到"一种方式来接受故事、来倾听故事、来将其引入一种阐释性对话中"①。拉卡普拉一方面讲，相对于历史性创痛与其表述来说，受害人、加害人与旁观者需要严格区分，而在另一方面又同时强调"人人都会遭受结构性创痛"②。这样，老年人更是在历史性创痛中无论是充当见证人、受害人，还是结构性创痛中的时间经历人，都会在他们的叙述中得到充分表现。一般来讲，老年人至少是结构性创痛的体会者，其中更有大量历史性创痛的经历者。

哈特曼认为之所以需要文学的介入，是因为创痛理论是

> 由两个相互矛盾的要素组成。一个是创伤性事件的驻留而不是经历。它似乎绕过了知觉和意识，直接进入了心灵。另一种是对事件的一种记忆，其形式是被绕过的或严重分裂（分离）的心灵永久象征。在诗学的层面上，文字和比喻可以对应这两种认知③。

罗斯伯格认为，创痛性文本，包括创痛小说，寻求一种新的现实主义模式，以表达或探索一种新的现实形式。面对类似创痛这类"极端的需求"④，创痛叙事作家将现实主义推向了极限，这并不是因为他们放弃了"知识"，而是为了暗示创痛知识不经过文学的扭曲处理就不能被完全交流或追述⑤。对事实进行修辞式的加工以达到更好地传达经验感受的效果，这是文学的特长，哈特曼解释说，

> 因为经验（现象或经验）和理解（深思熟虑的命名，在这种命

---

① Hartman, "On Traumatic Knowledge and Literary Studies," p. 541.

② LaCapra, *Writing History*, *Writing Trauma*, p. 79.

③ Hartman, "On Traumatic Knowledge and Literary Studies," p. 537.

④ Michael Rothberg, *Traumatic Realism*: *The Demands of Holocaust Representation* (Minneapolis, MN and London: University of Minnesota Press, 2000), p. 14.

⑤ Whitehead, *Trauma Fiction*, p. 84.

名中，词语取代了事物或它们的意象）之间的脱节，是修辞性语言所要表达和探索的东西。文学对记忆建构显然不是字面意义上的提取，而是不同种类的陈述。它与经验中的消极时刻有关，与经验中所不曾有或不能充分经验的事物有关。那一刻如今在其消极否定性中被表达，或者说被显现；艺术表现改变了我们对知识的（认识论）渴望的那部分，而这一部分是由图像（scopophilia）驱动的。创痛理论揭示了修辞的或诗意的语言，也许是普遍意义上的象征性过程，而不是增强成像或替代重复之前的（非）经验①。

这种艺术呈现观，与一般意义上的心理学临床做法追求的叙述、重新经验有所不同，而是以一种艺术感受的"替代方案"来取代那种无法被扯拉提取的创痛经历。在创痛小说中，一个关键的文学策略是"重复"（repetition）的手段，它可以在语言、意象或情节层面上以"模拟"的方式重现创痛经历，重复的模拟回避了记忆的中断和无法达到的精确性②。

在此基础上，结构性创痛文学理论不去追求"真凶"，并不是要为真凶脱罪，而是希望看到生命本身、文化本身或性别、政治等这些非个人选择性因素所造成的生命自身固有的痛苦，如对生命意义的追问，对命运偶然性的追问，先于死亡到来的死亡意识、衰老意识的折磨等。例如，病理上的老年失聪，在生活中会给当事人带来许多麻烦与痛苦，对身边的人可能带来的是各种误会甚至笑料，而文学处理中则可以作为一种"修辞"，让人们从更深的角度看到文化对于"症候"的消费特征；再如老年人对"性"的需要，就不再仅仅是生理功能的表现，而是需要找到某种与死亡抗争的手段，其中不乏对"欲望"与"本能"的误读。

---

① Hartman，"On Traumatic Knowledge and Literary Studies，" p. 540.

② Whitehead，*Trauma Fiction*，p. 87.

（三）"创痛"之情感结构

情感与结构

既然创痛是对主体有"持久的，甚至有长期的，心理共鸣的影响"①，是一种"感受"（affect），就应该从心理的角度来分析。然而学者也承认，

从感受的角度来思考创痛并非没有风险。这样做的危险在于，一方面将身体经验转化为整个社会和文化，另一方面又滑入德勒兹理论中的多重性无止境领域，这些多重性融合、凝聚，然后爆发、腐烂或漂离②。

我们知道，身体的"感受"是对外界刺激的本能的、直觉的反应，并不会顾及文化与社会的价值要求；但毕竟"人"是社会与文化的一分子，对于人的主体感受就必须放在社会与文化的框架上分析，必须承担上面所提及的这种分析风险。根据学者的考证，"感受"（affect）一词是拉丁语 *Affectus* 的一种翻译，可以译为英语里的"激情"（passion）或"情感"（emotion）③，在英语里可表达一种"强烈的情感"（emotion, strong feelings）。这组词不但在汉语里十分接近，即使在英语中，也不易于区分。细分之下，我们可以接受"感受/情感/感情模型"（a model of affect/ feeling/ emotion）来进行区别，阿特金森和理查德森进行了这样的区分：

将感受（affect）视为对刺激的一种独特的生物学、先天反应（生物学/跨文化）；而情感（feeling）是对感受的知晓和理解能力（心理学/主观性），而感情（emotion）是作为记忆（传记/个人历

---

① Geoffrey Hartman, "Trauma within the Limits of Literature," *European Journal of English Studies* 7 (3) (2003), pp. 257–274, 261.

② Atkinson and Richardson, "Introduction," p. 11.

③ Teresa Brennan, *The Transmission of Affect* (Ithaca: Cornell University Press, 2004), p. 3.

史）归档存储起来的感受/感觉①。

这样的细分固然看到了其中的差异，但更说明这些概念在很大程度上的相近，都属于"情感"（feeling）范畴。"情感"从来就不仅仅是孤立的个体反映，而是始终处在一定的情境与结构之中，这自然让人们联想到威廉斯所毕生致力于讨论的"情感结构"的概念。威廉斯提出"情感结构"（structure of feeling）的初衷是想对马克思主义经典文论的宏大历史叙事，特别是对"意识形态"这一概念有所补充，希望对意识形态之前的"新兴阶级的"情感结构作为意识形态的前期指标来进行讨论②，希望在新的情感结构出现之初就"立即记录下它所具有的力量，从而呈现某些先前残余下来的意义"③。威廉斯将"情感"进行"结构化"的分析的学术影响巨大：

> 该术语意味着情感的有组织与有规律，可以进行分析和推理与逻辑思考，遵循索绪尔语言学的结构主义分析的过程。这暗示了对于情感的完全不同的定义，情感不再是内在的流动、无序或随机的力量，不再是浪漫的与感伤的想象中的混乱无政府力量④。

人们的情感源自对外部事件的感受反应。因此，可以这样说，情感结构是由具体事件决定的，在文学作品中许多事件都带有明显的时代特征，因而，由事件决定的情感结构也就成了一个时代的标识。在威廉斯的概念中，时代有双重的含义，一是时间纪元意义上的年代特征，二是年龄意义上的代际特征。对此，他更明显地认为，一个时代的情感结构都会集中体现在年轻的一代人身上（青年作家的作品中）⑤。在很多情境下，威廉斯被自己想表达的"情感结构"概念搞糊涂了，因为在他的讨论中，他总

---

① Atkinson and Richardson，"Introduction，" p. 10.

② ［英］雷蒙德·威廉斯：《政治与文学》，樊柯、王卫芬译，河南大学出版社 2010 年版，第 164 页。

③ 威廉斯：《政治与文学》，第 165 页。

④ Sean Matthews，"Change and Theory in Raymond Williams's Structure of Feeling，" *Pretexts Literary & Cultural Studies* 10. 2（2001），p. 179.

⑤ 威廉斯：《政治与文学》，第 146 页。

是聚焦于具体的情感表征，而不是情感的"结构"——他并没有拿出关于"情感"的令人信服的"组织""规律"之类的逻辑分析来。威廉斯虽然不研究衰老，但是他对代际问题，特别是代际情感问题还是有过专门的关注①，在"不同的年龄的群体之间画了分界线"②。

在老龄化时代，"老年人"的大批量出现，已经毫无疑问地改变了人口结构，成为一个特殊的社会"阶层"，他们既有年龄上的、身体上的、情感需要上的共性，也更有各自生命轨迹与情感历史的不可替代的差异性。每一个老年人身上都有一个独立的情感结构，尽管威廉斯认为老年人的情感结构可能在很大程度上保持（或被人们认为是"保持了"）他们青年时期的情感结构特征，"人们将在几十年前确定中老年人的情感结构"③，显然这种表述不精确，忽视了人在漫长一生中的情感变化。威廉斯把情感结构理解为"一个时代的文化"④，这就等于说，到了"老龄化"的时代，就必然会有属于老龄化时代的情感结构这种特殊"文化"，而且这种文化的主要表现特征是与"创痛"，特别是生命的"结构性创痛"有关的文化。

作为创痛出路的"爱"

无论是哲学思辨还是文学想象，对于生命进程中出现的各类问题总要在面对问题现状做出相应的归因分析的基础之上，提出相应的对策思路。

"创痛"在乎的主要不是"伤口"，而是"痛感"（affect），那种不可名状的神经与精神折磨。在身体的损伤、衰老与退化这些直接的折磨之外，从衰老的角度来看待生命的结构性创痛，那种人人都难以幸免的创痛致因主要表现在三个方面：一是死亡意识，二是爱与被爱的需要，三是对生命意义的需要。不管人们对死亡有多大的恐惧，也不管人们有多么热爱与留恋生活，他们都无法改变自己必死的命运。因此，"死亡恐惧"是一道人类迄今为止的无解命题，"不管战场经验如何，在消过毒的资产阶级

---

① 威廉斯：《政治与文学》，第 146 页。
② 威廉斯：《政治与文学》，第 150 页。
③ 威廉斯：《政治与文学》，第 146 页，译文有改动。
④ ［英］雷蒙德·威廉斯：《漫长的革命》，倪伟译，上海人民出版社 2012 年版，第 57 页。

生活中，死亡都被自欺欺人地否定了，象征性地和字面上不让死亡出现"①。面对死亡的恐惧这种人类生命的"结构性创痛"，不存在什么治疗方法，人们可以通过各种方式来接近并了解死亡，增加死亡知识，但无法解决生命必有一死的创痛悖论。罗斯试图以《凡人》中的无名主人公去解构这一悖论，但他的作品清晰地告诉了读者这是不可能做到的；洛奇的《失聪宣判》、奥斯特的《黑暗中的人》都分别以后现代的表现方式将死亡与日常生活紧密相连地呈现出来，让死亡不但解构生命，还对生命的终极意义进行颠覆。

因此，人们只能寄希望于从爱情或生命意义中寻找到一些"疗治"（应对）创痛的思路。生命中必须要有爱，真爱不但让生命升华，也让人的生命充满了美好的意义，人变成人类，结成超利益的"共同体"。但几千年来，人们是否清晰地理解、定义了爱，在生活中是否存在真爱，一直是一个颇具争议的话题。可以说，如果这个话题得以满意而顺利地解决，人类的美好大同世界就得以实现。藤尼斯把爱作为"一切共同体的根本法则"②，而南希讲爱是自我生命的"延伸"，是"由在我之中的他者的颠覆造成的"③。南希知道爱之不易，才将"个体"（individual）与"独体"（singula）进行区分，从词源的角度来说，南希强调人的独体性就是指人之间难以调和的"陌生性"（strangeness）。只有首先承认、然后消弭这种陌生性差异，也就是"他者性"，人类的爱才有可能。南希用黑格尔的话来证明这一点："爱'在他者中拥有自己持存的要素'"，以此来弥补存在的"不完满"④。从创痛的角度来说，"逃离创痛也就失去了对人性的一次重要考验。为了对他人的创痛敞开心扉，对自己的创痛敞开心扉是必要的，对他人的创痛敞开心扉有助于对自己的创痛敞开心扉"⑤；一种

---

① Shoshana Felman, "Benjamin's Silence," in *Traumatic Affect*, Meera Atkinson and Michael Richardson（eds.）（Newcastle upon Tyne：Cambridge Scholars Publishing，2013），p. 28.

② Ferdinand Tönnies, *Community and Civil Society*, trans. by José Harris（Cambridge：Cambridge University Press，2001），p. 34.

③ ［法］让-吕克·南希：《解构的共通体》，郭建玲等译，上海译文出版社 2007 年版，第313 页。

④ 南希：《解构的共通体》，第 299 页。

⑤ Atkinson and Richardson, "Introduction," p. 2.

列维纳斯式的"对他者的责任"（responsibility to the Other）[1]，也就是说，与青春期肾上腺驱动的激情之爱，与风花雪月下浪漫的示爱相比，人类在面临创痛时，如何表现自己的情感，才是"爱"之定义的"试金石"。

南希讲"爱是超越自身、成为完满的极端运动"[2]，是"接近而不是目的"，是过程与手段，人们通过爱来达到一个新的境界。爱因为消除了自身情感的"盲区"，进而主体可以选择弥补自身不足，引导存在"走向完满"，并让"这种完满超越它所完成的一切，最后只有通过收回自己来实现"[3]，爱"收回自己"是指对自身的"抑制"，即避免走向以爱为名义的感官放纵，因而也就必须通过"他人"或"他异性"来形成制约。

南希批评西方对爱的"命名""主张"等话语，认为那些恰恰不是真爱。他说如果用话语的方式去对爱下定义，并指望以这种方式去找到爱，那么"你发现的不过是快感、欲望、山盟海誓、牺牲奉献，或是极度的狂喜，却找不到爱"[4]。爱情拒绝语言定义，就是因为生命需求高度个性化的复杂多样性。爱是人之间无差别的同等感受，南希提醒人们"不要在爱之间挑三拣四，不要特权化，不要划分等级，也不要排斥"[5]，爱是没有高低贵贱的需要，与"怜悯与色欲、情感与猥亵、邻人与婴儿、恋人之爱与神之爱、兄弟之爱与艺术之爱、吻、激情、友谊"这些概念貌似而神离；在爱的面前，语言与理性思考都显得苍白无力，"爱情从来就不知道法则，代表着一种向荒野的回归，却不僭越禁令，尽管忽视禁令"[6]。老年如同一个生命的"荒野"，如何在这一阶段以爱去挑战西方的"逻各斯"话语中心，虽然无法离开语言，却不去臣服于语言的法则，任何语言层面的定义、禁令，在真爱面前都将失效，但却不意味着爱没有自己的禁令。简言之，爱就是藤尼斯概念中的"心缘"空间，是共同体概念中最富魅力、也最具挑战的概念。

---

① Emmanuel Levinas, *Time and the Other*, trans. Richard A. Cohen（Pittsburgh：Duquesne University Press，1987），p. 104.

② 南希：《解构的共通体》，第 298 页。

③ 南希：《解构的共通体》，第 299 页。

④ 南希：《解构的共通体》，第 305 页。

⑤ 南希：《解构的共通体》，第 294 页。

⑥ Maurice Blanchot, *The Unavowable Community*, translated by Pierre Joris（Barrytown：Station Hill Press，1988），p. 40.

真爱区别于传统意义上的基督式"另一脸颊"的广泛博爱。在共同体理念下，爱不再是无条件的泛爱、博爱；爱是主体的自觉行为。当主体的人拥有了爱的意识、能力与心态，能够开放地走出自我、走向他人的时候，就有了结成共同体的基础。人类最早的爱还是以"艾洛斯"（Eros，爱神）的名义走向他者，爱是身体有限的生理机能（性欲）的体现，也是某种拥有（财产）的象征，因而具有严格的排他性。

南希道出了爱与语言的距离与差异。他说："爱这个词是难以穷尽的，说到爱时，我们是否也会筋疲力尽？"因为爱是一种体验，一种情感现实，无法被语言所捕捉。而当人们试图用语言来描述爱的情感经历时，他就走到了爱的反面，爱就消失了。"关于爱的长篇大论，假设它还能说出点什么东西来的话，最好同时也是一个爱的往来记录，一片短简，一封长信，因为爱既表达自己，也传送自己。"这里，南希强调，除了爱本身之外，其他的没有什么东西可以表达爱，勉强能够表达爱的只有那些代表爱的经历的见证，如爱的记录、短简、书信。但这些都不是爱，而仅仅是爱的经历最接近的东西。人们希望将爱表达为语言的时候，就已经是在戕害爱。

但爱的言辞，如我们所熟知要么总是在贫瘠而可怜地重复着同一个声明，因为它的自说自话，很容易让我们怀疑里面是否缺乏爱的内容；要么始终摆脱不了指望将自己展示为某种独一无二的体现，独有而特定的，如果说不是可笑的，爱的体现。对于这个已经烂熟了的爱，除了共同的贫瘠，以及四处分散、暗淡无光的碎片，最好就不要再多说什么，多描绘什么了①。

由于"爱"在"表达自己"的同时"也传送自己"，"传送"是一个空间隐喻的物理概念，是一种心历能量（lived energy）。与所有的隐喻一样，这种爱的空间隐喻也带有其语言上的模糊性。爱的发出者与对象并不是必须处在"性"与"欲"的框架之下的"传送"自己。这种以性、激情为前提的爱，被奥斯本做了背景化的处理。一定程度上也印证了南希的思考："当爱不再是诗歌的首要主题，当爱似乎在本质上降格为廉价店的

---

① 南希：《解构的共通体》，第294页。

新商品时，那么，我们会担心，会探讨，思考爱的可能性。"① 南希这一前提是建立在西方话语体系下对爱的传统"稀缺性"基础之上。在西方话语体系下，爱曾经是神的专利，只有神才是爱，而且这种爱在经历从神的施舍"博爱"（chraity）到对普通人之爱（love）是经过从廷代尔《圣经》翻译过程中与托马斯·莫尔充满血腥甚至是生命危险的论争，到莎士比亚等无数文学巨匠以自己文字孜孜不舍地顽强努力的结果。从神的天选之爱到普通人的爱是人性的觉醒；进一步来讲，在经历神的现代性退隐与弗洛伊德性爱理论和唯乐原则之后，以性欲为基础的爱被推到了泛滥的极致。人们以"自由的爱"这一借口，在文学作品与现实生活中大行性爱泛滥之实。由于"爱"是一种经历，不是人生的一个"目标"，不能作为目的性主旨来通过语言去刻意渲染。"爱"是人生非常难得的"能力"。一个人只有"能够"去爱——真正的去爱，才有可能走向自我的他者，他者就不再成为自我存在之"地狱"。因此，走出自我、走向他者的爱，是讨论一切共同体概念的重要前提。离开了爱，就无所谓共同体。这种爱是真爱，不是建立在占有、婚姻、伦理基础上的爱，尽管很多的时候，这种真爱仍然表现为形式上的占有、婚姻、伦理，但那仅仅是因为爱是心历能量，需要通过外部表现形式来附着才能得以体现。但如果我们试图反其道而行之，从爱的结果形式来讨论，爱就被肢解，成为南希所说的"破碎的爱"：

> 爱之花在凋零，正因其本质而自我凋零，在各种言论，各种艺术中，爱肆无忌惮、厚颜无耻地牟取私利，这无疑也是它特有的部分——既秘密又张扬，既可怜又奢侈的部分——这是其本质。但这种静默并不标志着爱的一切都是可能的，必要的，也不标志着所有可能的爱事实上都是爱的可能性，爱的声音，爱的特征，这些不可能混淆的东西②。

作为与死亡抗争、对话或希望协商的手段，难免有人会盲目地以感官之性的"爱神""艾洛斯"发动与死神"桑那托斯"的对话，如库切的

---

① 南希：《解构的共通体》，第 294 页。

② 南希：《解构的共通体》，第 294 页。

《耻》和罗斯的《人性的污秽》中所塑造的"脏老头"形象，很大程度上都代表了这种协商的渴盼。老年阶段是爱的"重灾区"，苟活的老人，要么如艾米斯的《翘辫子》中的人物那样一生无爱而生活在情感真空的凄凉老年，要么如奥斯特的《黑暗中的人》那样爱人已逝，要么如阿斯特利的《终曲》那样被爱背叛，或者像皮姆的《秋日四重奏》那样无法示爱。

"意义"作为衰老创痛之出路

威廉斯从利维斯那里继承了对"经验"（experience）的思考，经验是一个人成长的财富，人因为经历各种事情，因为与各种人打交道，而习得教训，而形成价值观；人不可能事事躬亲地经历，于是经验交流的故事讲述就成为必然。"讲故事"是人的天赋与本能，人们通过讲故事分享自己对过去情感的记忆与对未来的想象。威廉斯将经历进一步地发展到情感的结构，就是对经历记忆的重现。但是，本雅明发现，现代人已经无法讲故事了，因为经验交流的能力被剥夺了①。

所谓现代人丧失了讲故事的能力，一不是说现代人不需要讲故事，"故事"就是人的生命，讲故事几乎与人性在同步发展；二也不是说现代人不会使用讲故事的语言了，相反，语言无论是修辞还是词汇，都已经发展到了人类历史上前所未有的繁荣高度。在意义意志的驱动之下，任何人，尤其是老年人，生命中都充满了故事。我们在生活中不难发现，许多老年人一旦打开了讲述的"话匣子"，他们甚至很难停止自己的讲述行为。

如果故事有利于生命意义的建构，也有利于防治老年人在晚年认知能力的衰退，那么到底是什么在制约老年人的讲述冲动？究其原因，既有外在因素，也有内在因素。在外部来讲，由于故事的"讲述"实际上是一个"讲"与"听"的双方互动过程，老年人身边缺少"听众"，如今的年轻人，包括他们的家人都不愿意真心接近他们。在洛奇的《失聪宣判》中，作为儿子每月一次的例行探望都只能是浅尝辄止的"义务性"的，每当老父讲述记忆中的生命故事时，这样描述："他所有的故事我以前都

---

① Walter Benjamin, "The Storyteller: Reflections on the Work of Nikolai Leskov," *Illuminations: Essays and Reflections*, trans. Zohn, ed. Arendt (New York: Schocken, 1969), p. 83.

听过很多遍，所以我不用太专心也能知道他讲到了哪儿，并适时地回答几句。"① 很显然，这不是真正意义上的"故事讲述"，尽管其陪伴与交流的积极意义仍然存在。从主人公这种"义务性"探访中，我们还是能够看到一些传统文化中一家人围坐在老人身边讲那些"陈词滥调"式的故事的情景。由于反复的讲述，听众都早已熟悉了其中的几乎每一个细节，但亲朋还会报以理解的善意微笑，不时耐心细致地补充老人讲述中遗漏掉的某个细节。这里，讲述的过程代替了故事的情节与悬念。讲述本身，不管多么乏味，仍然能够召唤起逝去的岁月、亲情，因而也具有了一定的修复创痛或至少是减缓创痛的功能。

但如今人们对意义有更大的、更为严苛的要求，时时都必须有新的形式、新的价值、新的讲述来服务于人们对"新意义"的渴望；人们早已不耐烦于生命的细节。快节奏的时代，人们在时间与空间的节点中跳跃，时时要寻找"爱"的新宿主：新的数字、新的居所、新的恋人。而在本质上，生命的进程又十分简单，甚至是乏味——所谓阳光下早已无新鲜的话题，对意义的未充分理解之下的机械求新，是当代人的认知"死穴"，也直接冲击着藤尼斯共同体理论中"三大支柱"之一的"血缘共同体"②。人在世界上无法选择自己的血缘，血缘是人类最为狭隘的爱（甚至于也存在于动物本能之中），也正是有了这种狭隘的爱，才有后来的地缘之爱、心缘之爱这些更为广泛的共同体理念的可能。但遗憾的是，在当代情感认知与共同体思考中，人们与其说是在呼唤人类共同体该以何种形式实现，不如说恰恰是对血缘共同体的"家庭"这种基本单位的崩溃缺乏合理的理解与解释。在关于衰老的各种文学文本中，人们经常读到的就是老年人辛苦经营了一辈子的"家"，这种靠"血缘"生成的最小"共同体"单位，到了他们老去的时候已经不再是曾经充满爱意的空间了；孩子们长大了就天各一方，不愿再回到这个曾经给予了他们生命、伴随他们成长、见证了他们成长中的全部"爱"的空间。全世界老人都渴望的"居家养老"，但这种渴望既与社会生产节奏不相符，也与孩子们的情感需要、意义需要格格不入。

儒家思想重孝道，而且强调孝道不仅是"养老"，更主要的是"敬

---

① ［英］戴维·洛奇：《失聪宣判》，上海译文出版社 2011 年版，第 55 页。

② Tönnies, *Community and Civil Society*, p. 204.

老"，但所谓的"敬老"，自然不能是将一大活人当作精神牌位毕恭毕敬地"供养"起来。"敬"是"爱"的一种特殊表现形式，而爱的最长情告白就是陪伴，陪伴自然也不是像一个木头人一般地守在一旁，也不仅仅是嘘寒问暖的礼节与客套，而是在长情陪伴中的倾听与真心对话。在对话的过程中，双方各自根据自己的需要取舍并建构自己理解中的生命意义。罗斯正是利用"遗产"的寻觅过程实现了父子间所理解的生命意义的建构，只不过在垂死的父亲那一方，意义的书写还只是停留在非常简单的"高高低低"的"一行大写字母写成"的"由父亲交给儿子"[1] 的一张便条。在这样简单的意义书写形式中，"遗产"的内涵却相当丰富。

人们忙于外面的意义建构，无心经营家园的共同体，使得老年人成为他们向家外延伸时的最大障碍，这就是为什么人们只好把老年人都"关进"养老院，然后例行公事地、蜻蜓点水般地定期探望一下，以安抚自己的良知。

而在"内主位"（emic）的方面，人们在衰老的过程中，失于对生命意义的思考，停留在生命故事的情节、结局上，对细节的前因后果、对文化体制的"大写的人"，对自己的语言讲述方式等因素，都没有机会进行充分的加工、打磨，意义失去了精致的美，就变成了"意思"般的粗糙，使得讲述变成了缺乏想象力，也缺少面向未来空间无限开放的可能，片面地苛求于受众，恰恰忘了自己才是生命意义的最主要受众。一切讲述，首先都是对自己的讲述，一切讲述的技巧，都是为了自己而设计。从"超验"哲学（transcendentalism）的角度来看，也只有完全自立的个体（self-reliant individuals）的存在，真正的共同体（true community）才得以实现[2]。

无爱之老年，要走出死亡的阴影，就需要勇敢地面对一般意义上"爱情"的缺席。学会自爱、爱人，让老年生命继续面向成长开放，从成长中寻找意义，并积极建构意义。这既是生命中"意义意志"的结构性需要，也是抵抗认知退化的积极衰老手段。生活之中，当人们的"意义意志"得不到实现，而他们又缺乏一种生命意义的意识的时候，他们就会寻找错误的"弥补"方式：

---

① ［美］菲利普·罗斯：《遗产：一个真实的故事》，彭伦译，上海译文出版社2011年版，第93页。

② https：//en. m. wikipedia. org/wiki/Transcendentalism.

　　有时，受到挫败的意义意志被权力意志替代性地补偿，包括对权力意志最原始的形式——金钱意志。在另一些情况下，受挫的意志被享乐的意志所取代。这就是为什么存在性挫折常常会以性的补偿的形式来实现①。

　　老年人之中的"脏老头"现象在本质上就是"意义意志"没有找到合适的出路。而要实现意义意志，主要靠语言的产出，既有口头的，也可以是书面的，甚至可以包括绘画等其他的产出形式。书写并不是简单地将生活翻译成文字，而是通过选择、修辞与反复打磨的匠艺建构。萨默斯的中年日记书写，德斯蒙德在失聪之老年也在尝试以第一人称日记的方式呈现生活。萨藤则更是几十年如一日地坚持随记书写，通过书写来整理约束自己的老年生活，都是努力地讲出生命故事，特别是自己一生之中所经历过的各种苦难：

　　　　如果生命中有意义的话，痛苦中一定有意义。苦难是生命中不可分割的一部分，即使是宿命和死亡。没有痛苦和死亡，人的生命是无法完整的②。

　　痛苦作为一种"经验"，不是个人的主动选择，而是生命的必然。人类文明从来也就没有什么办法摆脱人为的或者天然的各种痛苦，尽管人类一直在想办法逃离痛苦。当痛苦不可回避时，人们该如何完成生命的自救，求得生命的价值与意义的实现？面对痛苦时的"心的自由"是自由，即使在囚犯当中，只有那些保持了内心自由的人，才"获得了他们所遭受的痛苦所带来的价值"③，这里的逻辑就是，当痛苦不可避免，是生活必然的一部分时，人们如何学会从痛苦中获取价值与生命意义？答案是内心的自由。这条法则当然不只是适用于在生活中正在遭受苦难折磨的人们，而是生命中任何阶段的人。而且，当生活在顺风顺水中时，如果人们能够有生命即创痛的结构性意识，知道痛苦与折磨只是一个时间与地点的

---

　　① Viktor E. Frankl, *Man's search for meaning: an introduction to logotherapy*, 4th ed. part one translated by Ilse Lasch; preface by Gordon W. Allport (Boston: Beacon Press, 1992), p. 112.

　　② Frankl, *Man's search for meaning*, p. 72.

　　③ Frankl, *Man's search for meaning*, p. 76.

概率性的必然阶段时，生命的"逆"与"顺"就不再是一个外部前提了。逆境、痛苦中需要内心自由来获取生命意义，许多人却在眼前的顺境中丧失了内心自由，在为自己未来的结构性创痛与生命无意义作下铺垫。因此，生命的结构性创痛理念也就是鼓励人们积极地获取生命的创痛知识，能够"未雨绸缪"地培养自己的创痛意识、衰老意识与死亡意识，知道生命中最可贵的是自由，自由的目的是让生命有意义。这样一来，"词语疗法"（logotherapy）就不应该成为当人们遭遇到意义危机时的应激之举，而是生命的常态，是以意义生成的方式来保持认知的活跃，保持对生命意义的警醒，让生命的每一个时刻都变成能够服务于生命意义生成的经历，让自己的感受情感变成自己成长的土壤，让自己个人以时间为维度的情感结构变成充满积极正能量的向上精神，成为"治未病"的手段。这其中对主体的几个基本要求就是：他们必须有强烈的经历意识、情感感受意识、描述经历与情感的能力，以及整合各种经历与情感的能力。

所谓"经历意识"，就是对当前的事态的知晓、选择与控制能力，并且这种选择与控制能够与第四阶段的整合相一致。许多时候，我们会发现"我不是自己了"，萨藤在她晚年的日记中，就不止一次发出绝望的喊声："我不是我自己了"，因为病痛让她无法作出生命中哪怕是最简单的选择，诸如她听不进朋友的善意劝告不吃对身体不好的巧克力①，朋友明明是为她好，但她就是控制不住自己，这种失控状态让自己的经历意识觉得很沮丧，很值得记录下来反思。这种经历意识的选择决定了她的情感感受意识，她明确地知道自己的不足，知道自己的选择在伤害"自己"，她因此而感到难受、感到痛苦，于是她要在自己的随笔中描述自己的经历与情感，萨藤这样的知识分子长期积累了对自己情感表达的能力，并且能够将其整合到自己的生命意义之中。对于衰老教育与衰老文学而言，培养合理的衰老意识，正是要每一个正在老去的人早日建立自己的生命意义意识，积极参与自己的生命意义的建构，看到许多个不一样的自我在矛盾中求得统一。

---

① May Sarton, *At Eighty-Two: A Journal* (London: The Women's Press, 1996), p. 262.

（四）本章小结

衰老由于比生命中的任何其他阶段都更接近于死亡，人们无法不把衰老与死亡相联系。面对强烈的死亡意识，主体很容易被死亡的恐惧与生命的无意义所折磨。面对普遍性的衰老创痛，传统的创痛理论，无论是历史事件性创痛还是结构性创痛都无法真正解释衰老中的创痛本质。因此，在厘清结构性创痛与历史性创痛的概念性区别的基础之上，从创痛感受的情感视角出发，将创痛感受放置在一定的情境结构之中，将"爱"作为情感结构的标尺，衡量老年人因为爱的渴望、缺失，以及对爱的错误理解，所产生的创痛，并进一步将"爱"理解为对生命、对自身的爱，强调对自身生命意义的理解，从意义建构的角度思考创痛理论的出路问题。

本研究选择观察当代文学作品中通过老年形象所体现出来的生命创痛，把老年人物形象相对较长的寿命视作一种非个人主观选择的因果成就，由于其寿命之维的长度，作品可以较充分、全面地呈现生命中的创痛元素。小说家们对寿命与创痛之间的相关性呈现，尤其是对老年人物在创痛中的感受情况的呈现，往往都不是单一的情感表现，而是处在一定的情感结构之中，对情感的这些结构性因素的分析，可以看到老龄化社会中新文化、新意识形态的形成趋势；同时，作品中对老年人与真爱意识、真爱的表达实现方式也是创痛感受的观察因素之一，老年人的自尊与自爱最终又必然体现在他们对生命意义的意识，他们通过讲述、书写叙事来实现生命意义的努力过程中，对创痛的替代疗法的效果，也被纳入本分析理论体系之中。

第二部分

衰老创痛的文本呈现

在本质上作为一种"生命体"，人类与其他生命形式一样地拥有求生避死之本能，这就通常表现在人类行为中以自爱与自恋形式来让自己处于最佳成长状态的努力。因此，作为有意识的人，在大多数时候都或多或少地存有一份自我欣赏的"水仙情结"（narcissism），人们通过照镜子来欣赏镜子中的自我。然而随着年龄的增长，镜中的形象越来越糟，越来越不符合自己的审美预期，不断变形的自我形象会给主体带来难以言说的痛苦与折磨。文学作品借助于这种"镜喻"的逻辑，通过各种反馈让主体从多种感官、心智来接受自我形象，自己的声音、别人对自己的评价、自己的回忆和社会文化对自己的处置方式，都让主体对自我衰老中的形象产生强烈的厌恶心理。这种因衰老而产生的自我负面评价，是一种反生命情绪，严重影响主体的生命质量。第二章讨论《石头天使》，小说中的 90 岁的主人公哈格正是以自己晚年生命中的一切可能的反馈为镜，不断地责怪自己，一直生活在深深的悔恨之中。第三章所研读的艾米斯的《翘辫子》中，几个老年人共同生活在一起，每日所见，都是与自己别无二样的衰老形象，强烈的自我厌恶心理逐渐烘托出了人物"但求一死"的"作死"心态，让老年的生理折磨在死亡中走向终结。

社会"老龄化"是人类文明发展的结果，优渥的生活水平与保健制度，让人们有望比前一代活得更加长寿。人类寿命的延长却无法保证情感世界的丰富，第四章讨论皮姆《秋日四重奏》中衰老中女性的"单恋"；第五章分析莱辛《简·萨默斯的日记》中如何从老年人身上学会成长以及如何善待老人；第六章则用《男人们够了吗》从家庭的角度分析老龄化时代的情感结构与伺候老人的伦理困境；第七章通过阿斯特利 1994 年的小说《终曲》（Coda）讲述了一个处在记忆与遗忘、言说与失语边缘的老人凯瑟琳在人生尽头，控诉当代文明对老年人的无情掠夺、剥削和边缘化。

在西方话语体系中，生命活力都集中体现在"性欲"上，形成了所谓爱欲之神"艾洛斯"（Eros）与"死神"桑那托斯（Thanatos）之间的对话性互动。艾洛斯活跃的时候，生命充满活力；桑那托斯降临时，生命即将逝去。无法忍受生命离去的人们，就只能想尽各种办法来人为地激活体内的艾洛斯。第八章通过对比两部小说来分析老年时期艾洛斯与桑那托斯的对话形式。南非作家库切的《耻》通过寻找年轻美丽的女性来作为新生激励的"尤物"；美国作家罗斯在《人性的污秽》中则想到了利用

"伟哥"隐喻来思考如何召唤生命。第九章保罗·奥斯特的小说《黑暗中的人》中虚构的美国"内战"让人们清晰地看到创痛隐喻发生在每一个人物身上，既有老年人的事故创痛、衰老创痛，也有其他年龄阶段人物所面对的全方位创痛，创痛成为生命常态，每一个人都在创痛中挣扎，苟延残喘。

老年人所丧失的，远不止于性欲。第十章以英国作家洛奇的《失聪宣判》来分析晚年"失聪"的提喻式修辞的含义。叙述者一边要面对自己老年失聪、失性欲，一边还要注意老父亲的临终护理，以一个学者独有的理性思考，面对人类宿命中的衰老与死亡，以及随之而来的痛苦经历，他有了许多感悟。

第二章

《石头天使》中的衰老与"天使情结"

（一）简介

老年人身上很容易出现一种"自仇"［self-hatred，或"自我厌恶"（self-loathing）］心理，讨厌身体对自己的"背叛"。在行动上甚至计划中的想法——即便是那些曾经轻而易举的内容，如今也无法顺利完成；记忆更是"重灾区"，一个念头转瞬即逝，任凭如何追忆都无法记起。主体在自我认知中的形象也是一落千丈，他们会觉得身边的人对自己的态度也变得越来越不能让人满意。在学术界，对青春期自仇现象关注较多，而相对忽视了老年人身上也频繁发生的自仇现象。这类负面的情感变化，同样构成老年主体的创痛感受。

加拿大作家玛格丽特·劳伦斯（Margaret Laurence，1926—1987）一生中最重要的作品《石头天使》（The Stone Angel），也是加拿大文学史上非常有影响力的作品。劳伦斯在小说发表时年仅 38 岁，正处在人生与事业的巅峰状态，与衰老有着较大的时间距离。她对老年形象的这种兴趣，既表现了 20 世纪 50—60 年代西方老龄化社会之初就开始出现的衰老问题，也表现了一个成年作家对老年生活的想象。小说塑造了一个 90 岁名叫哈格（Hagar）的老年女性形象。哈格已经走到了人生的尽头，正在遭受身体与心理的各种病痛。由于生活无法自理，她必须靠儿子和儿媳的照料来生活，这与她一生顽强的性格形成鲜明的反差，也让她感到屈辱。

小说的双重时空叙事模式，让叙事在主人公当前的生活现实和记忆的空间里切换，既是对传统线性叙事的突破，也隐喻了老年主人公的思维混乱。哈格母亲早逝，缺少母爱，在青春期充满了叛逆。从学校毕业，她希望成为一名教师，但却遭到了父亲的坚决反对，父女关系变僵。她自作主张嫁给了一个比自己年长 14 岁的鳏居男人布拉母，这让她的父亲至死无法原谅她。婚后哈格生了两个儿子：玛文和约翰；哈格不理性地将全部的母爱都倾注在次子约翰身上，但约翰明显辜负了母亲的偏爱，酗酒后死于交通事故。沉痛的打击让哈格从此变成了"石头"。从字面上理解，"石头"是不会有痛苦的，但晚年的哈格却恰恰是在遭受这种"无感"之痛。

刘意青教授认为，小说"揭示了人生最后阶段的种种困苦，为病痛和失去自理能力而感到羞耻和屈辱"①。这种观点清晰而简洁地综述了小说的大量隐含信息。然而我们不能忽视的是，一个有着如此显而易见羞耻与屈辱感的老人，并没有停留在自我厌恶的层面，在自知死期将至的生命最后关头，她试图寻找某种生命的超越，也就是对"天使"的思考，希望自己哪怕是死了，也能给这个世界真正留下点什么，能够对未来有所呵护。

哈格（Hagar）在《圣经》汉译中习惯译为"夏甲"。这本小说的《圣经》原型意义自然不可忽视。"夏甲"在《圣经》里是"天生的"的奴隶，奥古斯丁将夏甲称为"世俗之城"，或人类的罪恶状态："在世俗之城（以夏甲为象征）……"，"生子为奴，乃是夏甲。这'夏甲'二字是指着阿拉伯的西奈山"。② 整个西方文学从《旧约》到《新约》，到中世纪神学家，到文艺复兴、启蒙运动，乃至今天的文学，都在解释人类的罪恶与福祉之间的关联。无论是从灵还是从肉，从先还是从后，从长还是从幼，从血气还是从应许，这些天命与因果之间的关联让历代智者学人都困惑不解。奥古斯丁从隐喻的寓意角度，以人的存在和人性应该努力的方向，来试图解决这一难题，指出了经书上"夏甲"所代表的有着普通血肉之躯的人类（区别于"应许"与"天选"等概念）通过自身的努力而自成、自为的因果，而人最终必须走出"天生的肉身，纯粹的流放者"③的命运，走向人性的完善。这对于有着天然寿命极限的人类来说是一个极大的挑战：多少人来不及醒悟就早已命归黄泉，即便在今天人类寿命普遍大幅度提升的前提下，到死不悟者有之，悟之晚矣者有之。劳伦斯以

---

① 刘意青：《荒漠里的赫加：评玛格丽特·劳伦斯的小说〈石头天使〉》，张冠尧主编：《加拿大掠影 1》，民族出版社 1998 年版，第 112—121、117 页。

② ［古罗马］奥古斯丁：《上帝之城》，王晓朝译，人民出版社 2006 年版，第 634 页。

③ David L. Jeffrey, *A Dictionary of Biblical Tradition in English Literature* (Grand Rapids, Mich. : W. B. Eerdmans, 1992), p. 326.

"哈格"（夏甲）命名自己的主人公，赋予她足够长的寿命（90岁），看其如何走出生命的自为因果。哈格看到了自己生命尽头将至，反观自己一生的因果，有许多的抱怨。她生命中缺失天使的指引，她所见过的天使都是目盲；她也没有得到神的赐福，坎坷的一生让她走向绝望。死期将至，她该如何死去？高傲的她始终不愿意"承认"自己一生之过失。小说的结局给了她一次成为天使的机会，却又在一定程度上构成了新的开放式反讽。

（二）老年难以言说的自我厌恶

衰老中的自我形象与自我遮盖

在年轻时，哈格很意外而幸运地被父亲送去接受了高等教育，养成了非常独立的性格，一生都在追求自己想要的婚姻、幸福与家庭。即使到了老年，她仍然"想有尊严地说话，不带自责地清楚表明我的意愿"①。但也正是她所接受到的教育——那一时期女性难得的人生"奢侈品"——让她无论在主观上还是客观上都与身边的人产生了不小的距离，她在说话的时候不太顾及别人的感受，而且她一生都生活在虚假的概念里，对别人在艰难环境下养鸡下蛋换点零用钱补贴家用的做法也"嗤之以鼻"②。客观上讲，她的儿子玛文和儿媳多丽丝已经对她非常尽心了，如今想送她去养老院也确实情非得已。但哈格的内心更多地是想到自己，一开口就是"如果是约翰，他就不会把他的母亲委托给破烂不堪的地方"③。用她死去多年的儿子约翰来与眼前照顾自己的儿子玛文相比，自然会让玛文很受伤，好在玛文也已经熟悉了母亲的脾气。衰老是一个不曾被涉足的异域空间，人们必须很小心地"学会衰老"；显然，哈格缺少这方面的基本知识，用一个死去的儿子来打压她如今在老年必须依赖的儿子，不但于事无补，如果眼前的这个儿子计较的话，事情反而会更糟。这也是社会老龄化

---

① ［加］玛格丽特·劳伦斯：《石头天使》，秦明利译，中国文联出版公司1994年版，第68页。

② 劳伦斯：《石头天使》，第117页。

③ 劳伦斯：《石头天使》，第68页。

早期老人所容易犯下的"衰老中的错误"。

受过一定教育的哈格晚年成了一个清醒的现实主义者,对生命不再抱有浪漫的幻想。回首 90 年走过的人生,才发现生命里的艰苦"不可能是别的样,任何时期都是如此"①。只是到了晚年,身体之痛却不会顾及她的感受与自尊,如影随形地时时折磨不断老弱的主体:

> 疼痛又来找我了,像有把刀刺在我的肋骨之下,多油的肉根本抵挡不了它,因为它进攻猛烈且来自于内部。我喘不上气来,就像被孩子残酷地用别针钉住的蚯蚓一样颤抖着②。

第一人称叙述中用到的"多油的肉""蚯蚓一样颤抖",这些表达都带有显而易见的自贬色彩。生命中有许多意志以外的因素突然降临在主体的身上,让主体经历痛苦,并有可能因此而对生活与自我产生怀疑,如同那不期而至的第一次月经、第一次生育、不再生育③,这些都是生命的"结构性震撼"(structural shock),每一个人都会如期经历。

比起记忆中生命的各种第一次的震撼来,老年的她更憎恨看到自己变了形的老年身体,而在心理上却又不肯承认自己失去了生活自理的能力。她不甘心在儿媳面前"让她看到我蓝色的血管臃肿的肉体,还有老年女性毛茸茸的三角区"④。"让她看到"暴露了主体的自我意识和他人意识,人在对自己形象不满意时就不会希望别人看到自己不光彩的一面,一生的经历让老人形成了文化中价值判断的定式;被人照顾的老年生活,彻底颠覆了自己用一生建立起来的各种价值观念,包括卫生、隐私与尊严。如果说面对家人的这种隐私侵犯她还在一定程度上能够接受的话,她无法想象如何面对陌生人的伺候。

哈格不但不愿意让别人看到自己因年老而变形、变丑的身体,她甚至不愿意让自己看到自己:

> 我斜眼看了一眼镜子,看到了一张喷着烟雾的脸,血管使这张脸

---

① 劳伦斯:《石头天使》,第 36 页。
② 劳伦斯:《石头天使》,第 48 页。
③ 劳伦斯:《石头天使》,第 96 页。
④ 劳伦斯:《石头天使》,第 70 页。

变成了紫色，就像有人用擦不掉的铅笔在脸上涂抹过一样，我的皮肤就像人们想象中的住在海底从未见过太阳的生物一样呈银白色。眼睛下面的阴影就像两个柔和黑色的花瓣卡在那里，本应该是黑色的头发现在已是黄白色，就像在潮湿的地下室中储藏了很久的缎子一样①。

对自我形象的失望与不认同，是老年人无法接受衰老现实的一个主要原因。这种无法自视的心理，一方面隐隐谴责了西方青春崇拜文明下养成的单维度审美习惯，老年的身躯是对"美"的背叛，是痛苦的源泉；另一方面，身体也确实变化太大，"缎子"的比喻暗示了曾经的美好丽质，"潮湿的地下室"是生活环境与文化的双重作用的隐喻，而"很久"的时间则是人生岁月的打磨，后两者的共同作用让她改变，她也因此而感到对生活深深的失望。

外部世界也在跟随着老人的视线一起发生改变。满眼看去，整个世界的着色仿佛都因为衰老而变成了灰色，而"灰色并不是老年人唯一的发色，它是那些饱受风吹、雨淋、日晒的没有粉刷的房子的颜色"②。灰色是没有颜色的色调，衰老的世界变成了全部灰色的单调。

视觉之外，听觉的情形也成了制造痛苦的源头。她听到自己的声音也变成了非人的动物式的叫声："这个撕裂的声音是我的吗？这一连串的叫声，就像受伤的狗发出的。"③ 她痛苦地发现自己退化成了动物。

衰老中本能的对外抵触

人因为老了而导致身体机能下降，不得不在很大程度上依赖医药来维持身体的部分机能。对老年人而言，这也是不得不面对的一个痛苦现实。面对不得不服用的药，哈格感到的是绝望："药力把我卷入了大海冰冷的深处。"④ 这是一种濒死的隐喻，大海深处是海水从四面八方以无法逃脱的压力把主体困在死亡的核心。身体机能的衰退，让老年人——不管多么健康——都在很大程度上离不开医药的介入。在药物依赖之外，老人往往对熟悉的生活空间有着强烈的依赖，他们几乎无法在陌生的空间里存在，

---

① 劳伦斯：《石头天使》，第71页。

② 劳伦斯：《石头天使》，第35页。

③ 劳伦斯：《石头天使》，第27页。

④ 劳伦斯：《石头天使》，第242页。

会经历无边的恐惧："黑暗已经降临。我意识到自己不知要往何方而去。"①

如果说这一切痛苦都还或多或少地让老年人对衰老有一定的心理准备与接受的话，他们身体机能下降导致的便溺失禁就让他们平添许多自尊上的痛苦。哈格长期失禁，每晚都会尿床，儿媳多丽丝不想伤害老人的自尊始终没有挑破真相。但家里买不起全自动洗衣机，每日增加的换洗量只能落在多丽丝一人身上。当她最终将这件事作为一个理由想把哈格送去养老院，并在丈夫的鼓励下向哈格说明时，哈格的反应是"大吃一惊，察看着她的表情"②。这种叙述在一定程度上是在暗示哈格内心可能是了解自己失禁的事实的，但不希望儿媳点破。哈格的第一人称不可靠叙述在努力塑造一个不近情理、因为衰老也无法近情理的老人心态。生活中她只剩下这最后的依靠了，她只能希望通过自己微弱的斗争来为自己争得一点温情，一丝留在自己熟悉空间的机会。她"吃惊"是多丽丝竟然不顾她的感受把这件事说出来，而不是真的不了解自己失禁的实情，所以她才在乎多丽丝脸上的表情，而不是一味地愤怒。

哈格也理解多丽丝的当前状况，当多丽丝为自己不得已说出哈格失禁尿床的事情而道歉时，哈格内心还认为多丽丝"也许仅仅是顺嘴说出的，她得等三十年以后才能搞清"③。对生命创痛的切身感受只有像哈格这样能够清晰地感觉到生命行将结束、死期将至的人，站在类似生命的边缘，或者说几乎是生命之外的空间来反观生命时，才可以有终极的发言权。多丽丝即使有感到歉意的地方，但在哈格看来，也还需要30年的人生来体会其中的痛苦真谛。

哈格知道儿媳多丽丝代表的是外部的客观现实，外部世界无法给予老年人所需要的一切；在很大程度上讲，多丽丝已经尽到了一个做儿媳的义务，她在尽自己的最大能力照顾婆婆，但哈格似乎已经衰老到了不近情理的地步。不过这只是表面现象，心智并没有完全丧失的哈格对自己的不近情理充满了厌恶："我的心里在诅咒自己的难以摆弄，很想抓住她的双手请求原谅。"④

---

① 劳伦斯：《石头天使》，第97页。
② 劳伦斯：《石头天使》，第66页。
③ 劳伦斯：《石头天使》，第67页。
④ 劳伦斯：《石头天使》，第26页。

面对别人虚假的、即使是善意的客套，如果哈格觉得冒犯了自己的尊严，她也丝毫不会照顾别人的好意。她被带到医生面前，为了回避年龄忌讳，医生称呼她为"年轻的女士"，哈格对这种谎言的回复是："我……给了他一个呆滞而又像猫眼一样坚硬的一瞥，什么也没说。他的脸红了，我没有缓和。就像一只瞪着眼睛的老乌鸦，栖息在围栏上，随时准备呱呱叫着去惊吓那些没有准备的小鸡。"①

这里我们可以看到，在哈格的抱怨里有西方文化中如今几乎成了一种职业需要的"年龄歧视"：人们以夸张的方式缩小老人的年龄，以为老年人喜欢这样。哈格在听到一个护士叫她"乖女孩"时的反应是："假如我还有力气的话，我会一刀插入她的心脏的。见鬼去吧，乖女孩，这个鲁莽的家伙。"②

如果说面对来自公共职业领域里的"年龄歧视"，哈格表现了"睚眦必报"的战斗姿态的话，对于即使是来自亲人的任何让她不舒服的地方，她也会毫不留情地反击。孙女送她香水，她的反应是，"那香水是铃兰牌的，我并不抱怨她的选择，也不认为她不会买东西，更没有希望让她知道铃兰花的颜色太白，浓香，是我们常给死人编花圈用的花"。③ 孙女送给她的香水让她很无奈地产生死亡的联想，她把这种自发的感受表现为抱怨。从表面上看，她是在回忆自己曾经对身边这些事的态度，但对这种不愉快的回忆叙述则隐含着一种悔意，她知道自己做得不妥，即使是那些出于职业需要的问候，在她这里有了"被歧视"的效果，但都改变不了别人是在好心地为她提供某种服务、在努力讨好她，尽管讨好的方式与效果不尽如人意。

（三）　衰老中的命运之痛

哈格在老年的人生回首中，不得不思考自己的一生为什么会过得如此艰难？到底是她本人做错了什么，还是周围的社会与环境对她做了什么？表面上，她孤傲的性格让她不承认自己做了什么错误的决定，但事实上，

---

① 劳伦斯：《石头天使》，第 83 页。

② 劳伦斯：《石头天使》，第 240 页。

③ 劳伦斯：《石头天使》，第 29 页。

第一人称的叙述中，隐含了许多的内心表白与反思。

艰难的爱情回首

在哈格的叙述中，我们看到影响她一生的重大决定包括：1. 从学校毕业后，她希望成为一名教师，父亲坚决不同意，她终于没有做成教师，父女关系也因此而变僵。2. 她自作主张嫁给了一个在几乎所有人看来都很平庸的男人布拉母，而且比她年长 14 岁，又是鳏居且有几个孩子，这让她的父亲至死无法原谅她。3. 婚后哈格生了两个儿子，玛文和约翰。她选择更爱次子约翰，她希望像天使一样呵护约翰，又逼着约翰能够像经书上的雅各去寻求天使的赐福。

其中第一次不成功的选择是由于父亲的干预，是外部环境的作用。确切地说，父亲送女儿去多伦多接受高等教育的目的，是想让哈格能够学到更多的"装扮"性的东西，好做一个真正的"女人"、真正的"小姐"，并不是真实的本领或知识。父亲亲口这样解释送她上学的目的："这里没有人能教会你作为女人应该怎样打扮，作为小姐应该有什么样的行为举止。"[①] 哈格也确实在学校学到了这些东西。

> 两年后我回到家，已经学会了绣花、法语、计划五道菜的菜单、如何严厉地对待仆人及最新式地梳理我的头发。我最后发现，这些几乎完全不是我要过的生活的理想成就，但当时我一点也不知道，我是不情愿地回到他屋檐下的法老的女儿，回到了他那个地处荒野之中令人不解地受着保护的方型砖砌宫殿，回到了他的纪念碑耸立的地方。[②]

以这一次非完全自主的选择，哈格既学到了不少宝贵的知识，更学会了一种"叛逆"，与她本来的"高傲"性格相互作用，她已经不想按照父亲的设计去生活了。

哈格的第二次选择是她关于婚姻和爱情的。在所有人眼里，布拉母（顿）就是一个"平庸（如土）"（common as dirt）之人，但长期被父亲

---

① 劳伦斯：《石头天使》，第 37 页。
② 劳伦斯：《石头天使》，第 37 页。

"禁锢"的哈格在一次舞会上与布拉母有过交往之后，被他外部的男性特征迷住了，很快提出要与他结婚。父亲不同意，她就一意孤行，"我……被自己的胆大妄为所陶醉"[①]，这种叛逆与挑战父权的喜悦战胜了她的理性，她很明显地高估了自己能够改变这样一个在所有人看来都平庸的男人的能力："我像一只新生的昆虫一样熠熠闪光，自由翱翔，而且也确信当父亲看到布拉母顿·希伯利发家致富、变得温柔、学会系领带和语法时他会软化、让步的。"[②] 但布拉母终于无法让哈格如愿有所变化，反而更糟；他的卫生习惯令人作呕，而且对哈格动辄恶语相讥，哈格反思他们似乎荒唐的结婚原因：

> 我们后来发现，我们结婚就是为了那些我们彼此不能忍受的行为举止。他忍受不了我的举止和语言，我忍受不了他对此的嘲笑。[③]

但是，哈格却在丈夫身上找到了排除一切身份因素的尊重：

> 我曾是他的哈格，如果他还活着，我仍是他的哈格。而且我认为他是唯一的一个把我视为哈格——而不是女儿、姐妹、母亲，甚至妻子——的人。他留在我身上的痕迹是爱。[④]

这段回忆中有一种沉痛的文化记忆，是对几千年父权传统的抗争，女人不被当作人看待，而是各种文化身份符号——女儿、姐妹、母亲或妻子。人的一切"身份"都具有文化因素，文化赋予人特定语境下特定的身份，通过身份来规定人的行为，让人按照身份的设定来完成文化的赋值。到了老年，文化赋予老年人的身份赋值就是安静地死亡，是逆来顺受地听从别人的安排。哈格读出了这种文化的悲哀，并试图与这种庞大无边的文化结构进行抗争，但她却必须付出沉痛的代价。如今在这种抗争的"后遗症"里，是一种结构性"创伤后应激障碍"（PTSD）。文化、父权可以给她一个安逸的生活，却不能给她一个真实的哈格。一直到死，哈格

---

① 劳伦斯：《石头天使》，第43页。
② 劳伦斯：《石头天使》，第44页。
③ 劳伦斯：《石头天使》，第72页。
④ 劳伦斯：《石头天使》，第72页。

都想努力做一个拥有自由意志的"哈格"。她的婚姻选择是这种想法的集中体现，她为能够"保持自己的骄傲而感到自豪，在某种程度上就像保住处女膜一样"①。这是哈格的一种矛盾表述的典型体现，她渴望通过婚姻来保持自己的"处女贞操"，在对生活全然不知的情形下就进入了一个自己妄想的生活状态，如同婚后的第一次做爱，她甚至都不知道那是会疼的，甚至都不知道自己身体中会有一个可以容纳男人生殖器的空间。对生活的无知与盲视是这部小说想实现的重要反讽，隐喻的则是人类的整体生存状况，即人要么在文化与传统的思维中求得安逸，要么在盲目追求自我的努力中被撞击得头破血流。

亲情丧失之痛

布拉母虽然能够给哈格以爱，以平等的人的尊重，但毕竟他本人身上缺点太多，无法——也根本不愿意——实现哈格对他的期待，他甚至印证了哈格父亲的观点，因一身劣习而成了一家人的耻辱。哈格在新的雇主面前甚至只愿意提及自己的父亲，而撒谎说丈夫已经死去②。

哈格固执而自作主张的婚姻选择表现了她身上难得的情感自立与勇敢的叛逆精神，但她识人有限，对人性的无知以及对自己的盲目自信，让这段婚姻给她带来无尽的痛苦，更让她与父亲彻底交恶，父亲到死都没有原谅她，哈格也一直没有原谅父亲。父亲死后一分钱也没有留给哈格而是捐给镇上；哈格去继承父亲剩下的一点家产时也是充满怨恨："我拿了一些家具和一两块地毯，我没有心思选择，因为那时我特别生我父亲的气，既没有对他的死表示哀悼也不想要他房子里的东西。"③ 父女俩以各自理解的"正确"到死都拒绝和解，也构成了人性的张力。哈格不想接受父亲对自己命运的安排，但她并没有从中悟到真正的教训。婚后不久，她有了自己的两个孩子。她很快就重蹈父亲的覆辙，为儿子作出命运的安排。

哈格曾经自诩会如同呵护自己的少女贞操一样毕生呵护一个有独立精神和情感追求的自我，然而儿子降临后，她马上改变了这种观点：

> 我自己从来不在乎。我关心的是孩子们的利益。我不怎么为玛文

---

① 劳伦斯：《石头天使》，第 74 页。
② 劳伦斯：《石头天使》，第 148 页。
③ 劳伦斯：《石头天使》，第 56 页。

考虑，因为他是彻头彻尾的希伯利家中之人。约翰则是个应该上大学的孩子。①

常识告诉人们，"手心手背都是肉"，做父母的不应该在儿女面前太偏心；常识还告诉人们，"儿孙自有儿孙福"，做父母的或许就没有必要为儿女设计过多。但一个如此追求个性独立的哈格，却不幸地在这两点上同时犯下了常识性错误。为了约翰这样一个根本不可能上大学的儿子，她付出了很多徒劳。她对约翰的娇惯代表了一种母性的盲目与不理性：

　　……约翰两岁时发脾气屏住呼吸……我乞求，为他祈祷，就像他是个孤儿、无情的耶稣一样。直到布拉母对我俩大发其怒，扬手打了他，才使他大叫一声喘上气来。②

很明显，哈格虽然不承认，但她的叙述已经传达了这样的信息：她对小儿子的纵容（或许如同她对大儿子的冷漠）恰恰是在葬送儿子。在哈格对小儿子不理性的溺爱中，我们隐约可以看到她对已经故去的父亲的愧意，看到她实际上是借小儿子来复活曾经被她愧对的父亲：

　　"遗憾，"我常对他说，"太遗憾了，你的外祖父没能见到你，你是他理想中的孩子。没关系。或许你不会像他那么有钱，但你具备他那种自强的精神。他从苏格兰来这里时，还是个男孩，连个豆子都没有。他曾在安大略省的一个商店里工作，攒够了钱就来这里自己开了一家店。……他获得了成功。一个人如果能比别人努力工作他就能获得成功——这是他常说的话——如果他一无是处，那他就不能指责别人，只能责备自己。"③

哈格心中对父亲的愧疚之情已经非常明显，同时她话语中的"一无是处"自然指的是被所有人都瞧不起的自己不争气的懒惰丈夫布拉母。在约翰六岁时，哈格把约翰的外曾祖父传给外祖父（也就是哈格的父亲）

---

① 劳伦斯：《石头天使》，第 57 页，译文有所改动。
② 劳伦斯：《石头天使》，第 48 页。
③ 劳伦斯：《石头天使》，第 114—115 页。

的"带有苏格兰花纹的家徽"① 给了他，但约翰并不在乎，很快就与别人换了一把刀②；而且约翰不喜欢音乐，很小就从他父亲布拉母那里学会了说脏话，与别人打架，是一个实实在在的"问题学生"。面对恶劣的教育环境、丈夫布拉母嗜酒如命成为所有人的笑话，哈格卖掉自己的首饰，带着约翰离开了布拉母。

到了新的环境，哈格继续让约翰上学。可就在她以为约翰真的在上学期间，约翰学会了撒谎，编造各种自己在上学的故事来骗母亲，偶然得知真相的哈格却没有勇气揭穿儿子的谎言，而是继续以孩子外祖父的例子来说教，希望约翰有所改变：

> "富人并不是生来就都有钱的，许多人都是像你外祖父那样勒紧鞋带依靠自己发家的。你也会的，我知道。你会做得很好的，不信你就等着瞧吧。你继承了外祖父的精明。我们终有一天会拥有比这儿更好的房子的。"③

到了上大学的年龄，既没有钱也自认为"没那个脑袋"④ 的约翰连申请大学的信心也没有，在得知父亲快要去世的消息时，约翰选择离开母亲回到父亲身边。最终，约翰酒后逞能开车出事故，与自己的恋人一起死于非命。看到最爱的小儿子的死，哈格感到心如死灰："儿子死去的这一夜，我变成了石头人，一滴眼泪也没有。"⑤ 这种突然死亡是作家经常使用的叙事手段，意在加强叙事的戏剧性。事实上，哈格心中的约翰早已死去，当他不按照她的意志好好上学、不像他外祖父那样艰苦持家，约翰就已经背叛了她。如今约翰的肉体死亡只不过是一种雪上加霜式的双重背叛。但是这种母亲对钟爱的儿子的盲目而顽固的情爱如今所发生的"背叛"式丧失，是她一生都无法调和的心灵之痛，她甚至无法与任何人说出这种痛，只能一个人在内心默默地忍受。

---

① 劳伦斯：《石头天使》，第115页。
② 劳伦斯：《石头天使》，第134页。
③ 劳伦斯：《石头天使》，第148页。
④ 劳伦斯：《石头天使》，第154页。
⑤ 劳伦斯：《石头天使》，第224页。

（四）盲视的天使与创痛

成石之痛

一个活生生的生命，最终却难逃变成冰冷无情的石头。这是小说《石头天使》借第一人称叙述者哈格来表述的命运悲剧与不甘。知道生命将变成石头这种清晰的意识与自己不甘变成石头之间的挣扎，以哈格自己的话来说，就是"……绞尽脑汁试图去战胜上帝的意志"①，这种无法走出的悖论，就构成了生命的结构性创痛——"绞尽脑汁"是人工于算计的天性，"上帝的意志"是命运中诸多不可控因素与无法预测的未来变化，人无法做到如动物般的安于天命，总想做出一些改变自己命运的努力，在更多的时候，这种努力却适得其反，走向了事与愿违的结局，结果就是人越是努力，反而就会遭受到越大的痛苦，而且，这种痛苦往往集中体现在老年时期的自我反思过程之中。

这种结构是人类命运的特色，起因在于对生命的意识，即清晰地知道宝贵生命的必将逝去，多姿可爱的生命将变成顽石；成因在于意志的不甘，即希望生命能永恒，能有某种意义留下来。在漫长的生命历程中，每个妨碍生命意义生成的事件都可能会成为大小不均的历史性创痛事件，是命运对意志的干扰。面对这种干扰，主体除了愤怒，几乎没有他法。哈格的一生，正是在这种结构性创痛的背景之下无数的历史性创痛事件的互动，让她一生感到苦不堪言，她因而也充满了对命运的愤怒。

小说在一开头就以寓言式结构来定格这个 90 岁的哈格，让她以第一人称叙述者的身份，讲述自己小时候见证的母亲死亡变成石头的历程：

> 小镇的山坡顶端曾伫立过一座石头天使，我不知道她现在是否仍然还站在那里。为了纪念我那为换取我顽强的灵魂而放弃了自己虚弱灵魂的母亲，我父亲兀傲地买来了母亲的天使。像我父亲希冀的那样，她被用来作为母亲的墓碑，同时也是父亲领地的标志。②

---

① 劳伦斯：《石头天使》，第 201 页。
② 劳伦斯：《石头天使》，第 1 页。

四个有某种生命血脉关联的形象并立其中。首先是叙述者哈格的反思。在她的眼里，其他三个形象都让她无法接受。母亲与父亲都是曾经给过哈格生命的形象，但如今，却以自己的虚弱灵魂换取女儿顽强灵魂而离开了这个世界。这种灵魂换取过程在一般人眼里无法质疑，是生命再自然不过的转换过程。但对于哈格这样一具"顽强"的灵魂而言，是不会轻率地接受这样简单的交换的。可以说，她的一生都在反视自己母亲变成的这尊石像。而她的父亲凭着不理性的"兀傲"（pride），希望以一块价值不菲的、从意大利弄来的石头来标识一个已经逝去的生命，借以表明这个生命不会真的逝去，当然同时也希望保留自己的生命永恒——标明自己的领地，标明自己的永恒不朽（forever and a day①）。

第四个形象是"石头天使"，定格了其他三个形象的代理、注视和希望——或者说"幻想"（fancy）：

> 年复一年，她站在那里盲视着小镇。她的盲目是双重的，不仅仅因为她是石头铸成的，而且也因为她没有被赋予视力的掩饰，雕刻者在她的眼球处只留下了空洞洞的眼眶。她站在小镇的山坡上，在不了解我们究竟是何许人也的情况下使我们所有人都回归天堂，这令我感到非常奇怪。然而那时我还太小，还不知道她的用途，尽管我父亲时常告诉我，她是从意大利买来的，非常昂贵，是纯白大理石制成的。我现在想来，雕刻她的石匠一定是遥远的太阳底下伯尼尼玩世不恭的后代，他们批量地制作这种雕像，令人起敬地精确地预见到这块荒凉土地上稚嫩的法老的需要。②

这个如今 90 岁的哈格，回顾自己在"太小"时候的经历，她看到的亡故的母亲的天使只能是"盲视"众生，并不是真正的生命，也不可能了解生命，因而"使我们所有人都回归天堂"也就成了生命意义的反讽，只不过是"批量地制作"的商品。这是毕生追求生命与个性独立的哈格所无法容忍的。她心目中的每一个生命都必须是有与众不同的生活轨迹与追求的，不应该是批量地制作出来的千篇一律的石像。但是，在加拿大，

---

① Margaret Laurence, *Stone Angel* (Toronto : McClelland and Stewart, 1988), p. 3.

② 劳伦斯：《石头天使》，第 1 页。

在哈格生活的马那瓦卡镇上，连"法老"都是稚嫩的，人们对精神生活丰富多样与个性化需要似乎就要屈从于意大利那些玩世不恭的雕刻的精确计算。哈格还特别指出，母亲的天使"并不是马那瓦卡墓地唯一的天使"①，这呼应了前面的"批量"制作，哈格也怨恨上帝"给予了我们眼睛，却让它们视而不见"②。石头天使的盲视隐喻的恰恰是世人的有目不视、有耳不闻的现实。

哈格意识到石头天使不管制作得如何完美与昂贵，都终将被人们遗忘，而自己也将逃脱不了被人永远遗忘的命运，就仿佛不曾生活在这个世界上一样："正像我，哈格，也毫无疑问被遗忘了一样。"③ 在母亲、父亲、自我、石头的四位一体中，父母是生命之源，也是生命意义的源头，自我是他们生命的延续，而自我却要见证一切都变成石头的必然结局，这对生命意识如此强烈的哈格来说，是她无法以平和心态来面对、更不要说接受的命运。

天使之悟

本来人如果真变成了无灵性的石头，变成了生命的"死水"，或许是一种身体感受上的解脱。问题是，对于人类而言，"无感"竟然是一种情感表现，其被动与消极的负面特征恰恰给人以巨大的折磨。当我们讲一个文明在"死去"的时候，在很大程度上也就是指责这种文明在整体上的无感。这不是人没有感受能力，而是指社会、生活、命运剥夺了人的感受机会。

哈格的心里充满了对"命运"的愤怒："我气愤，这口气我到死也咽不下去。不是对任何人，而是对命运。"④ 哈格的这种愤怒恰恰体现了人们心中常怀的"天使情结"。在人生的关键时刻，常常希望有天使能够降临在自己身边，给自己指点迷津，并带来神的赐福；而当自己身处一定的位置、高度的时候，又希望以天使自居，希望能够赐福给他人。这种天使情结实际上带着双重的盲视。我们希望降临在自己身边的天使就如同墓地里守望的天使石雕，对人们的需求总是充耳不闻、目盲不视；我们希望成

---

① 劳伦斯：《石头天使》，第 1 页。

② 劳伦斯：《石头天使》，第 161 页。

③ 劳伦斯：《石头天使》，第 2 页。

④ 劳伦斯：《石头天使》，第 231 页。

为别人的天使时，又恰恰是带着我们鲜明的个性局限，无视他人的真正需要，最终同样酿成悲剧，形成无法修复的结构性创痛悲剧。为了与命运抗争，哈格曾经要求小儿子约翰搬起倒在地上的大理石天使，却适得其反地让约翰受伤：

> 我希望他能像雅各一样同天使较量，打败天使，以力量索取赐福。但约翰不是这样，他大汗淋漓，气愤地呻吟着。他脚下一滑，额头碰到了大理石天使的耳朵上，肿了。①

我们知道，在经书上，雅各是撒拉的儿子，不是夏甲（哈格）的儿子，雅各是应许之子，约翰不是；雅各主动与天使角力，约翰则是迫于母命向（石头）天使求福……各种对比的反讽非常明显地烘托出了哈格的悲剧性。绝望中的哈格临死前只能对天悲鸣：

> 我应该请求神赐福我吗？事情都已经发生了。啊——不，我不想要这种祷告。我所想的全部就是——赐福与否，主啊，随你的便。因为我从不乞求。②

哈格的这一声"随你的便"，既是她对命运的绝命之叹，代表了现代人一种求福无门的无奈，也代表了一种自我向命运的"妥协"，因为即使眼看死期将至，她也并没有绝望到对神的"诅咒"的愤怒，或者是发出尼采式的"上帝死了"的狂语。在目盲无视中跟跟跄跄地走完一生的她，只能接受毫无赐福的一生。现实生活中有几人真见过天使传话、神明降临？所代表的恰恰是现代人性中的"不甘心"，即使自己无法接受赐福，即使别人不需要、也不在乎我们的赐福，我们仍然要选择成为一个天使，赐福给那些我们所爱之人。这种相对狭隘的、有分别的爱，所遭遇的是命运的无情。

渐渐地，小说给了哈格一次从中开悟的机会。此时的哈格内心已经开始发生变化。不信神的她虽然仍然不愿意祈祷，仍然不相信神迹，但对信

---

① 劳伦斯：《石头天使》，第167页。
② 劳伦斯：《石头天使》，第291页。原文着重。

仰、对人类的希望突然增加了。临死前，她对前来为她祈祷的牧师托利说，他可以为她唱颂"以'居住在地球上的所有人类'开头的"[①] 那首称谢诗篇（《圣经·诗篇》第100首）。牧师的歌声让哈格泪流满面，哈格临死前被圣歌所感动而流出的泪水，符号性地表明了她的开悟，尽管不是"顿悟"，她终于明白：

> 高傲是我的荒原，领我去那儿的却是恐惧这个魔鬼。我除了孤独还是孤独，可又从未自由过，因为我在心中给自己戴上了枷锁，这枷锁又溢出我的身体，束缚住我接触到的一切。噢，我的人儿，我死去的两个人儿，你们是死在自己手上，还是我的手上？没有任何力量可以带走那些岁月。[②]

她明白了自己一生之悲剧起因恰恰是自己的性格结构，是她的高傲。小说结尾处，她开始理解自己的儿子、儿媳为自己做出的各种努力，也开始配合护士的工作，甚至接受别人的一些帮助。她甚至接受小儿子生前讲过的"玛文才是最爱你的，可你总是意识不到这一点"。[③] 她终于主动对大儿子说："你从没有对不起我，玛文。你对我一直很好。你是个好儿子，比约翰强。"[④]

（五）本章小结

劳伦斯在38岁时发表的这部小说《石头天使》的出版经历了许多波折。一直到小说快要出版了，关于小说的名字都难以达成共识。经过几次协商，劳伦斯终于想到早该以"石头天使"来作为小说的名字，而且很快得到编辑、出版商的一致认同。主人公哈格的名字源自《圣经》中"夏甲"之名，小说的汉译本为"哈格"有嫌不妥，但却对本文讨论提供了不少方便："夏甲"是《圣经》中的原型，"哈格"是小说中的人物。

---

① 劳伦斯：《石头天使》，第274页。
② 劳伦斯：《石头天使》，第276页。
③ 劳伦斯：《石头天使》，第224页。
④ 劳伦斯：《石头天使》，第288页。

哈格的"天使情结"让她一生吃尽苦头，她既没有得到天使的任何赐福，也没有让自己成为天使。面对自己一生所遭受的创痛生命历程，她在临死前终于悟出了自己性格中的高傲使得她拒绝听从父亲的忠告，又顽固地给小儿子倾泻更多的母爱，结果都事与愿违。小说以哈格的死作为结局，让她在临死前有了一次虽然短暂、却意义非凡的走出自我的机会，不信神的她也接受了牧师的祝福，还主动要求以"居住在地球上的所有人类"的诗篇为题，标志着她走出狭隘的"小我"生命，与自己的创痛一生达成最终的谅解。

第三章

《翘辫子》中的衰老创痛与"垂死恶魔"

（一）简介

任何年龄阶段，包括老年，都有幸福快乐之生活；任何社会形式，包括动荡年代甚至战争时期，也都有生活得惬意自如之人。虽然在结构性创痛和历史性创痛的共同作用下，人们几乎难以幸免于创痛的折磨，但文学作品对创痛的因果呈现，总还是会在引发创痛的诸因素中作出相应的取舍。

艾米斯（Kingsley Amis，1922—1995）在《翘辫子》（*Ending Up*，1973）一书发表时，已年过半百，他隐约地自感衰老已至①，早年成名的他正遭遇"江郎才尽"的自我怀疑②，而身边的老年家庭成员又让他感到老年生活的痛苦不堪，因而萌生了用文学作品来艺术地呈现、探讨人类老年的痛苦生活的念头。70 年代的英国已开始进入老龄化社会，当时英国的现实就是老年人可能已经失去配偶，孩子们要么冷漠无情，要么远在异国他乡，孤独中的衰败感开始在文学领域"充斥全部的想象力"。婴儿潮一代的记者（baby-boomer journalists）不断有人写文章说，志趣相近的老人群体可以建立抱团养老模式，这种模式给了人们关于衰老的许多浪漫想象：

> 要是有陪伴那该多好，共同烹饪，一起就餐，共享汽车，一起拿

① Richard Bradford，*Lucky Jim：the Life of Kingsley Amis*（London：Peter Owen Publishers，2001），p. 289.

② Andrew James，*Kingsley Amis：Antimodels and the Audience*（Montreal；Kingston；London；Ithaca：MQUP，2013），p. 151.

处方，需要的话还可以退回到各自的私人空间。①

人到了晚年，原有的生活需求并未消失，只是每一种需求的规模可能都在明显减少。衣食住行样样不可缺，但每一样又都不值得煞有介事地去忙碌。以吃而论，想吃点可口的东西，忙活半天，可能也吃不了多少。久而久之就会对吃饭产生的各种浪费心生畏惧。理性地计算，"抱团养老"似乎合理地解决了这种需求，既有效地节省了并不丰富的社会资源，又能让老年人彼此有个照应。但人，尤其是经历了人生旅途中各种风浪的老年人，恰恰是最无法用任何计算公式来表达的高等动物。

艾米斯不喜欢那种不切实际的浪漫，而是以一种更大的现实主义勇气，直触老年人的真实生活。评论家认为，这是一本"不含自欺之弊却又异常风趣的小说"②，其不自欺的一面也为小说赢得了"最为凄凉"（bleakest）的评价③。

（二）衰老之痛

艾米斯于 1954 年发表的小说《幸运的吉姆》（Lucky Jim）被誉为 50 年代英国小说的代表④，也是英国"愤怒的青年"（Angry Young Man）文学的代表，但是如洛奇所精确指出的那样，艾米斯的作品却并不是靠"愤怒"的情结来支撑的，而是"对社会行为和个人行为中的矫揉造作和虚伪性的敏锐批判"，而且他把这种敏感性转换成了他的搞笑型喜剧风格与有着极具个性的散文风格⑤。20 年后的 1974 年，52 岁的艾米斯开始关注衰老现象，发表了《翘辫子》。当时他与第二任妻子结婚已近十年，两

① Helen Dunmore, "Introduction," in Kingsley Amis, *Ending up* (London: Penguin, 2011), p. ix.

② Dunmore, "Introduction," p. x.

③ London Times Obituary: Sir Kingsley Amis, in Robert H. Bell (ed), *Critical essays on Kingsley Amis* (New York: G. K. Hall; London: Prentice Hall International, 1998), pp. 327-331, 331.

④ Malcolm Bradbury, *The Modern British Novel* (London: Penguin Group, 1994), p. 320.

⑤ David Lodge, "Closing Time," in *Critical essays on Kingsley Amis*, Robert H. Bell (ed) (New York: G. K. Hall; London: Prentice Hall International, 1998), pp. 309-314, 309.

个家庭共有五个耄耋老人一起生活。这让艾米斯近距离观察老年人生活状况有了最便利的条件。

　　小说《翘辫子》极具毕加索、海明威等现代主义大师的简洁明快风格，作者惜墨如金，同时又把当代发达资本主义社会里老年人的苦难生活精准地传达了出来，因而又极具后现代的解构与反讽特征，既充分展现了造成这种创痛生活的社会因素，又把个人因素进行了细致的呈现。艾米斯为什么要用一种喜剧性的风格来书写衰老生活的苦与痛，为什么要以现实主义小说中所常有的悲观主义的色彩让读者在笑声中品味？学者作如是回答：

　　　　当健康、慈爱、温暖和柔情都被消耗掉——或浪费掉——以后，生活会变成什么样，这样的问题令人痛苦，难以下问，也难以回答。只有这种品质的喜剧才可以津津有味地拥抱这萧瑟的仲冬，也让读者品味了这种萧瑟。①

因老而痛的人生

　　小说刻画了五个70多岁的老人结伴而居，岁月以明显的身心痛苦都给他们作了标记。伯纳德从陆军旅长退休下来，腿有伤走路不太利索，患有严重的痔疮，他曾经的同性恋人肖迪见证了痔疮给伯纳德的折磨：

　　　　也许正是痔疮不寻常的地狱般的作用使得那天上午伯纳德的脸色更加苍白。几分钟后，肖迪走进起居室，看到伯纳德那一脸苍白，以及那苍白让他看起来多么的衰老，或者说，多么不同寻常的苍老，让他深为震惊。他的眼睛永远充血，都快要流出来了。②

　　痔疮导致每日大量出血，使他痛苦不堪、显得异常苍老，"比起75岁的年龄来他更像85岁"③，最终医生也因此而宣布他三个月的生命，让他绝望。

---

①　Dunmore, "Introduction," p. xiii.

②　Kingsley Amis, *Ending up* (London: Penguin, 2011), p. 10.

③　Amis, *Ending up*, p. 10.

"矮子"肖迪（Shorty）曾经给伯纳德做过勤务兵，两人也有过一段时间的同性恋情，如今与伯纳德共处一室，但早已不再同床。肖迪嗜酒如命，每天至少喝一瓶葡萄酒。感到味道不错的酒他还会喝得更多；然后，整天在半醉半醒的状态中度过。阿黛拉与他单独在一起时，就会劝他说"人到了 73 岁就应该为健康着想少喝酒"，对于这种劝解，肖迪自有一套说辞："为了自己的年龄，多喝些酒，他会对自己说。"① 就是说，他不是不知道喝酒存在的可能副作用会影响自己的健康，但既然活到了这个年龄，还有什么可以顾虑的呢？与其乏味而死，他会更愿意选择在喝酒享乐中死去。这种"不在乎"衰老死亡观也同样发生在伯纳德身上：

> 玛丽高说："你看上去脸色苍白，我想你抽烟抽得太多了。你这个年龄抽烟没有什么好处。"
> "也不会有什么坏处。我没事。"②

肖迪在军旅生活的打拼中练就了超强的语言模仿能力和游戏天赋，他调侃身边的一切，包括自己当前居住这个名叫"两分半农庄"的共同寓所里半仆半友的尴尬地位。学者从他的话语间看到了"一种莎士比亚式的品质：他藏身于众人的虚伪与欺骗之中，既是合唱式的附和，又是小丑式的插科打诨"。③ 肖迪享受自己自由编织的词语之网的各种小乐趣，偷着喝酒，放屁，抽烟，完全自顾自地睡去，即使是他曾经的上司、情人伯纳德也完全对肖迪无可奈何④：

> 他抿了一口酒，点燃了一支普莱尔烟，又抿了一口酒。这是一个士兵的真正意义上的第七重天：干爽、温暖、待在家、不用干活、可以抽烟、喝醉，还可以再醉一点。"不会失职被抓。"肖迪说。⑤

这样一句话就透露了一个油滑老兵在表面快乐的背后所经历的辛酸一

---

① Amis, *Ending up*, p. 9.

② Kingsley Amis, *Ending up*, p. 109.

③ Dunmore, "Introduction," p. x.

④ Dunmore, "Introduction," pp. x-xi.

⑤ Amis, *Ending up*, p. 45.

生。军旅生涯让他自由的个性受到了极大的约束，虽然他从中学到了油滑处世之道，让自己整天以一种"乐天派"的面目示人，但背后他所经历的创痛却清晰可见。与伯纳德一样，他也患有痔疮，平时让他备受折磨，但他尽量不对别人说，即使医生的例行检查他也拒绝吐露更多的信息。他自认为一生都没有见到过"公平"，这就是为什么如今在人生的尽头的老年，他会绝望地发出对"上帝"的嘲讽：

> "啊，"他说，"好吧，我们都知道，如果不是血腥的恐怖，对你没有任何好处。这就是生活。看在巴珊大公牛①份上，这就是你的命。我想上帝在创造世界的时候醉得很厉害，而从那以后他就一直在尖叫的宿醉中。"②

在表面上乐呵呵的性格掩盖下的这种充满创痛的自我话语更鲜明地衬托出他内心世界所遭受的巨大折磨，换言之，不是他不想在乎，而是在这样的一个悲惨的世界里，他不但看不到未来的任何可能的改变，也无法解释他的过去时光是如何让他陷入当前的困境，如果说真的要找一个理由的话，或许就只有"衰老"这一个原因可找。

无爱之老年

伯纳德的妹妹阿黛拉是这个农庄的真正主人，如今负责这五人的全部生活起居开支预算与日常琐事；她患有间歇性发作的严重胃溃疡；但比起身体的痛苦来，她更大的痛苦源自情感。她一生未婚，既无人爱也未爱过人，如今老了，依然渴望爱与被爱，无奈她既不会表达爱，无论在长相与性情上又似乎都不招人爱，她身边的人都尽量避免与她有更亲密的示爱举动：

> 阿黛拉一生的主要任务就是找到一个她可以爱的人，一直到她第五十岁生日的时候，她才清晰地意识到这是不可能的。她早就放弃了接受到爱情的希望。她从来没有被狂热亲吻过，哪怕是温和与短暂情

---

① 语出圣经《赞美诗》第 22 篇第 12 节（Psalm 22：12），strong bulls of Bashan surround me "巴珊大力的公牛四处困住我"，此处为肖迪发誓的不敬之语。

② Amis, *Ending up*, p. 111.

感的亲吻。她自己解释为是由于自己极度丑陋的结果。①

阿黛拉做了几十年的护士，职业使然让她有机会接触到不少人，但没有一个愿意与她相爱的人，她也只能归咎于自己长相之丑。这种自我归因或许有一定的道理，但在现实生活中，与外表无关地找到一个恋人应该不是一个太大的问题，更令人信服的原因大概还在于她的"情商"出了问题，不善于表达自己的情感可能是一个主要的原因。但小说没有去叙述这方面的细节，让她的情感经历成为一个空白。她的哥哥伯纳德性情乖张，从来都没有想到该向这个妹妹表达某种爱意，妹妹对他的示爱他也尽可能敬而远之。

连来访之客——玛丽高的外孙特雷弗，出于一般礼节不得不有所表示时，竟然是"抓住她（即阿黛拉）的上臂，以避免任何拥抱的努力"；他的妻子特蕾西"事先被教过，轮到她时也是这样。如果阿黛拉闻起来没有这么苍老的味道，她或许会多表示一点"。②

庄上的另一个住客乔治因为中风而半身不遂，幸亏阿黛拉努力说服了哥哥伯纳德让乔治也来到农庄好有个照料，即便这样，阿黛拉连向乔治简单示爱的勇气也没有了："阿黛拉本想吻乔治，但没有冒险；她转而握住乔治的手，却一开始就握了那只错手。"③ 这一"握错手"的暗示已经很好地展示了阿黛拉不善于示爱的真实人生。乔治的中风让他只能处于被动地"接受"他人之爱的境地，是阿黛拉尝试建立良好情感关系的对象——此时的阿黛拉急于想证明自己有"爱"，但即便是在这种她占主动、对方被动的情境下，她都能犯下常识性错误，这就清晰地表明了原因完全在她这一方。

如今老了，爱或被爱也不再是她奢望的事，没有人需要她的爱，也更没有人愿意爱她。她能做的，就是给大家当个"管家婆"，照顾大家的起居。她的恐惧就是"担心无助地病倒，无人照料"。④ 对于一个毕生照顾别人的人，老了有这种恐惧的折磨才是她莫大的悲剧。

玛丽高与阿黛拉认识于1919年，"如果说阿黛拉曾经有过朋友，那就

---

① Amis, *Ending up*, p. 7.

② Amis, *Ending up*, p. 23.

③ Amis, *Ending up*, p. 39.

④ Amis, *Ending up*, p. 7.

是玛丽高"①。这大概是阿黛拉仅剩的情感依赖，尽管玛丽高对阿黛拉的态度很疏远。在1969年丈夫去世后，玛丽高没有了居住的地方，遂搬来与阿黛拉一起生活；玛丽高总是以夸张的口气说些扮嫩的、早已过了时的嗲称，借以表明自己是20世纪20年代伦敦的年轻贵族所标榜的"阳光小可爱"（Bright Young Things）② 中的一员，而事实上她可能根本就不是③。

玛丽高患上了老年人常有的健忘症。好忘事的她会以同一个理由向同一个人发出两张完全一样的圣诞贺卡——"或者更精确地说，是圣诞贺信，因为每一张卡片都含有个人信息，都相当长"④。她就只好选择少写信，毕竟把同一个人的同一封信重复寄出两次或更多是一件非常不礼貌的事，她又不愿意抄信和存底；"她觉得她最好试着和伯纳德和肖迪相处，她必须越来越依赖他们的好心，同时又不认为这两个人会有好心"⑤。

乔治以前是北安普敦大学的中欧历史荣休教授，五个月前中风导致半身不遂与语言能力部分丧失。他妹妹生前是伯纳德的妻子，如今他生病生活不能自理，又没有任何亲人，在阿黛拉的提议下，搬到这里与他们一起生活。五个人中，乔治最小，也有70岁了。

> 乔治并不是脑子坏了，只是中风使他痛苦，不仅是偏瘫，还有名词性失语症。在这种情况下，患者发现很难记住名词、常用术语和熟悉物体的名称。⑥

以一个大学教授的知识与敏感，如今到了老年他竟然生活不能自理，必须靠寄人篱下来生存，这种痛苦可想而知。而且，他还"相当肯定"而痛苦地发现，"没有编辑或出版商对他可能写的任何文章或书籍感兴趣"⑦。乔治1903年出生，到1973年70年的人生，经历了一堆与意识形

---

① Amis, *Ending up*, p. 40.

② Amis, *Ending up*, p. 44.

③ Dunmore, "Introduction," p. x.

④ Amis, *Ending up*, p. 91.

⑤ Amis, *Ending up*, p. 109.

⑥ Amis, *Ending up*, p. 12.

⑦ Amis, *Ending up*, p. 107.

态相关的冷战词汇,"有来自外太空的死亡射线、机器人和怪物"①,唯独没有他这样一个大学教授所感受到的人生。作为一个知识分子,他比其他人更显而易见地分担意识形态施加的痛苦:"红军没有带着坦克、装甲车、汤米枪、铁丝网、警犬、望塔和——"②,即便在老病孤独中,回顾过去,没有假想中敌人的入侵,也似乎是一种庆幸了,但这种无形的恐惧折磨还会时时伴随他生活的每一天。

这样的五个老人共同生活在一个远离都市,甚至是远离现代文明的、叫作"两分半农庄"(Tuppenny-hapenny Cottage)的破旧房子里。"两分半"这个名字就已经充分表达了他们生活的拮据。老年人可以支配的金钱非常有限,而更让他们有限的经济来源入不敷出的通货膨胀,使得他们的生活支出非常艰难,阿黛拉必须不断地对比各个超市里日用品的价格来最大限度地减少开支。

小说的时间设定是冬天,书中人物也都进入了他们人生的十二月③,五位老人很不和谐地生活在同一个屋檐下,在短短的几个月里意外地走完了人生最后的历程。

(三) 死亡之恶魔

临死前的恶作剧

伯纳德在小说里被塑造得非常细腻,这样一个曾经有着诸多兴趣爱好的人,如今老了,也就任这些兴趣消失了,他活着就是为了弄出点什么恶作剧把每日的时间打发掉:

> 所以他所做的只是消磨时间。
> 他已经很擅长这一点,很久以来他就证明了规则和限制的重要性。午餐前不做任何脑力劳动:除了必要的长时间逗留,无所事事,只是蹲厕所——出于必须而非选择——仔细刮胡子,洗个不急不忙的

---

① Amis, *Ending up*, p. 106.

② Amis, *Ending up*, p. 106.

③ Dunmore, "Introduction," p. ix.

热水澡，挑选衬衫、领带、袜子花上几分钟，打扫他那半间卧室再花上几分钟时间，其余的时间都是在无线电、喝营养液、吸烟和料理乔治这些事的帮助下度过。只在下午茶和晚餐之间玩点什么：现在他讨厌桥牌，但不介意桥牌问题或耐心。①

生活中的一切都提不起他的兴致，该玩的东西在他的人生中都曾经玩过。随着往日爱好的消失，他开始靠各种恶作剧来获得一点乐趣，但在别人看来，还基本上是"偶尔轻微的爆发"②，大家也都还能够谅解。但自从他去伦敦市区看了医生，被宣布只有三个月的生命时间之后，他体内的死亡"恶魔"被彻底激活。他开始饮酒，此前他生活还是比较有规律也有自我要求的，戒酒很长时间了，还在医生的建议下喝点滋补水：

> 不是他很喜欢喝滋补水，只是因为有人建议说，如果他继续这样下去，几个月后就会死。他早就戒酒了，这是他有时会考虑的一个步骤。他抽烟，不是他喜欢抽烟，只是他觉得抽烟不喝酒在某种意义上总比不抽烟不喝酒好。③

他去市中心看医生，被宣布只有三个月的生命。回来之后，他没有将医生的诊断告诉任何人，只是借医生之口说，适量饮酒会对他的血液循环有好处。④ 这很明显是他在回来的路上一路盘算好的"死亡计划"的一部分。在生活中，有的人在接到自己的"死亡判决"之后，会以"人之将死，其言（行）也善"的态度来对待死亡，会选择变成一个"天使"，但伯纳德不会，他要让自己变成一个衰老与死亡的"恶魔"，他用这种方式来解释生命的"勇敢"，来回避别人的怜悯和同情：

> 当他被告知自己还有三个月的时间时，他认为自己可以勇敢，他会被自己的坚毅所支撑，不暴露自己的状态，从不抱怨，对别人表现出稳定的感情也不会太困难，如果那样做能够让他们将来回想起来会

---

① Amis, *Ending up*, p. 46.

② Amis, *Ending up*, p. 36.

③ Amis, *Ending up*, p. 17.

④ Amis, *Ending up*, p. 57.

很佩服他的话。①

他无法改变自己在三个月内必将死去的宿命，但是仍想在"别人"眼里营造一个完整的自我形象，一种面对死神不眨眼的"硬汉"形象，或许他死后，别人会联想到他的行为而"佩服"他；如今他活在世界上就是为把生命中的最后三个月消耗掉。叙述者以全知的视角来透露伯纳德此时的内心世界，说他对世界有着"错误的预测"，以为

> 他能够回顾自己的生活——在生活中找不到意义，他也从未希望过意义——能够仅仅把生活看成一个完整体。那可能是对不得不生活成伯纳德·巴斯塔尔的某种补偿，不得不活下去的补偿。②

在他看来，生而为人，生而为"伯纳德·巴斯塔尔"是一种苦难与惩罚，他要用自己的意志与选择来寻求一种"补偿"，而这种所谓的补偿就仿佛是他挑战命运、报复命运给他安排的各种不公平，来将一个完整的"伯纳德·巴斯塔尔"进行到底。这种想法让他变得不可理喻、自私与固执，以"恶意的阴谋、行为和言论"来寻求自己的"解脱"③，玛丽高最先读出了伯纳德的这种明显变化，发现伯纳德自伦敦回来之后对所有人都变本加厉地"无礼、难以忍受"④。

伯纳德对身边的人或物已经变得毫无感情甚至毫无尊重可言，这其中包括他曾经的同性恋人肖迪、自己的妹妹阿黛拉、自己当年出于军纪的需要而被迫结婚的妻子的哥哥乔治，更不要说妹妹的朋友玛丽高最不让他待见，甚至连玛丽高养的一只猫、乔治养的一条老狗都不放过。他会追着去踩猫的脚，希望能够听到猫的尖叫咆哮或其他的意外效果⑤，他会用水枪把玛丽高的猫打得浑身湿透，然后栽赃给肖迪。伯纳德在自己的房间里听到外面玛丽高在和肖迪吵闹不息，"在那里他笑到哭了"。⑥ 小说利用这种

---

① Amis, *Ending up*, p. 105.

② Amis, *Ending up*, p. 105.

③ Amis, *Ending up*, p. 105.

④ Amis, *Ending up*, p. 59.

⑤ Amis, *Ending up*, p. 100.

⑥ Amis, *Ending up*, p. 76.

特殊的矛盾修辞来表现伯纳德此时的复杂情感，他的笑是因为他看到自己设计的恶作剧得以成功实现，别人在自己的恶作剧下狼狈不堪；他的哭则表明在他内心深处并不是真的需要这样的宣泄，或者说这样的宣泄并不真的给他带来任何快乐或解脱。

　　在伯纳德的恶作剧的作用下，玛丽高从此与肖迪见面如仇人一般，在圣诞节宴上两个人更是借酒撒邪地往对方身上泼洒饮料，甚至肘击对方，从此两人"说话降到了最低点"①。但这些恶作剧都无法给他带来任何真正的解脱："他突然意识到，在第一次用水枪击打之后，两次或三次局部成功之后，让猫咪毫发无损"②，这让他非常沮丧。

　　他故意把玛丽高的信让乔治的狗撕烂了，却拿错了信让狗把他自己的信咬碎了，气急败坏的他又去乔治那里挑拨说玛丽高想弄死乔治的老狗。他趁玛丽高去卫生间的时候在屋里放臭气弹，满屋臭气熏天，"强烈到可以轻易穿透他临时制作的防毒面具"③，他希望借此让别人知道是玛丽高的肚子开始腐烂了。

昔日"情人"间的最后冲突

　　在圣诞节的那一天，乔治意外地发现自己的语言功能恢复了，他可以继续用名词来表达自己的意思了。这对于一个毕生靠语言表达生存的大学教授而言，其喜悦的心情是难以言表的：

> 　　你不知道这有多奇妙。我现在不介意半身不遂了，只是对其他人来说还是很麻烦。语言的天赋是非常宝贵的。毕竟，这是我们区别于动物王国的原因。它是最人性化的——④

乔治的话音未落，伯纳德就马上接过话头来继续表现自己的恶趣：

> 　　"这意味着将来，"伯纳德笑着说，"你能比过去更有效地让我们

---

① Amis, *Ending up*, p. 101.

② Amis, *Ending up*, p. 109.

③ Amis, *Ending up*, p. 78.

④ Amis, *Ending up*, p. 89.

感到厌烦。"①

在这种场合下说这句话的确非常过分，毕竟乔治一直对不断麻烦大家非常过意不去，他尤其在乎伯纳德的态度。虽然伯纳德的话可以在一定程度上被理解为"幽默"——事实上乔治也是这样理解的，但在一旁的肖迪却看不下去了，他一反常态地不再装糊涂了，借着酒劲，对伯纳德说：

"伯纳德，如果你能原谅我的冒犯，我觉得这不太好笑。"②

叙述者没有忘记强调说肖迪的语气是"温和"的，但第一次受到这种挑衅的伯纳德却已经是恼羞成怒了，一反自己平时说话的那种语气，对肖迪说：

"从什么时候起，我们就被要求把你当作权威来决定什么是好笑什么是不好笑的？"③

面对伯纳德的质疑，肖迪再一次没有让步：

"从来没有，伯纳德，"肖迪说，他尽可能地厚厚地铺上柔和的色彩。"我可能对此一无所知。但关于什么是该说的，什么不是该说的好话，我也许知道一点点。以前人们叫它好品味。"④

由于伯纳德将自己的真实情况隐藏得很深，即便是肖迪也无法理解他这种缺乏品味的做法；这是肖迪在书中唯一的一次爆发，他对自己的这个前任上司兼情人一直保持着搞笑的距离，从来不愿意直面顶撞。此次肖迪的爆发，一是酒醉之后他胆量的提升；二是伯纳德做得确实太过分；三是当前的节庆气氛非常美好，乔治意外地恢复了名词功能，肖迪实在不想这样的美好情境被伯纳德破坏，才不顾一切地对自己当年的上司、曾经的老

① Amis, *Ending up*, p. 89.

② Amis, *Ending up*, p. 90.

③ Amis, *Ending up*, p. 90.

④ Amis, *Ending up*, p. 90.

情人发泄了这么一通，然后主动告退回房睡觉去了。但伯纳德的恼怒却无法消除。为了报复肖迪对自己的不恭，他用一个空的番茄酱罐盛上 5 盎司的尿，放在煤气灶上加热后，倒在熟睡的肖迪身上，制造肖迪在睡梦中失禁尿床的假象，弄得满屋怪味。

艾米斯以极细致的笔触把伯纳德无聊的恶作剧渲染得十分恶心，包括他会想法到外面去把狗屎拾起来想放到屋里让某人踩到，但继而一想，这样的行为已经不能让他满足了，他想起来玛丽高的外孙说好这几天要打电话来，于是他改变主意，决定搬来梯子，从屋外剪断电话线。

他回到起居室，连续抽了好几根烟直到一切都静下来，非常耐心地等候合适的时机下手，他的想象被任务力量所"俘获"了——这种着魔的状态让人想到此时的他已经不是一个正常人了。为了制造是外人作案的现场，他还故意踩倒一些园子里种着的花草。冬日的日光此时刚开始消退，我们看到病痛缠身的伯纳德是如何在与自己的痛苦做顽强的挣扎来实现自己体内"恶魔"赋予他的任务：

> 伯纳德，因为病痛与使劲而皱眉蹙额，把梯子靠在房子的另一侧，费力地往上爬。爬到顶部，他伸手够去，用找到的钳子把电话线切断，放任地大笑，失去了平衡，摔了下来。
>
> 他撞碎了什么东西，什么大的东西。也有许多肯定是血的东西。现在疼得大叫，他爬了一段，距离长到足以脱离任何接近前门的人的视线，就再也爬不动了。①

艾米斯的这种高度控制的情感书写，既贴近生活的真实，又不失艺术夸张，学者认为，

> 艾米斯在人物塑造方面极其敏感细致，最不为情感所动。《翘辫子》紧张的节奏和情节使得其人物化的微妙处显得更为关键，在所有的点上，两分半农庄的五位居民成功地避开荒诞的形象。尽管很可怕，但它们仍然是完全真实的。②

---

① Amis, *Ending up*, pp. 111-112.

② Dunmore, "Introduction," p. xi.

接下来是艾米斯喜欢用的结局方式，就在这一天剩下的几个小时里，其余的四个人也相继离奇地死去。肖迪多服用了些伯纳德的通便药，死在卫生间；玛丽高去卫生间时看到台阶上的球不去捡，希望肖迪或伯纳德踩到摔一跤，结果她出来时忘了这个茬，自己踩上去摔死了。听到响动的乔治大声喊叫无人响应，自己从床上摔下来，就这样困死床下。阿黛拉天黑回到家里，开灯后看到眼前的景象，突然，"她意识到胸部有一个巨大的重量，然后什么意识也没有了"①。

艾米斯让笔下五个老人这样集中离奇地死去，一定程度上体现了艾米斯本人以及他所处时代在面对不断加剧的老龄化社会进程中不便明言的"恐老"与"仇老"现象，既害怕自己也会像这五位老人中的某一位一样，无厘头地"堕落"到这样的衰老惨状之中；也希望在社会中的老人早一点死去，才可以眼不见心不烦，也就没有了这些令人讨厌的衰老提示符天天在自己的眼前提醒自己的必然衰老。

（四）作为创痛见证者的年轻人

生死相隔的父子相见不相识

小说以离奇惊悚的方式为五个主要人物都安排了"极速死亡"的巧合，这类命运的突变有着艾米斯的典型风格，如同在《幸运的吉姆》中主人公吉姆在最后一刻意外地获得一份报酬丰厚的工作。但小说并没有结束。艾米斯作为一个了不起的小说大师，他关于老年的小说不光是写给未老之人阅读，他巧妙地让年轻人参与其中，他意味深长地为小说安排了一个不到一页的三百字的极短尾章。

不知道过了几天，一辆红色的大消防卡车从这附近经过并掉头，司机是一个30多岁的年轻人，不知道出于什么原因想到要下车看看，于是发现了一切。从表面上看，当代老龄化时代这种让一个外人来发现老人老死家中多时的书写已经不是太新鲜了——人们不时听到老死在家中多日才被人发现的报道。但是，关于这个年轻司机的描写艾米斯竟然花了些笔墨。

---

① Amis, *Ending up*, p. 112.

下车前，他与车上的人有一番简短对话：

> "我去后面看看。"他带着北美口音说。
> "好吧，斯坦利。"他的同伴，一个和他差不多大的女人说。①

艾米斯在这段对话中安排了两个重要的信息，一是北美口音，二是他名叫"斯坦利"。这让读者马上联想到在小说的第四章介绍乔治的时候，提到了他的妹妹维拉，嫁给了伯纳德，继而发现伯纳德放不下同性恋人肖迪，于是她只好愤而离家出走。他们短暂婚姻留下的孩子就叫作"斯坦利"：

> （伯纳德的）那个儿子，（乔治的）那个外甥，以他的外祖父斯坦尼斯拉斯的名字命名斯坦利，也从未被提及过。②

小说只是说那个孩子移民去了加拿大，这也正好与此处他的"北美口音"吻合起来了。小说留下大量的空间让读者去构建其中的逻辑，明显的事实是这个儿子已经从北美回来了，正好见证了自己父亲一家亲人尸横满地的情景。但面对父亲的尸体时，

> 新来的人吸了口气，迅速弯腰擦去树叶，直到露出一张脸。因为那是一张他只从照片和最模糊的婴儿记忆中认出的脸，所以他一下子认不出来。③

因此，在艾米斯极简的笔法中，我们看到的是儿子面对自己父亲的死尸而无法相认的当代伦理惨象，传统的"养老送终"之说早就不在话下了。这种人性的悲剧背后所包含的"北美口音"又多了一层英伦暗讽：这个英国的儿子早已认不出英国的父亲。曾经的英国号称"日不落的帝国"，这也让多少英国公民感到欣喜与自豪；但如今的英国公民却父子不相认，为父亲收尸送终的儿子连英国话都不会说了。

---

① Amis, *Ending up*, p. 112.

② Amis, *Ending up*, pp. 15-16.

③ Amis, *Ending up*, p. 113.

不管老年生活是如何悲惨,年轻人的生活终将继续。小说在主色彩描写老年主题生活的前提之下,留下了一定的篇幅来容纳年轻人的介入。年轻人本能地不想介入老年人的生活,只是无论他们多么不想,生活总还是给他们各种机遇与老年人相遇,如同他们不希望自己的衰老,而衰老必将无情地准时降临到他们每一个人身上。斯坦利的生活中有了哪些经历,小说只字未提;他什么时候回到了英国,是否有片刻想到自己还有个父亲,小说也无意于刻画,但小说恰恰在这些努力与老年人割离的年轻人身上,看到在一个老龄化社会里谁都无法切割的老年世界,无论是他们的死,还是他们的生,都是年轻人生活的一部分。

年轻人眼里乏味至极的衰老

小说里实际还呈现了另外几个同样不希望介入老年生活却又实际上来到了农庄的年轻人。先是玛丽高的外孙夫妇,特雷弗和特蕾茜的到访。接着,在圣诞节,玛丽高的四个外孙辈的亲戚、外加两个重外孙来到了"两分半农庄"。

在圣诞节期间来看望这群老人,就显得更有寓意。这些年轻人是来"见证"衰老、见证衰老"创痛"的。玛丽高的外孙女婿基思感觉到跟这些老人待在一起,简直"无聊到快哭了"[1],他无法跟这些与世隔离的老人交流,每说一件事都得从头解释,大家都半懂不懂,老人的语言"反射弧"好像特别长,玛丽高要"隔上一个星期左右的时间"才接得上话头,才勉强知道外孙女婿在说什么。无所事事的他只能无事找事地拿自己的孩子芬恩做借口来摆脱眼前的乏味:

> 基思一直处于紧张状态,他一声不吭,面无表情;只有芬恩蹒跚而行,差点摔倒。
> "站稳了,芬恩。"
> "我没动。是你拉我的。"[2]

小说没有描写基思如何去捉弄自己的小孩,却从小孩的嘴里把实情吐

---

① Amis, *Ending up*, p. 82.

② Amis, *Ending up*, p. 82.

露出来，既让小说具有喜剧性的反讽特征，也突出了基思作为一个成年人而生活在这个死寂的老人世界里的无聊透顶之感。小说进一步以喜剧独有的戏谑语言来刻画基思的无聊状态：

> 基思被无聊所笼罩，这是一个糟糕的词，用来形容他所感受到的那种费神的、庄严的感觉，其强度相当于一生一次的音乐体验，或是由爽约的醉汉开车的普通乘客的感受。①

在生命的情感体会中，年轻人感受老人的世界时的那种极端难受的体验与处在情感另一头的音乐狂喜体验和被困于醉汉飙车的车上的恐惧体验三者等同起来书写，充分体现了小说的喜剧色彩和反讽色彩，这些年轻人本身并不一定想来，他们也不一定非来不可，毕竟在伦理上他们又隔了一代，但不管是出于体验生活、道德提升还是什么目的，他们还是来了。百无聊赖的基思对圣诞的节庆活动提不起任何兴趣，唱圣诞赞歌倒成了他的一种解脱：

> 基思对这些都不感兴趣。他尽情地投入到歌唱中，除了明显的拙劣模仿之外，他还希望似乎能够回想起来，在某种程度上这一天很享受，而且他也很感激又一次值得期待的依靠他铁锹的几分钟。②

他把自己跟这批老人过圣诞节比作有监工在场的苦力惩罚，跟着大家一起唱起圣诞赞歌就好像劳累的苦力依着铁锹的短暂休息。赞歌唱完就是例行的互赠圣诞礼物的仪式，小说这样描述处在年龄两边宾主之间的礼物特征：

> 之后他们拿到了礼物。从客人到主人，这些都主要是经过伪装的福利：装着或多或少奢侈食物的各种瓶瓶罐罐，几瓶高度酒，各种各样的礼品券。主人堆向客人的是各种各样不合身的衣服。③

---

① Amis, *Ending up*, p. 82.

② Amis, *Ending up*, p. 85.

③ Amis, *Ending up*, p. 85.

年轻人带着一种"扶贫""补助"的情怀进入老年人的节庆，老年人则用他们对节庆久远的记忆送给年轻人不需要的礼品。更进一步地，小说聚焦到基思的视角上来了，他在观察伯纳德会送什么样的礼物给身边的同龄老人，他看到的伯纳德是一个

全力以赴地掩饰自己沮丧的人，把一件件礼物的包装纸撕下来，那些无用的、侮辱性便宜的、毫无疑问是有意搞笑的礼品。①

在卫生间，基思与特雷弗谈论老人的生活现状时，特雷弗认为老年人或许已经习惯了这一切痛苦与不便，如同在飞机场旁边居住久了听到飞机起降的声音就会不再觉得吵闹，但基思明显不同意，他说，

就像神话中的那个家伙是谁，葡萄枝尖总是朝外摆动到他够不着的地方，每当他弯腰想喝水的时候，小溪就沉了下去，在他们生活的时候噪音很大。坦塔罗斯。②

他用神话中的"坦塔罗斯"（Tantalus）来表明当这种所谓的"噪音"一旦超过一定的限度，就不再是噪音，而是一种永恒的折磨。坦塔罗斯是神话中宙斯的儿子，因杀死自己的儿子宴请天神，被罚入冥土。"塔尔塔洛斯"（Tartarus）是"地狱"的代名词，是人死后灵魂的归所，灵魂在那里永受饥渴之苦。艾米斯的写作意图已经非常清晰了，他借这位尚不到30岁的年轻人之嘴，道出了青年一代对老年生活的真实感知与恐惧——像地狱一般可怕的情境。凭着直觉，他们会认为老年人的苦痛生活与他们无关，但稍一思考，他们实在想不出与他们的未来，或者与三十年前的过去，到底有什么不一样的地方：

"到了他们的年龄，我们也会一样的。"
"哦不会我们不会。太可怕了，是的。无聊，肯定。但不像他们。亲密的小群体，他们不是吗？我收回我说我们会无聊的话。不管

---

① Amis, *Ending up*, p. 86.

② Amis, *Ending up*, p. 86.

怎么说，如此的无聊。"

"我真想录下他们三十年前对祖父母等的看法。"①

小说选择安排与这些老年人有一代之隔的孙子辈的人来与老年人一起过圣诞节，而让理应在场的第二代人处于显眼的缺席位置，几乎没有交代玛丽高的女儿去了哪里，为什么不来与母亲一起过圣诞节；而这些年轻人如今与玛丽高他们在一起，也就意味着他们无法与自己的父母在一起欢度圣诞，这或许是为若干年后他们父母辈的衰老生活的重复埋下的文化伏笔，只有基思以很平淡的口吻提到了自己父亲的状况：

> 你知道我父亲上个月六十了吗？一切都还算好。我想要是幸运的话，在他们最后一个走掉之前和我们将变成他们那样，我们或许只有几个星期的时间间隔。②

这种绝望的语言里表达了一个 29 岁年轻人对衰老生活的无边恐惧，一边是陪伴、伺候衰老之人的伦理压力和乏味，一边是自己很快也将老去、行将就木。相对而言，其他没有子女的老人就等而下之、更加痛苦。伯纳德有一个儿子却移民去了北美，音信全无，等于没有；乔治的妻子一生未育，临终前还向乔治表达了歉意；阿黛拉与肖迪都是一生不曾结婚之人，也就谈不上有任何子嗣的可能。血缘纽带的断裂，就让衰老的创痛异常突出。血缘是一种生命的天然关联，包含了人性的责任和义务，到了第三代或更远的血缘联系，就基本上是一种敷衍的应付。当代文明中这种现象已经越来越普遍，人们不能生、不愿生的心理越来越明显，与之形成衰老与生育文化的"同频共振"。即使生而育之到了成人阶段，子女也很早就远走高飞，离开了父母的世界，不再过问其起居死活，亲情冷暖的客观现实必然反过来打消人们的生育热情，这种势头的共同作用自然加剧老年生活在毫无挂牵、也不被牵挂的无情中的孤独与痛苦。

---

① Amis, *Ending up*, p. 87.

② Amis, *Ending up*, pp. 86-87.

（五） 本章小结

诗人约翰·贝杰曼是艾米斯的朋友，读了《翘辫子》后马上给他写信说："这是一本让人在老去之前就割喉自尽的书。是你最好的作品。"[1]约翰·麦克德莫特读了这本小说后，也评价道："虽然生命没有在 60 岁时结束，或许应该就在那时结束。"[2]

《翘辫子》描写了 20 世纪 70 年代进入 70 岁的几个老年人的真实生活状态，这些老人的苦难，是 20 世纪初到 70 年代的英国生活的时空缩影，在时间上他们见证了两次世界大战，见证了战后经济的复兴，也见证了个人生活质量的下降；在空间上则是整个西方，包括欧洲、北美的互动与浓缩，因此也实际上是整个发达资本主义文明在老龄化到来之际遭遇的人类生存困境，波伏娃更为直白地指出：

> 有人对我们说，退休是自由和闲暇的时光：诗人们曾唱过"抵达港口的快乐"。这些都是无耻的谎言。社会给绝大多数老年人造成了如此悲惨的生活水平，导致"老和穷"几乎成了同义词；再说一遍，大多数极度贫困的人都是老年人。闲暇并不能给退休的人带来新的可能性；当他终于摆脱了强迫和束缚时，他使用自由的手段就被夺走了。他注定要在无聊和孤独中停滞不前，彻头彻尾地被抛弃。[3]

正是这种在极度拮据的生活中又被社会彻底抛弃的孤独感，合租相处的老人们不但不会感到孤独感在彼此陪伴的相处中消失，反而因为彼此的孤独和无聊，"同频共振"式地放大了自己在孤寂中的生命无意义，在贫穷与孤独的无意义和绝望中，他们的生活与死亡并无太大的区别，使得他们会无所顾忌地放纵自己。作者刻意安排了四个隔代年轻人（如果说不包括两个更下一代的儿童的话，毕竟他们过于年幼，虽然在场，却不具备

---

① John Betjeman, *John Betjeman letters*, 1906-1984 (London: Methuen, 1995), p. 537.

② John Mcdermott, *Kingsley Amis: An English Moralist* (London: Palgrave Macmillan Limited, 1989), p. 241.

③ Beauvoir, *Old Age*, p. 13.

见证能力）来见证老人们衰老乏味的生活，给老年人的生活带来了短暂的活跃，但最后作者以神来之笔让五个老人一天死去，这都代表了英国 20 世纪 70 年代开始逐步进入老龄化时代的"仇老""恐老"的文化心态，表达了人们都知道自己必将老去，却不愿意老去，宁愿采取一种不理性的回避、仇视的态度来对待老年人，在客观上也加剧了老年生活的困境与痛苦。学者这样总结小说的社会批判意义："我们可以说该书的讽刺目标是现代社会对待老人的态度，将老年人斥之为衰弱而幼稚的形象。"①从表面上看，老年人老了，走到一起结伴而居，生活彼此有个照应，似乎是一件非常惬意的事。但真实的情况远不那么浪漫，人不会因为老了，就会互相迁就地生活在一起，艾米斯生动地呈现了一个衰老中"走入歧途的老人共同体"。② 年轻人不喜欢老年生活，老年人自己更是"受害人"，他们更不喜欢自己的衰老处境，小说才将他们身上的"死亡冲动"集中表现在伯纳德身上，以期早点结束这种"生不如死"的凄凉晚景，来回避"割喉自尽"的伦理悖论与文明惨状。伯纳德发现了自己生命已经毫无存在意义，发现了自己的死亡就在眼前，他虽然对生命并不留恋，也知道任何"留恋"也无济于事，但他不想表现出对死亡的"怯懦"，而变本加厉地想搞出点事来，以便将来人们在他死后想到他的时候，能够有一丝"佩服"的心情，这种错误的死亡观与衰老观，让他以自己的最后生命为代价，不但导致了自己的死亡，而且在一定程度上引发了身边其他人的死亡。

---

① D. R. Wilmes, "When the Curse Begins to Hurt: Kingsley Amis and Satiric Confrontation," in *Critical essays on Kingsley Amis*, Robert H. Bell（ed）（New York: G. K. Hall; London: Prentice Hall International, 1998）, p. 185.

② James, *Kingsley Amis*, p. 150.

第四章

《秋日四重奏》中的衰老强迫症与无爱之创痛

（一） 简介

1977 年出版的《泰晤士报文学增刊》特别版中，大卫·塞茜尔勋爵和菲利普·拉金都将芭芭拉·皮姆（Barbara Pym，1913—1980）列为此前七十五年来最被低估的作家。① 这一评论也引发了英国文学在 70 年代后期的一次"皮姆复兴"（Pym revival）。拉金认为："她的作品是微雕，但不会消失。"② 也有评论家称她是"典型的淑女小说家"（archtypical lady novelist），其小说"恰好足够反讽并能承担起传统的重负"③。皮姆的艺术观经常被与简·奥斯汀相提并论。尽管皮姆出于谦虚，不愿意被看作是"20 世纪的简·奥斯汀"。④ 罗森认为，

> 皮姆的小说可能最终会被归入"小众却优雅"的范畴——小说的老式、古雅的品质并不掩盖它的价值，但她的视野太窄，无法将她提升到主要小说家的范畴。"生活中的小事情"很重要，但并不引人注目。在争夺文学声誉的过程中，她似乎在谦逊地提升，部分原因是她最近对小说的"重新发现"所带来的新奇感，部分原因是她作为小说家的绝对能力。阅读她的作品是合适的。⑤

---

① Michael Cotsell, *Barbara Pym*（NY：St. Martin's Press, 1989），p. 1.

② Philip Larkin，"Reputations Revisited," *Times Literary Supplement*（21 January, 1977），p. 66.

③ Janice Rossen, *The World of Barbara Pym*（NY：St. Martin's Press, 1987），p. 141.

④ Rossen, *The World of Barbara Pym*, p. 178.

⑤ Rossen, *The World of Barbara Pym*, p. 178.

　　皮姆 1977 年的作品《秋日四重奏》（*A Quartet in Autumn*）进入了同年曼·布克奖决选短名单中最受好评的作品①。皮姆在 20 世纪 50、60 年代达到了她小说创作的高峰，之后经历近十五年的小说发表荒。《秋日四重奏》的出版代表其小说达到了一个新的高度。小说一改她往日轻喜剧式的写作风格，转写四个上班族在退休之际的生活经历。

　　皮姆终身未婚，很明显，这在一定程度上影响了她的情感生活，也影响了她的写作。但她有着自己独特的处理"精神上的痛苦"的文学手法，不但不回避自己情感经历的欠缺，反而将其作为一种书写素材放入所创作的小说中，这种选择被认为直接影响了她的晚年写作，形成了明显的"晚期风格"（late style）②：

　　　　这位到了晚年、也更为内敛的作家一直都试图超脱自己的情感。年轻时，她遭受了很多单恋的痛苦。她不仅没能吸引住她想要的男人，而且发现她强烈的激情干扰了她的写作。后来她知道，如果她想成为一名作家，她必须把自己从强烈的情感中分离出来，等到她的原始激情消退之后。③

　　在 20 多岁的早期作品中，皮姆就对老年有过一定的想象。书中的老年人物似乎平静地接受自己的怪癖。乡下的环境中，老年生活显得相当温和恬静。《秋日四重奏》被认为是皮姆"最阴暗却又是最有力量的"一部小说④，她对晚年生活阴暗面的刻画增加了小说的表现力，乡村不再是那么可爱的地方，在伦敦这样的大都市生活、工作了一辈子的人不一定会再选择退休之后走向乡村。

　　小说的四个主角中，玛茜娅被认为塑造得最为成功，围绕她的解读也历来见仁见智。由于玛茜娅与皮姆的生活有诸多重合之处，那么玛茜娅算不算得上皮姆的"第二自我"（alter ego）？还是说皮姆只是利用了自己生

---

① Deborah Donato, *Reading Barbara Pym* （Danvers：Fairleigh Dickinson Univ Pr, 2005）, p. 43.

② Anne M. Wyatt-Brown, "Late Style in the Novels of Barbara Pym and Penelope Mortimer," *The Gerontological Society of America* 28 （6）（1988）, p. 837.

③ Wyatt-Brown, "Late Style in the Novels of Barbara Pym and Penelope Mortimer," p. 836.

④ Wyatt-Brown, "Late Style in the Novels of Barbara Pym and Penelope Mortimer," p. 837.

活中的部分经历来塑造出这样一个文学形象，作为对 70 年代英国社会的批判，包括对自己生命的反思？

在孤独中老去直至死亡的玛茜娅的情感生活非常不易理解。她对同事诺曼似乎有着微弱的恋爱兴趣，但没有得到对方明确而积极的反馈。之后，她很快陷入了对为自己切除乳房手术的外科医生斯特朗先生的柏拉图式的单恋。同时她似乎缺乏起码的同情心，在同事蕾蒂急于租房时，她拒绝伸出援手，没有提出蕾蒂可以与她同住；临终前她又出乎所有人意料之外将自己价值不菲的一套伦敦套房以遗产的形式转赠给了诺曼。本章拟从分析小说对玛茜娅的衰老生活中的创痛经历一直到她死去的描写，以及小说对她的情感世界的呈现，来看到小说中对她的存在所体现的社会意义。

（二）　老年单恋的情感世界

情感缺失的衰老

玛茜娅的生命经历与作者确实有很多重合的地方。两个人都终身未婚，都有强烈的单恋经历，都患有乳腺癌，并做了乳房切除手术。皮姆按照自己的生活经历来刻画玛茜娅，自然很容易让读者联想到玛茜娅是作者的"第二自我"（alter ego）。从小说书写常识来说，一个作家以自己的身边素材、经历为书写材料，并不一定就是要塑造一个理想中的更好的自我，作家的批判精神决定了他们完全可以通过对自己生活方式的反思来解剖自己，进而思考整个人性中的视角盲点。当然，更主要的证据还必须源自小说文本中的逻辑，而非作者在文外说了什么、做了什么。

小说的情节不算复杂。玛茜娅、蕾蒂、诺曼与埃德温在同一间办公室工作，全部单身（埃德温有过婚姻经历），都到了或接近退休年龄。女主角之一的蕾蒂的计划是与她的老友玛乔里退隐乡下，但她的希望却因为玛乔里突然宣布要同一个比自己年轻几岁的牧师结婚而成了泡影。尽管四个人都很难接受退休的现实，但情况最严重的还是性格怪异的玛茜娅。她与外界的接触越来越少，也不吃东西，最终忧郁而死，临终前她出人意料地将房产留给了诺曼，由于她曾对诺曼有过一种浪漫的想法，这种文本因果让解读充满了挑战。后来玛乔里的未婚夫又抛弃了她，找到了一个更年轻的寡妇，于是蕾蒂终又有机会住进那所村居；但经历了这么多的事她如今对退休后的孤独生活似乎并无太大的抵触，她也不愿意再搬家。在小说的结尾处，她在考虑要不要把埃德温与诺曼介绍给玛乔里，或许能有婚姻的可能。其实读者与书中人物应该一样清楚，小说将这种可能降到了最低程度——四个单身男女正好的两对人，彼此之间共事多年，并不完全彼此反感，也基本上能够谈得来，竟然没有擦出一点情感火花。如今最有情感愿望的玛茜娅都已经死去，蕾蒂即使把两位男同事介绍给朋友玛乔里，估计也没有任何浪漫的事情发生。

　　情感是生活的重要构成部分，人们都需要爱，也希望能够对自己喜欢的人表达自己的情爱，并得到合理的回报。而单恋这种得不到回报的情感则是一种痛苦的折磨。小说清晰地告诉读者："四个一起工作的人下班后既不互访，也不相约见面。"① "工作"是劳动与社会生产的方式，一起工作的人们由于日常接触增多，很容易产生情感——即使不是恋情，也应该是友谊类的温情。但小说中的四个人，虽然同处一间办公室多年，却似乎在刻意地"回避"情感的任何卷入，办公室里的文书工作本来就没有多少事要做，"合作"的机会并不多，下班后各自也并没有什么应酬让彼此抽不开身，但他们却很少相约相聚，这清晰地表明了当代都市化生活中人们之间普遍存在的一种莫名其妙的隔膜。同一办公室的四个同事，年龄相仿，生活类似，两男两女，又共事多年，形成情感的基本因素都已经具备，却连"友谊"关系都难算得上。有时候埃德温会认为诺曼和玛茜娅是"朋友"：

　　　　不管怎样，埃德温总是觉得诺曼相比之下更像玛茜娅的朋友，更是她的菜。②

　　蕾蒂有时候也会产生某种类似的感觉，认为埃德温与玛茜娅会走得更近一些。③ 但连同事间的这种"错觉"也无法得到文本的充分确认。

衰老中的办公室单恋

　　玛茜娅是四个人中情感世界表现得最为充分的一个，也典型地体现了

①　Barbara Pym, *Quartet in Autumn*［London：Pan Macmillan, 1977（2004）］, p. 19.

②　Pym, *Quartet in Autumn*, p. 27.

③　Pym, *Quartet in Autumn*, p. 57.

她那一整代人的一个情感现实，即对感情有一丝的渴望，但又不敢、也不能过分表露出来。"当她刚来到这里的时候，玛茜娅对诺曼有了一种微弱的兴趣"。小说马上解释说"这种感觉比柔情还要冷淡得多，但却在她的思绪中占据了很短的时间"①。女人固然比男人更敏感于情感，所谓"柔情"（tenderness），其中包含的是一种"温情的倾向"（a tendency to express warm and affectionate feeling），也就是说，这种倾向是可以发展成为恋情的，而且玛茜娅似乎也愿意给自己这样的机会：

> 有一次在午饭时间，她跟踪了他。在后面一个安全距离内，她看着他从落叶中走出来，怒气冲冲地对着一辆在斑马线前不停下来的车喊叫。她发现自己进了大英博物馆，登上宽阔的石阶，穿过有回声的画廊，里面摆满了令人震惊的图像和玻璃盒子里的物品，后来他们在展示木乃伊化的动物和小鳄鱼埃及区休憩。在这里，诺曼和一群学童混在一起，玛茜娅溜走了。如果她打算让他知道她也在这里，时机与诸如"你经常来这里吗？"之类的问题显然都不合适。诺曼没有向任何人透露他参观了大英博物馆，即使他会，也绝不承认对鳄鱼木乃伊的兴趣。毫无疑问这是个秘密。②

我们无法从玛茜娅的"微弱的兴趣"中判断出她对诺曼的感情到底是怎样的一种情感类型，但从她内心世界的展现来看，"她发现自己进了大英博物馆"暗示这似乎不是她的主动的、有意识的选择，只有到了目的地才"发现"自己的行踪。诺曼在小说中被反复描述为一个"愤怒的小人物"，继承了英国60年代"愤青"文学中约翰·奥斯本和金斯利·阿米斯所塑造的典型形象的那种犬儒式愤怒的特征，只不过如今诺曼的年龄更大了，但他的生活还是与前面文学作品中的"愤青"一样的苦涩：③

玛茜娅认为自己做得很神秘，没有被诺曼发现。但事实上诺曼发现了玛茜娅，只不过没有挑明。他选择了不再去博物馆。这是否是他在努力回避一桩可能的爱情？或者他对玛茜娅根本就没有感觉，因而自然也就不想在这个年龄阶段在感情上勉强自己来迁就这样一次可能的情感经历？小说

---

① Pym, *Quartet in Autumn*, p. 19.

② Pym, *Quartet in Autumn*, p. 19.

③ Cotsell, *Barbara Pym*, p. 126.

回避了更直接的归因呈现，我们只能利用有限的文本证据在后文进一步讨论。很快地，玛茜娅以"经济"的借口从此跟诺曼共用大罐咖啡：

> 在那之后，她开始给他煮咖啡，因为当大的经济包装便宜得多的时候，他们每人各拿一罐似乎很傻。①

但这种借口还是显得不具说服力：

> 玛茜娅打开一罐速溶咖啡，给自己和诺曼倒了两杯。她的行为没有什么特别的地方——这只是他们之间的一种方便的安排。他们都喜欢咖啡，而买一大罐共享就更便宜。②

因为共同的兴趣，因为便宜，在表面合理的前提之下，再特别强调一下"没有什么特别的地方"——这种强调就已经很特别了：小说先后多次在不同的场合提到这一共享咖啡的行为：一次是在小说的开头以直接叙述的方式表达，第二次是以时间因果的方式，紧接着在玛茜娅跟踪诺曼到博物馆之后；第三次是玛茜娅临死之前在自己脑海里的回忆。而且每次都明显指出，是玛茜娅在为诺曼准备咖啡——如果真是共享的话，至少可以表述诺曼也有冲咖啡的举动才谓之自然。就凭诺曼的那种脾气，我们无法想象玛茜娅会如何开口向诺曼要买大罐咖啡的钱。这样，共享咖啡可能让两个人的总开支少了，但如果是玛茜娅一个人支出的话，她的开支肯定会比以前多了，在她这一方面而言，"便宜"的愿望就没有实现，而且她还多出了替诺曼冲咖啡的义务。这可能也在暗示，咖啡是玛茜娅买的，诺曼才无法主动去冲别人买的咖啡；至于玛茜娅为他冲的，那他也就可以乐见其成了。

老年单恋的移情悖论

玛茜娅跟踪诺曼去博物馆后不久，小说直接而突兀地将玛茜娅这次短暂的情感努力作了一个一百八十度的大转变：

---

① Pym, *Quartet in Autumn*, p. 154.
② Pym, *Quartet in Autumn*, p. 5.

随着时间的推移，玛茜娅对诺曼的感情逐渐消退。然后她进了医院，斯特朗先生走进了她的生活，充满了她的思想。现在她几乎不把诺曼当回事，只把他看成是一个相当愚蠢的小男人，所以他对购物的大惊小怪和大声读出他买的东西只会激怒她。她不想知道他要吃什么——毫无兴趣。①

情感转变之快、之大，会让读者百思不得其解。而同时小说又在暗示玛茜娅并没有放弃对诺曼的关注，或者说，她是在刻意摆脱自己对诺曼的兴趣，刻意地用一个更加遥不可及的斯特朗先生来驱赶心中的诺曼。有一次在办公室，他们四人在讨论假期去哪里玩的时候，诺曼随口说了声要去希腊，她与另外两个同事的反应形成了明显的对比："玛茜娅抬起头，吓了一跳。其他人也很惊讶，但没有表现出来。"②"吓一跳"（startled）是指突然的、本能的动作反应，这固然与诺曼平时不喜欢旅游的习惯有关，所以其他两名同事也会表现出"惊讶"（surprised）来，但不会表现为动作。对玛茜娅这种意外举动的描写很明显表明了在她心中仍然给诺曼留了一定的位置。而且，她不但把诺曼的话当真了，似乎还在试图劝说诺曼改变主意：

"我永远无法理解为什么人们必须离开自己的家。"玛茜娅说，"当你年龄大了，你就不需要假期了。"如果诺曼真的有这些秘密的渴望，那就足够他在午餐时间去大英博物馆坐坐，思考消失的文明的丰富，她感到。③

另外一次，当诺曼在办公室里闲聊时提到自己住在客厅兼卧室（bed-sitting room）的家里没有贮物空间，"玛茜娅若有所思地瞥了他一眼。她有时对诺曼的家里布置很好奇"，④叙述者着眼于描述玛茜娅"若有所思"（thoughtful）的眼神旨在暗示读者，玛茜娅对于诺曼的态度并不真如叙述所直接表述的那样感情逐渐消退了。而且，玛茜娅可能单独向诺曼交流了

① Pym, *Quartet in Autumn*, p. 19.
② Pym, *Quartet in Autumn*, p. 31.
③ Pym, *Quartet in Autumn*, p. 31.
④ Pym, *Quartet in Autumn*, p. 19.

很多个人隐私之类的信息，而诺曼又把这些信息与埃德温分享了。埃德温这样回忆道：

> 然后他回忆起玛茜娅和她的手术——乳房切除术，他相信是这个意思，诺曼那时告诉过他。这意味着她被摘除了乳房，这对任何一个女人都是一种剥夺。①

其中的信息告诉读者，玛茜娅同诺曼聊过自己的手术，而且至少暗示过是与乳房切除相关的手术，不然埃德温的猜测"他相信是这个意思"就无从说起。

但是玛茜娅为什么转变得如此突然，从小说的叙述逻辑来看，可能是由于自己的手术所导致的身体残缺的自卑心理而不敢言爱，也可能是发现了更可爱的斯特朗医生而"移情"。"移情"于斯特朗医生也是小说所努力表现的玛茜娅不可理喻的一面。斯特朗医生年轻有才，有温馨的家庭，与玛茜娅不属于同一年龄阶段，不属于同一社会阶层。斯特朗医生家境应该不错，她从侧面了解了斯特朗医生可能是与一个外交官的女儿结婚的。退休后的玛茜娅忍不住到斯特朗医生家的外面偷偷观察他家里的情形，看到他家里似乎在举行规格不低的晚宴，一定程度上印证了她前面听到的关于斯特朗医生的传闻。斯特朗医生也不曾对玛茜娅有过任何的情感表示。玛茜娅还曾听母亲说过，"说她永远不会让医生的刀碰她的身体"。② 如今，玛茜娅不但做手术，而且还爱上了为她做手术的外科医生。作为外科医生的斯特朗先生，见过、接触过她隐秘的乳房，切除了她的乳房而拯救了她的生命。她已经顾不得当初母亲的警告，而对这样的男人充满了神一般的"救命"感激。学者认为玛茜娅从斯特朗先生身上创造了一种上帝，一种解决所有人问题的方法。③ 但充满反讽的是，这种俗世的"医生—神"发挥不了作用，他可以切除玛茜娅的乳房，但救不了她的生命。玛茜娅之死与乳房切除手术之间并无太长时间间隔，尽管没有人知道，如果不做乳房切除手术她还能活多久，也没有人知道这里面是不是存在当代医学中被普遍担心的"过度医疗"的问题。

---

① Pym, *Quartet in Autumn*, p. 38.

② Pym, *Quartet in Autumn*, p. 155.

③ Cotsell, *Barbara Pym*, p. 128.

放在一起对比观察，玛茜娅的情感世界就有了一定的可理解程度。长年的孤独与病痛和机遇，让她对身边的两个男人先后产生了好感，但各种因素都在妨碍她将这种情感用语言的方式表达出来，与对方进行一定的交流，或进一步发展成为现实的爱情，她只是退而求其次地将其发展为两个层次的单恋。单从这一点而言，她的情感世界就足够丰富。她心中的这两个男人，一个如同现实生活中的配偶，经常扰得她心烦，她还坚持为他冲咖啡；另一个则是理想中的恋人，可以接触到她身体与灵魂中最为私密的部分。玛茜娅游离于两个恋人之间，生活中的那一个经常出现在她眼前，给她实际的安慰与安全感；另外一个与她之间存在着较大的距离，却给她无限的幻想空间和美好的抚慰，是真正的柏拉图式的感情。

皮姆刻画了一桩含蓄的老年单恋。老年人的情感需要让玛茜娅希望为自己的情感找到一个出口，诺曼是一个相当理想的目标；但遗憾的是他并没有这种情感需要。玛茜娅并未完全放下对诺曼的好感，为了掩盖自己情感的难堪，她以一个更为理想的假想"情人"，自己的手术医生斯特朗医生作为自己的驱魔手段，来替代诺曼在自己心中的位置。单恋虽然没有回报，却也赋予施爱一方更大的自由，既可以同时爱上不止一名异性，又可以略加掩盖地为自己所爱之人任意地付出。

（三）老年强迫症

老年强迫症与未来恐惧

人们在日常生活中由于遭受过一些不良生活事件，如人际关系紧张、婚姻遇到考验、学习工作受挫等，可能会导致神经—内分泌方面也存在功能紊乱，进而发展成"强迫症"（obsessive compulsive disorder，OCD）：

> 强迫症表现为将分散的、随机的、不太可能的或不相关的项目进行过度思考、过度分析、过度理性化，变成一种近乎完美的似是而非的修辞。[1]

---

[1] Patricia Friedrich, *The Literary and Linguistic Construction of Obsessive-Compulsive Disorder: No Ordinary Doubt*（NY: Palgrave Macmillan, 2015），p. 5.

这一系列的"过度"实际上是一个时间意义上的累积概念，在生命的漫长历程中，人们都可能有机会要对某些现象进行这种过度理性化的分析，从这一意义上说，这也是生命创痛的一个直接源泉。对生命时间与创痛关系的失察，是前面创痛理论研究的一个重要缺失，也会使得"生命即创痛"的命题无法落到思考的实处。小说中的四位年龄相仿的主人公的情感生活都与战争产生了某些联系。以蕾蒂为例：

像她那一代人和成长中的大多数女孩一样，她希望结婚。当战争来临时，女孩有很大的机会得到一个男人或发展成一种恋情，即使是与一个已婚男人，但玛乔里是唯一结过婚的人，这让蕾蒂通常觉得落后于朋友的地位。战争结束时，蕾蒂已经30多岁了，玛乔里已经放弃了对她的希望。[①]

这让我们看到那一时期人们对情感与婚姻同年龄的关联，过了一定的年龄，则无法涉足婚恋。战争对这一代人的影响巨大，对战争的恐惧让他们中有的人养成了非常奇特的生活习惯。玛茜娅记住了战争时期"没有奶瓶，就没有牛奶供应"（"No bottle, no milk"）[②] 的宣传口号，就是一种典型的生活在过去时代的恐惧与创痛之中的表现。时代在发展，新的应急标准——哪怕是只以70年代的英国而论，奶瓶也不再是牛奶供应商的口号了，玛茜娅却仍然停留在错置的时空里存储奶瓶，以备下一次战争的到来。她的死就非常反讽地说明了这一点：她在家里准备了大量的罐头食品，可她在厨房里连打开食品的力气都没有，就这样在一大堆的食品中饿死。诺曼的警告也竟然一语成谶——说她会患上诸如神经厌食症之类，但玛茜娅拒绝采纳他的忠告，认为只有年轻女孩才会患上这样的病[③]。

从病理学上看，囤积者强迫保存物品并不是为了它们的物质价值，而是为了一种情感上的联想，或者是无法在不感到极度焦虑的情况下抛弃它们。[④] 有学者认为，玛茜娅的这种强迫症式的囤积食品，隐喻了她对

---

① Pym, *Quartet in Autumn*, 21.

② Pym, *Quartet in Autumn*, p. 55.

③ Pym, *Quartet in Autumn*, p. 113.

④ Friedrich, *The Literary and Linguistic Construction of Obsessive-Compulsive Disorder*, p. 12.

"爱"的渴望,① 表现了从"二战"中走过来的人经历了物质食粮与精神食粮的双重匮乏,在战争的影响下,人们不敢爱,如同不敢放开吃,而是尽一切可能为未来做准备,而不惜牺牲并不富裕的"现在"。四个主人公如今都是单身独处,在一定程度上都是战争在他们身上留下的"情感"后遗症。老年人本身就"来日苦短",而在情感"强迫症"的作用下,他们却要为那并不太长的未来担忧,把富贵的当下时光"囤积"下来供未来之需,如同玛茜娅到死也没有用到她一生所收集的牛奶瓶,包括同事在她家里发现的被她放置得整整齐齐的内衣、旧的日常废品,这些收集习惯很明显会占据她的大量时间与精力,会严重影响她当前的生活质量,却丝毫没有服务到她所希望到来的未来。

老年单恋的情感补偿

他们不敢像正常人那样去进入情感的世界,尽管这不代表他们没有情感的需要。在四个人中玛茜娅的情感需要被呈现得更为强烈,但却是以一种扭曲的形式来表达的。她以幻想的形式爱上给自己做手术的外科医生。

手术医生显然不是上帝,他只不过偶然地以职业的方式介入了我们的身体,如此而已。如果我们因此而把他们放大为上帝一般的偶像,来占据自己生命的全部,这种膜拜就比一般的宗教更具有破坏性和欺骗性,让人在迷信的歧途中丧失生命中本来可以更为精彩的内容。玛茜娅是被那个时代扭曲的人格,她走不出自己的时代,本无可厚非,尤其是对于皮姆来说,命运显然是一件由个人做主的"私事",她的小说虽然主张人们应该按照自己的方式来行事②,但如果明知是错误的方式,则会导致不必要的后悔。

玛茜娅对斯特朗的"移情",是"情感强迫症"的体现。她对诺曼的情感,无论是由于她发现了诺曼对她的回避,还是她像蕾蒂一样,发现了诺曼身上有许多不可爱之处,她都无法把这一段情感变成更为实际的稳定关系:

---

① Muriel Schulz, "The Novelist as Anthropologist," in *The Life and Work of Barbara Pym*, Salwak (ed.) (London: Macmillan; Iowa City: University of Iowa Press, 1987), p. 104.

② Barbara Brothers, "Women Victimised by Fiction: living and loving in the novels of Barbara Pym," in *Twentieth-Century Women Novelists*, Thomas F. Staley (ed.) (London: Palgrave Macmillan UK, 1982), p. 79.

但她永远不会邀请他——这就是他们关系的本质。所以这是一段情感，不是吗？他记得那一次，她尾随他去了 BM①，他被困在这些动物面前，和一群孩子一起在那儿瞪着它们，一直待到安全的地方。②

二人的关系很微妙。玛茜娅对他有那么一点说不上来的兴趣或者说好奇，但或许真的谈不上情感方面的友谊、关爱，更不要说"爱情"。蕾蒂、埃德温或诺曼本人都心照不宣地认同这一点。所以当埃德温或许仅仅是出于某种好奇地探讨分析一下，也会招来诺曼的恼怒。但没有任何情感方面的因素，这么一大笔的慷慨转赠毕竟是不合常理而无法解释的，这也是让诺曼感到恼怒的根本原因。他们也似乎在努力回避任何情感的可能，当诺曼发现玛茜娅尾随自己去博物馆之后，就再也不去博物馆了，这对玛茜娅来说，可能会遭受一种莫名的情感"挫折"。尽管她对诺曼的感情可能还没有热烈到爱情的程度，但因为她的一次不成功的"跟踪"而导致诺曼从此改变了午间餐后休闲的习惯，是玛茜娅不愿意看到的一个情感现实——这样一个并不完美的异性竟然会对自己的好心或好奇如此冷淡。

挫折需要修复与补偿。各方面更为优秀的斯特朗先生的介入，为玛茜娅提供了回避真实情感的港湾；把自己的情感导向一种虽然不切实际但却能够弥补生活不完美的美好幻想，"单恋"因而成为一种合理的情感表现。

在玛茜娅身上还存在强迫症的另外一种表现，也体现了这种补救的特征——她非常想把文化中那些禁止的内容，像她割除的"乳房"与人交流。对于办公室里共事的其他三人，她只是说做了手术，切除了一些东西，其实他们都很想知道到底切除了什么，她一直不与他们交流。而一次在地铁站，她看到有人在为癌症患者募捐，她掏出 10 便士的硬币给人家，而且主动地告诉人家"我也……有一些东西切除了"。③ 她的这种语言冲动，恰恰体现了对自己身体缺失的一种补偿心理，通过言说将身体的丧失重新恢复。

在公司举办的玛茜娅和蕾蒂的退休仪式上，办公室的四个人在一起，

---

① British Museum，大英博物馆的缩写。

② Pym, *Quartet in Autumn*, p. 168.

③ Pym, *Quartet in Autumn*, p. 15.

玛茜娅有了很强的安全感，在他们中间，她不会明显觉得自己"无乳"（breastlessness）的"不完整"（imperfection）、"不完美"（incompleteness）会被人感知到①，"胸"这样的词让她感到压力，她对整个退休仪式上人们的发言、交流都与"胸"一点关联都没有而感到失望：

> "我的切除手术"——就是"胸部"这个词让她困扰。关于她退休的演讲和谈话中，没有一次提到过胸怀（breast）（希望在人的心中永存）或胸襟（bosom）（每个人的情绪都在回荡），如果副助理主任的演讲更具文学性的话，他们本可以做到这一点。②

她因为自己没有了乳房而迫切地希望与乳房相关的词汇至少能被人们提及，似乎那样做了就能一定程度上——至少是语言层面——弥补她的缺失。玛茜娅是处于这样的尴尬境地，既将自己的情况作为隐私不想示人，又希望能够有人分享自己的焦虑与痛苦，以减轻自己的情感痛苦。

四个人都很谨慎地保持同事关系，同事的问候，同事的关心，不愿意以哪怕是最随意的方式跨越这种关系。彼此之间拒绝深层次的接触让玛茜娅的这种房产转赠行为非常难以理解。有学者认为玛茜娅把房产赠给诺曼，而没有转赠给同样迫切需要住所的蕾蒂，是玛茜娅希望与诺曼之间有一种超越坟墓的捆绑，是一种在她死后的"入赘"（uxorilocal）式安排③。这种解读当然难以让人信服，特别是小说后来更为明确地表明，诺曼并不打算住进来，而是要把房子卖掉。如果玛茜娅有更多的计算，这一点她就必须考虑到，毕竟共事多年，她不是不了解诺曼。

与传统的男欢女爱的书写不同，皮姆热衷于刻画单恋的情感。学者认为："她的大多数女主人公都经历过一种温和的单恋形式，但在经济上和社会上都足够独立，能够舒适地生存，而不会赢得她们崇拜的男人的爱。"④

我们必须承认在生活中，无论从美貌、气质、财富这些庸俗的爱情与婚姻要素来说，还是在生命中正确的时间与正确的地点碰上合适的人而

① Pym, *Quartet in Autumn*, p. 87.

② Pym, *Quartet in Autumn*, p. 88.

③ Rossen, *The World of Barbara Pym*, p. 75.

④ Wyatt-Brown, "Late Style in the Novels of Barbara Pym and Penelope Mortimer," p. 837.

言，不是人人在一生中都有机会产生理想的爱情与婚姻。在本质上讲，人一生无论怎样"阅人无数"，所能够见到的人都是极其有限的。在这极为有限的人群中要找到一个自己的恋爱对象，更不要说一个结婚对象，无疑是一件风险很大的事。在这种情形下，退而求其次的"凑合"地奉伦理、社会的要求勉强求得爱情与婚姻，都不是真正的情感。

老年的述情障碍

情感都渴望双向互动与回复，单恋很明显不是理想的情感表达方式。但是，皮姆微妙地表达了在爱情与婚姻遥不可及的状态下，单恋仍然是一种情感表达方式，是一种特殊年龄阶段的情感真实。在心理学上，单恋就是"述情障碍"（alexithymia）的表现。所谓"述情障碍"一词alexithymia的英语的字面释义是"no words for emotion"[1]，即找不到合适的词语来表达情感。从性别角度来说，男性比女性更容易产生这种心理；从年龄上说，老年人比青年人更不善于表达情感。这不是说老年人不需要情感，而是传统与文化预设了一种语境，不支持老年人激烈情感的表述；其他影响情感表达的因素还包括文化程度低、健康意识差和精神抑郁，等等[2]。玛茜娅、诺曼这一批人，或者说这一代人，无论是从年龄上说，还是从身体状况、精神状况上说，都极容易发生"述情障碍"，与自然学科关注于老人的心理甚至神经认知能力（Neurocognitive competence）[3] 的病因描述所不同的是，文学批评思考的是哪些社会与文化因素导致了老年人的这种情感表达障碍，是个人现象还是整体现象。小说很清楚地表达了四个主人公都有类似现象。在玛茜娅与蕾蒂退休之后，四个人相约简单聚了一次，餐后玛茜娅说要提前走。

---

① Linden R. Timoney, Mark D. Holder, *Emotional Processing Deficits and Happiness_ Assessing the Measurement, Correlates, and Well-Being of People with Alexithymia* (Dordrecht: Springer Netherlands, 2013), p. 1.

② Aino K. Mattila, Jouko K. Salminen, Tapio Nummia Matti Joukamaa, "Age is strongly associated with alexithymia in the general population," *Journal of Psychosomatic Research* 61 (2006), pp. 629- 635.

③ Maria Luisa Onor, Trevisiol, M., Spano, M., Aguglia, E. & Paradiso, S., "Alexithymia and aging: A neuropsychological perspective," *Journal of Nervous and Mental Disease*, 198 (12) (2010), pp. 891-895.

"哦，留下来，等我们喝完咖啡，"诺曼哄着她说，"我们很少有机会聊天。"

玛茜娅脸上浮现出一种只有蕾蒂才似乎注意到的奇怪表情。几乎可以说变和软了。那她对诺曼有什么感觉吗?①

小说选择从同为女性的蕾蒂的角度来呈现这种观察，不可能是蕾蒂的错觉。这种表情上的变化固然暴露了玛茜娅内心的某种情感波动，但作为观察者的蕾蒂的内心世界也起了些变化。对别人情感的观察兴趣表明了主体对情感生活的敏感，也表明他们对自己的情感评估不太满意;不管四个人的内心真实情感如何，他们都尽量不用语言表达自己的真实感受，甚至会用语言来掩盖自己的情感。

小说里反复强调的玛茜娅为诺曼冲咖啡这一母题，表面上是双方为了"省钱"，但似乎又不止于此。玛茜娅住院后，诺曼曾带着一定感情地向埃德温回忆道:

"我总是在喝咖啡的时候想起她，"诺曼接着说，"她以前给我煮咖啡的样子。"

埃德温纠正说:"她以前也为自己做过，不仅仅是为你。"

"没错——破坏了我的浪漫记忆。"诺曼轻率地说。②

作为旁观者的埃德温似乎要制止诺曼的情感表白，大家似乎都不希望情感发生，无论是发生在自己身上，还是同事身上。此外，玛茜娅死后在遗嘱中把自己的房子留给了诺曼，这对诺曼来说是一个巨大的意外之财。这次轮到埃德温也充满困惑地问诺曼:

"你当初有点感觉吗?你想到过吗?"

"你想什么呀?我当时当然不知道。"

"别忘了，她过去常给你煮咖啡。"埃德温不依不饶。

诺曼生气地反驳道:"这仅仅是因为她认为分享大型经济包装更

① Pym, *Quartet in Autumn*, p. 116.

② Pym, *Quartet in Autumn*, p. 150.

便宜，你也已经不止一次地提到过。"①

　　书中当事人与读者一样都对玛茜娅的举动感到困惑。尽管埃德温一直在坚持，可诺曼在内心不认为玛茜娅对自己有某种恋情的暗示，但让他困惑的是，他也无法描述这到底是怎样的一种人际关系②。

　　正是这种共同的情感表达上的困难，使得他们找不到合适的词语来表达他们之间的关系，既不太像"朋友"，"因为他们不完全是这样"，而用"同事"来描述的话，又"听起来太正式，有点可笑"。③ 他们多年共事，自然地既是朋友、又是同事，但他们都觉得这样的词语无法概括或描述他们之间的关系，他们害怕自己的情感以词语的方式被定格下来，仿佛一旦被词语限定了，他们就会为这种情感承担很多的责任似的。这样一来，他们的情感出口，要么就像玛茜娅那样找其他的、完全没有任何责任伤害的替代者，以单恋的方式来拒绝情感的表达；要么就任不自觉的行为来控制自己的情感。玛茜娅就可能在自己没有完全意识的情况下跟踪着诺曼到了大英博物馆；诺曼知道了玛茜娅的跟踪，也无法跟玛茜娅直接交流双方的感受。

　　这种下意识的跟踪行为，在小说中反复出现。玛茜娅除了跟踪诺曼去了大英博物馆，还偷偷地去了斯特朗先生的家附近；诺曼、埃德温都分别在晚间散步的时候不自觉地来到过玛茜娅住所附近，但都悄然而退，都害怕要是被对方发现该说些什么。无论是爱情、同情还是一般意义上的友情，他们都无法诉诸语言。诺曼偷偷来的那一次，不但被玛茜娅的邻居发现，实际上也被玛茜娅发现了。玛茜娅在自己到了斯特朗先生家附近"偷窥"之时，实际上也就是她的死期即将到来之际。她回忆起当时发现诺曼偷窥自己住所的经历，突然有了一种情感该表达出来的强烈愿望："现在她后悔自己没有走到他跟前质问他，问他以为他在做什么，故意在她的屋外游荡。"④ 这种后悔，实际就是在后悔自己无法向单恋中的斯特朗先生的表白，无法向当初有过一丝"柔情"好感的诺曼表白，没有逼着诺曼把自己内心世界表白出来。这种临死的遗憾如今永远也无法被弥补

---

① Pym, *Quartet in Autumn*, p. 168.

② Pym, *Quartet in Autumn*, p. 169.

③ Pym, *Quartet in Autumn*, p. 111.

④ Pym, *Quartet in Autumn*, p. 154.

了。事后从"戏剧反讽"的角度来看，如果他们当初哪怕是以"质问"的方式把情感定格下来，或许就没有了这种遗憾。

（四）衰老中的城乡情感差异

充实的乡下情感生活

从浪漫主义运动开始，大自然就一直是伴随着工业文明成长起来的诗人们怀旧、寻找灵感、寻找自我和神明的场所。但到了皮姆这里，都市化文明下出生、成长并正在老去的人们，虽然一定程度上仍保留了一点对大自然的微弱兴趣，但在更大程度上，以乡村为典型代表的大自然不但失去了其往日的吸引力，反而变得有些丑陋不堪，在乡村与都市的两种不同空间里，情感生活也各不相同。

蕾蒂的朋友玛乔里在乡下有自己的房产，如今大部分时间都住在乡下，她的情感生活与小说中的四位主人公的都市生活可以构成城乡生活的鲜明对比。虽然同在老年，她的情感生活就要丰富、浪漫很多。她很快就答应了刚来乡下教堂不久的神父的求婚，蕾蒂虽然觉得有点意外，但也能接受：

> 在这么短的时间内，变化是如此之大，尤其是，如果一个人住在一个村庄里，那么情况似乎会发生变化，尽管蕾蒂不太明白为什么会发生这种变化。[1]

不但如此，玛乔里很快就与这位神父进入了"谈婚论嫁"的节奏，这样一来，她就开始无暇顾及交往了一辈子的朋友蕾蒂。她原来承诺的让蕾蒂退休后来乡下一起共同养老，如今也无法兑现了；而且，处于二人世界热恋中的两位老人也无心邀请蕾蒂像往常一样来度假。倒是蕾蒂似乎并不十分在意多年老朋友对自己的这种冷落。从中不难看出，二人虽然是交往了一辈子的朋友，由于城乡生活空间的差异，对于感情的态度还是有许

---

[1]　Pym, *Quartet in Autumn*, p. 45.

多的不同。蕾蒂对于感情较为挑剔，像玛乔里身边的这位神父，蕾蒂就觉得是一个很无趣的人，不值得交往，而玛乔里却很快以"孤独"为借口与之结婚。在伦敦都市生活的两对男女，在同一间办公室里共事几十年，也没有擦出一点情感的"火花"，典型地衬托出双方对情感生活的不同理解。对于感情，从挑剔的角度而言，人们很难找到一个"理想"的另一半；然而，人们如果能够学会"结伴而行"，互相做出些让步而走到一起，以"抱团取暖"的方式来共同克服生命中的那种"结构性孤独"，也是一种情感选择。都市化的生活似乎让人们在情感方面变得更为敏感、挑剔，这在一定程度上解释了为什么随着都市化的程度不断加深，城市中的人们进入情感、婚恋的兴趣却越来越弱了。快节奏的都市生活让人们越来越不愿意牺牲自己的感受，宁愿一个人终老：

　　　　在过去，蕾蒂和玛茜娅可能都曾经爱过，也曾被爱过，但现在这种本应指向丈夫、爱人、孩子甚至孙子身上的感受，没有了自然的出口；甚至都没有猫、狗、鸟，来分享过他们的生活，埃德温和诺曼也没有激起过爱。①

　　人们太强调个性，缺少必要的沟通与让步，或许一定程度上讲，这是个人情感与人格的一种进步，但在另一方面，却必然加剧了人在老年的衰老创痛感受。

　　城里的挑剔，与乡村生活中情感的随和形成明显的对比。就在玛乔里忙着筹办婚事之际，她的结婚对象却在慢慢熟悉乡下生活，认识了更多的人，而且很快改弦更张，要与另外一位更加年轻的寡妇结婚，玛乔里算是空喜欢一场。乡下生活模式在情感生活中更注重实际的一面也得到了充分的呈现。小说以"四重奏"（quartet）来命名，重点在于刻画都市环境中玛茜娅、蕾蒂、埃德温和诺曼四个同事之间衰老中的情感现实。皮姆选择加入乡村中生活的玛乔里的情感世界，其城乡对比的意图非常明显，乡村充实的情感生活与城市情感生活的缺乏之间的张力在小说中得到了很好的体现，也让读者不得不思考其中的差异原因。

---

① Pym, *Quartet in Autumn*, p. 8.

回不去的乡村

落单的玛乔里又向蕾蒂发出了共同养老生活的邀请，尽管在伦敦没有自己的房子，只能租住在卧室兼起居间的狭小空间，但乡下的生活却并不能再对蕾蒂有太大的吸引力。在她的回忆中，乡下的生活也有许多不符合她城市审美的需要：

> 还有其他的事情。在他们的散步中，她总是能找到死鸟和干掉的刺猬的尸体，或者在他们开车的时候注意到路中间有一只受伤的兔子。她觉得玛乔里经常见到，所以就觉得恶心。①

蕾蒂感到"恶心"的这些乡村符号自古以来一直就在那里，只是如今的都市人如果试图想要"回归"乡村养老的时候，这些符号就成为阻碍他们作出决定的因素了。值得反复强调的是，老年生活也有着诸多的被文化强加的意识，认为老年人"应该"如何地生活，即使同为老年人的主体也不一定能够意识到这种文化的强制性。埃德温就"沮丧"地发现蕾蒂并不热爱乡下生活，他在心目中认为"肯定所有的中老年妇女都热爱乡下，或者应该热爱乡下"。② 小说揭示了这种关于老年人或老年女性的伪命题。这种"应该热爱"乡村生活是一种文化的强加，都市里的人们对所谓的乡下有着过度的浪漫化想象，认为乡下就是那种明信片般的美景，有着清新的空气，整齐的草坪。但蕾蒂内心有更为真实的乡下，那里有"死鸟、被撕烂兔子和嘴不饶人的村民"，并不招她喜欢。如果说还有城里人热衷于乡村生活，那种"生态的""自然的"景点式生活，实际上都不过是商业旅游模式为了迎合城里一部分人对乡村"自然"生活的不了解和幻想，而按照城里人的思维打造出来的旅游景点。内心对蕾蒂不热爱乡村生活充满指责的埃德温自己也没有表现出明显的对乡下生活的兴趣。

皮姆借蕾蒂的观察消解了一些城里人关于乡村不切实际的浪漫。而且，对于城里人而言，乡下文化生活的缺失也是他们所无法容忍的：

---

① Pym, *Quartet in Autumn*, p. 37.

② Pym, *Quartet in Autumn*, p. 185.

人们可以在伦敦过一种非常愉快的生活——博物馆、美术馆、音乐会和剧院——乡村有文化的人会怀念和渴望的所有东西蕾蒂都可以自由支配。①

都市里的人更注重自我感受，他们付出的代价是必须忍受人性的孤独；在乡村，人们更注重实际的交往质量。因此，在蕾蒂眼里，乡村已经成了城里人心中"死亡"的场所，她"想知道当生命变得有太多无法忍受时，是否可以躺在那里等着死亡?"② 在小说的结尾，玛乔里已经开始委托蕾蒂邀请她的两位男同事一起去乡下度假，只是埃德温与诺曼都一样不是那种热爱乡村生活的人，也不那么具有浪漫情怀。因此，蕾蒂尽管答应了玛乔里，却对任何"浪漫的结局"并不抱幻想：

蕾蒂觉得，任何可能使玛乔里不再失望的新兴趣都应该鼓励，尽管很难把埃德温和诺曼看作浪漫的想象对象，两个不那么热爱乡村的人是难以想象的。但至少能让人意识到，生活仍然有无限改变的可能性。③

这种开放性的结尾却并不给人以太多的安慰，更大的可能是，这三个人仍将在各自的情感孤独中、在伦敦这样的大都市里静静地老去。皮姆的小说"创造一个具有说服力和深刻想象力的当代英国的故事，这是一部关于年龄的小说，但同时也是一部关于'文明失败'的小说"。④ 当乡村没有可能的出路时，都市空间并不是救赎，而是一个没有退路的退路。四个人生活工作了一辈子的大都市，并不会给他们任何真正的安慰。他们在这样的大都市里生活、工作，但他们却留不下一点痕迹与记忆。在玛茜娅和蕾蒂的退休仪式上，被指派来主持仪式的单位副手甚至都不知道两位退休人在"他们的工作生涯中在做什么或做了些什么"。只知道她们所做的是"那种容易被电脑取代的活"⑤。即使在 20 世纪 70 年代的小说中，我

---

① Pym, *Quartet in Autumn*, p. 46.

② Pym, *Quartet in Autumn*, p. 128.

③ Pym, *Quartet in Autumn*, p. 46.

④ Cotsell, *Barbara Pym*, p. 122.

⑤ Pym, *Quartet in Autumn*, p. 86.

们已可以感觉到在电脑的信息时代，人即将变成冰冷的数据，充其量不过是操作这堆数据的一个工具而已。除了人情势利与冷漠，也表明新技术的出现，让人的工作价值越来越不被看好。更要命的是，"没有人代替他们，事实上整个部门都被淘汰了，只是还要等到办公室男职工也到了退休年龄后"。① 如此没有存在感的工作部门，也自然让在其中工作之人没有任何的留恋之情，职工本人自然也无法从自己的工作中看到任何的生命价值与意义。等到两个男同事再一退休，整个办公室都将可能改为他用。也就是说，要不了多久，即使他们想再回到公司时，也找不到任何可供回忆的依据。

所谓的退休仪式，就是发装着一笔钱的一个信封而已，一个所谓的"黄金握手"，② 整个仪式完全就是在走过场：

> 然后蕾蒂和玛茜娅走上前去，每人收到一个信封，里面装着一张支票和一张合适的签名卡片，主持人回忆起还有午餐饭局，悄悄溜走，酒杯重新倒满，爆发出一阵嗡嗡的谈话。③

现代公司的这种仪式往往表面上会搞得很热闹，但当事人心里所期待的那种人际间的真诚与情感却无处找寻。

（五）本章小结

人类生活中最珍贵的是感情，即使到了老年也不例外。老年人自然也拥有爱与被爱的权利。话虽这样说，毕竟爱情是"双方"的，老年人的爱情选择余地受到了各种因素的制约，"单恋"因而成了不愿意放弃情感追求的老年人的生活中奇特的一部分。学者认为，皮姆后期小说转向对衰老与死亡（包括死亡的意识）的关注有着重要的意义："秋天和冬天一样重要。因此，她把注意力集中在接近死亡的感觉上，并感知到希望正在消

---

① Pym, *Quartet in Autumn*, p. 86.

② Pym, *Quartet in Autumn*, p. 86.

③ Pym, *Quartet in Autumn*, p. 87.

失。"①　四个人无论是退休还是死亡，都将"仿佛秋天的落叶一样不可避
免"②。

　　小说不是想象中的浪漫与艺术，在很大程度上，小说是市场行为。这
就是说，小说不是你写出了一个完整的叙事，就成为"小说"或"文
学"。市场是否接受、如何接受，还是一个很复杂的问题，与之相关的一
系列问题包括发行、评论、研究、评奖。说到底，这就是利益问题。即使
很有艺术成就的小说，如果不能轻松地过出版商的"市场标准"，要么就
胎死腹中，要么只好有待未来读者的艰难发现。1963 年，皮姆的出版商
拒绝了她的第七部小说，因为他们担心这部小说在那个叛逆的时代过于平
淡。③　出版商要首先考虑卖点，要迎合读者的时代叛逆需要。此时的皮姆
遭遇到了人生中极为脆弱的阶段，但她在接下来的 14 年里继续写作，尽
管没有出版商会接受她的作品。此期间皮姆如同处在生命的"荒野"④ 之
中，她始终无法引起出版商的兴趣。雪上加霜的是，她患上了癌症，又中
风，她不得不退休。对于生命中的这些变化，她深怀恐惧。

　　然而多舛的命途加上她不放弃的努力，却让她的作品有了"焕然一
新的惊人效果"。退休所带来的危机感，这种剧变所引发的焦虑，给她的
作品增添了新的情感维度⑤。她开始思考生命的终结和死亡的威胁。皮姆
在小说的手稿中坚持认为，老年的语言是"剥夺"与"压抑"，是"心绪
不宁和所有的激情耗尽"⑥。皮姆本人不承认该小说是许多读者和出版商
所看到的关于老龄化的惨淡研究，但它的疾病、衰老和退休主题仍然是很
明显，再加上这一时期皮姆的生活中的失望和拒绝，创造了她经典作品中
最黑暗的小说和她的杰作⑦。

　　面对人生的诸多困境，皮姆与自己书中人物的病痛与衰老确实给人许
多"同病相怜"⑧（fellow sufferer）之感，但即便如此，我们也非常清楚

---

①　Rossen, *The World of Barbara Pym*, p. 174.

②　Pym, *Quartet in Autumn*, p. 86.

③　Wyatt-Brown, "Late Style in the Novels of Barbara Pym and Penelope Mortimer," p. 837.

④　Wyatt-Brown, "Late Style in the Novels of Barbara Pym and Penelope Mortimer," p. 837.

⑤　Wyatt-Brown, "Late Style in the Novels of Barbara Pym and Penelope Mortimer," p. 837.

⑥　*Pym Manuscripts*（Bodleian Library, Oxford）, p. 33.

⑦　Annette Weld, *Barbara Pym and the Novel of Manners*（NY: Palgrave Macmillan, 1992）,
p. 184.

⑧　Wyatt-Brown, "Late Style in the Novels of Barbara Pym and Penelope Mortimer," p. 837.

地看到，玛茜娅算不上皮姆的理想自我（alter ego），因为皮姆身上多出了身处逆境，不管命运有多艰难，仍有着一种不放弃的坚韧。虽然她可以像玛茜娅一样有着强烈的单恋倾向，但她没有停留于此，而是继续向着自己心中的目的顽强地努力。皮姆希望坚持写作，努力取悦编辑，同时又不希望放弃自己独特的文学风格，这使她的前景更加暗淡①。这正是皮姆不同于自己塑造的角色的地方。她笔下的人物在老病孤独中无所事事、无所寄托，生命的意义很难得到体现，陷入神经强迫症的被动模式中。尽管皮姆在取悦编辑、出版商甚至读者的过程中充满了痛苦与绝望，她当时也并不知道自己是不是真的能走出这种绝望的困境与折磨，但她一直在努力，在绝望中不放弃，就是一种难得的品质，是生命的意义所在，对未来永远充满期待，并且为了未来作出努力，而不是恐惧未来放弃现在。或许正是由于那种看不到希望的绝望，她因而也就没有给自己的人物以任何希望。这是皮姆作品中的些许遗憾，但不是作为个人的皮姆的遗憾。作为一个人，她在努力与绝望作斗争。

① Rossen，*The World of Barbara Pym*，p. 177.

第五章

《简·萨默斯的日记》中的无缘社会与有缘衰老

（一）简介

在西方学界，"无缘社会"已经不仅仅是一个学术词汇，而且是一种普遍的社会状态。所谓无缘社会，是指那种没有家庭成员的血缘联结、没有地域沟通的邻里之间的地缘、没有社会关系与朋友的社会缘，人们生活在一个人情淡薄、老死不相往来的社会（disconnected society，Unrelated Society）。光从表面上看，这是一个由日本学者提出来的社会学术语，因而与日本社会联系也更紧密。日本文化作为传统东方文化的典型代表之一，曾经也十分看重人们之间的相互亲缘关系。然而，在物质文明高度发展的今天，日本却已经进入一个被人们称为"无缘社会"的空间：日本每年有 3.2 万人会以"无缘死"的方式离开这个世界；但实际上，发达的资本主义社会与消费文明中都普遍存在这种无缘社会现象。

1984 年多丽丝·莱辛（Doris May Lessing CH, OMG, née Tayler; 22 October 1919—17 November 2013）在 65 岁时以"简·萨默斯"的笔名发表《简·萨默斯的日记》（*The Diaries of Jane Somers：The Diary of a Good Neighbour and If the Old Could*）①。小说以当代社会的老龄化为写作背景，

① 在英语里，diary 与 journal 在很大程度上可以互用，在汉语里有时为了特别地加以区别，journal 可以相应地翻译为"随记"，具体讨论见本书第十四章。国内汉译本明显地滞后于英语引进本。外语教学与研究出版社在 2000 年就以"多丽丝·莱辛（Doris Lessing）"的署名出版了《简·萨默斯的日记》的英文版（［英］多丽丝·莱辛（Doris Lessing）：《简·萨默斯的日记》，外语教学与研究出版社 2000 年版），这与莱辛的做法是一致的，把两本书合为一本；译林出版社 2016 年翻译这部作品时，又按照莱辛最早的做法以两本不同的书名出版，即《好邻居日记》（*The Diaries of Jane Somers：The Diary of a Good Neighbour*）和《岁月无情》（*If the Old Could...*），

以一个50岁左右的中年白领女性的视角，呈现了当代语境下在异化文化中挣扎的人们如何选择性回避社会异化"加速度"节奏的主动学习衰老的画面。

65岁的莱辛无疑进入了传统意义上的"老年"，从写作与出版的角度而言，她已经功成名就了，但她决定以笔名"简·萨默斯"来体验一下无名作家要想出版"处女作"小说的困难程度。她的英国编辑没认出来，也拒绝出版这本过于悲观的书。她的美国编辑认出了简·萨默斯就是莱辛，并且愿意配合这一实验，让这本书以一个全新作家的面目问世①。莱辛选择以日记体的形式塑造当代文明社会里一位尚"年轻"的、49岁的白领女性简（娜）·萨默斯眼中观察到的老年生活状况。萨默斯人到中年，在杂志社从事轻松的文字工作，生活与事业都顺风顺水。但就在这波澜不惊的岁月静美中，她的母亲、丈夫先后病故，让她仿佛一下子就明白了所谓的岁月静美只不过是自我欺骗的生活模式。她似乎还开始意识到，富庶的社会让人逐渐对爱的感受变得麻木，人们不再懂得感恩生命、感恩别人对自己的爱的付出，一切似乎都变得理所当然，以至于到了40多岁，虽然在年龄意义上早已成年，但在心理上却永远都是"长不大的女儿、长不大的妻子"②（Child-daughter，child-wife）③。而当某天家人与配偶过早地离开我们，才突然之间觉得自己也会真的离开这个可爱的世界，一种"子欲养而亲不待"的结构性创痛永远地折磨着主体。

发达的消费社会里，人们的日常行为都单一地围绕"消费"发生，错过、丧失了生命中许多更为宝贵的亲情。在消费之外，人们越来越隔膜，越来越孤独，形成了一种"无缘社会"，人际关系疏离或崩坏，每年都有大量的老年人被报道在无缘中死亡。多丽丝·莱辛的小说《简·萨默斯的日记》中就描述了这种隔膜的无缘社会中的衰老状况，那种老人

一个小的违和之处就是莱辛当年分开出版两部作品时，署名不是"莱辛"而是"萨默斯"，而译林出版社则是以"莱辛"之名分开出版。

　　①　Roberta Rubenstein，"Notes for Proteus：Doris Lessing Reads the *Zeitgeist*，" in *Doris Lessing：interrogating the times*，Raschke，Deborah（ed）（Columbus：Ohio State UP，2010），p. 11.

　　②　［英］多丽丝·莱辛：《好邻居日记》，陈星译，译林出版社2016年版，第6页。

　　③　Doris May Lessing，*The Diaries of Jane Somers*（London：Flamingo，2002），p. 8.

"日益减少的流动性、社会孤立状态和依赖性"。① 但小说没有停留于揭露或者批判，而是在思考如何凭着对生命的敏锐意识和爱心，以热爱生命的勇气去面对身边和自己的衰老与死亡，在自己的老年还不曾到来之际，就努力地"迫使老年"发生，通过接近老人，了解衰老的真相，在无缘社会里建立有缘衰老的模式。

面对消费社会的巨大惯性，个人很容易被裹胁着做出"应激反应"式的消费，而没有办法去独立思考如何走出无缘社会为每一个人设定的命运悲剧。与衰老和死亡一样，"无缘社会"也是时间概念，只会发生在生命中遥远的"未来"老年，而一旦发生，主体就身心羸弱而无法再做出任何改变了。因此，人们该如何学会"先知先觉"，在生命的壮年，自己有充分的选择之时，不去随波逐流地成为消费时代与权力欲望的牺牲品。在莱辛看来，这种先知先觉式的选择就是凭着对生命的热爱和生命勇气，选择接近老年、了解死亡，"迫使老年发生"。

"缘"在汉语里是一个佛学概念。"无缘""有缘"都有先定，茫茫人海，相逢不见，相遇不识，对可遇可求的缘分弃若敝屣，反而去渴望许多不可遇、更不可求的缘分。

（二）　长不大的女儿、长不大的妻子的无缘成长

"中年幼童"的自我醒悟

小说一开头就以两起或更多的死亡为尚未完全暴露年龄身份的叙述者简·萨默斯的心头、也给整个小说的叙述语调笼上一层浓重的死亡阴影。简的丈夫弗莱迪死于癌症后不久，过来与她一起生活的母亲又被诊断患上了癌症。而且，这又让她想起叔叔的死因也是癌症，于是她被浓重的死亡意识所包围。无论是从丈夫的偶然死亡，还是从自己亲人的基因死亡，她都直接地感觉到了死亡离自己不远了。对于离死亡很远的人来说，死亡可能显得非常可怕。但对于有着死亡意识的人来说，如果死亡突然就在面前，或者就在可以明确预知的时间中，死亡似乎变得完全可以平静面对。

---

① Baba Copper, "Two novels about older women: Winter's Edge & The Diaries of Jane Somers," *Off Our Backs* 15（11）（1985）, p. 16.

但萨默斯还是人在中年的白领，面对母亲即将死去的消息时，她在痛苦与震惊之余，本能地联想到了自己的死亡：

> 我坐在她身边，听她和医生说起即将来临的死亡，那样优雅，那样庄重，我感觉糟透了。但是那时我吓得六神无主，因为吉姆叔叔死于癌症，现在是她——父母两家都有病史。我想，下一个是不是就轮到我了？那时我的感觉是，这不公平。①

"黄泉路上无老少"，死神或许从来就不会计较什么是公平，也或许这种不公平正是一种普遍意义上的公平。现代人在集体无意识中似乎把对死亡的恐惧、面对死亡的骚动与紧张情绪渲染得有些过分。在年龄更大的老人身上，他们从过去传统中继承过来的死亡观要恬静许多。现代人把死亡关在医院里、交给医生，让其他在生者很少送别往生者最后一程，很少有人见证自然死亡，在客观上也增加了死亡的神秘气氛，让死亡恐惧在这种气氛下得到了不必要的放大。

父母亲人的离去，会让子女产生莫名的孤独感，会与年龄大小无关地产生一种被抛弃的"孤儿感"，仿佛自己一下子成了一个无家可归之人。可就在这个时候，萨默斯发现自己的一家人在感情上并无特别的依恋，"唉，我们这家人不是喜欢身体接触的那一类！我根本记不得好好地拥抱过姐姐"②。通过这种否定叙述，我们实际上读出了叙述者对于情感缺失的某种遗憾。否定叙述永远不是事实的展现，而是通过否定来表达某种缺失以及所产生的后果。她对自己的母亲同样地用到了这种否定表述，"我没法碰她，没法好好碰她，没法温柔体贴地碰她"③。做不到的背后不仅仅是表示缺失背后的应该做，而是内心一种想去抚摩母亲的渴望，一种对爱的依赖心情。

在消费社会，情感成为生活中几乎被忽视的"背景"，人们只有在消费行为之外的偶尔闲暇中才想起情感，错误地认为情感从我们出生的时候起，永远都会在那里，可以随时像去银行提取一笔存款一样在需要的时候再拿出来用，直到有一天情感彻底缺失之后、自己成了情感的"孤儿"，

---

① 莱辛：《好邻居日记》，第3—4页。原文着重。
② 莱辛：《好邻居日记》，第4页。
③ 莱辛：《好邻居日记》，第4页。

才发现自己一无所有。像萨默斯这样，一个快到 50 岁的、在伦敦这样的国际性大都市里的白领丽人，却突然发现自己竟然对亲情是这样的依赖，又是这样的缺失亲情。她深深地感受到了自己的不成熟与幼稚，只不过是一个 50 岁的"巨婴"。接连失去亲人让萨默斯一个人的孤独世界，被迫面对自我，被迫开始"反思"人生与自我：

> 与此同时，我一直在考虑我应该如何生活。在我和弗莱迪的套房里，我觉得自己像一小团绒絮或者一根羽毛，随风飘荡。下班回家以后，我好像指望能在那里找到秤砣或锚之类的东西，但那东西根本不存在。我意识到自己是多么单薄，多么不独立。发现自己不独立，这很叫人痛苦。当然，不是指经济上不独立，而是作为一个人不独立。长不大的女儿，长不大的妻子。①

在日常生活中，人们容易将房子这样的空间误读为"家"，但如果家人、家人间的亲情不在，这样的建筑就失去了"家"的含义，就不可能成为情感的锚点。没有了家的情感支撑，都市生活里的白领的成功不过如羽毛一般轻飘、空虚；萨默斯"被逼无奈"地思考，当她拥有了生活中一切可以想象的东西之后，生命，人这种特殊的生命还该有些什么？

> 这种思考方式……其实算不上是思考，只是把事情放在脑子里，让它们自行归拢整理。如果你真能这么做，慢慢地，会有出乎意料的结果。比方说，你的想法会与你原以为该是的样子大相径庭。……但是我必须思考，思考……总觉得不舒服，好像有什么不大对劲。②

执迷不悟的"白领幼童"

连着失去了生命中最重要的两个至爱亲人，让她"必须思考"，如此美好的人生，为什么会有诸多的不人对劲的地方？难道所谓的岁月静好，不过一种虚假的中年自欺？她需要看到生命的真实面目，生活的全貌。快

---

① 莱辛：《好邻居日记》，第 6 页。
② 莱辛：《好邻居日记》，第 6 页。原文着重。

50 岁的人，还生活在儿童心理的幼稚静美中，不是什么值得称道的生活模式。

> 但是我知道的是这一点。人们去世以后，我们最后悔的，就是从前没和他们聊够。我没有和外婆聊过天，我不了解她。我基本记不得外公，还有妈妈。我知道她认为我自私、愚蠢。（我也是这么看乔姬①家那些小混账的。）除此之外，我不知道她对周围一切的看法。她怎么看汤姆？怎么看乔姬？外孙、外孙女们？照顾外婆，还有她自己的丈夫，一连忙了——我想恐怕是 4 年，这对她来说意味着什么？她年轻的时候是什么样的？我不知道。我现在也永远没法知道了。当然了，还有弗莱迪：有的时候我睁着眼躺在床上，我所渴望的，不是他来和我做爱，尽管我也极想要那个，但我渴望的是和他谈一谈。为什么他在的时候我不和他谈呢？②

在孤独情感之下，人们的易感心灵容易被激荡，会对身边每一个重要的人或事件都希望有一份回应。那些人曾经无私地爱过我们，给过我们呵护与照料。除了这些关爱之外，他们会如何评价我们？他们凭着爱对我们的态度应该是最真实的我们。他们可能包容、纵容过我们，也可能对我们失望过，但他们没有亲口对我们说出来，因此我们永远都无法知道自己在他们面前的真实，那种真实的自我又恰恰是我们希望成长的心灵下最想知道的。他们没死的时候，我们不会很在乎他们的态度，因为只要他们在那里，他们就是他们对我们的态度，是他们对我们的真实。只有在这种真实也会消失、永远都不会再回来、不会再出现时，我们才遗憾地发现，那种态度的真实对我们是何等的重要。

然而该小说并不是一个女性的独白式反思，其着眼点是整个社会情感的幼稚与不成长。叙述者萨默斯的闺密、同事乔伊丝，是杂志《莉莉丝》创办以来最优秀的编辑③，也是引领萨默斯在从追求时尚走向追求"风格"的重要人物。莱辛的小说没有采用英国小说传统中常见的"反讽"手法，而是以更为现实主义的反思、建构的态度来思考女性主义从 60 年

---

① 萨默斯的姐姐。
② 莱辛：《好邻居日记》，第 68 页。
③ 莱辛：《好邻居日记》，第 76 页。

代到 80 年代的发展过程中存在的诸多问题。莱辛作为一个有着明显女性意识的作家，对"女性主义"的态度较为复杂。她支持女性的觉醒与解放，但不希望女性同胞在"解放"与"时尚"的口号下的迷失。学者注意到，她早期笔下在《金色笔记》（*The Golden Notebook*）中的自由女性其实并不自由，她们是"马克思主义者，她们觉得自己懂得妇女的压迫是如何与阶级斗争相联系的，她们既有职业又有孩子，过着独立的生活，但她们是支离破碎而无助的生命，仍然依赖于男人"①。显然莱辛对女性运动的成果并不满意。几十年过去了，这些女性还是对婚姻、对他人存在严重的依赖。萨默斯在乔伊丝来到《莉莉丝》之前就在这里工作了将近 20 年，萨默斯就已经在按照一个成功的女性丽人的形象来设计自己，她的生活方式也因而成为同事们每日关注的焦点。每个人都会注意看她穿什么、怎么穿。然而，只有当乔伊丝来了，萨默斯才从时尚走向了真正的"风格"与"品味"的追求：

> 我每天都对这一刻翘首以盼：我打开门，穿过打字室，姑娘们羡慕的笑容。然后穿过一间间行政办公室，那儿的姑娘们羡慕欣赏，希望也能有我这样的品位。嗯，就算我别的没有，品位的确是有的。以前我经常一周买三四件新衣，只穿一两次，然后就扔一边堆着。我姐姐把它们拿去做好事，所以倒也没有浪费。当然，这都是在乔伊丝接手了我，教会我如何真正地打扮——风格，而不仅仅是时尚——之前。②

萨默斯与自己的时尚"导师"式的密友一同发起引领时尚潮流的努力，她们共同创造了《莉莉丝》的出版发行奇迹，使之成为甚至拥有相当男性读者的一流女性杂志。③ 然而，当小说成功地推出了这样一位引领女性潮流的杂志编辑形象之后，乔伊丝的形象却急转直下。她的丈夫，一个在萨默斯看来是"工作狂"的 55 岁男人，接到了一份美国的教授职位，要求妻子与自己一同带着两个孩子移居美国，两人吵嘴到几乎要离婚

---

① Elaine Showalter, *A Literature of Their Own*: *British Women Novelists from Brontë to Lessing*（Princeton: Princeton University Press, 1977）, p. 301.

② 莱辛:《好邻居日记》, 第 3 页 。

③ 莱辛:《好邻居日记》, 第 71 页。

的边缘。乔伊丝如果不跟丈夫同行，丈夫就会与情人结婚。这样一个自诩为解放了的女性（a liberated woman），竟然选择放弃自己热爱的编辑工作，同意与丈夫去美国，做一名家庭妇女。即将失去多年好友的萨默斯十分不解，力图挽留，她反复追问乔伊丝，得到的答复竟然是说她没有萨默斯那么"自立自足"，这让萨默斯对自己是一个"长不大的妻子、长不大的女儿"的定位反差巨大，她心目中如此优秀的乔伊丝瞬间变成了一个未老先衰的弱小"老太婆"形象。看着好友的不觉悟，萨默斯几乎哭成泪人："乔伊丝是个孩子。是的，说到底她还是个孩子，我不能和她说我学到了什么，也不能说我现在是什么样的人。我哭是因为这个。"① 莱辛一直是"女性主义"作家，该小说也被认为带有"深深的女性主义色彩"②，描写了"女性衰老经验"③，但莱辛对"女性主义"已经有了全新的阐释，即以一种建构姿态强调女性不可以在光鲜的、政治正确的口号掩盖下放弃自己的成长。

老年的"长不大的妻子、长不大的女儿"

成人孩童化的现象不是仅仅发生在萨默斯的身上，而是普遍的现象。只不过有人觉悟后选择直视面对，有人选择回避。乔伊丝通过时空意义上的逃离来躲避自己的孩童状态，不过是一种自欺的心理防御。如果她在英国是一个成了年的儿童，到了北美，守在一个并不真心爱自己的工作狂丈夫身边，她仍然还是个儿童，与一个人的年龄、经历没有关系。

小说以叙述者的口吻推出了第一人称的"长不大的妻子、长不大的女儿"萨默斯，又烘托出了一个表面上更为成功、更为时尚的新女性乔伊丝比萨默斯还更为幼稚、脆弱；进而小说又代表性地塑造了一个年龄更老的"长不大的妻子、长不大的女儿"。90岁的安妮即将走到自己的人生尽头，可是，她的生命智慧却似乎并没有随着年龄的增长而增长：

　　我们的安妮创造了一个羞涩胆怯、优雅精致、坚忍自制的人格样

---

① 莱辛：《好邻居日记》，第75页。

② Gayle Greene, *Doris Lessing: The Poetics of Change* (Ann Arbor: The University of Michigan Press, 1994), p. 201.

③ Roberta Rubenstein, "Feminism, Eros, and the Coming of Age," *Frontiers* 22 (2) (2001), p. 17, Note 12.

式，以配合她认为自己在我们心中的那个形象，一切不快的事实在她面前都万万不可提及。比方说，她喜欢和我们说起，她父亲、母亲、丈夫经常挡住她，不让她看到街上被撞死的狗，亲戚去世的消息都瞒着她，甚至路上的送葬队伍也不让她看到，因为她是如此多愁善感，纤弱娇柔。(长不大的女儿，长不大的妻子!)①

这是一个从小到老都在别人的呵护中过日子的人，她的父母、丈夫呵护了她一辈子，如今还需要那些陌生人、志愿者继续把她当小孩子一样哄着、骗着，这样的人生，无论男女、无论长幼，都无疑是一种悲剧。社会也好、他人也罢，都无法长期为每一个人都提供这样细致的照顾。面对社会的复杂与残酷，每一个人都应该学会自立，过分地依赖就会像老年的安妮这样，自己生活在痛苦之中，别人看着，除了同情、怜悯之外，并没有什么有效的手段帮她解决痛苦。

安妮也是从岁月的历程中一天天地成长到今天的样子的，是每一个人都有可能重复的人生历程。"我感兴趣的是这个：安妮是什么时候做的决定，要变成现在这个样子？我们都是在自己不知道的情况下就做了决定。"② 生活最好就是有一种自觉，即清楚地知道自己是在做决定；即使我们没有这种清晰的意识，我们也是在做决定。只是决定的结果就不尽如人意了。情感，表面上是对外界刺激的被动反应，但实际上是我们的生活选择。许多时候，我们宁愿抱怨说，是生活把我带到了这种困境。一定程度上讲，这种说法是成立的。但随着生命进程的深入，这种说法就越来越站不住脚了。从90岁的年龄反观人生，生命的许多结果是早就注定在我们的选择之中了。生命的任何"悔不当初"都于事无补，思考如何做出正确的选择，不让自己一生蹉跎到老都是处在孩童的不成长状态。

或许我们看到一个90岁的老人时充满了同情或怜悯，甚至会伸出自己的援助之手给对方一些力所能及的帮助；但我们一般不会认为这样的老人会与自己的人生有什么相似之处，等到我们老去的时候（假如我们真的认为自己也会老的话），我们肯定会有别样的衰老风景。这恰恰是小说希望提醒读者注意的地方。萨默斯在自己的意识里主动地与安妮认同，

---

① 莱辛：《好邻居日记》，第208页。
② 莱辛：《好邻居日记》，第186页。原文着重。

"我和安妮的感觉一样：万事万物在我指缝中溜走了，抓都抓不住"。[①] 对生命的失控似乎只是个时间问题。任何人到了一定的年龄，都必然地失去对生活的操控。安妮是那样的，萨默斯也会那样。莱辛不是说面对生命的必然结构性创痛就必须"认命"，小说希望传达的是在能够作出选择的时候，要理性地控制自己的选择。

萨默斯以自身的反思，以及她理性地看到自己最好的朋友乔伊丝这样成功的白领，和一个已经有 90 岁高龄的老人，作为典型案例，来告诉读者，任何人都有可能在生命的无知中不成长；在这样一个"成年巨婴"充斥的世界，人们该如何改变自己的不成长状态呢？面对这种成长压力，萨默斯希望找到生命中的真正导师。

（三）寻老者为师

机缘中找到的母亲替身

萨默斯希望从高龄老人那里寻找到自己人生的导师，而让她惊奇的是，在这个老龄化社会里，到处都是老人；这些老人平常竟然被人们"视而不见"，因为人们会选择刻意地回避他们。而当萨默斯带着寻找的眼光走上街头时，她很快就找到了自己想找的莫迪·福勒：

> 我想到自己天天都在这路上来去匆匆，可从没见过福勒太太，但她就住在我附近，我仔细打量着大街，突然看见——老太太们。也有老先生，但还是老太太居多。她们慢吞吞地走着。她们三三两两地站在一起，谈天说地，或者她们坐在街角法国梧桐树下的长凳上。我以前从没见过她们。那是因为我害怕自己会变得像她们。走在她身边，我很害怕。[②]

对老人的"害怕"心理代表了当代人"恐老"的情绪。人们害怕老年人所代表的衰弱、死亡的各种含义；害怕接近老人给自己带来不必要的

---

① ［英］多丽丝·莱辛：《岁月无情》，赖小婵译，译林出版社 2016 年版，第 210 页。

② 莱辛：《好邻居日记》，第 9 页。

责任与麻烦。萨默斯眼睛看到的一切，非常真实，呈现了从一个生活讲究的中年人眼里所看到的老年人的世界，那里没有丝毫的招人喜爱的词汇；她所发现的就是，衰老与死亡一样，是就在我们旁边的活生生的现实。她前面用了将近50年的时间来刻意躲避这些老人，包括她自己的母亲；如今她凭着一个成熟白领的理性知道自己根本无法真正回避的时候，这些老太太以及老太太所代表的死亡就一下子从她身边的遗忘中冒了出来，重新进入她的知觉注意之中。这种注意竟然是出于对自己将来必然要去面临的衰老状态的恐惧。莱辛借自己的小说传达的一个重要的衰老教育的概念就是：关注衰老，是一种自我意识的选择。只有当人们有了健全的理性，凭着对生命的本真热爱，不自欺且有着非同一般的生命勇气的时候才有可能出现。

　　莱辛出版此书时（1982年）已经63岁，进入了通常意义的文化老年阶段，开始意识到衰老对自己生活的必然影响。在书中她塑造的萨默斯比作者本人大概年轻20岁，而莫迪则比作者大20多岁。莱辛的写作用意在这种真实与虚构的年龄对比中也得到了一定的体现。凭着一个真实作者"站在"生命的"中位数"的旁观位置虚构生命中前后20年、共跨度40年左右的成熟中年与衰败老年的对话，并从中体现年龄书写的真正含义。

　　在萨默斯本能的老年恐惧的情绪之下是她急于想了解衰老与死亡之间关系的心情。因此，一个70岁的彭妮夫人还不足以老到符合她的理想对象的年龄。

　　　　与此同时，在我对面的楼上，有个彭妮太太。她七十岁了，孤身一人，十分渴望我能与她结交。这我心知肚明，但我不想去。她也知道。她会全面介入我的生活。想到我得听她使唤，我就觉得喘不过气来，心慌得很。①

　　由于中年丧夫并紧接着丧母，萨默斯对衰老与死亡产生了恐惧式好奇，希望了解衰老，也就是了解自己未来的恐怖命运。于是她接受了报纸的广告宣传，试着接触了几位高龄老人，但通常是老人更有这种迫切的需

―――――――――

　　①　莱辛：《好邻居日记》，第8页。

要，希望在自己生命中能够有年轻人介入自己的生活，给自己一些帮助，也给自己的生命注入青春活力；而像叙述者这样中年白领阶段的人则带着明显的拒斥，不想与这样的老人卷入太深。年轻人对于衰老，哪怕是第三年龄阶段的老人，都有着深深的恐惧心理，这既是青春文化直接或间接渲染的结果，也是人们对死亡的本能恐惧，过早地将衰老与死亡机械地等同起来了。萨默斯就是生活在这样一个被老年人包围、又刻意躲避老年人的世界里，直到福勒夫人的出现：

> 我看到了一个老巫婆。我瞪着这老东西，心里想着，巫婆。这是因为我整个一天都扑在一篇专题上：《过去和现在的女性形象模式》。文章没有具体说过去是什么时候，维多利亚时代末期吧，优雅的妇人，一大帮孩子的母亲，羸弱的老处女姑妈，新女性，传教士的妻子，诸如此类。我有四十多张照片可以选用。那其中就有一张巫婆，不过我没选她。可她现在就在这里，站在我身边，在一家药店里。一个弯腰驼背的小个子女人，鼻子几乎能碰到下巴，穿着灰扑扑、厚厚实实的黑衣服，头上是顶无檐软帽样的东西。①

作为一个杂志编辑，萨默斯有自己的先天便利条件来思考自己文化对衰老的态度，这些老年女性在不同的时期分别以不同的身份标签被"分类"地"接受"过了，只有"女巫"形象还在边缘化的状态，让萨默斯作为杂志人一时尚无法定义、归类。如今生活中真的出现了一个"女巫"式的老人，而萨默斯又正在寻觅积古之老人，于是这样一个老女人迅速地满足了萨默斯的情感需要："莫名其妙地，从那一刻起我就很喜欢她。"②这样一个不符合她办杂志的"原型女人"的女巫，在生活中与她仅凭一面之"缘"就建立了亲近关系，被她以"某种原因"喜欢上了。这强调了接近一个老年人，如同开始一场充满风险的恋爱，不知道到底是出于什么原因，或许根本就没有原因，一个人会喜欢上一个老年人。

作为一个当代白领女性，她几乎拥有了晚期现代性（late modernity）可能给予的一切富庶承诺。她唯一无法了解的，就是死亡。然而死亡作为

---

① 莱辛：《好邻居日记》，第 8 页。原文着重。
② 莱辛：《好邻居日记》，第 8 页。原文着重。

生命黑洞本身的不可知性，是人类理性所无法解决的答案。于是她决定走向死亡的隐喻——衰老中的老人。学者认为，萨默斯需要找到的，就是一个母亲的替代者（The surrogate of a mother）。失亲之后希望找到母亲的"替代品"，如今在给莫迪洗澡的过程中克服了身体上的排斥，母亲/女儿的动态关系被颠倒过来了[①]。但是仅凭这种"寻母"需要还无法解释莱辛书写中为什么安排各种不同的老年女性出现在萨默斯的世界里。小说的事件机缘性时刻提醒读者不要把小说中的描写——不管多么具有现实意义——与现实生活混淆。萨默斯接近莫迪具有极大的偶然性，如果人们就此认为这是解决老年人情感与生活不便的有效途径，那就过于浪漫化了。或许不是希望读者产生这样的浪漫误读，萨默斯清晰地表达了这种机缘性。在一个老龄化社会里，到处都是老人，不管我们在情感上如何迫切需要他们、如何愿意在生活上帮助他们，我们能够接纳的人都必须经过非常挑剔的筛选，也非常有限。

但如同宗教上的"初发愿心"，一旦有心，缘分则会"从那一刻起"瞬间产生。所谓"机缘"，就是指理性尚无法解释的某种似无若有的因果关联。基本的解释是属心属灵，当人们的心为之一动的时候，就会导致某种结果。当同样的一件事情发生，或者同样的一个人出现在我们面前时，我们的态度到底是爱恨情仇中的某一种激情反应，还是漠然忽视的路人反应，在很多的时候是很难进行理性分析的，这种超出理性分析的情感态度的产生，就是一种"机缘"。我们的反应不同，我们的情感轨迹与生命都将可能因此而发生变化。

艰难的认师过程

在文学意义上讲，"机缘"充满了宗教意味。在老龄化社会里面对众多老者之间老死不相往来的无缘隔离的现状，萨默斯在死亡驱动的震撼之下，初发愿心激起缘分，让她注定充满艰难的寻师过程面临新的挑战——她该如何善待这一脆弱的"缘分"？她首先必须克服常见的"厌老"情结。生活在同一片天空之下，人们与老人之间相隔的或许只有时间。然而，年龄造成的巨大的卫生习惯让萨默斯这个白领女性本能地产生生理厌

---

① Diana Wallace, "Women's: Women, Age, and Intergenerational Relations in Doris Lessing's The Diaries of Jane Somers," *Studies in the Literary Imagination* 39（2）（2006）, pp. 43-59.

恶，无论是嗅觉、触觉，还是视觉，都在告诉她，她们不是一个世界上的人。当萨默斯走向莫迪的家时，这种厌恶感更加得到了强化："屋里的气味让我心里不舒服，胃里也不舒服。那天屋里是一股煮烟了的鱼的味道。我们站在一条昏暗的长走道里。"① 这种长长的黑暗通道既通向福勒的厨房，也实际上象征着萨默斯通向福勒世界的艰难路程，象征的是当今崇拜青春的厌老文明中与老年人的真正距离。这种距离感不是道德与伦理说教所能解决的，萨默斯以亲身感受告诉人们她的心理阴影："当晚回到家，我满心恐慌。我确定我充满了厌恶。我的衣服和头发里满是那酸臭肮脏的味道。我洗了澡，洗了头，打扮一新。"② 萨默斯身上代表了一种人类理性中的自我厌恶。对于普通大众而言，虽然隐隐知道未来的衰老景象不是那么令人心旷神怡，但他们更宁愿做一只岁月的鸵鸟，埋起远见与自知的头颅，自欺地生活在当下，不选择去想象将来不堪的惨景。萨默斯如果不是经历了连着两起的家人逝去，也不一定能够联想到自己的未来。当她知道死亡不可避免、衰老必然被遭遇的时候，就克制着内心的反感厌恶之情，选择以最近的距离来接触衰老，来了解死亡。这是一个理性白领的人性觉醒，拒绝眼前美好生活的虚假自欺，勇敢地面对生活的真实与必然。按照卡鲁思的观点，死亡的语言恰恰是生命驱动的语言（language of life drive），即那种愿意真实地生活，愿意勇敢地热爱生活的人，才会选择去面对这种语言。萨默斯的这种心理，与其说代表的是当代人们对待老年人的普遍态度，毋宁更精确地说，代表的是当代人对待自己——那个不太久远的自己的态度。

萨默斯以她特有的知性勇气，逼着自己把大脑潜意识中的对衰老与死亡的感觉变成语言文字，要尽可能每天记下与莫迪的交往，这等于是她在迫使死亡的语言发生。毫无疑问，刚开始接触到的莫迪全是负面的形象："今天是礼拜六，我上街采购，回来后又工作了两小时，然后去看 F 太太。我敲门的时候没人回应，于是我顺着她那陈旧的楼梯走上来，回到街上，看到她弓着背走过来，推着她的购物筐。在我眼里，她就和我第一天见到时是一个样：驼背的老巫婆。挺吓人，鼻子几乎碰到下巴，浓密的灰眉毛，脑袋上趴着一顶没形状的黑帽子，帽子底下露出乱七八糟的几撮白

---

① 莱辛：《好邻居日记》，第 10 页。
② 莱辛：《好邻居日记》，第 11 页。译文有改动。

发。"① 她在日记里将莫迪称为 "F 太太"（Mrs. F）也一定程度上暴露了她那无法控制的厌恶心情，就如同一提及那个真实的名字，与老年人相关的一切负面感觉就扑面而来，于是她只好用一个其他的符号来代替。

萨默斯借莫迪来反思衰老，反思人生："莫迪·福勒有什么用？按人家教我的衡量标准和测量方法，毫无用处。"② 人们宁愿选择去做一个被娇惯宠着的 "长不大的妻子"，但谁能保证自己永远停留在这样美好的梦里？梦醒时分该怎么办？答案是，一有可能，就尽可能地早点醒来，认清生命的本来面目，自寻对策，自己把控自己的命运。

随着交往的深入，萨默斯对莫迪的情感在发生变化，虽然仍然带着些本能的厌恶，"我也为她忧心。而且生气。而且愤恨。但是她又叫我牵挂，我很想张开双臂把那团脏兮兮的老东西搂在怀里。我想扇她一巴掌，使劲摇她"。③ 而且慢慢地，萨默斯开始改变对莫迪的称呼，而且莫迪也没有表现出抗议：

> "好吧。但你得明说，说你不要我打电话叫护理员。"然后，我实在不顾一切了，加了一句，"看在上帝的分上，莫迪，理智一点吧。"我意识到我喊了她的教名，但是她没发火。④

光是在小小的称谓就已经可以看得出经过一段时间的相处，两人之间的关系正在发生微妙的变化。在进一步熟悉起来之后，萨默斯就主动地介入莫迪的生活中去："再一次，就好像有个按钮给按了下去，怒火油然而生。我进了隔壁那个房间，我知道她本不想让我进去。"⑤ 这是她以平等身份表达情感的方式。在一般人面前，我们不会表露情感，而只有对一个人可以随意地生气、愤怒时，两人之间的关系就少了很多的芥蒂。她也逐渐了解到，莫迪真实的世界，虽然很不起眼，也几乎一文不值，却是一个时代的记忆与浓缩：

---

① 莱辛：《好邻居日记》，第 27 页。
② 莱辛：《好邻居日记》，第 22 页。
③ 莱辛：《好邻居日记》，第 46 页。
④ 莱辛：《好邻居日记》，第 47 页。
⑤ 莱辛：《好邻居日记》，第 53 页。

放着瓷器摆设的梳妆台，质量很好的书架。但到处一堆堆一叠叠的——都是垃圾。难以置信。五十年前的报纸，一碰就碎；破破烂烂的小片布料，泛黄，污渍斑斑，小段的蕾丝，脏兮兮的手帕，小条的缎带——这样的景象我还从来没看过。[1]

在萨默斯自己的世界里，这些都是垃圾，早已被扔到不知哪里去了。萨默斯不只是看到了脏乱的莫迪，更是看到了自己，自己的未来：

我想，她从来没扔过东西吧。抽屉里，一片狼藉，塞满了——要描述一下，几页纸都不够。要是我把摄影师带来就好了！习惯性思维。衬裙、背心式胸衣、短衬裤、背心、旧连衣裙或者连衣裙残片、衬衫……所有这些东西起码都有二十年历史，有些能追溯到"一战"时期吧。现在和过去衣服的不同在于：这些料子都是"货真价实"的，棉布、丝绸、毛料。没有人造纤维。但是所有的衣物都有破损，或者有一两块污渍，或者整块都脏兮兮的。我拽出成捆的衣物，一样一样细细地看过来，一开始是出于好奇，后来就是想找有没有能穿或是干净的，最终，我找到一件羊毛背心，一条羊毛保暖裤，还有一条不错的粉红衬裙，然后一条羊毛裙，蓝色的，以及一件羊毛开衫。这些是干净的，还算干净。我在房里忙活着，冷得直哆嗦，心里想着过去的日子里我多么喜欢自己，我有多喜欢自己，就因为我能掌控局面，身处高位；我还想到，想要体会莫迪的无助，我只能回想小时候的感觉，那会儿心急火燎地去厕所，心里祈祷着千万不要憋不住尿在裤子上，这是我的经历里和无助最接近的感觉了。[2]

因为衰老而导致严重的便溺失禁，让莫迪遭受到羞辱，萨默斯想到了自己小时候，但眼前的老人又实实在在地提醒她，她的未来也将是这个样子，重新回到生命的失控状态。而当一个人从他人眼中看到了自己之时，她的视觉意识选择性就有了质的提升，就能够将他者的不可调和性与自身认同，就可以意识到自己所讨厌的正是自己——那个在其他时空里的自

---

① 莱辛：《好邻居日记》，第53页。

② 莱辛：《好邻居日记》，第53—54页。

己。这种认同就告诉了人们，我们虽然可以选择性地逃离一种不招人喜欢的情境，但我们逃脱不了命运。与其选择以自欺的方式逃脱命运的安排，不如主动地迎接命运的安排，并在这种安排中做出向善向美的修改。

（四）老去的生命尊严

母亲/导师的资格

萨默斯在极度偶然中选择了莫迪，并在莫迪身上看到了一个人不因为老去、被社会忽视而放弃尊严，或者放弃对自己生命的热爱。自我尊重，既是一种强烈的生命热爱，在老年，也是一种艰难的选择。

萨默斯甚至能感觉到老人对自己生活困窘的不安，"她很难为情，不过不准备表达歉意"①，这表现了一种不向命运低头的生命顽强，不接受生命强加的羞辱。萨默斯触目所及的空间颜色与老旧的年龄形成一体的呼应，看不到任何的生机与活力。老人也很自然地感觉到了叙述者的距离感，所以，说话竟然会因为傲气与尊严而颤抖。

> 下班后我去看莫迪。她半天不来开门，开门以后又花好长时间站在那儿瞪着我，没有笑容，不开心；最后才往边上挪了一步，让我进去，在走道里走在我前面，一言不发。她在火炉边她那一头坐下来，火炉里火烧得正旺，她等着我开口。②

与几乎所有的老年人一样，莫迪也渴望在自己的生活中能有这样阳光的成年人出现，给自己一定的照料、关爱。但是莫迪不会放弃自己的尊严去讨好、逢迎别人的友谊。无论生活多么艰难，老人特有的傲气与尊严让她宁愿生活在自由的艰难之中，而不愿意选择住进一个她认为不会给她该有的自由的"老年之家"里。③

"迫使生命发生"（to make life happen），具体化成生命的不同阶段，

---

① 莱辛：《好邻居日记》，第10页。
② 莱辛：《好邻居日记》，第78页。
③ 莱辛：《好邻居日记》，第21页。

就是不同的选择，每一种选择都是出自于我们对生活的不同理解。年轻时萨默斯相信要生活得好，就努力设计一套好的标准，并努力实现这一标准。所以她们的《莉莉丝》杂志就是她们的创举，敢于去改变女性的传统命运定式，借希伯来神话中的"莉莉丝"（Lilith）原型，宣扬一种与"夏娃"神话不一样的女性精神，敢于追求生活的质量。但当她进而发现这些外部的质量标准并不足以代表生命的真谛时，生命还有不该忽视的老年阶段，在那里，一切时尚都将不再成为时尚。人既然拥有理性与想象力，就不应该选择性地忽视自己的衰老，如果可能的话，就应该及时为自己的衰老早做准备——"迫使老年发生"（to make old age happen），就是自己有着清晰的生命意识，知道自己的每一次生命行为，都是一种积极的人生选择。了解自己的情感结构类型，积极地选择回避负面情感，在情绪低落时期，除了继续保持对生命充满积极和乐观的情绪之外，还要知道让生命运动起来的意义，相信情随境迁，一旦自己动了起来，情感就会有向好的可能，这与传统意义上的积德积善缘分"修为"很有类似之处。莱辛创作此小说的一个目标或许就在于如何为老年人，实际上也是为了她未来的人生树立一套行事规则，让她的生命永远在积极的选择中发生。选择固然是为了生命意义，但在很大程度上，还有一条不那么高大上的标准，就是积极的情感表现，即去选择那些让生命快乐（或可能快乐）的生命行为。在生命的最后历程中，这种积极选择的范围已经是越来越窄了，选择因而也就需要更大的生活智慧，更简朴的生活原则。

萨默斯接近了莫迪，也就是接近了未来的自我。对比之下，她是这样展望当前自我的一天的生活的：

> 我不敢相信，等这一天结束的时候，我应该做完了这么多的事。我逼着自己跳下床，给自己泡咖啡，起床十分钟后我就坐在了打字机前。我应该加上：我去解了手，但是我还"年轻"，这不能算在不得不做的事中！不过今天我会把上了几次厕所都记下来，不然我怎么比较自己和莫迪的一天呢？我去年写的那些文章，小心翼翼、毫无信心地写的那些文章，现在已经续集成册，快写好了，我说这个月底能写完。会在月底写完的。因为我说了会。我说到做到，这给了我多大的力量！除此之外，我还有一个无人知晓的计划：写一本历史小说。是莫迪给我的灵感。我觉得那段历史并不遥远，不就是我祖母那会儿

吧；但是微拉·罗杰斯提到它的口气，就好比我提到，怎么说呢，好比说我提到滑铁卢。我计划写一本关于伦敦一个女帽工的历史小说，按这样的去构思、去写作。我很想就开始动笔。[①]

生命离不开各种比较，错误的比较让人受伤，合理的比较让人懂得珍惜。很少有人想到"解手"这样的生命本能竟然可能是一种上天的"赐福"，是值得今天珍惜的生命操控。生命中最宝贵的部分，就是有自己的操控感，可以做出选择——尽管在任何特定的语境里，枉谈或奢望绝对的自由既不现实，也没有任何意义。无论我们当前的生活是如何的美好、阳光与自由，终有一天，我们将如同90岁的莫迪那样，心有余而力不足。因此，一个理性健全的人，就是知道自己终将失去生命选择的能力，就必须在自己的生命有能力作出决定，有能力让事件发生、让生活发生的时光里，做一些对得起自己的事。中年是人生非常重要的一个时期，决定着我们的老年走向。不善于思考中年的人，容易陷入"中年危机"。但如果我们身边有一个未来老弱的自我作为参照，我们就知道，无论中年的日子如何艰难，比起第四年龄阶段无助的老年生活来，那都是一种美好的赐福，因为我们还有选择和控制的可能。

无缘世界有缘的爱

"我很想就开始！"这是60多岁的莱辛借40多岁的白领丽人萨默斯从一个90多岁的垂危老人莫迪身上读出的生命本身的进军号角。一个60多岁的作家在告诉自己，要重新开始生命！生命永不该有停息的那一刻，要懂得永远向前行，随时开始生命的征程，不是为了俗世的所谓成功，而是为了生命本身意义的敞开、为了让生命发生。让生命充满意义，就是让生命远离苦难与创痛，因为创痛就成了阅读的内容和生命灵感的源泉。

说这句话的萨默斯已经年近50岁，先后经历了丈夫去世、母亲去世，而且她刚刚发现自己如同一个小孩，长期养成了对丈夫、母亲的依赖；办公室里更年轻的力量正在取代她的位置。面对如此困境，她的生命该如何开始？她不能像乔伊丝那样，为了所谓的爱情，放弃自己一生追求的工作

---

① 莱辛：《好邻居日记》，第150页。

与理念，去维系一个似乎并无爱情的婚姻。她更不能像安妮那样，到了90 岁还在完全仰仗、渴求别人的怜悯与关爱。

萨默斯首先要做的，就是勇敢地面对已经失去了的爱。对于丈夫弗莱迪和母亲的离去，她一时无法从悲伤中走出，始终感到不安，羞愧。而当爱情再次出现在她身边时，如果她接受男友理查德进入自己的情感世界，就是一个"替身丈夫"（a surrogate husband）。爱情的排他性让她花了很长时间都无法接受这一情感现实。爱人丈夫可以有替身吗？她一直被这个问题困扰。她无法走出对故去的丈夫的情感世界，以半梦半醒的情感理性与丈夫发生关联，她发现自己像一个怀春少年那样被爱所折磨，一边是放不下的前夫弗莱迪，一边是新爱理查德。

> 我今天早上的情绪和昨晚写那篇言辞尖刻的日记时截然相反：当时是想既然我不爱弗莱迪，那就更好了。如果爱是备受折磨，以及一大堆一无是处的情绪，那又何苦……弗莱迪受到折磨了吗？哦，那正是我忍受不了的，那种感觉越发逼近，不断涌上心头，着实让我难以面对。①

她很难从对丈夫的愧疚心情中走出，她又需要一个男性恋人来提醒自己不能忘记死去的丈夫。在这种欲爱不能、欲罢难休的两难困境里，她体味到了从莫迪身上感悟到的对自己生命之爱，生者更为重要，人不应该受到那早已逝去的爱的折磨，而是要通过爱来提升自己的生命质量。然而，当她走出了对丈夫弗莱迪的梦魇之后，又发现理查德是一个责任心特别强的男人，要去加拿大发展，萨默斯既无法从自己的需要出发自私地留下恋人，也不愿意像乔伊丝那样以"爱情托付"的名义随理查德远走他乡，而放弃自己眼前喜爱的工作与生活。小说以萨默斯同理查德的分手告别结尾，她没有选择与理查德一起到加拿大发展，理查德也没有选择留在伦敦；更为意外的是，理查德还将自己的女儿凯瑟琳留在了萨默斯的身边，萨默斯因为爱理查德，就"爱屋及乌"地接受理查德的孩子，这是比生育一个自己的孩子更崇高的感情体现。因此，以萨默斯前面与丈夫弗莱迪

---

① 莱辛：《岁月无情》，第 142 页。

没有小孩来推断这是萨默斯的主动"选择"①，显然过于武断，更不可以就此说萨默斯是在提倡男女平等，争取妇女权益，是"新女性""超级女性"②。萨默斯身上隐含体现了全新的女性主义对爱情的另一种阐释，即爱一个人不是物质意义上的占有，而是自己精致生活中情感世界的强烈诉求，生命因为能爱而得到提升，因为爱被接纳而产生共振，这是心的自由，所爱之人虽然不在身边，但爱却依然存在：

> 等我回到空荡荡的公寓，看看公寓那么干净，那么整洁，我想，多奇怪啊，凯特会走，安妮会过世，突然间我自由了，可以随心所欲了！可是理查德也不会在了，所以无所谓了。当然，还有凯瑟琳在。③

当人从生活中各种责任感中解脱出来时，有着难言的自由感，但自由同时也意味着"失去"，这就是人的生存悖论：人们既渴望无束缚的自由，又向往彼此间的情感牵挂与依赖。

小说在结构上，通过萨默斯失去两个至爱亲人——母亲与丈夫，到通过主动选择走向母亲替身式的老人莫迪，进而发现可以在一定程度上将这种爱延伸成喜欢而走向其他老人伊丽莎和安妮，再进而从老年人到其他年龄阶段的青年人、成年人，终于落笔在让她心动的恋人理查德身上，在萨默斯所经历的一个无缘的后现代都市世界，就因为亲人的离去而产生的死亡震撼，她突发愿意，想从老人的身上了解关于生命和死亡的真相，她找到了母亲的替身莫迪，莫迪成了萨默斯的生命导师。萨默斯从莫迪身上看到了痛苦与折磨中的生命尊严，悟到了爱的含义，那种不需要以占有为目的的爱。这种爱从缘分出发，却可以指向无缘的世界，让爱情的含义从狭小的个人星空向更广袤的宇宙扩散，萨默斯对自己的恋人理查德这样解释自己从莫迪身上领悟到的爱的意义：

---

① Claire Sprague, *Rereading Doris Lessing: Narrative Patterns of Doubling and Repetition* (Chapel Hill: The University of North Carolina Press, 1987), p. 119.

② Gengqing CHEN; Liting DONG, "Jane's Self-Development in The Diaries of Jane Somers: An Analysis of Doris Lessing's Feminist Perspectives," *Studies in Literature and Language* 2 (10) (2015), p. 27.

③ 莱辛：《岁月无情》，第260页。

　　我对这个笨拙的老太太有着很深的感情，她和我，我们俩走得那么近，我多么——又用到这个词了——爱她；然而我的措辞完全词不达意，什么都没传达出来。我说我当初遇到这个老太太，她需要帮助，我就帮了她，比预期的介入更深，最终几乎就像她的女儿似的，长达好几年时间。后来她去世了，又是怎么样的机缘巧合，使得我与伊丽莎·贝茨和安妮交上朋友。①

　　她的初发愿心不过是从遇到的老人中寻找到关于生命的一些理解，结果因为爱而使自己"陷"得很深，从中她彻底悟出了"爱"的含义，可以坦然地接受那些本来会像彭妮一样"无缘"的老人后来也可以有缘有爱地相处了。如今面对恋人坦诚自己对爱的理解，也就是解释两人不必因爱而相守，爱是人类美好的情感，不是物质或肉体的拥有。理解了这一点，就可以接受生命这样一个看似无缘无情的舞台。理查德的离开就是又一幕的"换景"："一片舞台布景！剧院灯光暗下来。……突然寂静无声。……布幕升起……"② 生命就是舞台，在日夜之间更换不同的布景，幕升幕降之间，人们粉墨登场，演绎不同的角色来适应生活的场景，充满了各种机缘巧合。其中不变的，是角色们对自己情感世界的永恒打磨与追求，直到可心的精致。

（五）　本章小结

　　文学作品无法代替现实。小说的结语也改变不了老龄化社会里的无缘衰老与无缘死亡这一社会悲剧。但是，如果人们愿意从无缘社会的现实中停下匆忙的脚步思考一下，觉得眼前的生活与未来无情的衰老不是自己所需要努力的方向，他就能从小说中得到一丝启迪。小说在努力告诉人们，对生命本身的热爱与年龄无关；热爱生命就要追求生命的永远开放与成长。对生命之爱意味着自尊自立，不能以害怕未来晚年的孤独作为理由而去爱一个人，那样爱不纯洁、不成熟，也会成为别人的负担。

---

　　① 莱辛：《岁月无情》，第 160 页。
　　② 莱辛：《岁月无情》，第 262 页。

在无缘社会中老去，是整个社会之痛，是消费文明下人类的必然宿命，因为消费文明永远只是选择去关注青春与壮年群体，那些有着强烈的消费能力和生产能力的群体。对于不想屈从于消费文明宿命的人来说，就需要一份智慧，积极地接近真正的老年群体，从他们身上了解到生命的真理，了解如何在孤独的自尊中保持对生命的爱，以结缘的方式建立一个有缘联结的健康社会，让所有的衰老不再那么孤独，也让自己未来的衰老仍有开放成长的可能。

成长是生命本身的需要，充满了责任和痛苦。但人之为人，就是敢于承担自己成长中所必须承担的责任，勇敢地面对痛苦。萨默斯面对莫迪晚年生命中的各种创痛，反问道："但是疼痛是这世界上最糟的东西吗？"①这种修辞性问句的答案自然是否定的，人的更大痛苦是面对痛苦而不选择做人，而回避自己的成长；在现代语境下，"我不想长大"的现象非常普遍，三四十岁的男人还想继续啃老、成为"妈宝"。莱辛的这部小说就为老龄化社会年轻人该如何对待自己身边的老人，如何直面生命中的"结构性创痛"提供了很好的范本。

随着老龄化社会的不断深入，西方出现了一种"时间银行"的概念，即人们利用自己的可支配时间为身边的老年提供一些力所能及的服务，然后这种服务以时间的方式存入他的个人社保账户。这样，将来当他老去的时候，可以支取自己账户的时间余额，来享受相应的服务。萨默斯虽然不是以"时间银行"的存储为目的，而是以自己的成长需要，希望以老人为师，学会衰老、学会成长，从中了解生命的真谛与意义成长的方式，但她的行为已经对英国的"好邻居"（Good Neighbours）的社会公益行为进行了有益的补充，让人们看到，除了时间可以存储以外，人们通过与身边老人的接触，积累了生命的丰富知识，更积累了情感，为老龄化社会形成良好的情感结构模式提供了思考素材。因此，在一定程度上讲，这种"时间银行"的理念也代表了一种"情感银行"的方向，即人们在自己力所能及的中壮年阶段，拿出一定的、富裕的时间或精力出来，为老年人提供一定的帮助，不但可以学到中年人所迫切需要的生命成长知识，还能有效地克服"中年危机"的生命意义的迷茫。这就好比中年人在情感表达处在的生命旺年，将一部分情感"存储"在迫切需要照料与情感安慰的

---

① 莱辛：《好邻居日记》，第293页。

老年人身上，一旦这种简便可行的实践为大多数人接受，老龄化社会的许多问题都会得到解决或者缓解，这些中年人在自己老去的岁月里也就可以到自己的"时间银行"里提取当年存储的时间，感受到自己在情感银行里存放的情感。

第六章

《男人们够了吗》的居家养老与情感结构

（一）简介

　　衰老创痛并非是完全意义上的老人一个人的痛苦感受，而同样表现为由于衰老中的各种病痛与生活不能自理给身边亲人带来的生活影响与负面感受；说到底，还是因当事人情感卷入程度而产生不同的创痛体验。那些拥有一颗善感之心与挚爱之情的人所遭受的痛苦体验就会更加深刻。如今人们常讲，"陪伴"是最长情的告白，一是希望夫妻、伴侣之间长相厮守的"白头偕老"；二是指即便老去，也能有亲人儿女在床前尽孝的陪伴。前者是不太现实的浪漫想象，因为两个人结伴相随度过人生的大量时光，是很难在相同的时间里同时离开人世。后者体现了"居家养老"模式的渴望，老人从内心讲，都不想去养老院，而是都希望与自己的子女在一起厮守，因为"家"是他们经营了一辈子的空间，是他们全部的情感寄托。一个社会、家庭选择如何对待老人的问题，体现了这个社会、家庭的情感取向、社会价值观，也是观察一个社会情感结构的有效视角。威廉斯说，

　　　　从马克思主义的观点来看，阶级……或生产模式……是主要的，人类依其内在特质而生存。这个论点可以用来描述任何体系或结构——不管所强调的重点是人际关系或者人与事物之关系，或者是整个关系脉络（包含了关系、人与相关事物）。①

---

① ［英］雷蒙·威廉斯：《关键词 文化与社会的词汇》，刘建基译，生活·读书·新知三联书店 2005 年版，第 469 页。

所谓老人——特别是像本文所涉及的患病的羸弱老人，由于他们已经无法从事社会生产，而且成为社会生产的"负担"，是社会生产模式所急于摆脱的"包袱"。一种称为"现代性的理念"① 在反复告诉人们，"发展才是硬道理"②。经济的增长、理论的演进、人性的提升，是现代社会的必然规律。这样一来，对于那些无法再参与社会发展的老人们来说，他们已经成了社会发展的"阻力"。社会该如何来"处理"他们？ 这既是一个社会伦理问题、政治与经济问题，同时又是一个人类情感问题：

> 自由市场资本主义的答案非常明确。如果经济增长要求我们放下家人间的情感、鼓励大家和父母分住，再从世界的另一边聘用护工，有何不可呢？然而，这是个伦理判断的问题，而不是事实声明的问题。如果有人专心做软件工程，有人专心照顾老人，我们无疑能开发出更多软件，也能让老人得到更多专业伦理看护。然而，经济增长真的比家人间的情感更重要吗？在假设做出这样的伦理判断之后，自由市场资本主义也就从科学跨界到了宗教。③

在"后消费主义时代"，情感也可以被转化为商品，用于营销和消费，而真正的情感，即人与人之间的真情付出，却越来越珍稀。到了老年阶段，一家人还能厮守在一起，陪伴老年人度过人生的最后时光，就更是难得一见的情感付出了。这种"居家养老"模式，是现代文明生活中的"奢侈品"，需要有传统的"大家庭"为背景——至少是"三代同堂"，才有可能。这种养老模式背后反映的是社会意识形态中家庭情感结构的稳定程度，体现一个大家庭的情感质量与抗压能力。一个充满爱心、有能力承担责任的家庭是居家养老的前提；但同时，我们也应该看到，居家养老也必然会给家庭中的每一个成员带来巨大的压力。

英国当代小说家玛格丽特·福斯特（Margaret Forster，1936—2016）1989 年发表的小说《男人们够了吗》（*Have the Men Had Enough*），讲述了一个三世同堂的大家庭服侍患有阿尔茨海默症的老太太终老的经历。小说里被称为"奶奶"的老人有两个儿子、一个女儿。奶奶生于 1908 年，

---

① ［以］尤瓦尔·赫拉利：《未来简史》，林俊宏译，中信出版社 2017 年版，第 186 页。

② 赫拉利：《未来简史》，第 188 页。

③ 赫拉利：《未来简史》，第 189 页。

24 岁结婚，13 年的婚姻生育两个儿子、一个女儿，大儿子斯图亚特生于
1933 年，是个警察；二儿子查理比斯图亚特小两岁，如今是金属行业的
经纪人，很有钱；女儿布丽姬出生于 1945 年，出生当年父亲就死于战火。
大儿子斯图亚特离过一次婚，在第一次婚姻中有两个儿子，离婚后孩子随
其母生活，小说中很少提及；斯图亚特与现在的妻子保拉有两个幼子；查
理与妻子詹妮生育一子一女，女儿汉娜与妈妈詹妮的日记共同构成本小说
的叙事。奶奶的女儿布丽姬如今 43 岁，做护士工作，单身。奶奶对自己
的三个亲生子女的爱，像天下所有父母对子女的爱一样，是最纯真无私
的，但爱的表达方式却存在一定的区别。她不承认自己在爱三个子女方面
有任何偏心，但在二儿媳较为客观、理性的日记中可以看到一个母亲无区
别的"爱"中却存在着一定的差异：

> 奶奶以强烈的激情爱着布丽姬，炽烈、彻底、美丽；她深情而保
> 持距离地爱着查理；她把斯图亚特当作记忆来爱。①

汉语俗语用"水只往低处流"来形容老人对子女无私的爱，而子女
对父母的情感则永远无法与父母对子女的情感相提并论。詹妮在分析自己
丈夫对母亲的情感时非常中肯，认为在他身上也典型地体现了子女对父母
之爱的差异：

> 我知道查理无法站起来理直气壮地说他爱他的母亲。他不爱她，
> 但如果对他的爱进行分析，就会证明他的爱是一种象征性的情感。他
> 喜欢他的母亲，他非常关心她的福利，他同情她，他钦佩她，但他不
> 爱她，不像他爱他的孩子，不像他爱我。②

小说围绕这样一个大家庭——或者更精确地说，是由四个家庭（即
奶奶家、大儿子斯图亚特一家、二儿子查理一家和女儿布丽姬家）围绕
奶奶组合起来的"大家庭"——如何照料一个患有阿尔茨海默症的 80 岁
老奶奶最后的生命时光展开。家庭是人类"爱"集中得到体现的空间，

---

① Margaret Forster, *Have the Men Had Enough* (London: Vintage, 2004), p. 63.

② Forster, *Have the Men Had Enough*, p. 63.

以血缘为纽带的爱作为最为激烈的情感，在子女对待母亲的态度上都有相应的体现，形成了一种结构性的差异。如何分析并思考这种差异性结构，对威廉斯的"情感结构"定义与理论都有着重要的意义，也对思考居家养老模式、衰老中的情感关系有重要意义。

（二）阿尔茨海默症引发的衰老创痛

见证阿尔茨海默症的痛苦

阿尔茨海默症是一种发展性的神经系统退行性疾病，以记忆障碍、失语、失控、失认、视觉空间技能受损、执行功能障碍以及人格和行为改变等全面性痴呆表现为特征。虽然人们并未找到直接的病因，但该病症与年龄和衰老的关系十分密切。65 岁以后发病的老年性痴呆较为普遍，而如今 65 岁前发病的早老年性痴呆也时有发生。阿尔茨海默症的几个发展阶段，从间歇性失智、失忆，到完全失智失忆状态，当事人的心智逐渐丧失，并不一定能感觉到多大痛苦；因此，这种与衰老紧密联系的不可逆转、目前也无法有效治疗的疾病，更多地是给家人，那些在伦理上、情感上与患者有不可切割关系的人带来折磨。俗话讲"事不关心，关心则乱"，一家人的情感牵扯让创痛的体会愈加深刻。见证衰老就已经让人们感到非常的不舒服，老年不断破败的身体让人很难不产生恻隐之心：

> 她的脚像荒废的战场。它们被覆盖在褪色的肿块和肿包中，肉伸展在它们有鳞片和蓝色。她的脚趾和我所知道的脚趾没有任何相似之处。它们巨大而扭曲成奇怪的形状。看着奶奶的脚我会哭，但她却低头一往情深地看着它们。①

这是孙女汉娜在日记中记下的内容。像汉娜这样一个很懂事的孙女，看到奶奶的脚就会不由自主地与自己的脚相对比，因此她说自己"会哭"，一是心疼奶奶，一是隐约中看到了遥远未来自己的衰老也必将如

---

① Forster, *Have the Men Had Enough*, p. 96.

此；奶奶的"一往情深"地看自己的脚，一来是阿尔茨海默症让她一定程度上丧失了许多评价标准，另外也表明她对自己的身体并无抵触。比起眼睛看得见的证据而言，他们言行中不经意间流露出来的创痛感受，包括给身边那些爱他们的人所带来的痛苦就要多得多。

事实上，单是老人的这一双腿就充满了生命与创痛经历。按照儿媳的表述就是"奶奶的一生都是写在了她的双腿上"①。除了静脉曲张术切除留下的丑陋疤痕之外，还有烫伤。在斯图亚特6岁的时候，老人曾经意外将一锅开水倒在自己和儿子身上。她自己的腿从膝盖到脚踝都烫伤，斯图亚特从大腿到膝盖烫伤，后来勉强拖到医院通过植皮手术总算没有留下太大的后遗症，但内心的痛感可能一直深深地埋在老人的心底，因为她从不向人吐露其中的内情细节，儿媳詹妮在日记中也只能以各种细节拼凑加想象才能勉强得出这样一个基本的脉络。

如今老人患上阿尔茨海默症已经四年，病症的特征决定了她本人并不能够明显地感受到自己所遭受的痛苦与不便，但是她的家人围绕她的护理可谓费尽心思，都或多或少感到生活因她的病情而受到各种影响。从一个清醒的旁观者的角度来看，阿尔茨海默症的临床表现非常折磨人，没有人愿意害这种病，医生是这样诊断奶奶的病：

> 她知道自己的名字、年龄，知道孩子和孙子的名字，以及她住在哪里。她可以自食其力，自己洗澡，自由行走。但是她的时间感消失了。她不知道日期或年份，也不知道首相或女王是谁。她不知道今天是否吃过东西。她毫无方向感。诊断书仔细地措辞：在家人帮助下，她完全有可能几年内不会恶化。查理打电话给卡鲁泽斯医生，询问最关键的问题：最终会不可避免地更糟是吗？对。这个过程通常需要多长时间？五年。那之后呢？死亡。②

这是一份并不十分精确的人文主义老年学视野里对阿尔茨海默症病情恶化的对照表，我们诚心希望所有的老年人都能在家人的陪伴之卜安享晚年，但这样一份对照表却能给家有老人的读者一点提前的心理准备，知道

---

① Forster, *Have the Men Had Enough*, p. 87.

② Forster, *Have the Men Had Enough*, p. 36.

老人还有多长时间与自己在一起，不要在最关键的时刻失去宝贵的耐心，留下永远的遗憾。但五年的时间已经足够拖垮一个健康的家庭。对于小说中这样一个大家庭而言，四年时间已经过去，而最煎熬人的最后一年才刚到来：

> 卡鲁泽斯医生说，她还没有严重的痴呆症。她大小便能处理，她会走路和说话。我自己在不由自主问他那些我不想知道的问题，问他我婆婆是不是不可避免地会变得失禁，不能走路，不能说话。他说，是不可避免的。①

老人目前发展到了中度老年痴呆症，这让詹妮如临大敌，因为随着病情的进一步发展，作为病情见证人的痛苦将会进一步加深，她小家庭的生活质量必然受到严重的影响。

阿尔茨海默症患者带来的各种威胁

一个无所顾忌的阿尔茨海默症患者给身边的人带来的诸多折磨，既有生活习惯上的，也有卫生习惯上的。对于家庭护理而言，与四年前的状态相比，接下来的每一天都是挑战。由于老人的存在，三个家庭倒是每周以老人的名义在一起到查理家里相聚，但聚餐宴上的美食几乎都要被奶奶糟蹋一个遍。老人味觉失灵，完全没有日常生活的饮食概念，各种调味品的使用量到了令人吃惊的程度，"奶奶只喜欢工人用的大缸子——放上堆得满满的三匙糖"。② 作为小说的叙述者之一的汉娜还是一个高中生，她在自己的日记中记录这种"每周的折磨，也是每周最要命的类似折磨"：

> 妈妈已经将它拿走给了爸爸，爸爸不在乎奶奶吐的吐到了碗里，唾液斑斑点点布满了奶油。妈妈换了一碗冰淇淋，巧克力的，上面都是巧克力酱，加得甜甜的。奶奶说好极了，就开始将它涂在皮肤的皱纹缝隙，但也吃下去不少。③

---

① Forster, *Have the Men Had Enough*, p. 60.

② Forster, *Have the Men Had Enough*, p. 12.

③ Forster, *Have the Men Had Enough*, p. 10.

读者可以轻松地想象年轻的叙述者汉娜的痛苦经历。如果说一家大人早已见怪不怪，习惯了老太太的口水与唾沫，但对于年轻爱卫生的汉娜而言，这无疑是煎熬。

老人对家人的耐性更是一个极大的考验："她不喜欢被排除在外。"①有与老年人打交道的人都会有一种感觉，就是老年人特别喜欢追人、黏人，喜欢掺和各种活动，却又无法理解别人活动的本质，而且也无法适应各类活动的节奏，往往会把事情搞砸。很在乎亲情伦理的人会纵容老人的这种脾气，放任老人的参与。但这样做成本很高，也需要有很深的亲情方面的修养。老人就像一颗"卫生地雷"，随时可以引爆一家人的"恶心"，孙子阿德里安也有了类似的遭遇：

> 他叹了口气，把自己扔在沙发上，然后跳起来好像被蜇了一样。他伸出手，是奶奶的上齿，还有一些吐司仍然粘在上面。②

时间长了，一家人会被弄得如同惊弓之鸟，手足无措。同样作为儿媳，保拉虽然没有表现出反感，但看得出她是在极力掩盖。詹妮掩盖得更深一些，但还是似乎被自己女儿汉娜在叙述中猜测出了某种不开心。事实上，詹妮确实不喜欢这样的家庭聚会，所有的劳动几乎都落在她一人身上，但辛苦的劳累却完全得不到认同。更让人难堪的事情还在不断发生。老人开始失禁③：

> 尿失禁太可怕。奶奶不是婴儿。她尿湿后不容易拉起来、不容易换洗——这是一场表演。她所有的衣服都要脱掉，需要几个小时。④

詹妮坦言自己觉得很"恶心"。即使是儿女，在现代卫生条件与习惯中生活了一辈子，已经对人类的便溺畏而远之了一辈子，没有人会接受排泄物的任何感官刺激。即使是职业护士，这也是一个问题。人们将失禁的老人送到护理院，只不过图一个眼不见为净的自欺心理满足而已。

---

① Forster, *Have the Men Had Enough*, p. 10.

② Forster, *Have the Men Had Enough*, p. 20.

③ Forster, *Have the Men Had Enough*, p. 82.

④ Forster, *Have the Men Had Enough*, p. 83.

阿尔茨海默症患者本人感受到的痛苦远不及她身边人在见证与陪伴中的痛苦。在不犯病的时候，奶奶会像正常人一样可爱："有时奶奶会显得非常迷人，文明，甚至聪明，有时她是疯子。"① 犯起病来，她就完全是个小孩，而且是未懂事的小孩，完全不知道要顾及别人的感受，也给别人带来各种麻烦和安全隐患：

> 甚至就在她吸烟时，她也把烟毁掉。她吸一口烟，就忘了自己在吸烟，烟也燃掉了。危险。当然，她的裙子、地毯、桌布上都是洞。她永远不能一个人独自带着香烟。我们把烟放在浴室橱柜顶上的一个碟子里，当我们在那里时就拿出来。②

这种情形下所谓的居家养老，就意味着一个老人需要一个或更多的全职的家庭护理。否则，不但老人容易出现危险，她本人就是一个火灾等不安全隐患之源。随着老人的语言功能开始丧失，"只有断裂的句子，没有意义的单词堆砌"。③ 她无法与外界交流，自己连进食都做不到，老人的情况在以加速度的节奏恶化：

> 现在事情发生得太快了。几年，几个月，几个星期几乎什么都没有改变，当变化如此的缓慢时，只有局外人才注意得到。但现在事态疾驰，每天都是一个新的灾区。星期天晚上，奶奶从床上摔下来四次，玛丽打来电话，爸爸去了。到了星期一，谁还能怪玛丽说她不能继续做下去呢？爸爸很难把奶奶扶起来。讨厌骂人、从不骂人的奶奶骂他了。她狠狠地抽他，她的儿子；还尖声大叫，说男人都一样。④

此时家中一个这样的老人就会让全家人甚至几家人都无法正常生活，所有人的生活节奏都被打乱，还要时刻提心吊胆，不知道有什么情况会发生。

---

① Forster, *Have the Men Had Enough*, p. 127.

② Forster, *Have the Men Had Enough*, p. 150.

③ Forster, *Have the Men Had Enough*, p. 197.

④ Forster, *Have the Men Had Enough*, p. 198.

居家养老与机构养老模式之对比

当一家人实在没有办法才趁着布丽姬去欧洲度假时把奶奶送进了养老院。刚进养老院不久，一个挂着助行器的老人就凑过来对奶奶说：

> "他们把你放在这里等死——你不要相信他们对你讲的任何东西。这就是他们的所作所为，把我们带到这里等死。"①

尚存一些理性思维之人还能够清晰地表达出对于机构养老与居家养老之间差异的感受来，他们能形象地道出对这种养老院的憎恨态度。在所谓的老年之家里，他们失去了家庭与亲人而感到委屈和愤怒。他们最害怕的"死亡"被"老年之家"具体化，离开了亲人的陪伴，他们在陌生的环境里，时刻感受到死亡的威胁。在此之前，他们曾试着把病情尚未完全恶化的老人送去一家日托养老院，但詹妮竟然发现自己十分挂怀，放心不下：

> 我发现我一直都在想奶奶。我做白日梦，我担心，我设想未来。如果我像往常一样在这里喝茶，或者不喝茶，漫无目的地闲逛，那就更好了。②

把一个与自己生活了多年的亲人送进一个陌生的日托环境中，詹妮所产生的这种情感牵挂体现了她作为儿媳的细腻感情；但把老人送进养老院全托时，老人的那种恐惧与绝望让人无法直视。但很快地，日托以不伺候便溺失禁或严重糊涂的老人为理由，拒绝再为奶奶提供日托服务。詹妮的这种情感纠缠比起后来老人病情恶化之后，没有一家养老院愿意接收老人而让一家人都陷入绝望的状况要好得多。老人在家里的时候虽然卫生习惯、安全隐患都存在许多问题，但至少一直神情欢快，当他们背着布丽姬送老人去这家养老院才一天，詹妮再去看望她的时候，发现老人变成了一个"僵尸"：

---

① Forster, *Have the Men Had Enough*, p. 179.

② Forster, *Have the Men Had Enough*, p. 93.

奶奶一动不动，直直地盯着前面，垂头丧气。我冲过去，喊她的名字，但没有一丝反应。我走到她近前，对她说："喂，是我。"她直视着我，眼睛里一片空白。①

最后一个叫"王之林"的机构终于同意收留，汉娜一开始听说父亲要联系"王之林"，一口气用了三个名词"精神病院，疯人院，神经病院"（a mental hospital，a loony bin，a nut house），但是父亲警告她不许发表那种"自以为是的道德言论"，说他知道"王之林"的情况，但他已经别无选择②。"王之林"条件极差，詹妮与丈夫查理一起去探视时，发现奶奶已经变得像一个"植物人"，对别人的任何互动完全"无动于衷"③。老年人如果尚有一些思维能力的话，他们或许会感到困惑，他们经营了一辈子的家、好不容易拉扯大的孩子，为什么就轻易地将他们遗弃？这种情感上的委屈将一直伴随他们终老，永不得解脱，是创痛事件缺席时的结构性创痛。人们既无法定位其具体的痛源到底在哪里，也无法分析到底是什么样的直接的痛因引起人们的这种无法回避的创痛感。

这种生不如死的境地已经超出了人们的选择能力。人们或许宁愿选择在老去之前自行了断，结束这种衰老生活。事实是，在小说的结尾，汉娜作出了同样的思考：

> 当我的时间到了，我会说我受够了然后就离去。也就是说，如果我的时间和奶奶的时间那样，如果是同样的时间。
> 但如果是的话，我会做不到了，会吗？④

汉娜这样一个对奶奶充满了关爱的孙女，也不得不思考：

> 为什么没有更多的人老了就自杀？为什么家人不再杀老人？让老人活着到底有什么用？⑤

---

① Forster, *Have the Men Had Enough*, p. 183.

② Forster, *Have the Men Had Enough*, p. 199.

③ Forster, *Have the Men Had Enough*, p. 204.

④ Forster, *Have the Men Had Enough*, p. 251.

⑤ Forster, *Have the Men Had Enough*, p. 13.

这种关于死亡选择的"安乐死"的话题早已不再新鲜了。许多文化会选择以"沉默"来代替讨论，结果自然不会更好。要么老人必须在苟延残喘中遭受更多的苦难、折磨，并同时给自己的至爱亲人带来无尽的折磨，要么他们在自己力所能及的范围内，选择更无尊严的自杀方式。汉娜提出的思考是：

> 我们只是让人们在痛苦的结局继续活下去而自豪；这就是所谓的人类生命的圣洁吧，我想。了不起。你丧失了理智，剩下的人却有些神圣了。①

这种反讽强调了文明的虚假与脆弱的一面，让人们反思我们自己到底该如何老去。詹妮开始对自己的女儿进行这种"死亡教育"："你这一代人，汉娜，将不得不举行支持死亡的游行，你将必须不害怕杀死老人"，②这代表了一个母亲对女儿的爱，代表了母亲的理性，但一个做母亲的安排自己至爱的女儿来"杀死"自己，这样的文明理性中所体现的矛盾创痛心理就不仅仅是一种理性的幽默了。

（三）子女之孝道情感与差异

如果是独生子女，居家养老的选择由这一个孩子一家就可以决定。但如果孩子不止一个时，"各家自有难念的经"，情况就会复杂很多。小说中兄妹三人，除小妹妹布丽姬之外，两个哥哥都有了自己的小家庭，对待老母亲的去留问题，各人都有不一样的观点，代表了彼此的情感诉求与家庭现实。人们常说"血浓于水"，在这个世界上就没有比父母与子女之间更浓的血缘关系了。凭着血缘，他们有着一种"义不容辞"赡养老人的责任。但如今的问题并不是他们不愿意养，而是怎样养的问题。在女儿布丽姬看来，养老就是居家陪伴式的养。这恰恰是两个儿子所不愿意做的。

---

① Forster, *Have the Men Had Enough*, p. 143.

② Forster, *Have the Men Had Enough*, p. 250.

经济实力决定的情感抉择

长子斯图亚特是警察，是工薪阶层，在英国这种发达的资本主义体制下基本上可以算作中等的"小资阶层"，只能量入为出地提供母亲的养老模式。因此，对他而言，母亲必须是按照政府行为来养老，他最不同意居家养老，他不明白弟弟查理为什么要给他们的母亲买公寓：

> 他认为查理疯了，为奶奶的公寓埋单，付账单，还要打理她的一切事。他突然说出了至少四句话，说奶奶应该在养老院里，养老院应该在格拉斯哥，市政府办的养老院。奶奶已经缴纳了税款，这是她该得的。[①]

斯图亚特的观点代表了一种合理的、由社会负责的养老理念，即由政府来为纳税人的养老负责。这种讲法有相当的道理。纳税人支付税款确保政府的正常运行，政府办理养老院来确保纳税人老有所归。问题是，政府机构所办的养老院往往只能以有限的资金投入来维持基本的养老生活需要，不可能保证高质量的养老。个性化的高质量养老，特别是居家养老，甚至是像小说里所描述的另外买公寓供老人养老，是一种特别昂贵的养老付出，这与其说是老人的需要，不如说是下一代人在取得一定社会地位之后的情感需要，以及他们有财政基础确保他们情感需要的正常运转。而且，在作为长子的他看来，母亲对任何好的养老模式也分辨不出差异来：

> 她已经神志不清，一切都于事无补，他很难过，但事实就是事实，是无法回避的。她和自己的境遇差不多的人在一起会更好。[②]

大哥的这番话遭到了妹妹的强烈反对，她坚决不同意送老人去养老院：

> 布丽姬怒火中烧！奶奶应该得到的是，她叫了起来，爱、耐心和

---

① Forster, *Have the Men Had Enough*, p. 32.

② Forster, *Have the Men Had Enough*, p. 32.

仁慈，正是她对斯图亚特本人所倾注的品质。她没有神志不清，她认识家人，这是他们无法回避的事实。她在任何一家养老机构都不会好过。布丽姬请斯图亚特告诉她他去过几家老人院，因为她，布丽姬，去了几十家，没有一个能适合养猫，更别提妈妈了。①

布丽姬的话有一定道理，因为患阿尔茨海默症的老人并不是一直都神志不清，而是间歇性的；布丽姬作为护士，没有结婚，不曾建立自己的家庭，是真正意义上的"无产阶级"，在感情上有着劳动阶级最朴素的诉求，强调要从无区别意义上把人看作人、尊重人，而不是从人的"价值"或者对社会、家庭的贡献大小来区别对待。斯图亚特是白领阶层，开始进入小资的生活模式，手头较宽裕，有一定的家产，开始注重生活质量，但无力顾及其他。因此，他不会在乎妹妹的情感与质疑，而坚持以小资的理性来处理问题：

> 布丽姬问他要不要去看看奶奶。斯图亚特说不，她认不出他是谁，去了有什么用。布丽姬说，她会知道他是谁，因为她知道查理是谁，如果他经常和她定期去看她的话。②

不做无实际回报的、不理性之事，这是小资阶层的身份决定的。他们的经济状况决定了他们只能勉强追求自己的生活格调与品味，无暇为情感付出。儿子不去看母亲的理由不是爱不爱母亲的问题，而是母亲已经认不出自己这个儿子。一个认不出儿子的母亲就不再是母亲，看望也不能解决任何问题。在传统道德中，看望母亲是儿子应尽的孝道，与母亲是否认得儿子并不存在必然因果。

二儿子查理是一个专门从事金属行业的经纪人，"他生活中每天做出的决定都关乎几千英镑和几百个人的工作"，③ 这种工作属性决定了他有非常丰厚的报酬收入，因而也很容易被指责为一切"罪恶"之源，处于劳动阶层的妹妹布丽姬就瞧不起哥哥的工作：

---

① Forster, *Have the Men Had Enough*, pp. 32–33.

② Forster, *Have the Men Had Enough*, p. 51.

③ Forster, *Have the Men Had Enough*, p. 29.

布丽姬总是不愿意理解哥哥的工作——他是"城里人",报酬丰厚,他不像她那样为社会服务,甚至都不像斯图亚特那样。她对他很失望,希望他能像奶奶希望的那样成为一名老师①。

这里读者看到了英国社会主义思潮努力的结果,人们不是期待社会秩序与制度的变化,而是以自觉的社会主义觉悟来服务于社会,自发地做"社会主义"的新人。布丽姬所代表的是新兴的社会主义情感结构,与其兄长查理所代表的传统的资产阶级情感结构之间形成明显的冲突。但是,"不当家不知柴米贵"的她,却较少思考居家养老的成本,以及对一家人生活的影响。相对而言,查理所代表的资产阶级情感结构更容易被社会所接受。或许只有查理本人,以及他的妻子詹妮才理解他的工作决定了"他长期承受着巨大的压力"②。

几乎反目的情感决定

在整个小说中,影响大家做出决定和情感走向的,无疑是布丽姬的那种朴素的无产阶级情感,她的真情付出明显地影响了家中很多的人。但决定整个事件发展的关键性前提,还是查理的经济收入,以及查理愿意配合妹妹的情感意图。当查理打电话向哥哥咨询如何对待日益困难的母亲时,斯图亚特振振有词地对弟弟说,

> 你觉得我没人性,是吗?我不是没人性。我知道她是我们的母亲,我知道她老了又有病,我知道她也不想这样;但是别的方面我不赞同,不赞同布丽姬说照顾她是我们的责任。我不这样看,查理。我从小就支持母亲。哎,我知道当初不是她的错,什么都不是她的错,我承认她曾经是个好母亲,非常的好,但这并不意味着我必须一辈子都要为此付出代价。她应该待在"老年之家",就这样。③

斯图亚特承认母亲"曾经"是个好母亲,这一过去时态的选择意味深长,在传统价值观下这是典型的"忘恩负义"之语;然而在发达的资

---

① Forster, *Have the Men Had Enough*, p. 29.

② Forster, *Have the Men Had Enough*, p. 29.

③ Forster, *Have the Men Had Enough*, p. 176.

本主义伦理下，这是一种计算的"精确"。父母就是应该养育下一代的，该使命一旦完成，他们就成了过去时，可以交由社会相关机构来处理。情感是一种个人选择性感受，而并非对外界刺激（冷热酸甜喧闹等之类影响）的本能反应，与个人的社会文化修养有着本质联系。善感者会说，父母纵有子女数人，我仍是他们的唯一，会义无反顾地照顾父母终老；不善感者的回应则是水往低处流，人往高处走，父母与我何干？人世间，只有情感来不得勉强，必须是发自内心的真实诉求，是人性的映照，不是法律与伦理的强制。情感的善感与否，却不完全取决于个人身心的先天结构，而是先天与后天的结合使然。极不善感之人，连自己的子女骨肉也舍得放弃；中等善感者，舐犊情深却对老朽无用之父母难有回报。昌明社会发展的上等情感结构中，父母、兄弟、路人，都将逐渐地进入自己的善感范围，无区别而一往情深地呵护所有的人。顺此逻辑，人们似乎又一次地进入了宗教基督的"博爱"情怀，但从马克思主义批评角度来看，将社会物质财富纳入思考的因素之中，人的社会责任感在很大程度上取决于其经济成就。当查理可以去剑桥参加银婚纪念时，斯图亚特却要为了生活去上班。私情尽孝与社会尽忠，个人需要先服从社会需要。

　　作为嫂子的詹妮这样客观地记录这些兄妹之间的态度分歧，以及这两个做哥哥的如何想趁着妹妹外出旅行的机会把老母亲送进养老院：

> 　　他（查理）说，斯图亚特只不过是再次指出，整个关于奶奶的情况都是荒诞的，应该加以解决。我（詹妮）挖苦地问如何解决这个问题，查理说，在布丽姬回来之前，就照斯图亚特说的做，把奶奶送进老年之家。那是令人讨厌的。在没有布丽姬的情况下，对奶奶做出任何决定的想法是罪恶的。我是这么说的。查理说，他不太担心罪恶，他担心是怕没有可能性。斯图亚特说过要做的事就是给服务部门打个电话。查理现在想这样做，说我们再也应付不过来了，也许他们有义务做点什么。[①]

　　比起斯图亚特贪图舒适的小资情怀来，查理更加冷酷、理性些。目前他能够轻松支付得起这不菲的居家养老成本，可以一定程度上纵容妹妹奢

---

① Forster, *Have the Men Had Enough*, p. 177.

华的无产阶级真情，但他同样可以选择站在大哥斯图亚特一边，不想
"浪费"这笔钱。

　　查理说，如果你仔细想想，那是真的，我们是应付不了——一定
会有地方提供给那些没钱没人照顾的老年痴呆症患者。也许，查理
说，我们必须要狠下心来才能做到仁慈。这种陈词套话让我哑口
无言。①

虽然查理的言语中充斥着资本家那种精于计算的市侩气息，但却有很
明显的现实性——对于任何一个社会而言，能够像查理这样轻松支付大把
养老费用的资本家"金领"，毕竟不是多数。让每一个人都像一些传统社
会中的价值观所宣讲的那样，回到家中伺候年老的父母，显然是不现实
的，也不符合社会发展的需要。布丽姬对母亲的爱投入很深，因而也最能
体会到其中的痛苦。她每周两个晚上，与她住在一起，总是保持警觉。嫂
子感觉到小姑子的生活

　　被奶奶控制了。最重要的是布丽姬在受苦，而我们却没有。我们
感到的是乏味、烦躁和无聊。布丽姬遭受真正的痛苦。她不能忍受看
着奶奶解体，看到她无助和失落，她只是想得到家人之爱。②

这是一个摆脱宗教与传统价值观的新型劳动阶级价值观。她不是要做
一个圣徒，而是要定义一个人的社会存在价值，即不是一个人只能在其有
用、有效率时才可以享受社会的福祉，而是在她老了以后，仍然能够享受
到家庭的关爱、耐心和仁慈。如今的问题是，她作为女儿的这种真情，明
显地超过了她两个哥哥所表达出来的对母亲的感情，而且她的感受直接影
响到了别人的生活。汉娜随时都会在乎姑姑的感受："布丽姬会要了我的
命。"③ 汉娜的这种反应表明在很大程度上她的所作所为是为了取悦姑姑，
而不是为了照顾奶奶。全家人都很在乎布丽姬的想法。因为她代表的是过
去、传统与正义。没有人愿意跟伦理正义相抗争。汉娜跟姑姑最亲，自然

---

① Forster, *Have the Men Had Enough*, p. 177.

② Forster, *Have the Men Had Enough*, p. 34.

③ Forster, *Have the Men Had Enough*, p. 26.

更不想惹姑姑不高兴。

代价高昂的"爱"

詹妮作为嫂子一方面也在努力照顾老人，但也必须考虑现实。因此，当她找机会质问布丽姬，"一家人到底要走多远你才让步？"[1] 布丽姬就假装不懂，拒绝正面回答这样的质疑。布丽姬对问题缺少系统的、也是实际的考虑，只凭着自己的一腔热情做事。让那种拒绝学习、拒绝思考的劳动者本性得到了充分的展现。所谓的未来理想社会，绝对不是向人性的弱点让步的放纵时代。越是到文明的高级阶段，社会的算计就越是精密。每一个人都是经过精确计算的社会分子，在各自的位置上发挥特定的效率，既享受社会成果，又为社会做出应有的贡献。人在文明社会中的这种双重使命，使得人难有太多的自由选择。如布丽姬之所为，她既希望母亲享受到需要付出昂贵成本的传统护理，又要生活在发达的城市文明之中。从城市的空间特性而言，她与哥哥查理一样都是"城里人"，只不过她的哥哥从经济的角度更成功地做了城里人，可以通过交易的方式从中获取（或者说"剥削"到）更多的利益，而她却是通过自己对社会提供的服务来获得基本的生活资源。奶奶的衰老属于过去的农村空间，为了适应子女们的生活需要，她放弃了乡村低成本的自然衰老模式，无论她的子女做出怎样的努力去模拟一个她曾经生活过的苏格兰的老家，但城市就是城市，永远不可能复制出真正的乡村。奶奶永远也不可能有身在苏格兰高地家中的感觉。

汉娜心中有一个疑问就是，姑姑会不会是因为要照顾奶奶而决定不结婚的[2]？在情感结构中，这是一个非常值得关注的话题。从劳动阶级而言，不剥削别人、不受别人剥削、有着健康朴素的人际关系与情感，那么为了照顾自己的亲人而需要牺牲自己的个人生活时，对这种情感的付出，是否与传统中的宗教道德的较高人性要求异曲同工？汉娜曾经也莽撞地问过姑姑，是否想要个自己的宝宝，得到的回复是自己的工作中有足够多的孩子，这又是一个共产主义情怀的回答，以天下的孩子为自己的孩子。只是境界虽然高，即使在真正的共产主义社会里，每一个人还应该首先考虑

---

① Forster, *Have the Men Had Enough*, p. 31.

② Forster, *Have the Men Had Enough*, p. 46.

的是完成自己分内的人口再生产的任务。她始终拒绝正面回答汉娜的问题，表明她虽然有着超前的共产主义道德与博爱胸怀，但她所处的发达资本主义社会的现实，还是让她成了一个不想做圣徒的圣徒。虽然她有自己的男友，却在 43 岁的成年生活中始终不愿意谈及自己的婚恋，更无法顾及生育自己的下一代。

布丽姬是一个拒绝拥有"恒产"的彻头彻尾的无产阶级中的一员。在她的嫂子詹妮看来，布丽姬作为护士长，她的工资虽然无法保障她享受上层社会的悠闲生活，但舒适的生活应该不成问题。但布丽姬既拒绝擅于理财的兄长为她提供的理财建议，甚至在日常生活中，连出门旅行的箱子都不愿意购买，而是宁愿向别人借。除了吸烟饮酒的开支之外，她的嫂子就想象不出她的工资到底花在了哪里。即使同样出去买衣服，最终也大概会是因为价钱高的原因而无法成交。在嫂子看来，布丽姬是一个非常没有决断的人。[①]

布丽姬认为，"如果生活是有任何意义的话，那就是关心照料那些你爱的人"[②]。这种把"爱"理解为付出，是一种非常健康的情感，但如果人的经济能力甚至身体能力尚未达到这种层级的时候，她就会选择去放弃生活中那些尚未发生的、但对生命同样重要的爱情。小说对布丽姬的这种超出自己能力的爱，还是提供了严肃的反思。

客观地说，布丽姬在母亲面前的表现非常纯真，完全不是那种小资情怀的"示爱"表现。汉娜特别比较了一番姑姑与自己妈妈对待奶奶的态度：

> 不会有人指责妈妈对奶奶不温柔，指责她不总是体贴地对待她，指责她没有表示出关爱。但是只要观察一下和奶奶在一起的布丽姬，任何傻瓜都能看出差异。布丽姬很粗鲁，她怒形于色，有时她严厉地训斥奶奶，但她做得很自然。妈妈不是。她的关爱中充斥着做作。她的关怀没有什么不显露出做作的痕迹。她在想如果做了 X、Y 和 Z，奶奶会喜欢，会欣赏，会有爱，于是她就做了。[③] (44)

① Forster, *Have the Men Had Enough*, p. 151.

② Forster, *Have the Men Had Enough*, p. 211.

③ Forster, *Have the Men Had Enough*, p. 44.

这种对比非常有意思，女儿眼中的妈妈与姑姑在伺候老人方面竟然有着如此大的差别。客观地说，这位儿媳已经做得非常不错了，从与自己女儿的真诚对话中就可以体现出这一点。她说自己对婆婆有着"崇敬"的心情，这种由崇敬而引发的爱在婆媳关系之间是很难得的。女儿以"自然"一词来强调出母亲对奶奶的做法明显地与姑姑的区别，可能是出于青年时期对标准的苛刻与敏感，而失于对生活复杂性的体会与领悟。

（四）　孝道中的次级情感结构

类似小说里的这种大家庭背景的居家养老模式，涉及的情感就不仅仅是子女这种直系亲人的情感反应，还涉及更为复杂的第三代人的情感，也涉及非血缘的"外人"——儿媳、女婿（如果有的话）之间的情感。子女之外儿媳、孙辈，甚至其他相关人员则又构成了孝道情感的次级结构。他们不可能完全置身事外，而是或多或少地受到情感主结构的影响，也在一定程度参与主情感结构的构成。由于没有了直接的血缘约束，她们可以选择置身事外，也可以积极参与其中，分别取决于各自对家庭、情感的理解和能够承受的压力。

居家养老中"外人"的艰难付出

在传统价值体系中，人们都知道，在居家养老的孝道情怀中，"好儿子不如好儿媳，好女儿不如好女婿"，往往是这些深明大义的"外来分子"决定了一个大家庭的养老价值取向。小说中大儿媳妇保拉基本置身事外，但在态度上似乎比丈夫斯图亚特还显得积极一些。她以"朝圣"的心情若即若离地不让自己完全介入，也不是完全置身事外，这种把每周一次来陪伴老人吃饭理解为"朝圣"之旅的态度，表明她在情感付出时的一种选择，虽然需要牺牲一些个人生活与自由，但她也看到了这种集体行为的积极价值：家庭不是一个斤斤计较得失的场所，让一家人成为一个家庭在一起具有很大的温情吸引力。"斯图亚特暗地里喜欢保拉每周一次的朝圣：女人应该，女人应该让家人在一起。"①

---

① Forster, *Have the Men Had Enough*, p. 12.

子女与父母的纽带是天然无法选择的。但儿媳与女婿就不一样。这些"外来人"加入这个家庭之后，隔阂却很难消融。在詹妮的第一人称日记叙事中，她尽可能做到客观公正地直视了自己与婆婆的关系：

> 但我不爱她，也无法亲近她，当我们都年轻的时候，我既无法忍受她住在我家，也无法忍受自己住在她家里。我们以前常发生冲突，我们的性格惊人地不合。①

在婆婆的眼里，两个儿媳都是一类人，是外人，是从自己身边"夺走"心爱儿子的"坏"女人。因此，詹妮如果选择像嫂子保拉一样，不去介入太深，是不会有人能对她说上些什么的：

> 我本不必和她有太多牵扯——没有人逼我，尤其是布丽姬没有。我本可以做一个保拉，每周去看她一次，和她保持距离。奶奶甚至也不喜欢我。她尽可能地把我和保拉归为一类。她反对我嫁给查理，就像她反对保拉嫁给斯图亚特一样。我们俩都配不上她心爱的儿子们。②

但是，詹妮是一个能够分清好坏善恶的女人，她没有停留在嫂子的"朝圣"地步，而是看到了婆婆身上的闪光点，或许是呼应了她对自己丈夫的爱：

> 我和奶奶关系很深，因为她配。她是一个好女人，以前生活很艰苦，她应该得到关爱和好心。我的好与奶奶的好互相呼应——这就是联系。③

詹妮非常真实地表达了自己内心作为一个儿媳对待婆婆的态度。可能在任何文明中，让一个儿媳像女儿那样真心侍奉老人，都不是一种真实的情感可能。我们要理解她作为第一人称叙述者解剖自己的"刻意"，而非

---

① Forster, *Have the Men Had Enough*, p. 86.

② Forster, *Have the Men Had Enough*, p. 86.

③ Forster, *Have the Men Had Enough*, p. 86.

给自己脸上涂金地进行道德拔高。事实上，一个儿媳对自己的婆婆如果能做到像詹妮叙述的那样"刻意"地背起这份重担，而不是像布丽姬作为女儿那样出于自然的、血缘之爱，已经是相当的不易。詹妮把自己的刻意而为的善举解释为，以己之善呼应奶奶身上的善，却不完全符合她所描述的情感真实。一个人的善并不是到了老年才表现出来的，她一定是一生的善。在奶奶未老之时，詹妮无法接受与奶奶共处一室，詹妮并没有讲那大概是什么时间。一种无法排除的可能性就是当查理还无法像如今这样享有优渥的高薪，詹妮也就与其他儿媳没有太大区别地表现出对婆婆更加友善的情感。保拉正好作为一个例子来印证这一情况。她的丈夫是个警察，虽然生活不会困难，但肯定无法像查理那样享有充分的财务自由（Financial freedom）。财务自由是指人在日常生活中无须为生活开销去努力工作，他的资产产生的被动收入至少要等于或超过他的日常开支，如果进入这种状态，就可以称之为财务自由。由于财务自由仅仅适用于少量人口，社会中绝大多数人无论通过何种努力都无法真正实现财务自由，否则，社会金融系统就会崩溃。这再一次印证了马克思的经济基础决定上层建筑的理论，只不过在消费的时代，这种分析已经从社会结构走向了情感结构。这里讨论的背景仍然是发达资本主义的消费时代。在未来的共产主义社会，如果能够实现社会生产力的巨大飞跃和社会物质财富的极大丰富，人类的情感结构摆脱了经济约束，人们的向善向美之心可以有心情付诸实施。布丽姬一定意义上体现了一种对经济基础的超越，她以劳动阶级的身份追求最大的尽孝可能。但是她的局限性则也充分体现在她必须依赖她所不屑的哥哥一家的物质财富的坚实基础之上。

作为儿媳，詹妮对奶奶有着一种钦佩之情，至少是不会太反感。她甚至也会选择尽量地像布丽姬一样，像一个女儿一样地尽孝道，她的确做了很多一般儿媳所做不到的事，但她发现无论自己怎么努力，都不可能像一个女儿那样尽孝：

> 我陪着奶奶过夜，很高兴，真的，很高兴做出补偿。我给她朗读了彭斯的作品，也加入了她的朗诵，让她想喝多少杯茶就喝多少，顾不得她会尿床或是晚上起来六次。我们听了一个苏格兰电台的广播，我一点也不介意奶奶的滔滔不绝。我坐在她的床上，直到她入睡，十分钟后她从吃惊中醒来，我还坐在这里，让她放心。她问她母亲是否

还在家，我说在的，她父亲是否去上班了，我说去了，孩子们是否睡着了，我说睡了。她满意地叹了一口气：她的世界一切都很好。她睡意蒙眬地给我讲了四节"男人被哀悼"的诗句，然后她又睡着了。我给她安全地掖好被子。当她凌晨两点醒来，因为她需要给送牛奶的人找零钱，她听到送牛奶的人来了，我就像布丽姬那样做了，我就和她一起上床了。我不能像布丽姬那样，由着奶奶她喜欢的那样，把奶奶相拥在身边，但我尽可能地躺在她身边，握住她的手，只能这样了。①

在詹妮的叙述中，我们看到她在尽力让自己做到最佳的情感状态，甚至一定程度上超出了一个儿媳所能做到的，但仍然难以达到情感如母女的纯真境界。即便如此，婆婆能在儿媳身边酣眠，已经是人性中难得的温情画面。在她的叙述中，老人的一生被压缩成一个普通夜晚，她看到了奶奶生活中每天的焦虑让她年老的大脑陷入固定轨道式的循环播放，只要到了夜晚她拥有充分的思维自由的时候，就都在紧张的情绪下重复。这等于是让汉娜以"快进"的模式提前预览自己的人生全景，而且这种课程是任何大学所无法提供的。布丽姬就如同一个圣人，成了詹妮的楷模。然而，把耐心、爱心这些因素放在一边，仅从照料工作的烦琐程度来看，一个成年人的睡眠生物钟将被彻底打破；偶一为之还可以接受，长时间的坚持对一个正常成年人的身心健康的影响和整个生活质量的影响是无法低估的。而且，问题还远不止于此。

詹妮发现自己的生活在随着奶奶病情的不断恶化而完全被奶奶的生活所控制，而她只能生活在奶奶的阴影里，这就导致了一种代际公平的丧失。而当老人生活完全不能自理之后，医院以床位紧张拒绝接收像奶奶这样的"慢性"病人，各养老院看到老人的实际情况也不愿意接收，布丽姬又远在欧洲旅行，詹妮感到了身处绝望之中，女儿汉娜也观察到了妈妈的这种变化：

　　　今天早上，妈妈哭了。她坐在我们厨房藤椅上，奶奶常坐的椅子，她哭了。爸爸叫她不要那么可笑，他问她到底在哭什么，说如果

---

① Forster, *Have the Men Had Enough*, pp. 124–125.

有人要哭，那应该是他。她哭的时候，我真的不能靠近妈妈。她是不可接近的。最自然的事是搂着她安慰她，但我不这么做。我可以给奶奶做，但不能给妈妈。①

这已经不是一个"孝心"所能够解答的难题了。我们都知道，在老年人健康时期生活能够自理，神志也清楚，大部分子女往往还愿意从金钱上、时间上适当地关心老人。但当老人神志不清、生活不能自理时，一个老人可以把整个家庭折磨到崩溃的地步。情绪上的失控在他们未来的生活中、在小说控制以外的空间里，将可以想象地形成新的、不可弥补的、悔恨式的创痛点。

居家养老中的隔代情怀

孙辈在血缘上与儿媳、女婿这些"外来血液"有一定的区别，虽然算是直系血缘，但由于又隔了一代人，对祖父母的照顾也就变得复杂起来。如果他们选择积极参与护理，表明他们有着一种人性的善良；有时他们自己的事情多就没有心思顾及。在奶奶的六个孙辈后人中，积极介入老人护理的也只有汉娜。斯图亚特与前妻生的两个孩子基本处于缺席状态；与保拉生的两个孩子又太小。查理的两个孩子，阿德里安就基本上是半介入状态。他愿意奶奶好，但又嫌奶奶脏。汉娜非常爱奶奶，也付出了不少，因此也深得姑姑布丽姬的喜爱。

詹妮自己为照顾婆婆付出了很多，也不反对女儿汉娜一起参与照顾奶奶。但是出于对女儿更为深切的关爱，她在小姑子布丽姬面前为汉娜设定了一个底线：

> 我警告她如果奶奶失禁，那么我就不允许汉娜给奶奶换洗。为什么不呢？布丽姬问。"太恶心了。"我回答，决心要诚实。"嗯，你是一朵珍贵的小花。"布丽姬冷笑着说。天哪，我很惊讶你能在这个世界上生存下去。如果这是汉娜一生中最令人厌恶的事情，那么她肯定会很幸运的。②

---

① Forster, *Have the Men Had Enough*, p. 192.

② Forster, *Have the Men Had Enough*, p. 86.

姑嫂之间各执一词，很难说谁错了。当妈的自然希望女儿在这么小的年纪能够远离老年人屎尿这些不卫生的东西；但布丽姬的话也没有错，如果人一生的苦难仅限于与屎与尿打交道，那他应该是非常幸运了。在居家养老的伦理处理中，隔代情感经常表现出令人鼓舞的感动。年轻、阳光、受过最新理念教育的年轻人，对生活充满浪漫的想法，很多的时候能够表现出对祖辈老人的友善与照料。这与他们的精力旺盛、思想清纯有一定的关系，也与他们肩上尚无太大社会压力有关系。由于没有完全步入社会，他们还未变得过于世俗。如果他们有时间来反思自己的所作所为，就会发现那将是他们人生中难得的宝贵财富。在妈妈眼里，汉娜是被姑姑的情感困境所感动，而很想插手帮上点什么。这是情感结构的外层与未来。好在当妈的能够正确判断这种积极情感对一个孩子成长的意义，也就顺其自然地任汉娜随心所欲，但很明显，汉娜的情感卷入程度远不及姑姑的强烈与母亲的压力之大，而詹妮也无意于让女儿过多地卷入其中。

在儿女、儿媳（女婿）、孙辈之外，为了护理老人做一些家人力所不及的工作，这个时候就需要经济手段的介入，同时在情感上护工的情感卷入就疏远了很多。家里人都能明显感觉到这种疏远因而不习惯，他们请的护工奥马利太太就是这样的例子：

> 奥马利太太在管理奶奶方面很能干，甚至很有技术，但是她没有热情，她无法将奶奶的大脑中残留的东西联起来。奶奶感觉到了这一点。奥马利夫人快要到时，奶奶就不断地想回家。①

当代都市人由于无法支出情感，而选择以经济手段来支付情感方面的付出，情感因而变成了一种可以交易的商品。情感的商品化，却并不能代表真实的、期待中的情感。衰老管理的职业化是未来老年社会的必然趋势，小说表达了对这种养老职业化的忧虑。从服务的角度而言，随着时间的推移，服务的质量会得到不断的提升。但老年人所真正需要的情感则恐怕永远都无法如愿。后来他们又试着找到了一个叫作玛丽的护工，很尽责，但我们也看到，玛丽对于老人状况的不了解，导致了一系列的虚惊，

---

① Forster, *Have the Men Had Enough*, p. 70.

她本人被吓坏了，感觉到很累，因而想退出①。这种情感商品，不光是"买家"的压力或不满意，"卖家"也存在诸多压力，过于职业化则难有期待中的真情实感；过于情感投入，在服务的专业质量上面又难尽如人意。能找到一个负责任的护工，是一家人的福气，也更是老人的福气。不管护工如何负责任，在对于意外事件的预料与处理方面，远远没有家人自信，轻重都无法把握；相比而言，一个不负责任的护工，一个不讲道理的主家，就会使整个情形变得更加复杂。

以家庭为单位围绕一个主题内容的情感结构，也会随着事态的进展而发生变化。詹妮这样一个竭力追求孝道的儿媳，处处在以小姑子布丽姬为榜样，但也发现自己不断地被逼向情感的绝境：

> 这几天我不知道我的爱心去了哪里。汉娜有时指责我，我知道她认为我对奶奶不太仁慈。奶奶的失控使我烦躁，我发怒的门槛越来越低——错完了，我应该对她表现出更多的温柔，而不是更少。至少当我和她在一起的时候，我仍然觉得还容易做到温柔，能够控制愤怒。当我不在她身边时，这种不值得的情感就占了上风。当苏珊②打电话说香烟不见了，我知道前天我在那里放了一包新烟，我知道它们又被捏碎没用了，然后我就非常生气。③

由于詹妮是整个情感结构的核心力量——是她同意自己的丈夫用小家庭的经济收入为婆婆支付高昂的养老与护理开支，是她主动承担大家庭每周一次聚餐的劳作，是她不反对自己女儿为奶奶的各种付出——如果她感到爱心在丧失，如果想放弃，这一家庭情感结构就必然提前崩塌。詹妮作为儿媳妇，始终在一种"伦理正确"中挣扎，既是她的个人修养所至，也是希望给女儿做个榜样。"不值得的情感"（unworthy feeling）投入代表的是一种理性判断，与人的直觉感受相违背，詹妮越来越感觉到这是一个情感投入的"无底洞"，如同那包香烟，明明她刚刚给老人准备好了，一转眼，"小孩化"任性的老人会把香烟撕得粉碎，并重新提出要香烟的请

---

① Forster, *Have the Men Had Enough*, p. 171.

② 照顾老人的护工。

③ Forster, *Have the Men Had Enough*, p. 150.

求。她陷入了一种无限而看不到任何回报的死循环。这种心情决定了这种情感结构的不稳定性，不管她想表现得多么友善、多么有爱心，现实都会把她的这种情感压碎，进而伤害到整个情感结构。

（五） 本章小结

客观来说，"居家养老"模式并不符合消费时代的生产模式。新的社会形态要求最大限度地解放生产力，这种解放不光是时间、精力概念上的释放，还包括情感上，都要尽量让社会生产的主力在无忧无虑地享受生活之余可以全身心地投入社会大生产。当家里还有一个或更多的老人让生产者牵挂不下时，其参与社会生产的精力就会受到一定的影响。因此，积极面向未来的社会总是尽可能地寻求集约养老的模式，让老年人这些不再可能成为社会生产力的成员能够不消极地影响、干扰社会生产的进程。福斯特的小说《男人们够了吗》呈现了英国这样一个发达资本主义社会在老龄化过程中尚存不多的居家养老模式，让人们看到了这种模式的高昂社会成本；而这种模式所产生的积极情感回报已经是当代社会所不敢奢望的情感产品。其所要求的传统大家庭模式作为基础的社会背景也正在消失。

人在人情在，随着奶奶的故去，以她为核心的情感结构正式解体。尽管查理仍有某种维系旧结构的冲动，但詹妮首先反对，汉娜也觉得没有奶奶的大家庭聚餐就是一个笑话，但她还是面对着这种大家庭和大家庭情感结构的解体发出了反思：

> 我们家现在没有一个老人了。没有祖父母，也没有我们亲近的老亲戚。再也看不到那种可怕的死亡崩解了。我无法哀悼死者。我甚至无法哀悼奶奶，我真的不希望她活着，并不希望她出现在我们星期天的午餐桌上。[①]

汉娜的总结式叙事代表了当代文明生活中的一种困境，即人们既渴望

---

① Forster, *Have the Men Had Enough*, p. 251.

有丰富的情感世界，又害怕情感投入会影响到个人或小家庭的生活品质。一个像布丽姬那样深深爱着自己母亲、有着纯真情感诉求的女性甚至不敢涉足个人的婚姻，不愿组建自己的小家庭，这不能不让人们在欢呼社会生产不断发展的同时，需要思考情感生活该如何取舍的问题。

第七章

《终曲》里的衰老失语与情感遗弃

（一）简介

西娅·阿斯特利（Thea Astley, 1925—2004），澳大利亚女小说家，生于布里斯班的一个天主教家庭，1947 年毕业于昆士兰大学，曾在昆士兰州和南威尔士州的小镇上做过 5 年中学教师。婚后回到悉尼，1968—1980 年执教于麦夸莱大学。1988 年被昆士兰大学授予荣誉博士学位。2004 年 8 月在新南威尔士州去世，享年 78 岁。阿斯特利是 20 世纪 60 年代澳大利亚文学现代派中取得一席之地的"罕见女作家"[1]，以独特的"女性视角观察澳大利亚社会生活"[2]。澳大利亚具有较为独特的发达资本主义经济基础之上的后现代文明，其现代主义艺术特征"具有审美自觉、文体碎片化、表现性质疑等特征，与现代化进程具有高度矛盾性和批判性关系"[3]。其碎片化文体、对现代化进程的高度批判性与文本本身所呈现出的自身矛盾性都使得其作品的后现代性特征异常突出。而阿斯特利更是积极地"对现代主义叙事结构和密集的隐喻措辞进行尝试"[4]。

阿斯特利著有 13 部长篇小说。1994 年 68 岁发表《终曲》时，她已

---

① Susan Lever, "Fiction: Innovation and Ideology," in *The Oxford Literary History of Australia*, edited by Bruce Bennett and Jennifer Strauss (Oxford: Oxford University Press, 1998), p. 319.

② Susan Lever, "The novel, the implicated reader and Australian literary cultures, 1950 – 2008," *The Cambridge History of Australian Literature*, edited by Peter Pierce (ed) (Cambridge: Cambridge University Press, 2009), p. 509.

③ Rita Felski, *The Gender of Modernity* (Cambridge, MA: Harvard University Press, 1995), p. 13.

④ Susan Sheridan, "Thea Astley a Woman among the Satirists of Post-war Modernity," *Australian Feminist Studies* 18 (42) (2003), pp. 261-271.

进入公认的"老年"阶段，也就是老年学意义上的"第三年龄"阶段的黄金活跃期，因而该小说也是她最成熟、最优秀的代表作之一。

《终曲》以"对家庭场景令人信服且无畏的探索"开辟了作者以前所不曾涉足过的领域。阿斯特利现在被认为是"坚定地站在女权主义者的立场上"①，讲述了一个处在记忆与遗忘、言说与失语边缘的老年主人公凯瑟琳在意义的混沌中挣扎的特殊经历。在她支离破碎的记忆里，她无法弄懂自己亲身经历与见证的生命中的许多变化，包括丈夫在中年时期对婚姻与家庭失去兴趣，以及他的死亡；女儿桑莱卡只知道榨取老年母亲的劳动，把母亲当作一个保姆为自己照料小孩；儿子在长大成人过程中慢慢背离了当初的纯真。凯瑟琳迁怒于文化和政治，整个小说都在她的抱怨声中展开。抱怨，既不同于批判所追求的理性分析，也不同于抗争的积极努力，而且在仔细分析之下，她所抱怨的衰老歧视，虽然都与客观存在的社会现象相关，但被她抱怨的对象似乎都不应该承担真正的主责。这种抱怨的目标性错误，清晰地表明了衰老的结构性创痛的伤害与根源很难分析归因这一后现代性特征。根据珍妮特的说法，创痛并不意味着丧失所有的言语，而只意味着丧失与他所说的"预感"（presentification）有关的那种言语，包括受害者叙述自我反省和自我认知的能力，也就是说，丧失了自我表象的能力。② 卡鲁斯认为巨大的创痛排除了所有的表现，因为普通的意识和记忆机制被暂时摧毁。相反，创痛事件引发一种未被扭曲的、实质性的"字面注册"（Literal registration），它与正常的认知心理过程相分离，不能被知道或表示，而是以"闪回"、创痛性噩梦和其他重复现象的形式延迟返回。③

小说虽然以主人公对自我失语状态的痛苦认知开头，但并没有停留在对失语状况的深度描写；相反，小说以主人公内心叙述的方式表现出了缜密的语言结构。因此，小说不能简单地解读为衰老推动的阿尔茨海默症的退行性创痛描写，而是有着更为普遍的文化创痛隐喻。

---

① Maureen L. Percopo, "Generational Change: Women and Writing in the Novels of Thea Astley," in *Shared Waters: Soundings in Postcolonial Literatures*, edited by Barthet, Stella Borg; Barthet, Stella Borg (Amsterdam; New York: Rodopi 2009), p. 171.

② Ruth Leys, *Trauma: A Genealogy* (Johns Hopkins University Press, Baltimore, MD. 2000), p. 262.

③ Leys, *Trauma*, p. 266.

（二）丈夫的殖民情结与情感背叛

初恋是记忆开始的地方

虽然在人们的记忆之中——即使是在老年——总保存了童年的美好时光，但真正的深刻记忆还是爱情开始的地方。对于童年时来自父母亲人之爱，由于自己年幼无知，始终处于被动的接收状态，虽然美好，总少了一份积极的判断选择。爱情的发生——特别是初恋——往往是在自己对人生将懂未懂之际，事后想来很难说出一个是非对错的情感选择。对于因爱情而建立的婚姻，则是家开始的地方，是由浪漫向现实的转折点。

凯瑟琳的记忆在消退，名词、句法在从她的语言机制中消失。"她承认，虽然过去有一些规律可循，但人的关系却模糊不清，现在只有这些鲜明清晰的图片将记忆打得粉碎，带来了冲浪般撞击的痛苦"①。她的记忆中没有了判断，无法定位人与人之间的关系价值，她与别人的接触变成了记忆的碎片，冲撞着她老年的心灵。按照雅各布森对"失语"（aphasia）的理解，语言功能的丧失，是由于"选择与替换的能力或组合与构造语篇的能力"这两种语言机制之一的受阻。前者抑制了"相似性关系"（relation of similarity），后者抑制了"毗邻关系"（relation of contiguity）。②从文化层面来看凯瑟琳的晚年语言蚀失再现，其中首当其冲地就是体现了她生活中的"过去"与她当前衰老的"现状"之间无法建立起"组合与语篇建构"（combination and contexture）③ 之类的关联。

她叙述中的记忆始于罗纳德，这是她现在这个"家"的开始。对罗纳德的记忆是她晚年记忆的起点，也决定了她整个生命记忆的方向。一切与该方向不吻合的内容就被她所厌弃。在她生命的最后记忆里，罗纳德在海港、在群岛、在西班牙海以最高音唱歌依然在她脑海里回荡④。

---

① Thea Astley, *Coda* (London: Seeker & Warburg, 1995), p. 13.

② Roman Jakobson, Morris Halle, *Fundamentals of Language* ('s - Gravenhage, Mouton, 1956), p. 76.

③ Jakobson, *Fundamentals of Language*, p. 76.

④ Astley, *Coda*, p. 43.

　　凯瑟琳是一个非常现实的人，但并不是说她不懂得感情、没有自己的情感需要。只是她对情感有着更为清醒的认识。50 年过去了，她清晰地记得初次见到后来的丈夫罗纳德时，在罗纳德还未充分表白这份感情的时候，她就反复对罗纳德说，

　　　　她固执地重复道："每个人都会腻味的，需要会变。我告诉你，你会觉得无聊的。"①

　　这似乎是女性的"结构性直觉"，是她对爱情的过度渴望，同时也表达了她对爱情的直觉认知与不自信。她把这段情感与婚姻总结为罗纳德的冲动："她现在意识到，50 年过去了，他一直如白痴般鲁莽。"② 在这种总结式的回忆中，她将两个人过往的情感解释为一种鲁莽冲动，这一定程度上注定了当代家庭的悲剧性和她在晚年经历的创痛性。这种经历具有普遍性，因为他们并没有做错什么，在该结婚的年龄结婚，然后生育小孩，并且在一定程度上预知了未来的情感走势；他们"明知故犯"地凭着某种生命的"冲动"进入爱情与婚姻，并一步步地走向悲剧，小说一直在这种极具真实细节的叙事中努力表达出普遍性的创痛悲剧。在"现实的"凯瑟琳眼里，丈夫的内心世界充满了各种"不现实的"纠结：

　　　　她非常现实，不愿意为那迷失的、瘦削的、缺乏自信的、带着一身古怪气质的年轻人哀悼，年复一年，他变成了一个神经紧张的售货员，一双深邃的眼睛有着遥远的洞见，却无法满足他的渴望。③

　　现实的凯瑟琳到了老年，"不愿意"为当年的丈夫"哀悼"，清晰地表明了在她的记忆中，包括小说里描写的她晚年的语言蚀失，是一种文化与个人心理的选择，而不光是衰老的原因所致的记忆机能的丧失。每一丝回忆都是痛苦的折磨，无奈之下，她只能选择不去回忆，不去纠结于对当年情感丧失的归因。但凯瑟琳不是一个普通妇女。不管在什么年龄，她都不会轻易向命运低头屈服。当她发现了生理的自我在退化、在遗忘的时

① Astley, *Coda*, p. 12.

② Astley, *Coda*, p. 12.

③ Astley, *Coda*, pp. 29–30.

候，她就努力用全新的方式来迫使记忆发生，这是她发现自己正在丧失的远不止是名词时：

> 天知道她也在失去其他的东西。听力。视力。时态。情态。语法学家的葬礼！但是名词最让她担心，专有名词，尤其是人和地方的名字。专有名词和普通名词。哦，是的，不全在那里了。她所失去的是现在时态或过去完成时的名词——是的，那就是！试着用四十、五十年前的过去时或过去完成时将她逼出来，一切就如黏液般流淌，填塞记忆的每一个缝隙。①

因此，我们一方面看到主人公在努力不去思考过去的为什么，另一方面又在努力同衰老斗争——实际上也是在同命运斗争，同文化与政治抗争，弄清楚到底是什么原因让好好的爱情、好好的家庭与生活变得一团糟。

殖民主义的纠结与爱情的失落

小说将导致他们爱情、婚姻破裂的因素放置在后殖民语境下的帝国怀旧氛围之中。阿斯特利小说的特点之一，就是质疑"过去对当代澳大利亚和太平洋文化的影响"②，凯瑟琳记忆中的过去，是罗纳德的父亲在所罗门群岛留下了一点遗产，在前往接收遗产的过程中，他们见证的是传统殖民者与土著之间的巨大层级隔膜："欧洲人口是一个由几百名主要是政府官员组成的小而封闭的阶层，其中的社会秩序保持着异域的味道。"③

罗纳德虽然不曾加入殖民者的话语圈，但他这个"二代殖民者"却有着类似的"征服者"的梦想。他告诉凯瑟琳，他希望征服 2447 米高的马卡拉科姆布峰。当年他的叔祖在攀上所罗门群岛的塔图韦（Tatuve）山途中的泰特雷（Tetere）附近被谋杀，如今罗纳德希望自己征服另外一座"更高的"山峰。在凯瑟琳的记忆中，他当年是这样对自己描述的：

---

① Astley, *Coda*, p. 5.

② Leigh Dale, "Colonial History and Post-Colonial Fiction: The Writing of Thea Astley," *Australian Literary Studies* 1 (19) (1999), pp. 21-31.

③ Astley, *Coda*, p. 27.

他告诉她马卡拉科姆布山有 2447 米高。别忘了那个 7。或者 8026 英尺。大约。别忘了那个 6。[1]

罗纳德如此纠结于数据的精确，就在于他想来证明自己比叔祖在 "征服" 的过程中成就更大，因此就象征性地实现了叔祖当年无法实现的愿望，作为对叔祖的 "迟来的回报。历史回报"[2]。这里，后殖民时代的怀旧情结表述得非常清晰：罗纳德的叔祖当年虽然只是为了登山，但他是处在淘金者的队伍里，是随着欧洲殖民者来到这块土地寻找心目中的财富的；如今到了罗纳德的后殖民时代：

当时很流行寻找挂在丛林中的、战争中废弃的一些残骸，像金属碎片之类；搜寻翼板和发动机支架；查看身份证和太平洋战争腐烂的残骸。[3]

罗纳德虽然与这些人不同，但他希望登上一个新的高度来寻找自己内心 "新的耶路撒冷"。凯瑟琳觉得很可笑，直接地指出，

也许是门达纳的十字架。它不是立在克鲁兹角后面的山上吗？离这儿近得多。你可以找那个。[4]

很明显，凯瑟琳与别的殖民后裔有着鲜明区别，来自大自然之美让她陶醉窒息："凯瑟琳被一股更为凶猛的热浪和景色所征服，她好奇自己是否能活下来。美的倾轧。"[5] 她也表示了可以加入当地人分裂出来的、名字有些怪异的基督教团体，她不会认同罗纳德 "新耶路撒冷" 的追求，认为明明近处就有十字架，就有精神的归宿，何必舍近求远？在阿斯特利的写作中，大自然常常会打败那些试图 "征服" 它的人类，但其中并无

---

[1]　Astley, *Coda*, p. 31.

[2]　Astley, *Coda*, p. 31.

[3]　Astley, *Coda*, p. 31.

[4]　Astley, *Coda*, p. 31.

[5]　Astley, *Coda*, p. 27.

浪漫主义所期盼的精神元素的介入①。但她说服不了罗纳德，如同罗纳德无法与她交流。罗纳德终于走向自己的精神之旅，也走向了自己的死亡。他的那一段经历始终是个谜，回来后不久，罗纳德就莫名其妙地死于癌症。一个家庭的终结也因此而开始。尽管后来凯瑟琳也试图去了解罗纳德的行程，但终于事无补。

小说的后殖民语境设定使小说的主旨有了更高的高度。一方面，全球化时代，人们的移动性更为容易，随之而来的是家园与根的意识的普遍淡漠。对于像凯瑟琳这样的女性而言，家园丧失就是全部生活的丧失。另一方面，在澳大利亚这样典型的殖民—移民国度，实际上是全球化时代生活的缩影，人们对家不再有需要的冲动。所谓家的丧失，不同于家人的丧失，而是指家人尚在，家的归属感却没有了。如果说在罗纳德身上只是奠定了现代性家园丧失的必然性，在她的一双儿女身上就充分体现了这种家园丧失对一个老年人带来的巨大创痛。

（三）　消费文化中的女儿与背叛

女儿忘恩负义的背叛

对于澳大利亚这样的后殖民主义、后现代主义与消费主义文化杂糅的政治空间，小说不仅仅是呈现了其空间的马赛克结构的多元文化并存，而且在很大意义上也是一种时间意义的多时间体系的同时呈现。而这种呈现又都是发生在凯瑟琳的记忆之中，一来是老年人失语症导致的记忆破碎，二来也是她对生命本身的困惑。

他们的婚姻生育了一双儿女，这是时间意义上的代际因果。但在孩子们身上，前辈的征服、冲突、追求似乎一点也看不到了。他们迅速地进入了一种平面的权力争夺与毫无顾忌的感官生存模式。她的女儿嫁给了一个名叫列恩的政客，官做到了交通部长。与政治联姻让她变得异常自私与精于算计。凯瑟琳就成了女儿算计公式中的一个因子。在她的记忆中，女儿

---

① Robert Zeller, "Tales of the Austral Tropics: North Queensland in Australian Literature," in *The Littoral Zone: Australian Contexts and their Writers*, edited by CA Cranston, Robert Zeller (eds.) (Amsterdam, NY: Rodopi, 2007), p. 212.

是发现了妈妈被剥削殆尽再无利用价值了才打算抛弃她。

　　在凯瑟琳心中，家就像一间教室，她看着当年孩子们在成长的过程中傻傻地修着一门"米老鼠式"的人生课程，直接拿 C 的及格成绩，是她把孩子拉扯大，教会了他们人生的课程，甚至到如今的老年。

　　　　她自己不奇怪地仍然在做着秘书般的游戏——如今她也曾把一两门功课抛在身后——只不过是如同一个议会工作人员那样翻译成了某种更多了一点意义的内容，学会了让她太急于表达的嘴唇闭着，艰难地走向退休之路，只是偶尔才有点浪漫浮现眼前。①

　　老年人学会闭上自己的嘴，是一种老年的生存哲学，给人以语言蚀失的假象，实则是老年人内心世界的悲凉；在另一方面，语言本身"用进废退"的规律也在暗示，正是文化与生活让凯瑟琳一次次选择闭上嘴而导致了语言蚀失的加剧。凯瑟琳对女儿从来就没有过什么太大的认同感，从女儿成婚的那一刻起，她就充分明白了这个道理。在女儿的婚礼上，女儿陶醉在自己新婚的幸福之中，全然不顾及母亲的感受，只是"吝啬地吻了母亲的脸颊，就消失在去堡礁的蜜月旅行中，谢字也没说"。② 在公认的父母"应该"的责任之中，儿女们不会知道母亲在接下来的三年时间里才付清婚礼贷款。这个女儿所做的一切太让她失望。在西方语境中，亲情在年轻人那里显得一文不值。父母为他们所做的一切都是理所当然的，他们反过来，为了自己的生存、为了社会的发展，却不再愿意为曾经的亲情做出任何的回报。或许在这些子女的理解中，他们为社会工作、为社会纳税，然后社会用税收收入来替他们承担赡养老人的义务。从道理上讲的确如此——从社会生产的分工与社会发展的角度来讲，这种方式也是最有效的社会运行方式，可以最大限度地解放社会生产力，让更年轻的一代更好地从家庭琐事与情感羁绊中解脱出来，为社会提供更好的服务。但亲情却不是简单的等价劳动交换，亲情是让我们在这个世界成其为人的根源所在；人类社会不光是为了发展和进步，而是必须服务于整体意义上的、无年龄区别之人的生命福祉。凯瑟琳对女儿的这种情怀，代表社会向

---

①　Astley，*Coda*，p. 47.

②　Astley，*Coda*，p. 49.

老龄化转型过程中，辛苦劳作的一代正在老去之时的亲情失落感。正是因为他们对亲情、对家人之爱有着巨大的期待，才导致了这种巨大的心理落差。可以想象，未来的老人将会慢慢地在冷漠中不再有这种亲情期待，逐渐适应人类的衰老中的孤独景象。

凯瑟琳看到儿女都已经长大，本不再需要她来为他们的成长挂怀，但做妈的，不管孩子多大，总还有放不下的心："谁在乎？谁在乎过？她有孩子，如今都已经不是孩子了，在凄凉的夜晚里让她挂怀。担心他们那些轻松拿到的及格分 C 与人生课程怎样让他们安身立命。"①

成为女儿一家的保姆

她受不了女儿没心没肺地对日渐老去的自己那厚颜无耻的剥削：

> 多少年来她都习惯了女儿的声音，因距离而变得生硬。妈妈——电话线拒绝了笑窝——下个星期你能替我带一下布里吉吗？列恩要到墨尔本、悉尼、佩斯、霍伯去开会。②

这种赤裸裸的利用关系，虽然打着亲情的外衣，让凯瑟琳感到愤怒。她看到自己的付出被儿女视作"理所当然"，就像当初她养大这一双儿女那样自然，如今她必须继续养活儿女的孩子，她为女儿带大的两个孩子的"婴儿岁月一星期一星期地吞噬了她自己自由的时光"③。后来第三个孩子布里吉出生，她拒绝继续给女儿女婿当"保姆"，就招来女儿的不快：

> 当桑莱卡生布里吉时她④早早退休。她在寻思，是我不正常吗，充满活力地躺着，拒绝在女儿家里的漫长周末，整个周末都听着婴儿的号哭与洗洗涮涮，而桑莱卡与列恩神采飞扬地住在墨尔本豪华酒店里。他们认为，她心酸地想，我迫不及待地想把我的手放在这个外孙身上，他们认为我缺少爱抚、亲吻和拥抱的时间。他们是不是

---

① Astley，*Coda*，p. 47.

② Astley，*Coda*，p. 95.

③ Astley，*Coda*，p. 96.

④ 即凯瑟琳。

疯了。①

在后现代的消费主义时代，情感正在成为一种商品，年轻人花钱来制造各种情感的需要与感受，"情调"成为市场营销的手段。在凯瑟琳的想象中，她看到自己的女儿与女婿在墨尔本的豪华大酒店里享受生活营销出来的浪漫情调，却希望把带孩子的辛劳作为另外一种"情感享受"交给外祖母。"情感"与"家"紧密相关。在家人的陪伴时光中，一切都是快乐温馨的。可以想象，如果桑莱卡与丈夫愿意待在家里，邀请母亲一起来共度周末兼做一些力所能及的照料小孩换洗的家务，老母亲一定乐得其所。但现在却是他们出去享受二人的情感世界，把一堆的家务都交给老人，凯瑟琳的拒绝是老年女性觉醒的必然。但这种觉醒的代价却也是巨大的。女儿因此而指责她："你不正常。你总是她的外婆。许多外婆都在渴望做点什么。"② 在顽强地拒绝女儿让她周末帮她带孩子的请求的同时，凯瑟琳在报纸上读到关于老年人的报道：一个不记得自己姓名、地址的老人勉强记得自己手上的车票是女儿买的；读者能够感觉出来这又是一起女儿弃老的事实。③ 当老人在儿女眼里变得"不正常""不可爱"的时候，作为经济上、情感上的负担被抛弃似乎就成了必然的文化宿命。被女儿不顾一切地推向养老院里，凯瑟琳感到

> 灌了铅的双腿跟在女儿的后面走过白墙走廊，记起时光倒流情境逆转的当年桑莱卡在博物馆里、艺术展览馆里、看牙医时满心不情愿地拽着的情景，"地狱黑屋""冥河别墅"④。

同样的词语分别由母女俩在不同的时间用来抱怨对方毫不顾及自己的感受，但情形却发生了巨大的变化。女儿对母亲的抱怨是出于一种年幼的无知，对亲情的爱无法体会的任性；而母亲则是在自己意识清醒时受到成年女儿的贪婪驱使被蛮横地不当人的待遇时的愤怒。更有区别的是，母亲想到这些词语时是在回忆女儿当初使用过的词汇，那里的母亲对女儿倾洒

---

①　Astley, *Coda*, p. 96.

②　Astley, *Coda*, p. 96.

③　Astley, *Coda*, p. 97.

④　Astley, *Coda*, p. 140.

的是母爱的关怀，如今她从女儿那里接受到的却是无情冷漠。跨时空的相同词汇描述迥然相异的心情，其中的对比也因此而显得十分突出。

女儿女婿生活的空间里满是权力掮客、政府要员、百万富翁的环境，桌上是讲究的摆放与美味的食物。凯瑟琳悲叹地反思："但是我的上帝，这是什么？龙虾臭气熏天！冰凉的酒就像醋一样，她确信在桌子的另一端，列恩把手放到了那个女人的裙子上。"① 这一方面可能是一个老年人在失去味觉之后的错误反应；另一方面更是对人们错误追求的厌恶与反思。纸醉金迷的后现代感官生活，人们在浅层刺激的文化圈子中结成新的利益层级团体。作为一个走过人生历程的老人凯瑟琳，她心痛的是以她的下一代为代表人的后现代性迷失。

（四） 儿子的变异与情感遗弃

儿子改名与变异

儿子是她的最爱，却又非常不争气。一个曾经非常优秀、简直是有着天赋的儿子，却在消费文明下也堕落得毫无追求、毫无意义。老年丧子是人生的最大悲痛之一。小说所呈现的却并不是通常意义上的这种丧失之痛，或者说，老人凯瑟琳并没有在物理意义上失去自己的儿子，而是在心理意义上见证这个儿子在逐渐长大的过程中与自己的母亲渐行渐远的社会文化现象。小说没有将儿子布雷恩（Brain）刻画成一个多么忤逆不孝的孩子。儿子的每一步努力她都看在眼里，虽然不完全认同，但也基本能理解。

儿子在母亲心中的变化大概始其改名的隐喻。凯瑟琳最不能认同儿子身上的变化大概就是儿子的改名。在她的记忆里，儿子有两个区别性的名字。正常情况下她回忆起儿子是"布雷恩"（Brain）②，而在偶尔的温馨画面里，儿子就回到了当初的"布莱恩"（Brian）③。

年轻时以那一时代的特有的艰辛维持一个家庭，哺育两个孩子成长，

---

① Astley, *Coda*, p. 149.

② Astley, *Coda*, p. 7.

③ Astley, *Coda*, p. 30.

在她的记忆中是接孩子放学时在镇上超市里的夏季打折讨价还价中度过的生命——作家在努力以"无中生有"的方式让世界以全新的、独特的形式发生，来命名自己观察到的世界。"她的内心棱角分明"，作为母亲，她不情愿却又没有办法来阻止儿子的"背叛性"成长，一步步地远离对母亲的依赖性需要以及对母亲的关注，更不要说关爱。但回想起父母对儿女的付出，在母亲那里就是辛酸的对比。为了孩子们的成长，她可以说付出了毕生的精力。对于自己老了以后变得"不被人要也无所需要"（unwanted and unwanting）的生无可恋的生活状态，她感受到的是一种"受伤的敌意的可怕时刻"（horrible moment of wounded antagonism）。[①] 在她的记忆里，更小时候的儿子不是叫"布雷恩"：

> "爸爸在哪儿?"布莱恩（当时他叫布莱恩）问。[②]

一个能够在乎自己"爸爸"情形的儿子还是伦理与亲情意义上的儿子。叙述者刻意地将两个名字同时呈现出来，文本意图充分表现了二者之间的差异性特征。叫作布莱恩的还是一个有着童贞的青年，因依赖父母而关爱父母，会在父亲不在家的日子询问父亲的行踪，也会刻意地打听父亲的病情，[③] 在凯瑟琳的记忆中，是他陪着父亲去诊所并看到父亲在自己眼前死去。[④]

她对儿子好的记忆就是儿子能够利用自己的天赋来实现生活的快乐，也给家庭带来无限的快乐。她心中时常抱怨儿子的堕落：

> "他能做的很好的唯一的一件事，却从来都不做。哦，这是一个足够愉悦的……爱好，我这样认为。但他会唱歌来自娱自乐。""音乐就是这样，妈妈，"那时他常说，"其中更有生活。"[⑤]

很明显，凯瑟琳的生活态度十分"现实"，她追求过好真正的生活，

---

① Astley, *Coda*, p. 7.

② Astley, *Coda*, p. 30.

③ Astley, *Coda*, p. 35.

④ Astley, *Coda*, p. 37.

⑤ Astley, *Coda*, p. 41.

而不必要去追求权力或征服，生活中在音乐和艺术中追求"自娱自乐"就是幸福；儿子曾经也是懂得音乐中"更有生活"这一道理的。而且，在凯瑟琳的眼里，儿子继承父亲对音乐的感觉，这对父子共同的品质就是音乐方面的天赋，而且儿子超过了父亲：

> 毫无疑问：布莱恩的嗓子要好过他父亲的。孩子们已经长大不再终日愁眉苦脸了，父亲还坚持要检查他的民谣曲目，凯瑟琳高兴地发现，小伙子偶尔会和他们一起弹钢琴，客厅里回荡着丰富的真实音符。学校上演《贡多拉船夫》，他是领唱，需要训练。虽然他只有十四岁，但他的变声却没有明显的破音，而有成熟男高音的品质。①

凯瑟琳对儿子的要求并不是特别高，也不世俗。她不过是希望儿子别浪费自己的音乐天分，能够从音乐中得到生活的真正快乐。在凯瑟琳这位母亲看来，儿子的音乐天赋确实让她的生活感动，儿子曾经的歌声仍然是她记忆中的美好时刻：

> 她现在都可以听到他的声音，开车在老桑德盖特路上去参加学校演出，一双让父母喜悦的、闪闪发光的眼睛，被反复要求返场重演，低声吟唱，她仍然感到骄傲的泪水在让她转过头看向别处，抓住罗纳德那发烧的手。②

但让母亲失望的是，长大后的布雷恩恰恰走的是母亲所不乐见的人生之路：

> 布雷恩变得极度骄傲自大。天性，这就是事实。天性。
> 他的悲剧是各种各样的小天分的堆砌。③

儿子的成长悲剧在母亲那里就是无边的痛苦，而母亲更不开心地发现儿子会把自己的天分用在泡女人的方面：

---

① Astley, *Coda*, p. 40.

② Astley, *Coda*, p. 41.

③ Astley, *Coda*, p. 86.

布雷恩唱起歌来，谁也忍不住伴着歌声以响指配合，他沿着鹅卵石的街道几乎是蹦蹦跳跳地去迎接尼娜·沃特曼，这个漂亮而不显年龄的已经半老却依然徐娘的女人，在破败却依然华丽的宫殿的柱廊间搔首弄姿地整理帽子和围巾。①

利用音乐的天分来吸引异性并不为过。但布雷恩却相当功利，不是为了爱情，而是为了婚姻的实惠。就是这样一个将父母赐名的"布莱恩"（Brian）改为"大脑"（布雷恩，Brain）的人，恰恰与大脑应用功能形成明显的反讽。表面上，从布莱恩到布雷恩的变更有两层文本含义。首先是后现代的戏谑性，即澳大利亚英语发音让这两个音很接近，② 我们可以想象，这是后现代语境中所经常发生的以人名作为恶搞对象来颠覆各种意义的行为；但在另一个层面，我们也可以看到，Brain 作为英语的普通名字，是"大脑"的意思，似乎隐含着布雷恩希望自己如今长大了能够更有"脑子"地处世，更好地利用大脑来胜出，这本身又恰恰表现出其浅薄的一面，是没有脑子的表现。曾经优秀的儿子是在音乐方面的天赋，如今却偏偏要展现智力方面的那并不具有的优势。

消费文化中"算计"下的背叛

在传统语义里，母亲是关爱、家园的符号，在现代性中，母亲是儿子成长中的各种纠结。而在消费时代的后现代语境里，母亲是负担。一个虽然衰老却有着独立且强烈自我意识的母亲，在痛苦而冷静地思考儿子的所谓成长。小说把儿子的改名行为与儿媳的到来进行了关联，给人的印象就是因为儿媳才有了现代版本的"娶了媳妇忘了娘"。但是以"他者"身份进入这一语境里的儿媳并非是真正的他者。儿媳固然是这个家庭之外的"入侵"他者，一心只想着自己小家庭的发展，老人面对的是包括儿子、儿媳、女儿和女婿在内的整个后现代消费主义文化。老人能够做的或许只有沉默与妥协；但凯瑟琳却并不甘心接受命运的安排，但她又确实做不了什么改变。

在传统叙事中，儿女可以看作父母生命的延续，看到自己死后生命意

---

① Astley, *Coda*, p. 70.

② Beverly Lowry, "Tough Old Thing," *New York Times*, October 02, 1994.

义的存在。小说通过戴茜的嘴里说出孩子是老人"唯一的成就",可是,"现在我再也看不到他们了,他们太忙了。我得有所寄托,对吧?"① 在时代的飞速发展与进步面前,老人永远无法跟上快速的变化节奏。这样,回首他们自己的人生,再看看眼前的世界,他们会感到人生一无所成。如同早已死去的戴茜作为凯瑟琳的闺密所道出的凯瑟琳的心声——也实际上几乎是所有老年人的心声——孩子们成了他们生命中的唯一成就,但是在老人的眼里,他们总是太忙,难得有机会与老人相伴,不会去顾及老人的内心感受。但在凯瑟琳这里情形并不是如此。儿子是她之所爱,但她却眼睁睁地看着儿子在成长过程中的背叛。对于如今许多有能力的儿女无须父母为自己承担这类费用的时候,或许会更加坦然地离开父母去建立自己的小家庭,永远无法顾及父母在见证自己人生成长过程中的艰辛付出,更无法像父母曾经对待自己的成长那样悉心地照顾衰老的父母。在传统社会里,"孝"是一种伦理美德,虽然束缚了不少年轻一代的发展机会,但也让生命意义得到一丝告慰。汉语文明讲"养儿防老",就是通过子女来寄托对生命未来、也就是生命意义的一丝期盼。但到了以消费主义文化为主要表现形式的后现代文化里,老人成了社会发展的主要障碍,社会与文化要求老年人必须高效地住进养老院,以便于年轻人腾出更多的时间与空间去追求社会的"发展"与"进步",也正是这种整体社会层面的发展与进步,让个体的生命意义受到巨大的挑战。

众所周知,消费是建立在量入为出的合理计算开支的前提之下,然而,消费文化却在努力以"信用""透支"的方式来激励人们几乎是不顾后果地消费。深陷消费文化之中的人们都会发现"脑子不够用"的现象——在各种算计中走向错误算计:

> 这些几十年来的错误算计,那些因琐碎而引发的可怕灾难:为拥有家产的拼搏——但这是一个得体的家!——博西最终表现出乡巴佬式认同的家;孩子们——因需求而小鸟一般的愤怒;学费;债务;透支。永不止息的透支。在朋友们的聚会上,他们装出一切都好,完美无缺,精力充沛,酷极了,精神饱满。廉价的笑声充斥着无须付费的聚会池,廉价的酒水尽情倾倒,在每个人的脑海里,却是塑料信用卡

---

① Astley, *Coda*, p. 64.

片在嘀嗒中耗光的声音。①

　　咖啡馆外廊上的卖艺人在凯瑟琳看来远不及自己的儿子。这种睹景思人的联想向读者呈现了凯瑟琳对儿子的记忆与爱。但她对儿子的这种情感很快又让她反思在类似情境之下儿子对母亲会是什么样的态度。但是她对情感的要求似乎极为严格，不想拥有任何勉强的感情，"不想挤进那种她不被需要的空间"②。强烈的自尊让她无法接受儿女们无论是为了伦理还是出自那仅剩的一点良知所表现出来的善意与关爱，她仍然在挣扎着要有自己的选择与对生命的控制。

（五）　情感遗弃中的曲终与灵魂景观

老年的文化愤怒

　　在她破碎的记忆里，凯瑟琳希望将自己的一生加工成有统一主题的交响曲，但各种生命的母题在发生自身的变异；到了老年，她才有的全新的女性意识与老年意识，让她感受到悔意已迟，她不愿意因为老了就低人一等，就去接受别人的好意。她需要老年人独立的情感交响曲，而在她的晚年"终曲"里，庞杂的母题难得构成统一的主题，她渴望独立的"灵魂景观"遭遇到的是后现代消费主义文化和自身衰老的双重挑战，在金钱与消费的世界里，她无法建构自己的生命终曲，曾经构成她生命"交响乐"中的许多美好音符如今都已消失或变调。丈夫罗纳德是走不出殖民文化的记忆，一种"征服"情结让他遭遇了心灵的巨大打击，让他被"噬吃"（eaten），而终无法再拥有生命本身的活力，更无法谈及曾经爱的承诺，也导致了凯瑟琳被"噬吃"掉③；女儿在后现代消费文化的自我算计中，发生了既非凯瑟琳的女儿也非布雷恩姐姐的家庭身份异化，让凯瑟琳对她早已心灰意冷，无所谓母女。凯瑟琳说要写一本《祖母指南》的书，实际上针对的就是这个女儿对母亲没心没肺而且没完没了的剥削，她

---

①　Astley，*Coda*，p. 52.

②　Astley，*Coda*，p. 38.

③　Astley，*Coda*，p. 30.

成了自己孩子的"受害者"①；儿子本来以其音乐天赋给母亲以无限的期待，但同样身陷后现代消费文明之中的儿子却放弃自己的天分，把大脑错误地用在营生算计，给母亲无限的失望。

在她有限的记忆中，尽是家园丧失的创痛。她感到自己有了一种"迟到的悔恨"，也是迟到的觉醒，她希望将这种迟到的觉醒都放在《祖母指南》里，② 其中从表面上看仍然是女性主义与男权之间的性别对抗，因为她总结的是"女人的四季"："弱智、饲养员、保姆、负担"（Bimbo, breeder, baby-sitter, burden）③，而相应地，男人则是"猛男、猛男、猛男、猛男"（Hunk, hunk, hunk, hunk）④，但因衰老而遭受文化歧视与欺负的远不止是老年女人，在看到布里斯班街头她家窗外，"汽车吓坏了一个试图穿过人行道的老年男人。在人行道的边缘那一把脆弱的老骨头在摇晃，汽车不停地超速通过"。⑤ 作为一个女性作家，身处澳大利亚这样的环境，女性主义、后现代主义、后殖民主义的标签确实很容易被贴在阿斯利身上，但同样明显的是，这些标签远无法涵盖她对整个文化——那种超出性别、地缘或意识形态局限的文化批判意识。她的矛头更精确地是指向衰老的文化歧视，这与她一贯的"对权力与压迫的辩证法"的兴趣⑥是一致的。她希望女人能够学会衰老，能够面对文化剥削时有一份自己的本能抗争，就像她拒绝女儿仍然要她为外孙女做免费保姆那样：

> 应该有一个极限，凯瑟琳这样总结——还生气觉悟太迟——来限制一家人可以从奶奶们身上萎缩的肌肉里榨取劳动的问题。⑦

但是她的这种"觉悟"来得太迟也太孤独。在"进步"与"消费"的话语中，是没有人愿意在政策与制度的制定过程中来听取孱弱老者

---

① Susan Sheridan, "Violence, Irony and Reading Relations: Thea Astley's Drylands," in *Thea Astley's Fictional Worlds*, edited by Susan Sheridan, Paul Genoni (Newcastle: Cambridge Scholars Publishing 2006), pp. 164-175.

② Astley, *Coda*, p. 95.

③ Astley, *Coda*, p. 95.

④ Astley, *Coda*, p. 95.

⑤ Astley, *Coda*, p. 96.

⑥ Carolyn Bliss, "Review of Astley," *World Literature Today* 66 (1992), p. 202.

⑦ Astley, *Coda*, p. 95.

"不和谐"的声音。纵然有这样的法律制度，也不会延缓奶奶们的衰老，她面临的所有问题仍将出现。

渴望生命的"保鲜剂"

在她的记忆深处，保存着人生最美妙的时刻是儿子纯真的歌声感动得她泪流满面，让她情不自禁地抓住丈夫罗纳德发烫的手的那一刻，她愿意那种时光能够永驻：

> 如果她有足够的世界和时间，她在商场人头攒动的荒漠里这样想，她会为那些勉强凑合的、马马虎虎的、短暂的时刻发明终极的保鲜剂。①

凯瑟琳记忆中的这种美好时光以及对这种美好时光的留恋，恰恰烘托出了她当前内心世界里的创痛状况。生命中的美好似乎都属于那种早已逝去的往昔，人们只能以怀旧的心情一次次地访问那永远不会再来的过去。美好时光的"保鲜剂"在现实生活中不是一种曾经的"财产"在经历相应事故之后的丧失或是减少，而是一种压根就不存在的想象，是生命的缺席。在另一个层面上讲，年轻时拥有完整家庭生活的凯瑟琳并没有觉得当时生活的美好与幸福的感觉。这种感受只是存在于怀旧式的情绪之中。人性就是处在这种永久性的怀念过去的时光。年轻的时候没有人愿意生活在40岁、50岁的年龄里，但到了60岁、70岁甚至更加高龄的时候，人们才回头发现原来人生的40岁、50岁、60岁甚至70岁是多么的美好。通俗生活哲学常常以鸡汤式的文章提醒人们要"珍惜现在""活在当下"，但面对顽固的人性，这种提醒形同虚设，因为人们的生命时间是永远指向未来，对未来的美好期待形成与当下的明显反差，反而使得一个并不完美的过去显得非常珍贵。值得强调的是，所谓的"美好的过去"通常是一个不存在的、仅仅是通过与现在的对比才出现的虚构景象。相对于问题多多的今天，过去貌似有许多值得怀念的地方。但过去的问题同样地存在，同样地困扰着当时的主体，只不过主体以选择性记忆的方式聚焦于过去的不同层面，这种心理选择让过去一下子可爱了许多。而且，"过去"是一

---

① Astley, *Coda*, p. 41.

个虚构的概念，严格意义上是指从此时此刻之前一直到主体记忆开始的幼年那么漫长的时间段，这不仅仅是指时光不能"倒流"，或者说世界上没有"后悔药"之类的"后知后觉"，即使人们能回到过去的某一个时间点上，也无法重历整个时间段。这一点上，小说的"后现代性"时间特征体现在一种"记忆的虚假性"① 上。面对眼前的闹市风景，凯瑟琳感到了岁月的隔膜，即使是她回到当年的所罗门群岛她与罗纳德生活过的地方，她看到的景色迷人依旧，但却与自己远远相隔。她清晰而矛盾地记忆/遗忘着自己的过去："什么都没有改变。许多都已改变。"② 正是在这种改变与未变的时间交替中，她的一生行将结束，生命的虚无感立刻涌上心头："现在时间一层又一层地剥得她赤身裸体。"③ 生命时间一层层地堆积成人生，竟然如同洋葱，一层一层地剥开洋葱，里面竟然是赤裸的自己，却没有期待中的生命意义。假如人生没有记忆，没有反思，这种虚空感不会产生。但人性，恰恰是要在记忆的重构中完成生命意义的诉求。

生命中本来有那么多的美好元素，假如能够发明一种生命的"保鲜剂"，美好的日子就得以继续。但从凯瑟琳一个有着生命充满观察、体验的老人的角度来看，所谓的后现代消费文明，就是人们一个个自作聪明的滥用大脑的算计功能，才把美好的生活折腾得惨不忍睹。

不得不老去的"灵魂景观"

这里有一个做母亲的辛酸。她花了半生的时间来为孩子们的福祉担忧，但现在他们对她的福祉是不闻不见。④ 客观来说，这里有一个老年母亲的"挑剔"，她的一双儿女至少是在表面上，也在尽到儿女的赡养本分。但极有个性与自尊的凯瑟琳需要的是一个人的平等待遇，而不是一个女人，更不是一个老年女人仰仗别人的同情与怜悯的"施舍"。面对下一辈人的"二手善意"，她感到自己的主体性在受到伤害：

> 现在她感到被困住了。是由于二手的廉价善意吗？他们把她的卧

---

① Astley，*Coda*，p. 34.

② Astley，*Coda*，p. 42. 小说中利用时态的变化从前文的过去时态转换为当前的过去完成时态：Nothing had changed. A lot had changed。

③ Astley，*Coda*，p. 43.

④ Astley，*Coda*，p. 152.

室堆满了平装书，但这些日子她的眼睛很容易疲劳，打开一本书只要十分钟，一种兽性般的慵懒会让她合上眼睑，她在瞌睡与清醒间不优雅地懒散着，在房间的木制窗栅间透过的空气中喘息。①

别人的怜悯般的善意，遭遇到她衰弱不听控制的身体，让她倍感难堪。而且，她开车还曾"把车倒进了一个涵洞里"②，由于括约肌失去弹性，让她在疲劳昏睡中坐在椅子上也容易失禁尿在身上③。在她的各种"遗忘小历史"中，"她被关在过画廊、墓地、两个大的城市商店里，在几家电影院睡过头。经常性地自言自语"。④ 作为一个生理与心理上的羸弱老人，该如何安分地接受文化与社会的仁慈？老年人身心俱老，可不可以有自己独立的情感要求？可不可以拥有自己的精神诉求？衰老的现实让她不得不接受"新的灵魂景观"：

> 这里是新的灵魂景观，这个曾经熟悉的家园小镇，有着高耸的酒店和过多的购物中心。但是岩石依然不变，它的丑陋和伤痕累累的东向之面孔如此快地把她带到过去，她感到窒息。⑤

面对自己不熟悉的家园，面对各种高大的现代化建筑，她感受到了文明的迅猛发展，但这种发展不但给不了她丝毫的安慰，反而让她感受到了丑陋的压力。她老年的灵魂将只能在这样的景观中挣扎。建筑物所构成的空间对比给她带来的压力，让她蜷缩到自己的过去，但时间维度里，破碎的记忆感受到的不光光是曾经的快乐，而更多的是生命母题异化所带来的痛苦。

雪上加霜的是，在一个消费文化充斥的社会里，老年人受到的更大威胁在于没有钱："公共养老金的一点收入，像通过生了锈的水龙头一样，两个星期一次缓慢地滴进她的银行账户。"⑥ 衰老是一个经济命题。除了

---

① Astley, *Coda*, p. 124.
② Astley, *Coda*, p. 124.
③ Astley, *Coda*, p. 128.
④ Astley, *Coda*, p. 114.
⑤ Astley, *Coda*, p. 119.
⑥ Astley, *Coda*, p. 152.

病老的大笔开支之外，日常费用所需要的大量数目也常常被忽视。社会不断加速的通货膨胀让老年人只出不进的有限资金捉襟见肘。

在凯瑟琳的理解中，人的生命就是一部以家庭为背景的情感交响曲，晚年是这部交响乐的"终曲"。交响乐的主题是爱是情，而丈夫、儿子、女儿都是其中的母题。在这部交响乐中，在一以贯之的主题之下，对爱、对情的乐感诉求，却遭遇了母题在时间纵轴上的变异而引起的断裂。正是这种断裂让生命之终曲充满了不和谐的辛酸，这生命的终曲被不连贯的破碎母题填满。

在凯瑟琳的记忆开始的地方，是她的初恋与婚姻；而在她记忆终止的地方则是她苦心经营的家分崩离析式的解体。"'上帝！'她面对整个世界大声说，对任何一个愿意倾听的人说，'多么奇妙的日子啊！'"① 小说以一个老年人这样的呼喊结尾，这是一个老人在即将从这个世界消失之前希望对这个世界留下的临终遗言。在她一生各种时空变化的视角里，世界充满了不可思议的突变和不可操控，世界的堕落与异化让她伤心，但她仍然愿意对世界说生活神奇而可爱。她无法永远活下去，但她真心希望这个世界和个人的生命活得更有意义。遗憾的是她很难找到自己的听众，这是凯瑟琳的遗憾，也是作者西娅·阿斯特利的遗憾。但无论是凯瑟琳还是阿斯特利，不想让遗憾终结在她的手里，于是都选择用不同的方式对世界说了出来，至于是不是有人愿意听或能够听到，那就不是她要或能够计较的事情。她想大声对世界说的话是，生活如此美好，不要如此抛弃老人，他们同样有权利捍卫自己的生活与尊严。

（六）本章小结

在后消费主义时代，老人的痛苦，表面上仍然是语言的蚀失、身体的病痛，但更大的痛苦却来自整个社会、文化对老年人的"情感遗弃"。当老年人被剥削得差不多的时候，社会仍然会给老年人一些安身之所，以保证老年人还可以苟延残喘地活下去。但在情感上，老年人被安置在情感的荒漠里，他们能够看到各种人，甚至是家人，却无法与之交流。不同的生

---

① Astley，*Coda*，p. 156.

活节奏，决定了年轻人不愿意停下自己生活的脚步来与老年人为伴，而是想尽各种办法来将老年人遗弃。

　　在阿斯特利的笔下，所谓的语言蚀失不过是一种后现代语境下的隐喻。老人并没有丧失语言功能，也不是丧失了名词功能，而是她生活了一辈子的社会如今已经无法被她命名，而现有的名词体系她已经看不懂也不会用，也根本无法用来描述她的世界。是文化、政治和她的孩子迫使她放弃语言，不让她说话，或者不听她说话。她生活在一个没有语言、没有名词、因而也就没有意义的社会里。阿斯特利对普通人之间的社会关系持怀疑态度，进而"通过那些主人公自觉的斗争，在他们不和谐的环境中寻找一个表现空间"，① 在《终曲》里，这样的普通人成了一个老年女性，为了维护自身身份而斗争。

---

① Delys Bird, "New Narrations: Contemporary Fiction," in *The Cambridge Companion to Australian Literature*, edited by Elizabeth Webby (Cambridge : Cambridge University Press), pp. 183 - 208, 187.

第八章

《耻》与《人性的污秽》中的"脏老头"

（一）　简介

南非作家库切（John Maxwell Coetzee，1940—）的《耻》（*Disgrace*，1999）和美国作家罗斯（Philip Roth，1933—2018）的《人性的污秽》（*The Human Stain*，2000）分别获得诺贝尔文学奖和普利策文学奖。前者呈现了一个正在老去的 52 岁的男性大学教授卢里与自己班上一个比他小 30 岁的女大学生发生关系；另一位是一个 71 岁的大学教授科尔曼与自己学院里 34 岁的勤杂工发生关系，曝光之后，"脏老头"形象立刻引起巨大社会反响，各种政治与文化力量纷纷介入，几乎没有人愿意同情或理解老年人对情爱或性爱的需要。正如卢里的第二任前妻非常尖刻地指出的那样："别指望我会同情你，也别指望会有人同情你。没人同情你，没人可怜你，这年头，这时代，你就别指望了。人人的手指都会朝你戳着点着。"①

库切的《耻》是在南非种族"后隔离"语境下发生的，罗斯的《人性的污秽》是在美国当代语境下发生的，两部小说都有明确的政治诉求与文化因素。有学者认为，卢里的权力诉求，代表了"古典帝国主义贪得无厌的欲望强迫症，其典型表现为对土地的态度"。② 但抛开这些外部因素，我们就可以看到，"年龄"的变化在人们的"性"价值取向上有着非常重要的决定作用。由于"性"的特殊文化意义，其与政治、文化、伦理等因素紧密关联，人们在文化层面对性与年龄都有着特殊的"匹配"

---

① ［南非］J. M. 库切：《耻》，张冲、郭整风译，译林出版社 2002 年版，第 49 页。

② Elizabeth S. Anker, *Fictions of Dignity*：*embodying human rights in world literature*（NY：Cornell UP 2012），p. 165.

期待，老年人如果不符合这种期望，就成了"脏老头"。

同样一个人，在未到特定的年龄阶段之前，永远不可能理解年龄距离在其中所产生的差异。面对 32 岁的律师冲着自己的说教，作为大学教授的科尔曼心里这样寻思："他以为自己无所不知，可是他并不能真正理解面前的老人和他的性欲"，他同时在内心发问："谁在 32 岁上能够料想到 71 岁时还会完全一模一样呢？"①

面对社会的不理解、嘲讽甚至打击，老年人自己作何感想？与老年人生存状况紧密相联的性表达有着怎样的难言之隐？学者在解释"脏老头"现象时说："老人神话的困境以极端的形式表现了艾洛斯与桑那托斯、肉欲与肉体死亡之间的张力，这种张力决定了我们整个生命的基本节奏。"②如果是生命本身的"基本节奏"，老年人到底是该尊重、听从，还是该按照社会的期待去改变？本章结合这两部小说中对老年情感与性的描写，分析老年人生活中性所占的权重、老年人对性的理解，和社会对老年的性的定位，以及这些不同因素之间的张力所造成的结构性创痛。

（二）"艾洛斯"与性

"性欲"与"色欲"的困惑

出于某种批评框架的需要，人们对一部文学作品往往会忽视其本身关于人的思考。库切的《耻》是典型的例子之一。由于其设定于南非这样一个后殖民、种族隔离的特殊语境，又由于其作者的诺贝尔文学奖得主的特殊地位，人们对于这部作品的关注非常充分。然而在各种文化批评视野中，主人公卢里的特殊年龄意识这一重要因素却没有得到应有的关注。对人的思考，就应该知道人总是指具体年龄阶段的人。在这部小说中，人物的年龄意识非常明显，作为一个"52 岁"的"老人"，卢里有着清晰的自我年龄意识，他的行事原则在很大程度上是对年龄做出的应激反应。"他觉得，对自己这样年纪 52 岁、结过婚又离了婚的男人来说，性需求

---

① ［美］菲利普·罗斯：《人性的污秽》，刘珠还译，译林出版社 2011 年版，第 69 页。

② Fiedler, Leslie A., "Eros and Thanatos: Or, The Mythic Aetiology of the Dirty Old Man," *Salmagundi* (1977), pp. 38-39, 3-19.

的问题可算是解决得不错了。"① 他是在按照年龄行事，而且他认定自己已经到了衰老的年龄。到了 52 岁的衰老阶段，"性"就成了一个有待解决的"问题"（the problem of sex）。结婚、离婚在很大程度上都与解决这一问题相关。而他在与妓女做爱解决他性的问题过程中，年龄意识更是不断地进入他的思考："从年龄上说，他足以做她的父亲"，也就是说，从年龄的角度出发，他认为自己不应该同那个年龄阶段的女性发生关系；但他又试图排解这一困扰，"可真要从年龄上说，12 岁就可以当父亲了"。② ——言下之意，夫妻双方年龄差大于 12 岁的就有违伦理。在卢里的困境中，一方面他要切实地解决自身的"性"问题，另一方面他时刻听到了（或者说清晰地感知到了）某种外在的否定的声音。他的这种困扰中隐含着两层含义，从伦理层面讲，人只应该同自己年龄相当的异性做爱，年龄差距会带来代际伦理问题；在实际层面，性关系中年龄相差 12 岁或以上者比比皆是，12 岁即可以做父亲这一社会现实给了他些许安慰。

老年人的性是一个非常复杂的话题，或许用"性"（sex）一词已经不足以表达其实际含义。读者或许可以作出这样的推测：如果是为了性，卢里不必与两任妻子都离婚，妻子就是法律与伦理上保证"性"的光明正大地行事；如果说他与每周定期见面的妓女"索拉娅"分手充满了文本偶然的话，他随便找个妓女，甚至是年纪很轻的妓女，至少在当时的南非这个语境中不是个问题；他接下来很快就找到的另外一个妓女"索拉娅""最多不过 18 岁"③。在卢里的内心，他自认为曾经是一个很有男性魅力之人，吸引女性不是问题，但衰老的一个标志就是生活中曾经让主体自信满满的"性吸引力"突然地离开，为了满足性欲，他就必须付钱去"买"：

> 可是有一天，这一切都结束了。他的吸引力在毫无预兆的情况下消失了。那本来会回应他的凝视的目光变得躲躲闪闪，绕着他，变得茫然了。整夜里他都像一个鬼魂。他若是想要女人，就得学会去追寻，而且经常得以这种或那种方式把她买下来。④

---

① 库切：《耻》，第 1 页。
② 库切：《耻》，第 1 页。
③ 库切：《耻》，第 10 页。
④ 库切：《耻》，第 8 页。

　　为了自己的"性"去买是不是值得？在如今世界的一部分国家里，"性服务"已经合法，但也历来充满争议，"体面的"人肯定不敢堂而皇之地涉足这些敏感之地。人们已经习惯于将"性"与"情"与"爱"，甚至与"伦理"紧密相连，这使得"性"作为人的结构性"天性"这一需要与表达充满了各种压力。试想，如果卢里不曾离婚，他衰老中的"性"的问题能得到合理解决吗？答案明显是否定的。在后来他来到女儿身边后，女儿的同性恋朋友或许是出于对"性"的"本性"特征的理解，可能还包括对卢里的同情，主动提出与他做爱，但卢里的感觉是自己"做梦也没想到过"① 会同这样的女性做爱，这位没有任何女性特征的人，"粗壮的躯干，几乎摸不到腰身，活像一段粗短的管道"②，在整个做爱过程中，卢里"没有激情但也没有厌恶"，他甚至把这一次做爱接受为生命中的某种"处罚"或"报应"："他暗自下了决心。品味了梅拉妮·艾萨克年轻甜美的胴体之后，这就是我落到的地步。这就是我不得不习惯的生活，恐怕还得习惯比这更不如的。"③

　　解决"性欲"的问题，只需要一个异性就可以实现；而解决"情欲"则需要一个"美丽的尤物"——既要拥有青春，又必须拥有美貌，更重要的是"可爱"。正是由于这样严苛的条件，卢里无法接受第一个"索拉娅"之后的第二个也叫作"索拉娅"的妓女，虽然这个妓女拥有青春，不到 18 岁，因为她"尚嫌稚嫩，在他看来有些粗俗"④，甚至系里的秘书，与他做爱时，"硬挤出激情荡漾的样子，这反而让他觉得恶心"⑤，他还明确表示自己对于班上的"一个身材细小、金发碧眼的女孩"阿曼达"没有兴趣"⑥，他的这些性爱对象，都分别地拥有了青春、美貌，但仍然无法满足他更为苛严的"可爱"的条件，就是那种看上一眼就离不开的喜欢。

---

① 库切：《耻》，第 167 页。

② 库切：《耻》，第 168 页。

③ 库切：《耻》，第 168 页。

④ 库切：《耻》，第 10 页。

⑤ 库切：《耻》，第 10 页。

⑥ 库切：《耻》，第 33 页。

"色欲"之神艾洛斯与瓦露塔

卢里对自己尚存"艾洛斯"情欲是一种生命体中良好的表现，是自己的优点，他相信随着年龄的增长，激情即将消退，于是他就具备了一个做祖父的更多资格。或许，给他 20 年的时间，他就到了出事前的科尔曼的衰老状态，性欲也好、情欲也罢，都能在控制中消沉而与主体相安无事。

在《人性的污秽》中，人物的年龄意识也是十分明显。主人公科尔曼的晚年悲剧恰恰是从他 20 多岁时——如果不说更早的话——就开始奠定。科尔曼一生中曾经出现过不少的女人，年龄各异。年龄，不是一堆数字，而是复杂的生命经历的堆积与改变。在不同的年龄背后，是不同的情感与性取向的变化。科尔曼 22 岁时，从"性"的角度来说遇到 18 岁的冰岛姑娘斯蒂娜，一个他称为"瓦露塔"的性感女人，

> 敏捷。机灵。亮丽。高大。身材特别高。那么优美的睡姿。从来没有忘记过。跟她一起待了两年，老叫她瓦露塔。赛吉的女儿。对罗马人来说，是肉欲快感的拟人格。①

"瓦露塔"（Voluptas）是希腊神话中丘比特（Cupid，即罗马神话中的艾洛斯，Eros）和赛吉（Psyche）的女儿，是"肉欲快感女神"（the goddess of sensual pleasures），英语中"性感的"（voluptuous）即是由"瓦露塔"的拉丁词根转变而来。年轻时的科尔曼自信满满，在拳击台上能击败所有的对手，前面的生活对他来说几乎是一片坦途。就在他对前途充满各种期待之时，他的黑人身份成为他的最大障碍。有事业，有爱情，斯蒂娜成为他的全部，他甚至想象不出"继续活下去身边没有她"的情形，他不敢告诉她自己的有色人种身份；② 但斯蒂娜还是凭着某种直觉读出了他的黑人身份，伴着一声"我做不到"③ 的撕心裂肺的哭喊彻底离开了他，这也成为了他一生的痛点。之后他遇到了性感能干的有色姑娘埃莉，他们在一起虽然很开心，而且彼此不必隐瞒任何身份，但是，他发现自己

---

① 罗斯：《人性的污秽》，第 21 页。
② 罗斯：《人性的污秽》，第 106 页。
③ 罗斯：《人性的污秽》，第 112 页。

"少了某个方面。整个事情缺乏雄心壮志——不能满足他一辈子都受其驱使的自我意识"①。他相信自己凭着这一份自我设计的自我意识,可以不做白人、也不做黑人,而是永远做成自由的自我——罗斯对科尔曼这种人性瑕疵(flaw)的刻画与古典悲剧如出一辙,也决定了科尔曼的悲剧命运。

当科尔曼遇到"任性、聪明、暗中叛逆"②的白人犹太姑娘艾丽斯时,他决定要同她结婚,而成为她妻子的艾丽斯也就成了"唯一永远不知道他秘密"③的人,他永远也无法告诉妻子艾丽斯他个人身世的"惊世骇俗的秘密",④因为妻子是一个性如烈火、眼睛里容不得任何欺骗的人:"如果她得知他是在一个黑人家庭出生长大的,并且几乎一辈子都承认自己黑人的身份,她连五分钟的脑子都不会伤的。"⑤为了同心爱的姑娘结婚,他用了一辈子的时光和精力,甚至不惜与自己的母亲"六亲不认",⑥从此,他谎称自己是肤色有点微黑的犹太人,并且是一个孤儿。这一骗,就是一辈子,妻子艾丽斯到死也没有得知真相。

老年人一生阅人无数,可能因此而对性异常"挑剔",让他们很难在同龄异性中找到性伴侣。而这两部小说中的男女情人之间的年龄差都在30岁以上,巨大的年龄差,构成了"脏老头"的第一个要素。第二个要素在于,他们很难满足固定的、更难说夫妻式的性爱关系。老年的夫妻关系基本上只能满足"陪伴"关系,而在科尔曼那里,连这一点都不容易做到。科尔曼以其一生的习惯,善于压抑自己的个性,婚后日子中规中矩,与妻子相安无事。"多年来不再同床共枕,甚至双方都无法进行像样的对话(连对方的朋友都不能容忍)"⑦。71岁的科尔曼或许本来会以为自己将与他64岁的老妻在无性的晚年生活中"相安无事"地度过余生,这也就了却了他一生努力追求的掩盖、重塑自己身份的重要任务。可是他所掩盖的假象却被别人作为事实来指责他,他一生不希望别人将自己看成

---

① 罗斯:《人性的污秽》,第121页。

② 罗斯:《人性的污秽》,第114页。

③ 罗斯:《人性的污秽》,第308页。

④ 罗斯:《人性的污秽》,第161页。

⑤ 罗斯:《人性的污秽》,第116页。

⑥ 罗斯:《人性的污秽》,第334页。

⑦ 罗斯:《人性的污秽》,第11页。

黑人，如今却有人在大学里从他最为平常的语言中"挑刺"，说他问没来的学生是"人还是幽灵"的"幽灵"（spook）一词也可以从俚语意义上解读为"黑鬼"，他因此而被扣上"歧视黑人"的种族主义帽子，这种莫大的反讽不但让他愤怒发狂，更让他认为直接导致了妻子之死。被打回原形的他甚至得不到自己四个子女的原谅。于是他干脆接受了自己的本来面目，将自己的真实身世对福妮雅"和盘托出"：

> 对这个女人，他能够为她脱光衣服，转过身子，以致暴露出插在他光脊梁上的那把用来给自己上发条，从而启动伟大越轨行为的机械钥匙。①

他反而能够全身心地纵情于性爱欢乐之中，而且，他"开始叫她瓦露塔"②，

> 不论你可能多有学问，实际上却是瓦露塔使你的一切美梦成为现实，某些可能性从未形成过，更不用说揣测过了，正确评估你的瓦露塔的品格是你完全没有条件进行的一件事③。

"瓦露塔"一词串起了科尔曼生命中三个重要的女人，恰恰排除了一个是他妻子的女人，他从来也不曾将妻子与"瓦露塔"联系起来。

年老之人要解决的不仅仅是身体中残存的性欲问题，他们更需要一个"艾洛斯"（或其女"瓦露塔"）式的性感而可爱的年轻异性来激发自己的性欲。这种年龄张力构成了"脏老头"现象的关键要素，使得社会与文化愿意群起而攻之。

---

① 罗斯：《人性的污秽》，第 308 页。
② 罗斯：《人性的污秽》，第 32 页。
③ 罗斯：《人性的污秽》，第 141 页。

（三）本性压抑与自我厌恶

生命本性之艾洛斯

作为"脏老头"现象的当事人，他们又是如何看待自己老年之性呢？卢里这样一个一辈子都受到西方人文主义理论浸润的学者，自然主张"尊重"生命本性之性。科尔曼另有追求，不得已而压制自己的本性，将"性"像自己的"身份"一样深深地隐藏了起来。卢里理解中的人的生命中的爱神艾洛斯是"甚至一只小鸟也会因此而颤抖的神"①，在对女儿解释自己对性的这种理解时，他用公狗与母狗的例子来说明：

> 那是条公狗。附近只要来了条母狗，它就会激动起来，管也管不住，狗的主人就按巴甫洛夫条件反射的原理，每次给它一顿打。就这么一直打下去，最后那可怜的狗都糊涂了。后来它一闻到母狗的气味就耷拉着耳朵，夹着尾巴，绕着院子猛跑，哼呀哼的就想找地方躲起来。②

卢里能够与自己的女儿讨论"性"，能将自己的"性"与狗这样的动物进行类比，表明了他作为一个人文学者的坦诚；也是西方学界在"感受理论"（Affect Theory）体系所强调的"个体内的原始神"（the primitive gods within the individual）的概念③。但很明显，卢里对艾洛斯与利比多的结构性理解也存在明显的偏差，他将二者混为一谈而使得自己也陷入了困惑。无论是小鸟还是狗，其中的驱动力都是性欲力量，是本能，所以狗、鸟可能只认异性，似乎不会刻意地挑选异性——不会在性欲驱动下求偶时去找更年轻的、更有吸引力的、更为可爱的异性。而只有在人身上"性

---

① 库切：《耻》，第100页。

② 库切：《耻》，第101页。

③ Eve Kosofsky Sedgwick and Adam Frank, "Shame in the Cybernetic Fold: Reading Silvan Tomkins," in *Shame and Its Sisters: A Silvan Tomkins Reader* (Durham: Duke University Press, 1995), p. 57.

欲"才有可能升华为情欲，即所谓的"艾洛斯"或"瓦露塔"。这既是由性欲的驱动而引发，又不满足于性欲的实现，而是希望找到一个"可爱"的性爱对象，是眼睛与心的"贪婪"。所以，"问题与挑战就是如何引导欲望或如何限制欲望，因为欲望在本质上是不确定而且可能是无限的"。[1]卢里虽然在理解上存在这种误差，但是在实际生活中却区别得非常清楚，比如他就非常明确地表示对自己班上的学生阿曼达"没兴趣"——虽然他说这番话时是在与梅拉妮做爱之时，有多少可信度无法得知，但毕竟在小说里他没有向阿曼达示爱的举动。卢里没有解释这种奇怪的色欲选择性的原因，或许就是由于人的主体感受性不完全遵从任何标准，但很明显，这里起作用的远不是"性欲"的力量，而是人性的贪欲。

老年的性欲必然是一直在减弱衰退，但在很长时间内都并不会消失，年长体衰的配偶如果尚在的话，也很难再帮助其完成性欲出口的愿望。这种减弱的力量通过时间的积累，具有巨大的摧毁力，让老年人会不顾一切地做出选择。祖克曼观察到的科尔曼就是这样："将他与她结为一体的是使他战栗的激情。明天他可能患癌症，一命呜呼，但今天他享受着这种激情。"[2] 这种在老人愿意以生死相搏的诱惑力面前，任何理性都似乎难起作用。卢里和科尔曼在一定程度上由于其所受教育，都体现了对生命本身的尊重，不自欺欺人地压制自己的欲望。

在力比多层次，主体的自我意识是缺失的，自我的生命在交媾与繁殖的过程完成天性使命、获得新生，就可以宣告结束。在爱情的层次，自我变成了所爱的对象，找到了更高层面的精神表现。唯独在艾洛斯阶段，自我同时看到了自我存在的可爱，又看到了自我消失的痛苦。这两种情感都让自我不愿意接受这种命运状态，而是努力寻找延续的方法。爱情的诉求恒久而绵长，但艾洛斯的诉求就强烈得多，艾洛斯是生命之火，像梅拉妮这样的青春美少女就是擦亮这一生命之火的"火柴"，卢里就是这样向梅拉妮的父亲坦白他为什么接近梅拉妮：

> 一团火：这有什么与众不同的呢？一团火灭了，就擦根火柴再点一团。我过去就是这么想的。可过去的人崇拜火。他们不愿意让火焰

---

[1] LaCapra, *Writing History*, *Writing Trauma*, p. 59.

[2] 罗斯：《人性的污秽》，第 30 页。

熄灭——不愿意让火神死去。你女儿在心里点起的就是这样的一团
火。虽不足以把我烧成灰烬，但却是真的：真正的火。①

很明显，"不想让火焰熄灭"是对以"情欲"为象征的生命的执着，
在他的潜意识里，或者在整个西方知识体系中以"自我"为中心的个体
主义精神中，生命就是以代表情欲的"艾洛斯"和代表死神的"桑那托
斯"的战斗，当艾洛斯处于上风时，生命就呈现出青春活力的勃勃生机，
当桑那托斯占上风时，生命就暮气沉沉。抓住艾洛斯、拥抱这团生命之
火，就是一种想不死、求得永生的本能。卢里在爱情定义上的大胆挑战，
让他自己也清晰地知道了自己所遭遇的现实困境，他知道老年就是"服
刑"②，就是等死。活着的老人有时会把生活当作一种折磨。然而人不会
屈从于命运的刑罚，一有可能，他就希望从当前老年服刑般的困境中
"越狱"出逃，至于越狱之后会遭遇到怎样的后果，就不是他能预料的
事了。

"阉割"之创痛

在卢里看来，天性受到抑制的"那可怜的狗后来竟然讨厌起自己的
本性来。再也不用人去搂它了。它随时会惩罚自己"，他因此下结论说，
"我看它可能还是宁愿吃枪子。它也许宁肯选择死，也不接受其他选择：
违背自己的天性"③。卢里想到了"去性阉割"的文明技术之路——但
"这并不是最体面的解决办法，不过日渐衰老的本身就不是一件体面的事
情。最起码该清理一下烦心事，使人能够专心想想老人最应该做的事：准
备去死"④。那不过是一次"再简单不过的手术，他们天天都在动物身上
这样做，而动物照样好好活着，只是人们经常没能注意动物表现出的那一
丝悲哀"⑤。无论是阉割技术的去性，还是衰老的性丧失，都是死亡的同
义词。卢里的对文明的愤怒得到了充分的表现。他是宁愿死也不会选择这
种"再简单不过的"手术。

---

① 库切：《耻》，第 185 页。
② 库切：《耻》，第 74 页。
③ 库切：《耻》，第 101 页。
④ 库切：《耻》，第 11 页。
⑤ 库切：《耻》，第 11 页。

　　然而，在《人性的污秽》中，同为老年人的叙述者祖克曼也有 65 岁了，他真的采取了 "手术"，或者说是失败的手术，那就是当生命器官阈限一旦被突破，所有的外部感官刺激都将形同虚设：

> 　　手术还使我丧失了性功能。1998 年夏天推出的全新药物疗法，上市没多久就证明其功效神奇得犹如仙丹，使像科尔曼那样在别的方面都很健康的男子恢复了性功能，但对我却无能为力，因为手术导致了大面积的神经损伤。对我这种状况，伟哥不起作用，不过，即使它有效，我也不相信我会服用。①

　　我们无法判断祖克曼是阿 Q 的精神胜利法，还是从心底鄙视消费文化给人们带来的这种反生命的感官营销文化。但在客观上，我们至少看到了他对自身器官功能缺失的一种自我接受。以技术的手段来压抑本性的性欲与以技术手段来光大本性的性欲，成了 "脏老头" 现象中的技术两极。

　　对科尔曼而言，年龄差与心爱之人尚无法完全激起其残弱的性欲，一来毕竟他已经 71 岁，二来他希望与对方长情相处，于是他只好借助 "伟哥" 这一全新的、可以延长生命阈限的技术手段来实现自己 "返老还童" 的愿望：

> 　　七十一岁上，有了福妮雅；1998 年，有了伟哥；于是那几乎被忘却的东西卷土重来。巨大的欣慰。原始的威力。使人晕头转向的强烈感。科尔曼的最后一次纵情从天而降。据我们所知，这是最后的，了不起的最后一分钟的恣意纵情②。

　　科尔曼清晰地认知了 "伟哥" 对自己生命的意义，在一个并非生命本来性欲的虚假快感中，他有了重拾青春的兴奋，但同时也有着被骗的不真实感：

> 　　我是个七十一岁的有个三十四岁情妇的老头，这剥夺了我在马萨

---

① 罗斯：《人性的污秽》，第 33 页。

② 罗斯：《人性的污秽》，第 38 页。

诸塞州启迪任何人的资格。我在服用伟哥，内森，有着"无情美人"陪伴。我把所有一切的颠鸾倒凤和快乐都归功于伟哥。没有伟哥，这一切都不会发生。没有伟哥，我就会对世界有一个与我年龄相称的看法以及全然不同的生活目标。没有伟哥，我就不会受情欲干扰，而拥有举止规范的年长绅士的尊严。我就不会做没意思的事。我就不会做不体面的、草率的、考虑不周的，而且对所有相关的人都有着潜在危害的事。没有伟哥，我就可以继续在我的晚年发展一个有经验的、受过教育的、荣誉退休的，并早已放弃声色犬马享乐的老年人的那种客观、包容的视角，我就可以继续做深刻的哲理性总结，并一如既往地对青年人进行坚定不移的道德感化，而不至于将自己推回到不断出现的性冲动的紧急状态之中。感谢伟哥，我终于明白了宙斯缘何需要各种多情的化身。他们应当给伟哥起那个名字。他们应当叫伟哥宙斯。①

在消费文化营造的"性欲"与"权力"的神话中，"伟哥"给人以"重生"的假象。科尔曼的长篇大论当然不可能是他的内心真话，而是从他的角度理解的他周围世界强加在他这个"脏老头"身上的打击。社会与文化"规定"了一个老年人必须拥有人生的智慧来启迪教育年轻人，做他们的榜样、道德模范，老年人失范失德就让他们不但不可以再为人师，而且必须受到别人堂而皇之地厌恶和攻击。没有人愿意去想一下，老年人首先也是一个人，是一个活生生的生命，有着与其他年龄阶段的大部分人一样的七情六欲，这些情感可能随着生理退化而变得微弱了，但仍然是存在的，仍然需要情感的出口。无论是文化的"阉割"还是技术上的"阉割"，当事人都会很快适应那种被阉割后的无性生活，但很明显，人的本性所受到的戕害也是不言自明。

---

① 罗斯：《人性的污秽》，第 29 页。

（四）爱与伦理

年龄差产生的伦理悖论

总体说来，巨大的"年龄差别"是衰老中性取向的一个重要标准。"嫦娥恋少年"，在以性爱为核心的情感生活中，在绝大多数情况下，人们都愿意找一个更年轻、更漂亮的异性来满足自己的情欲，这也是情欲与性欲的主要区别之一。"一个老人，最后一次，性冲动"① 这样的借口似乎对任何一个老年人来说都具有很大的诱惑。这样一来，处在情感的另一方该如何接受对年龄比自己大出不少的这一事实呢？年轻女性为什么愿意跟年龄比自己大出很多的老头交往，情况就会复杂很多。在现实生活中，虽然不乏女孩子为情、为财、为猎奇等诸多借口，但在小说里，当焦点集中在"脏老头"身上时，女孩这一方面的因素就呈现得很含糊。在《耻》里，卢里实际上是从一个老年人的角度提出了"分享"那并不属于老年人的"美丽"的观点。因为年轻人会去追求美丽的异性，那是他的权力本分；但一个老年人却没有这种权力，他只能哀求青年人的"分享"。当他面对比自己年龄小很多的学生，提议她留下来跟自己过夜时说，"女人有责任与别人分享这美丽"。得到的回复是"要是我已经和人分享了呢？"② 言下之意隐含着"即便我要与人分享自己的美丽，也轮不到你这个年纪的老人"。老年人需要"美丽的尤物"来让自己"欲望倍增"③，却很难找到一拍即合的美丽尤物也愿意找老年人作为情爱的伴侣。文学作品中"脏老头"形象的年龄张力也就成了不少作家的偏爱。

在《人性的污秽》中，叙述者祖克曼也提出了类似的疑问，71 岁的科尔曼无法更好地解释一个年龄 34 岁的女人为什么愿意跟自己这样一个老头子做爱的现实："她究竟和我在一起是为了什么，她真正的想法是什么？跟一个可以当她爷爷的老头上床是个激动人心的新鲜经验？"④ 祖克

---

① 罗斯：《人性的污秽》，第 30 页。

② 库切：《耻》，第 18 页。

③ 库切：《耻》，第 18 页。

④ 罗斯：《人性的污秽》，第 30 页。

曼甚至帮他想出了另外一个荒唐的借口："显然，什么地方有个部门，科尔曼，一个处理老人问题的联邦中介机构，她是那个机构派来的。"① 虽然"性服务"不是什么新鲜的话题，但直接以老年人微弱的性需要提供的这方面服务似乎更加充满争议。

　　无论是 18 岁的梅拉妮，还是 34 岁的福妮雅，都因此不具有生活的"真实"。梅拉妮和教师卢里的相遇就非常偶然："她叫梅拉妮·艾萨克斯，是他的浪漫诗人课上的。她不是最出色的学生，但肯定不是最差的。人挺聪明，但不卖力。"② 无论是外貌还是课堂的配合程度，都不是一个"老师"的最爱。但是她年轻，对这个年龄的老人来说，有足够的诱惑。卢里对女生基本上是那种因年龄差异而产生的幻想之类："他对那女孩稍稍有点迷恋。这没什么大不了。"③ 这里没有"恋爱""痴情"等传统元素，只有年龄差异的"色欲"，一个学期下来，"班上的那些女孩子他总能看上个把"。④ 碰巧看上，碰巧相遇，这不是巧合，而是没有选择时的任何一个落入他捕网的猎物。当他向她发出邀请时，一个心智上成熟的女性会拒绝，但梅拉妮没有，是对老师这个职业的过分信任，还是对自己美貌的虚荣与自信？不好说。全世界大部分高校都有类似预防性侵的安全提示，但年轻的代价之一就是对这些提示的漠视。当卢里第一次提出来留女孩与自己"过一夜"时，女孩子成功地拒绝了。卢里也继续在理性中挣扎，"他本该到此为止，但他并没有这样做"⑤。隔了几天他打电话约她出来吃饭时，"她这时仍然来得及撒个谎，就此摆脱"。⑥ 小说一次次地为年轻的代价加码。客观上说，这一次如果梅拉妮在电话里拒绝的话，显然比上一次在卢里家里要容易得多。而正是在这一次饭后，小说里没有交代更多的细节就让他们到卢里的家里做爱了。"女孩的胴体线条清晰明快，自有一番完美之处。尽管在整个过程中她完全听任他的摆布，他还是觉得这体验十分有快感，使他在高潮之后立刻昏昏然失去了知觉。"⑦ 女孩的敷

① 罗斯：《人性的污秽》，第 30 页。

② 库切：《耻》，第 12 页。

③ 库切：《耻》，第 12 页。

④ 库切：《耻》，第 13 页。

⑤ 库切：《耻》，第 20 页。

⑥ 库切：《耻》，第 21 页。

⑦ 库切：《耻》，第 21 页。

衍与迁就，都是其年龄的无知所留下的代价。她没有理由留恋这样一个老年人，也有充分的拒绝时机，也曾成功地拒绝过，但她放弃了进一步的努力。这一次的经历给卢里"深切的满足感，而且这感觉一直没有消失"①。但很明显，此时的卢里并没有负罪感，而是想维持这种关系，于是他想到了送花这类老套调情手段。并在第二天进一步接近梅拉妮时，才奇怪地产生这种因年轻的"负疚感"："还是个孩子啊！我这是在干什么？可是，他内心依然色欲翻腾"②。这固然是他在理性与欲望之间的挣扎，但同时也是他们关系的含混之处。他的罪孽感应该发生在第一次与女孩的接触或做爱之后，而不应该表现在此后更为自然的交往之中，因为从想象中的虚幻走向生活的存在之后，一切就再自然不过了："一个星期前，她还不过是班上众多漂亮脸蛋中的一个。现在，她成了他生活中的一个存在，一个活生生的存在。"③ 并且，在负疚感之后，他进一步产生了犯罪感。当他下一次找到梅拉妮的住所再次做爱之后，强烈的欲望得到发泄，他不再有第一次的满足感而是有了"沮丧和乏味"感，他开始在内心为自己辩护："这不是强奸，不完全是，但不管怎么说也是违背了对方意志的，完完全全违背了对方意志。"④

性欲的文化隐喻

事发后，女孩的男友来骚扰他，女孩的父亲来学校找他论理，学校为他开听证会，他拒绝为自己的行为辩护，并因此而失去工作，也失去退休金。落魄的他试图从别人，或者说从社会与文化的角度对自己的行为进行定义：

> 他试图传播上年纪的种子，传播疲乏的种子，传播缺乏活力的种子，有违自然。要是上年纪的男人和年轻女人相交，会对人种的未来造成什么影响？说到底，起诉他的最根本罪状就是这个。有关的报道半数与此有关：年轻的姑娘如何挣扎着从那重重压在她身上的老头身

① 库切：《耻》，第22页。
② 库切：《耻》，第23页。
③ 库切：《耻》，第26页。
④ 库切：《耻》，第28页。

下逃脱，以便保持人的纯洁性。①

　　这当然不是卢里真实的心声，而是想象出这些公众嘴里的说辞，但很明显的反讽是他无法接受这些指控。他追求的是做人的感受，是一个走向衰老之人对生活本身的要求，他没有以传播"种子"、更没有以污染人种为目的来做爱。当人类的性爱走出了繁殖的唯一功能之后，性就是双方表达爱或者是交往的一种方式。他不过是借这种方式来表达自己对生活的热爱与留恋。面对比自己小了许多的年轻女性，卢里享受到了性爱的激情，这一切是生命最真实的表现，他不怀疑自己："那泡沫翻腾的大海之女神、那情与爱的女神阿佛洛狄特正在颤抖，对这样的爱情还用怀疑吗？"②然而当梅拉妮因为遇到不开心的事出现在他家里时，尽管他是单身，可以做出婚姻的承诺，但他还是感到了紧张："他在学校花园里第一次追求她时，他只希望一种短暂的关系——速战速决。可现在她就待在他屋子里，背后还不知拖着多长的一串麻烦。她在玩什么把戏？他可得警觉一些，这是毫无疑问的。但他本该从一开始就警觉一些。"③ 或许，他不是没有觉悟，而是不知道该如何处理生命中真实的"欲望"。传统的道德要求人们，特别是老人，要"遏制"欲望，卢里无法接受这种对生命的不尊重。

　　卢里失去学校的工作后，来到女儿身边短住，却意外地见证了女儿遭遇到轮奸并因此受孕，这是他追求性爱的"报应"吗？对于一个西方工具理性下成长起来的人文学者，要相信是自己与年轻的学生发生了性关系而导致了女儿的被轮奸这种因果逻辑，对卢里来说几乎不可能。但是，小说还是让这似乎隐约存在的诡异逻辑呈现在他意识中："宇宙和它那无所不见的眼睛会给他什么样的判决？"④ 面对社会、伦理、责任等诸方面因素，他不敢再张扬自己的欲望，进而打算切换使命，从一个不安分的父亲角色转换成一个规规矩矩的外公来完成自己的生命：

　　　　当父亲他并不成功，尽管他比一般的父亲都尽了更多的力。当祖父，也许他会比一般的祖父得分更低。他缺乏老人应具备的优点：平

---

① 库切：《耻》，第 212 页。原文着重。

② 库切：《耻》，第 28 页。

③ 库切：《耻》，第 30 页。

④ 库切：《耻》，第 217 页。

静、善良、耐心。不过，这样的优点也许会随着别的优点的消失而到来：比如说，激情。他一定得再读读维克多·雨果的作品，他可是祖父辈的诗人。也许可以学到点什么。①

从一个自认为不成功的父亲角色转换成一个守护神式的祖父角色，他并无自信，面对复杂的外部环境，他只能选择做好自己；但是他忽视了自己一直看重的"性"的问题，对于客观存在的身体需要，如果他无法选择用手术的方式来将自己阉割掉，那他的未来是继续找妓女，还是依靠女儿同事那样的毫无性感的怜悯式的帮助呢？小说没有给出明确的答案。

科尔曼在71岁时，走到了意志力与体力的尽头。在美国这样的环境里，作为个体，他已经没有打拼的余地，他无法再像自己所授课程中的古典神话英雄们那样去把控自己的命运。他本打算在伟哥助力之下与福妮雅共度余生，他试着教福妮雅识字，带她听音乐会。但福妮雅的前夫凌空介入，设计"谋杀"了科尔曼和福妮雅。剧情固然与他的性格瑕疵分不开，但也与美国社会紧密相联。美国当代社会文化已经发展到鼓励人们"把自己的无能当成特权来宣扬"②，于是学生不必为自己的不及格来负责，该负责任的变成了课程、变成了授课教师。这就是以美国为代表的发达资本主义文明"每时每刻都在变得越来越愚昧"③。像科尔曼这样不愿意"审时度势"，还在继续以自己的悲剧情结继续宣扬文学经典，使得他远远落后于美国的时代。小说正是以科尔曼这样一个极为普通的美国人的命运来思考"美国病"之所在。科尔曼的个人命运悲剧因而就是整个美国，甚至是整个西方文明的命运悲剧。人人都是被他人操纵的棋子，连总统克林顿也不过是一个傀儡，都在受到体制的迫害，即使是像科尔曼这样有才华、有能力和自信的强大个体，也难逃白人世界的迫害致死的悲剧命运：

> 一个世纪无与伦比的灭顶之灾戕害着人类，成千上万的百姓被迫遭受一次又一次的浩劫，一次又一次的暴行，一次又一次的邪恶，半

---

① 库切：《耻》，第241页。
② 罗斯：《人性的污秽》，第302页。
③ 罗斯：《人性的污秽》，第300页。

数以上的世人屈从于作为社会政策的病理性虐待，整个社会被套在狂暴迫害的组织枷锁中，个人生命的尊严遭受摧残的规模史无前例，国家破碎，民族沦为将他们洗劫一空的思想罪犯的奴隶，全体国民如此心灰意懒，甚至丧失了早晨起床时起码的面对一天的愿望。①

罗斯真实地呈现了一幅美国政治生态全景，一个号称世界最发达的经济文明体，国民已经无法面对生活中的普通日子，这就不是科尔曼的个人悲剧了。"在这里，在美国，"② 无论是福妮雅 ·法利、还是莫尼卡 ·莱温斯基，还是比尔·克林顿或科尔曼·西尔克，都在被体制所迫害，"不论他是谁，不论他的肤色，污蔑他，侮辱他，剥夺他的权威、他的尊严、他的威信。"③

（五）　本章小结

两部小说都以"脏老头"这一常见母题为核心内容，却呈现出不同的当代因果逻辑。在《耻》中，卢里因为要解决老年人的"性"的问题而引发一系列的问题与麻烦，最后想平静地做回一个"老人"，希望以外祖父的身份了此残生；科尔曼因在课堂上对着白人班级说了"幽灵"一词碰巧可以解读为"黑鬼"而失去教职，间接引发妻子的死亡，他因此而在晚年纵情于性的情欲，并最终导致自己的被害。在两个有深厚学养的人文学者身上尚且产生让老年都如小鸟般战栗的巨大力量，在一般控制力更弱的人身上更可想而知。这就是为什么如今不断有报道出现老年人"性侵"的现象的主要原因之一。回避老年人对性的需要是不现实的，是否真的有该如祖克曼所想象的那样，由某种社会机构来"职业地"解决老年人虽然微弱但却真实存在的性需要，需要尊重老年人的生命本能，也避免其他不必要的伴生社会问题。

在老龄化的时代，人们无论是在文学作品中还是在现实生活中，不断地听到"脏老头"的话题，这一称谓本身就带有明显的"老年歧视"的

---

① 罗斯：《人性的污秽》，第 138 页。
② 罗斯：《人性的污秽》，第 138 页。
③ 罗斯：《人性的污秽》，第 300 页。

色彩。老年人的生活里也同样有性的需要，而老年人对性的需要又明显地与生命其他阶段有不同的表现方式，单一个"脏"难以涵盖衰老过程中的辛酸与创痛，其中的文化话语甚至政治话语的介入，又让这一本身就非常复杂的话题更趋复杂。

第九章

《黑暗中的人》中的老年广场恐惧与叙述

（一）简介

保罗·奥斯特创作了不少以老年形象为主题的小说，但有些小说如《密室中的旅行》，"老"成了人的一个抽象维度，是一种可以总结人生的"参照体系"；所以，我们读不到太多的"衰老""衰弱"特征，虽然像便溺失禁、遗忘等衰老现象在文本中也时有体现，但都被文本压抑到了最小篇幅；他可以不在乎人物的细节刻画，而非常抽象地把 60—100 岁的人都接受为"老人"，也可以在《神谕之夜》中让疾病把 34 岁的成年人"变成一个一无用处的老人"①。他在《密室中的旅行》中所描写的"茫然先生"既是一个具体的个体，又是整体的美国人，甚至是无区别意义上的所有人：

> 永远也不会完。因为现在茫然先生是我们中的一员，虽说他竭尽全力想弄明白自己的困境，但总是失败。我相信，我说他咎由自取也正是在为他所有的罪责作辩解——既不是添油加醋，也没有避重就轻。并非作为一种惩处，这一幕本身意味着一种至高无上的正义和包容。没有他，我们什么都不是，然而我们自己就是那样自相矛盾，作为另一种意识的臆造之物，我们将比创造我们的意识有着更久远的生命力，因为我们一旦被抛进这个世界，我们就将永远存在下去，我们的故事将被传说，即便在我们死去之后。②

---

① ［美］保罗·奥斯特：《神谕之夜》，潘帕译，译林出版社 2007 年版，第 1 页。

② ［美］保罗·奥斯特：《密室中的旅行》，文敏译，人民文学出版社 2008 年版，第 139 页。

奥斯特 2008 年发表的小说《黑暗中的人》（*Man in the Dark*）以一个
1935 年出生，到 2007 年故事发生时已经 72 岁的老年叙述者奥古斯特·
布里尔的视角来呈现美国的平民政治生态。奥斯特以其独特的政治寓言和
元小说结构风格①，其"文学后现代主义"是"对现代生活的批判"②，刻
画的每一个角色几乎都是深陷于资本主义体制所承诺的自由，而得到的却
是"监禁"③。老人布里尔如今陷入了各种创痛折磨，一心将自己闭锁在
夜晚的病床上，靠编织充满仇恨与战争的故事来打发生命。可偏偏他 23
岁的外孙女卡佳也因观看了前男友在伊拉克被人斩首的视频而遭遇的
"毁灭性的打击"④ 陷入无边的痛苦之中。她问外公："人生为什么会这么
可怕，外公？"⑤ 做长辈的该如何回答孩子的质问？人生远不是小说中的
浪漫情节，面对如此可怕的旅程，需要勇气、智慧、机遇与心态，才能有
幸地享受人生的一点有意义的快乐，而不是刺激与麻木产生的错觉式快
乐。有观点认为，主人公布里尔通过深夜的故事讲述的行为，是为了达到
"驱除令人窒息的战争思想及其对故事人物心灵的影响"⑥，这种观点似乎
有一定的道理，但从文本本身结构来看，布里尔的叙述不过是借"战争"
题材来发泄心中对文化与社会的愤怒，涉世未深的年轻人因此而宁愿选择
成为生活的永远旁观者，不敢恋爱，更不敢进入婚姻家庭生活，甚至每夜
都无法入睡。但如果他们懂得，恋爱、婚姻与家庭，就是让生活的苦涩这
种谁也无法从任何生活模式与选择中摆脱的成分，一旦落入了自己的生活
之中，至少有可以分享的地方，尽管这种分享可能也是一种痛苦，却是人
类情感生活中一个重要的环节，是生命意义构成中不可或缺的部分。人生
本来就是可怕，可怕是生命的全部，"因为它本来就是这样，这就是它的
全部。它就是这样的"⑦，对孩子给出这样的答案，让孩子明白的或许就

---

① Aliki Varvogli, "Ailing authors: Paul Auster's travels in the scriptorium and Philip Roth's exit
ghost," *Review of International American Studies* 3 - 4, (3) 1 (2009), pp. 94-101, 100.

② Brendan Martin, *Paul Auster's Postmodernity* (NY: Routledge, 2008), p. 6.

③ Aliki Varvogli, *The World that is the Book: Paul Auster's Fiction* (Liverpool: Liverpool UP,
2001), p. 101.

④ ［美］保罗·奥斯特：《黑暗中的人》，徐振锋译，人民文学出版社 2010 年版，第 2 页。

⑤ 奥斯特：《黑暗中的人》，第 169 页。

⑥ Mahsa Khazaei, Farid Parvaneh, Lacanian Trauma & Tuché in Paul Auster's *Man in the Dark*,
International Journal of Applied Linguistics & English Literature 4, (4) (2015), pp. 211-215.

⑦ 奥斯特：《黑暗中的人》，第 169 页。

是，生活充满了可怕，剩下的任务就是如何尽可能地生存下去。为了外孙女，也为了这个世界的未来，布里尔不得不重新调整自己的人生态度。这就是为什么他会从自己虚构的故事中走出，转向与孙女共同讲述故事。因此，说叙述者的回忆性叙述是"一种疗伤和自我拯救的过程"有一定道理，其中还应包括他努力通过叙述行为来逃避现实的努力，但他"企图获得宽恕和谅解"① 的提法根据就不充足，面对这样无法修复的创痛，任何宽恕和谅解可能都无济于事。本章讨论面对创痛作为人生常态的现实，一个老年人如何可以不顾自己的创痛折磨，思考以怎样的手段帮助孩子走出苦痛的现实。

（二）　自我为敌的战争创痛——黑暗中的幽闭

洞中的叙述

"叙述"是贯穿本小说的一根主线。主人公布里尔身陷多重痛苦，有肉体的，也有精神的；在他苟活的人生最后阶段，他只能靠大脑中想象的世界来作为克服时间折磨的救赎。小说以布里尔的第一人称口气叙述：

> 我独自在黑暗中，抵抗着新一轮失眠，世界在我脑中翻转，又一个白夜，在茫茫的美国荒野中。楼上，我的女儿和外孙女睡在各自房间里，和我一样独自一人，四十七岁的米丽亚姆，我的独生女，过去五年里一直都一个人睡。②

叙述者奥古斯特·布里尔是个退休了的书评家，他 47 岁的女儿与 23 岁的外孙女与他生活在一起。他妻子去年去世。女儿的丈夫五年前与她分手。外孙女的男友在伊拉克被杀了。在这幢"充满悲痛的、受伤的灵魂的房子"里，"每天晚上布里尔都躺在黑暗中醒着，为了不去想他的过

---

① 魏婷：《挥之不去的梦魇：保罗·奥斯特〈黑暗中的人〉的创伤叙事》，《重庆交通大学学报（社会科学版）》2018 年第 5 期。

② 奥斯特：《黑暗中的人》，第 1 页。

去，他不停地编造另外世界的故事"①。诡异的是，他故事里讲述什么，在另外的世界里就真的发生什么。另外的世界里无法忍受布里尔制造的战争，就派布里尔在故事中虚构的人物欧文·布里克来到作家的世界谋杀布里尔，以便结束那无休无止的战争；布里尔除了在布里克的小说里担任角色，还在真实的世界里有家有室，是个职业魔术师，妻子弗洛拉是阿根廷人。在虚构的小说世界里，也有一部分人相信如果直接杀死布里尔虚构的布里克，"故事会结束，战争也会结束"。② 他们也正是以这样的理由要挟布里克，如果他不积极主动地杀死布里尔，他们就可以选择杀死布里尔塑造的这个人物，以结束这场战争。

奥斯特精于"嵌套式结构"的叙事方式③，小说非常巧妙地并置了两个美国，一个真实的美国在跟伊拉克打仗，一个虚构的小说（小说中的小说）中的进行了四年之久内战的美国，"美国在和美国打仗"④。这种并置设定的政治批评非常明显，实指在一场看不见硝烟的战场上以牺牲美国人自己的利益，甚至青年人的生命去跟自己内耗。这场战争由于是在小说家布里尔虚构的小说中发生的，因而可以理解是一个叫作布里尔的美国人虚构出来由美国人布里克执行的、去杀死作家布里尔的战争，从这一个层面来讲，也证实了"美国在和美国打仗"的说法。布里克虽然是一个虚构的小说人物，却又能返回现实的美国，有一个阿根廷的妻子弗洛拉。"布里克"一词在英语里有"砖"（Brick）的含义，是建筑材料，可以理解为一种象征，指在现代化的美国这样一个庞大的"建筑物"中，这位23 岁的年轻生命就如同被挤压着的一块砖，铺在自己没有任何选择的地方，不但生命没有任何识别感，"竟然还穿了一身下士的军装，却没有任何证件或狗牌或军人证来证明他是个士兵？"⑤ 而且个人生命空间被挤压到了身体存在的极限。布里克被迫在真实的美国和小说中虚构的美国空间里奔波，既舍不得离开妻子弗洛拉，又必须执行命令要去杀死创作自己的

① 奥斯特：《黑暗中的人》，第 74 页。

② 奥斯特：《黑暗中的人》，第 74 页。

③ 姜颖：《保罗·奥斯特小说的叙事策略》，《英美文学研究论丛》2009 年第 2 期，第 464—470 页。

④ 奥斯特：《黑暗中的人》，第 8 页

⑤ 奥斯特：《黑暗中的人》，第 4 页，译作中注释了所谓"狗牌"是指美国军人脖子上系着的标明身份编号的铭牌，俗称"狗牌"。

小说作者布里尔。但布里尔也表明，布里克实际上似乎还有"选择"："如果这个杂种有胆对自己脑袋轰一枪"①，对处在创痛折磨中的人而言，死亡或许是一种解脱。老人在自己虚构的故事中指出了这一点，他正在用自己的叙事将整个世界搞得一团糟，因为不管他写什么，在另外的一个平行的虚构世界里就会发生什么。这也不是他的本愿。他通过自己创作的人物之口来表明了自己本该死去，只要一枪轰掉自己的脑袋就一了百了。但他无法死去，他希望安排自己虚构的人物布里克来杀死自己。让书中人物来杀死书的作者，这种荒诞的后现代逻辑让整个小说充满了离奇色彩与悖论。同样奇特的是，布里尔的故事设定是一个非同寻常的封闭空间：

> 我把他安排在一个洞里。这感觉是个不错的开头，能推动情节的发展。把一个睡着的人放在洞里，接着看他醒来后试图爬出去时会发生些什么。我说的是一个很深的洞，九或十英尺深，被特意挖成一个完美的圆柱形，压紧的土所形成的内壁很陡很硬，表面的质地像是烧硬的黏土，甚至可能是玻璃。换句话说，这个洞里的人睁开眼后是无法从洞里逃脱的。除非他配备一套登山工具——比如一把锤子和一些金属钉，或者一根套在相邻的树干上的绳子——但这个人没有工具，他一旦恢复知觉，很快会明白自己身处怎样的困境。②

洞之深、材质之硬、形状的圆形结构，都让人的空间压迫感达到了极致，直接对应了老年极度创痛的生存困境，这种空间隐喻因而也是一个老年叙述者对自己生活的精确总结。在这种幽闭的空间里，人的第一反应自然是尽力逃脱，但这恰恰是一个无法逃脱、无法毁坏的空间。洞的设定让一个正面存在的美国与一个反面存在的美国衔接起来，士兵也正是通过洞来到另外一个美国报到。③

小说设定的美国这样一个发达的资本主义霸权国家，表面上风光无限，拥有极度开放的空间和个人选择的自由，但在个人自由得到充分彰显之后，特别是当主体老去的时候，曾经无限的风光都悖论性地成为晚年创痛的致因。他在晚年的叙述中表现了对开放空间的恐惧，转而借助闭塞的

---

① 奥斯特：《黑暗中的人》，第10页。
② 奥斯特：《黑暗中的人》，第2—3页。
③ 奥斯特：《黑暗中的人》，第8页。

空间、叙述者因残疾而被困于轮椅之中、叙述内容中幽闭的洞穴、砖块与无边的黑暗等修辞手段来烘托对开放空间的恐惧，这不仅仅是逃避现实的手段，更是以自虐的方式来折磨自己，来寻求赎罪的可能。

"两个美国"之间的战争

频繁穿梭于真实和虚构的两个美国的还不仅仅是他创作的小说中的布里克，布里尔本人也同样"生活"在这两个世界里：

> 本来没计划用布里尔这个角色。创造那场战争的应该是另外一个人，另一个虚构的人物，跟布里克、弗洛拉、托鲍克以及其他所有人一样不真实，但我越往下想，越明白我是在愚弄自己。这故事是关于一个人必须杀死他的创造者，为什么我要假装那不是我？把我自己放进故事里，这故事就变得真实了。或者是我会变得不真实，成为我自己的想象力虚构出来的人物。这两种方式不论是哪种，其效果都将更令我满意，更切合我现在的心情——那黑暗的心情，我的孩子们，黑暗得如同这个包围着我的黑曜石般的夜。①

这里叙述者实际上很清楚地表达了是"每一个人都要杀死其创造者"的后现代创痛悖论。因此，任何一个假装与自己无涉的人都是在愚弄自己。正是被这种黑暗的现实所包裹着，布里尔才觉得生与死都毫无希望。

然而，真正让他陷入这种绝望境地的，似乎恰恰与整个小说所努力营造的对政治的批判这一语境并不一致；他的悲剧是他一个人的明知故犯式的选择，是他背叛了自己的妻子索妮亚，后来妻子于2006年去世，他在这种打击中难以自拔，索妮亚时时刻刻地占据了他的记忆：

> 我不要想起索妮亚。现在还太早，如果我现在就随着自己的性子，我会不停地想上她几个小时。还是继续想那个故事。这是唯一的解决办法。继续想那个故事，看看我会给它个什么样的结局。②

---

① 奥斯特：《黑暗中的人》，第105—106页。
② 奥斯特：《黑暗中的人》，第22页。

　　他因妻子之死而产生的自责与悔恨时时缠绕着他，他不停地自问：
"你为什么要死，索妮亚？为什么我没有先走？"① 每夜难以入眠的他只能
通过编故事来让自己暂时得到解脱：

> 　　我不该这样。我向自己发誓不要再陷入对索妮亚回忆的陷阱，不
> 让自己沉溺下去。我现在已经经不起崩溃，不能再沉入悲伤和自责中
> 无法自拔了。②

　　在布里尔为自己虚构的故事里，他自己的生命成了一个困局，这也反
映在他编的故事里，他不但把布里克比喻成一块砖，而且把他置身在一个
狭窄而幽深的洞穴之中，不得脱身，让他奔波于两个美国之间，去完成一
个生与死的选择，一个实际上无法完成的任务。布里克实际上就是布里
尔。布里克是一个魔术师，布里尔曾经在妻子与情人之间周旋，也自喻为
"魔术师"。布里克像布里尔一样在两个美国世界中的妻子和情人之间以
各种借口周旋，最终陷入死一般的困境。他借布里克故事来隐喻自己的一
生，来实现进一步的自责。但是，他大概无法想象的是，他的行为竟然不
是他一个人的事，他的女儿和外孙女都是他行为的必然结果。

　　做父母的，特别是美国式父母，会底气很足地说："孩子们从不会吸
取他们父母的教训。我们只能让他们去，让他们自己思考决定走进这个世
界，犯下他们自己的错。"③ 但生命很奇怪的是，父母不仅仅是孩子的
"导师""榜样"，还是孩子的"开路人"，即长辈怎样地行走在世界上，
他的子女会很奇怪地重复其中很多很重要的轨迹，这就是索妮亚宿命式的
焦虑，担心孩子"可能会和 20 年代的我们一样犯下同样的错误"④，而且
这种担心竟然成真。如果说人们在面对夫妻之间的感情时还会有所保留的
话，面对子女的情感，有正常心智的人都不会有任何保留的，因为孩子就
是自己，是自己的未来之身。小说隐隐暗示的主题就是，虽然孩子有他们
的自由世界，人们似乎不需要为孩子的未来负太大的责任，但每一代人选
择的路孩子们将必然重复。为了孩子，大人们应该学得聪明些、谨慎些。

---

① 奥斯特：《黑暗中的人》，第 45 页。
② 奥斯特：《黑暗中的人》，第 105 页。
③ 奥斯特：《黑暗中的人》，第 164 页。
④ 奥斯特：《黑暗中的人》，第 164 页。

（三）心灵背叛之痛

情感"魔术师"

对于叙述者的名字，小说花了不少功夫。先是"他可能叫布莱克，可能叫布拉克，也可能叫布洛克"（Blake，Black，Bloch），后经证实，"他的名字叫奥古斯特·布里尔"（August Brill），是情报部门与"布兰克"（Blank）名字的混淆。这些名字的游戏让人物的主体身份一直处于变动不居的状态，表现了主体身份的易变性。"身份"历来是奥斯特城市书写中的重要主题，"与都市生活环境密不可分，因此具有一定偶然性和随意性"①。人们希望像魔术师那样，通过名字的变化来合理地适应不同空间里的身份需要。布里尔在与卡佳一起讲故事时，也明确表现出对自己名字的厌恶。

> 你可以叫我奥古斯特。我一直不喜欢这名字。它写出来很好看，但很难让人叫出口。
> 那叫点别的。你说埃德怎么样？
> 埃德？这是从哪儿来的啊？
> 我不知道，我说道，并尽量装出一股伦敦腔。我就是突然想到了好样的小埃德。②

译文注释告诉读者，布里尔嘴里的"埃德"是指 1999 年开播的一套著名卡通片《顽皮小鬼》（*Ed, Eddn' Eddy*），其主人公名叫"埃德"（Ed）。这大概是暗指卡佳小时候看过这部片子，布里尔希望更好地拉近自己与卡佳的年龄距离之举。

布里尔反思自己一生之所为，对索妮亚的爱情背叛到离婚是他的创痛之源。他于 1957 年 22 岁时与索妮亚·威尔结婚，1975 年他 50 岁时离婚，

---

① 尹星：《保罗·奥斯特的〈玻璃城〉后现代城市的经验》，《当代外国文学》2016 年第 4 期，第 13—21 页。

② 奥斯特：《黑暗中的人》，第 135 页。

次年与乌娜·麦克奈利结婚，1981 年再次离婚。索妮亚是歌手，需要经常去欧洲演出，留下布里尔一个人在纽约，"还只有三十五岁，荷尔蒙分泌旺盛，一个人在纽约，没有女人"。① 这为他的婚外出轨留下了充分的借口。然而，如今在外孙女面前，他承认，"我们婚姻的失败不能单单归咎于不忠，还有比索妮亚的缺席更重要的原因"②。1974 年，年近 40 岁的他碰到了"非常有创造力，笔法也控制得很好"的年仅 26 岁的女作家乌娜·麦克奈利，这就不单单是荷尔蒙分泌的问题了，他竟然一见钟情地爱上乌娜：

> 我那时还没打算离开索妮亚，你知道。她们两个我都要。一边是我十七年的妻子，我的同志，我最贴心的人，我独生女儿的母亲——另一边是这个有着灼人才智的凶猛的女人，这个全新的身体上的诱惑，一个我终于可以与之分享工作、谈论书本和想法的女人。我开始变成 19 世纪小说里的那种角色：一个盒子里是稳定的婚姻，另一个盒子里是活力四射的情妇，而我，就是那个魔术师，站在两者之间，用技巧和机智避免同时打开两个盒子。③

他希望做一个情感的"魔术师"，能够凭着自己的演技周旋于两个女人的爱情之间。但终于纸包不住火，他的妻子发现了，伤心到极点，但仍然愿意给他一次机会：

> 我愿意原谅你，但你必须现在就和那女孩分手。我不知道我们之间会发生什么，不知道我们还能不能像过去一样。现在，我感觉就像是你对我当胸刺了一刀，挖出了我的心。你杀死了我。奥古斯特。你现在眼前看到的是个死人，而我要假装活下去的唯一理由就是米丽亚姆需要母亲。我一直都爱着你，我一直以为你是个灵魂高贵的男人，但结果你不过是又一个说谎的浑蛋。你怎么能这么做，奥古斯特？④

---

① 奥斯特：《黑暗中的人》，第 157 页。
② 奥斯特：《黑暗中的人》，第 158 页。
③ 奥斯特：《黑暗中的人》，第 161 页。
④ 奥斯特：《黑暗中的人》，第 162 页。

但妻子的宽容竟然无法唤醒被激情冲昏头脑的他，他坚决地选择了跟乌娜结婚，直到乌娜在婚后为了一个德国画家而离开了布里尔，完成了婚姻的"伤害——报应"模式。后来以女儿婚礼为起点，经历 9 年分居的这一对夫妻为了女儿的幸福又勉强走到了一起，"空气里充满了各种情绪——快乐，焦急，怀旧，很多情感——我们俩都不再心怀怨恨"①。导致索妮亚接受前夫一起生活的直接原因，是看到女儿怀孕快要生产了，终于在外孙女卡佳出生的前夕，主动邀请布里尔住在一起。布里尔自然异常珍惜这段失而复得的情感，但索妮亚虽然同意跟他再次生活在一起又共同生活了 21 年，却坚决拒绝再嫁给他，布里尔如今在晚年的回忆中，充满了悔恨：

> 即便索妮亚和我在九年后又复合，这种伤害也早已铸成。对成人来说经历一次离婚已经够难的了，但对孩子的伤害则更严重。她们完全无力抵抗，而她们却承受了最大的痛苦。②

叙述者布里尔以其放荡不羁的一生，在生活中留下了诸多遗憾与深深的罪孽感，老了之后就困在这种罪孽感中，害怕开放生活伦理空间，只能恪守自己最后的伦理自尊，"那次车祸之后她叫我搬来和她一起住，我委婉地回绝了，我的理由是她负担够多了，不用把我也加上去"。③ 对于女儿甚至外孙女的影响最让他不安。

"我要你幸福"

在美国文化强调个性与自立的语境下，他很自然地在晚年遭遇索妮亚之死、遭遇车祸被困在轮椅之上后，他只能拒绝女儿的邀请，不愿意与孩子们生活在一起，女儿作出的反应是：

> 她握住我的手说道：不，爸爸，你不明白。我需要你。我在那幢房子里孤单得要命，不知道还能撑多久。我需要有人和我说话。我需

---

① 奥斯特：《黑暗中的人》，第 164 页。
② 奥斯特：《黑暗中的人》，第 48 页。
③ 奥斯特：《黑暗中的人》，第 107 页。

要有人被我看着，在那儿吃完饭，经常拥抱我并对我说我不是个烂人。①

"烂人"是女儿的前夫与她吵嘴时说的气话，但女儿却在心里放不下。离婚后，心地善良的她始终在为这个词而自责，是一种"自我惩罚式的善良"②。可以说，如果不是女儿凭着她强烈伦理责任感之下所奉献出对父亲的爱，找出这样一个借口来留住父亲，布里尔或许将"彻底迷失了，肯定会夜夜酗酒，不是死了就是在医院里苟延残喘"③。女儿为了在生活中帮父亲解脱，也是让自己的情感得到释怀做出了许多努力，她或许会觉得自己的情感生活不那么重要，但毕竟卡佳还那么年轻，才23岁，当代婚姻情感的失败也同样发生在布里尔的外孙女卡佳身上。同样陷入深深自责的卡佳"和她无法动弹的外公一样抗拒睡眠"④。卡佳与泰特斯恋爱了一段时间后分手，她发现自己并不爱男友泰特斯，"我试着去爱泰特斯，可是我做不到。他爱我，但我不能回报给他同样的爱"⑤。泰特斯热爱读书，"对文学如饥似渴"⑥，经常拿自己创作的短篇小说来向布里尔讨教，与卡佳分手后，不知道是为了积累写作经验去冒险，还是为了图丰厚的薪资，他接受了一项去伊拉克为货运公司开车的工作，被极端组织作为人质扣压。极端组织希望以这样的人质来要求一千万美元的赎金并且要求其所在公司停止在伊拉克的所有行动，如果在72小时内得不到满足，就会处决他们的囚犯。这种条件自然不会得到当代战争机器的国家的同意；于是，泰特斯被斩首，行刑细节十分血腥，并被录像寄往美国播放，画面虽然只放了一次，但立刻深深地印在了所有人的脑海里，形成创痛记忆。在新的传播模式中，我们被暴露在各种创痛事件中，我们的理解能力与神经系统都很难应付⑦，从而导致创痛的次级伤害，即并非是作为事件的经历人或现场见证人，仅仅是因为现代化的传播手段让人产生"身临其境"

---

① 奥斯特：《黑暗中的人》，第107页。
② 奥斯特：《黑暗中的人》，第107页。
③ 奥斯特：《黑暗中的人》，第165页。
④ 奥斯特：《黑暗中的人》，第12页。
⑤ 奥斯特：《黑暗中的人》，第169页。
⑥ 奥斯特：《黑暗中的人》，第176页。
⑦ Atkinson and Richardson, "Introduction," p. 2.

的创痛感受。九个月前看过的画面，卡佳至今"每天都要想上二十多遍"①，她觉得这是自己的责任：

> 他是因为我才走的。难道你看不出来吗？我对他说我再也不想见到他了，所以他就离开这里去找死。他是因为我而死的。②

事实上，与女儿、外孙女一样，布里尔也是处在深深的自责之中。在爱妻死后的孤独生活中，他"选择"了一种让自己完全受困的生存方式，一种几乎是比死还难受的空间困闭状态，"接着我就撞坏了那辆租来的车，毁了我的腿"③，从句式结构中我们可以清晰地看出，他的"无法动弹"是主动行为，而非一般意义上的交通事故。

女儿米丽亚姆发现卡佳即便在最痛苦的时候也是愿意跟外公在一起，"当卡佳碰到麻烦时，她没有去找她父亲，她找的人是你"④。一家人在最困难的时候，各有情感创痛，都与情感背叛、抛弃关联，这时候能够起到修复作用的，还是亲情与爱。女儿作出这个决定，等于是给了布里尔一个艰巨的任务，去修复卡佳心中的创痛。创痛从理论上讲，具有不可修复性，但生命总得继续下去，在生命的这种艰难进程中，面对不可能完成的任务，只有靠爱来担当。表面上看，这一家似乎并不缺"爱"，但爱到底该如何表达，则让布里尔在晚年仍然感到困惑。他与卡佳一起反复观看的日本电影《东京物语》中则子的形象，让老年叙述者这样感慨：

> 这个好女人不相信自己的好，因为只有好人才会怀疑他们自己的好，而这正是让他们成为好人的首要因素。坏人都认为自己很好，但好人什么都不知道。他们用尽一生去原谅别人，但他们不能原谅自己。⑤

为影片中的人物动容，并发如此之感慨，除了表明他对东方文明所代

---

① 奥斯特：《黑暗中的人》，第 172 页。
② 奥斯特：《黑暗中的人》，第 169 页。
③ 奥斯特：《黑暗中的人》，第 13 页。
④ 奥斯特：《黑暗中的人》，第 107 页。
⑤ 奥斯特：《黑暗中的人》，第 76 页。

表的人类曾经的价值观的崇拜与向往之外，还表明了他对自己的罪孽、对自己所处文明的罪孽的反思，表明他愿意做一个"好人"，一个可以像影片中的人物一样，能够对自己生活中那些善良的后辈们诚心地说上一句"我要你幸福"这样普通与感人的话语。在叙述者的嘴里，以日本为代表的、也是正在追赶美国文明的东方文明中，依然还存在着些许人性美好的痕迹。

（四）故事化的亲情

从"此处"走向"彼处"

布里尔在索妮亚去世后，陷入了无边的悲痛与绝望。对索妮亚的记忆占据了他的全部思维。这种被动的思考是创痛的典型特征。难以自拔的他在努力想点办法来解脱："我最好还是把思考和回忆留给白天吧。晚上大多数情况下，我都在给自己讲故事。我睡不着的时候就干这个。我躺在黑暗里给自己讲故事。"① 晚上是讲故事的时间。夜晚的孤独寂寞，让无法入眠的人难有事为。夜晚与死亡最为接近，经常被用来作为死亡的隐喻。而整个老年人生，则是漫长的人生晚年。

在主人公布里尔的故事中，是他一个人无法解救的解救，他没有别的选择，因为他无法从对索妮亚的自责中出来。他们两年恋爱，18 年的婚姻，10 年的分离，然后是 21 年的共同生活，在一起的时间加起来有 41 年之久，占据一个人有效生命中的最宝贵时光，因此无论他怎么努力，"她仍然在那儿，那永远存在的缺席者"②。从二人情感世界里出来，如今陷入无边的孤独与绝望，他无法感知到生命的意义。这种没有交流的思维，是一种自为的美国式僵局。从表面上看，奥斯特刻画的是一个从创痛事件中走出来的普通人，但实际上，美国化的背景在其中起了主要作用，这是"美国的第二次内战"③，从大的层面讲，是在隐喻一个分裂的美国在跟美国作战；在小的个人层面，是每一个美国人都在跟自己作战，在背

① 奥斯特：《黑暗中的人》，第 173 页。
② 奥斯特：《黑暗中的人》，第 106 页。
③ 奥斯特：《黑暗中的人》，第 14 页。

叛自己的爱情、自己的初衷。如同泰特斯，一直宣称厌恶战争，虽然说"不是去帮美国打仗"，却为了"高得惊人"的工钱，去为一家公司开卡车，按照布里尔对他所讲的来说，就是"你这是在支持你所反对的东西"①，在布里尔的进一步追问之下，他说出了另外一个为了文学创作而去"学习"生活的理由："去经历一些跟我无关的生活。走出去到这个庞大腐烂的世界里去发现那种可能成为历史的生活"②。

泰斯特努力想成为一个作家，但他认为自己缺少"生活"，这是对生活的最大误读。生活需要一种极高的阅读水平，缺少这种阅读水平，人们就会觉得当前"这里"的生活充斥的是乏味。现在人们容易提倡一种很浪漫、很现实的"活在当下"，虽然看上去非常有道理，但如果没有很好的空间意识与时空概念，这种生活理念要么容易导致主体走向不思进取的庸碌，要么走向此处无景的躁动不安。很明显，泰特斯属于后者。他无法活在"此处"——按当下的流行话语来说就是从一个自己活腻了的地方来到别人活腻了的地方，他走向了"彼处"。所以，有的时候我们真的很难说，到底是像小说里批判的像布什、拉姆斯菲尔德这类国家机器的代言人，凭着法西斯式的理念发动起罪恶的战争，还是普通民众本身就在体内酝酿着一种不安分的躁动情绪，使得个体的需求以同频共振的形式在国家机器那里表现为强大的战争能量，终于导致战争的不可避免。国家以其强大的空间能量左右着个体的向心选择。个体非常难以逃脱其控制。泰特斯会把总统布什以及其他管理国家的人称为"法西斯骗子"③，但却仍然以自己需要特殊经历为借口，选择了支持这场他非常反感的战争。人类寻求探险与刺激的想法激发了许多创造力，让人类生活充满活力，但同时也对个体带来无尽的灾难。从本质上说，都是对空间的"此处"美质缺乏认知途径。

对急于求得上进的年轻人来说，当他们看到自己前进与提升的空间不大时，就想通过空间交换来求得更大的发展空间。这是对生命空间的一种误解。生命在整体上会给每一个愿意上进、自求发展的心以足够的空间，但这种空间的交换往往是要通过时间来换取，而非空间置换。对于一部分人而言，空间置换会起到一定的作用，但总体上不会解决根本的问题。生

---

① 奥斯特：《黑暗中的人》，第179页。

② 奥斯特：《黑暗中的人》，第180页。

③ 奥斯特：《黑暗中的人》，第178页。

命从本质上来讲，还是一个时间概念。因此，在人的各种智能之中，对于个人成长与发展而言，最重要的智能就是内省智能，一颗能够让自己永远都保持平淡、开放却不松懈的上进之心。有了这颗心，个人的成就只是时间问题。相反，纵然换得一个顺风顺水的发展空间，是不是终究会对个人的前进有所裨益，却仍然是很难说的事情，或者说，在最终仍然是要靠时间来成就的。

如果没有对"此处"的认知，"彼处"就会在被进入的刹那变成此处。因此，彼处经历具有不可体验性，反而更容易产生对曾经此处的丧失的怀旧经历——对善感的人们来说，这种怀旧未必不是一种经历，但却不是成为大作家的必要条件，不能够正确分清生命中的"此处"与"彼处"，无论是情感还是经历，都将产生混乱。因此，布里尔对泰特斯的断语就是，"他的死是因为他在一个错误的时间到了一个错误的地方"。[1] 对于大部分不成熟的死亡（即非自然死亡）而言，都可以被总结为这样一句话，但问题是，这种错误的前面会加上人们的判断与选择。凭着错误的信息与认知，所进行的错误的判断，必然地选择到错误的时间与地点，并终于酿成不可挽回的生命损失。

黑暗中的讲述与陪伴

与泰特斯相呼应的是，卡佳虽然性格、选择与泰特斯大相径庭，但她身上也同样是带着那种"无所不在的美国精神"[2]，只不过在卡佳身上体现的是另外一种人格，一种错误的归因思维，包括过分的理性与自责。布里尔面对索妮亚的自责，米丽亚姆面对前夫指责时的自责，如今卡佳面对泰特斯之死的自责，成了另一类美国人生命质量受到严重影响的重要因素，"卡佳为发生的一切责怪自己，错误地把自己跟最终导致他被谋杀的因果关系连在一起"。[3] 面对卡佳的荒谬逻辑，布里尔是看在眼里，急在心里，一时不知从何下手来解开这个死结，他只能放下自己的痛苦，不去编那荒诞的美国与美国打仗的故事，来陪伴卡佳，卡佳做什么他就做什么。亲人间的陪伴再一次成为爱的修复良药，胜过所有的理性分析语言。

卡佳无法从泰特斯被斩首的画面中走出，她只能用看电影来强制性地

---

① 奥斯特：《黑暗中的人》，第169页。

② 奥斯特：《黑暗中的人》，第76页。

③ 奥斯特：《黑暗中的人》，第175页。

替代、覆盖掉脑海中血淋淋的画面。她对外公说，"我需要那些影像。我需要它们让我分心不去看别的东西"①。虽然布里尔静静地陪着她看电影、陪着她抽烟，但他明显地感觉到一个 23 岁的青年人，9 个月来每天都泡在电影里，对她身心的损害也将是巨大的，如同"毒品"一般②。布里尔给外孙女建议了各种方案，都无法引起她的兴趣。生命说复杂也简单，首先是让自己健康地活下去，无条件地充满快乐地活下去，为自己，也为自己爱的人。只要活着，人们就有理由让自己快乐起来，要学会找到"乐子"，是他为卡佳开出的"避开忧郁的药方"③。这似乎是布里尔屡试不爽的妙方，他凭着自己给自己讲的故事，可以暂时地放弃因索妮亚之死而给他带来的创痛。但在他的故事里，本身还是一种创痛，只不过换了一种表现形式，如今的讲述多了一种交流，有一个固定的听众进行交流："我开始对她讲起我上周构思的一个故事——点点和冲冲的浪漫探险，某家纽约餐厅里一个胖女招待和一个灰白头发的快餐厨子的故事。"④

这种故事或许并无太大新意，一开头就能被猜到结尾。或许真正的生活本身就并不具备"新意"，每一天都是在平庸中过去，人们正是不习惯于这种平庸，就用"发展""创新"或"敌人"来生出许多事来；否则，平庸的生活中睡眠是再自然不过的生命现象。一直难以入睡的卡佳在爷爷的讲述中很快就睡着了：

> 但讲了还不到五分钟，卡佳就睡了过去，我们的谈话也告一段落了。我听着她缓慢、均匀的呼吸，很高兴她终于睡着了，我在想现在几点了。应该过四点了，也许，甚至都五点了。⑤

看着身边酣睡的卡佳，布里尔思绪万千，仿佛看到了自己一生之匆匆与将死的恐惧：

> 睡前的祈祷，童年的仪式，童年的重量。假如我要在醒前死去。

---

① 奥斯特：《黑暗中的人》，第 172 页。
② 奥斯特：《黑暗中的人》，第 172 页。
③ 奥斯特：《黑暗中的人》，第 174 页。
④ 奥斯特：《黑暗中的人》，第 174 页。
⑤ 奥斯特：《黑暗中的人》，第 174 页。

这一切过得多快。昨天还是个孩子，今天已经是老人了，从那时到现在，经历了多少下心跳多少次呼吸，多少句话说出被听见？碰碰我，来人啊。把你的手放在我脸上对我说话……①

人生可以短暂到只有 15 分钟的时间，也可以漫长到似乎有一千年之久。到了临死之前，生命便如同放电影一样，从童年到老年到死亡，迅速地从脑海中滑过。米丽亚姆来到父亲房间，看到熟睡中的卡佳也十分欣慰，她亲吻了老父亲的脸颊，表达了对自己老父亲的爱意。"家有一老，胜似一宝。"虽然她对父亲的过去有很多的不满——曾经背叛了母亲、抛弃了年幼的自己，但她对父亲的爱并没有改变；更主要地，她对自己女儿卡佳的爱意始终无法传达、实现，是父亲帮她实现了这种关爱。如今卡佳可以入睡，不然的话，卡佳不在床上都是她的担心，如今却可以在姥爷的屋里安静地睡着。老年人虽然从经济的角度、从交流的角度来看，他们都是"负担"，但在情感的维系与修复角度来说，他们的作用却是难得的珍贵。卡佳能够入睡，功劳在于外祖父的故事。这点米丽亚姆肯定做不到。不是她讲不出故事，而是她的故事里，卡佳还无法以充分的能量参与来消耗掉体内那些缠绕她的负能量。

布里尔为了卡佳而放弃了自己心中充满仇恨的故事，也悟到了"世界和平，人类有福，世界火拼，没人有福"②。

（五）　本章小结

《黑暗中的人》，无论是小说的书名还是书中的主题与设定，都将生命理解为无边的黑暗，如万古长夜，在启蒙主义与理性主义的强光之下，人类一度被这种强烈的照射晃瞎了双眼，进入另一种黑暗。以美国文明为代表的后现代文明正在将人类带向更深的黑夜，中世纪之后神的退隐让人们必须寻找新的替代宗教，来完成神后新启蒙，实现自我救赎。

布里尔以自己 72 年的人生阅历，对外孙女提出的"人生为什么这么

---

① 奥斯特：《黑暗中的人》，第 184 页。
② 奥斯特：《黑暗中的人》，第 122 页。

可怕"的回复是，"因为它本来就是这样，这就是它的全部。它就是这样的"。① 这一答复指出了生命即创痛的本质，指出了创痛的生命结构性特征，与生命本身相伴。奥斯特的世界观是消极的，在这个混乱且常常令人费解的社会背景下，他笔下的主人公每天都在为生存而斗争②。人生远不是小说中的浪漫情节，面对如此可怕的旅程，需要勇气、智慧、机遇与心态，才能有幸地享受人生的一点有意义的快乐，而不是刺激与麻木产生的错觉式快乐。当代文化与教育让生活可怖的一面得到了充分的显现。涉世未深的年轻人因此而宁愿选择成为生活的永远旁观者，不敢恋爱，更不敢进入婚姻家庭生活。但如果他们懂得，恋爱、婚姻与家庭，就是让生活的苦涩这种谁也无法从任何生活模式与选择中摆脱的成分，一旦落入了自己的生活之中，至少有可以分享的地方，尽管这种分享可能也是一种痛苦，却是人类情感生活中一个重要的环节，是生命意义构成中不可或缺的部分。

生命因为爱过、错过而完整。不让生命留下人为的缺憾，勇敢地去选择、面对生命中本该面对的东西，然后享受自己的正确抉择，反思自己的各种错误判断，让自己一步步地接近生命之道。人在老去时，就是有一些东西可以与最亲近、最爱的人分享。既让他们在自己的错误中找到安慰与面对人生挫折的信心，也让自己的生命意义在他们身上以爱的形式或名义得到延伸。爱自己的孩子、爱邻居、爱众生，是爱让人一步步地从本能的自私中走出，共同完善整体的人性。老年主人公从个人封闭的自我叙述中最终走了出来，帮助外孙女朝走出创痛的方向进行努力，这决定了他改变自己叙述方式的关键。

---

① 奥斯特：《黑暗中的人》，第 169 页。

② Martin, *Paul Auster's Postmodernity*, p. 71.

第十章

《失聪宣判》中的衰老的文化象征

（一）　简介

　　在老龄化社会里，作家会选择怎样的方式来表现他们观察到的衰老？又会以怎样的方式来想象人类的衰老状况？衰老到底是浪漫的自由岁月——拥有了一生积累的相应财富，又基本完成了人生的主要任务与职责，从此就可以无忧无虑地享受岁月赠予的富足、安详与自由了？还是老病缠身，在孤独中一个个凄凉地老去？怎样的文学手段才能够理想地刻画出大部分现代人都会届临的衰老国度？

　　戴维·洛奇（David Lodge，1935— ）的《失聪宣判》（*Deaf Sentence*）选择了"提喻"的修辞手法来呈现他所理解的衰老现象，以"转喻"的修辞来呈现他所理解的衰老后必将来临的死亡。按照洛奇本人的解释，"转喻是以因代果或以果代因"，例如他在分析 D. H. 劳伦斯作品中读到的火车，可以用来代表工业，因为火车是工业革命的产物；而提喻是"部分代全体或全体代部分"，如劳伦斯作品中"马"代表"自然"①，因为它是自然的一部分。而在明喻和暗喻基础上建立起来的两种事物之间的相似性，就是文学里常用的"象征"。② 诚如洛奇所言："小说中的描写必然是有选择性的，这在很大程度上取决于提喻的修辞手法，即部分代表整体。"③ 这样一来，"小说"本身就是一个"提喻"的修辞；而"失聪"

---

　　① 在其他的场合，洛奇也表示，"马"的形象实际上是"转喻"和"提喻"的边界上，因为二者同作为象征修辞，确实有许多相近的地方。详见 David Lodge, Nigel Wood, *Modern Criticism and Theory*：*A Reader*（2nd Edition）（Harlow, U.K.；NY：Longman, 2000），p. 47。

　　② ［英］戴维·洛奇：《小说的艺术》，王峻岩等译，作家出版社 1998 年版，第 155 页。

　　③ Lodge, *Modern Criticism and Theory*, p. 160.

并不是衰老的"因"或者"果"——尽管我们习惯上会说"因为老了，所以耳聋"——失聪是衰老诸多症候的一部分，当我们以这一部分来代替整个衰老时，就是提喻性修辞；而当"耳聋"（deaf）与"死亡"仅仅是因字面与发音上的近似而让人们产生认同感时——因为错听了 deaf 而得到了 death 之结果，这时候就产生了转喻修辞效果。人类生命与文化中许多内容无法直接表述或理解，象征手法就成为了作家的有力武器，既可以做到"标新立异，与众不同"地推出新的语言形式和文学形象，又可以"使意义多元化，或歧义化"①，以接近生命本身的复杂性并以另一种符号体系重现生活、印证生命。

身处第三年龄段的退休教授、小说的主人公、英国北方某大学语言学系主任德斯蒙德·贝茨教授身为语言学专家，患有"高频性耳聋"，在学校要将他执掌的语言学系并入英语系之际，为求一个体面的退路，无奈之下只得选择提前退休，基本上成为一个"家庭妇男"。② 这本小说即是洛奇利用"日记体"中间杂以第三人称叙述的独特方式，记录主人公德斯蒙德晚年退休生活中遇到的衰老与死亡遭遇。

老年"失聪"从精神分析意义上来看是一种"症候"（symptom）概念而非"疾病"。"症候"最初只是一个普通的医学术语，在弗洛伊德（1856—1939）的《梦的解析》（Interpretation of Dreams，1900）一书中具有了明确的精神分析学的含义，用以指一种潜藏的精神冲突在身心上的病症显现。症候常常在神经官能症中显现为一种身体病痛（咽喉痛、四肢麻木、疼痛），而医生对此又查不出病因。"衰老"是一种"症候"，没有直接的成因，却有深厚的阴影，是一种无边的恐惧型创痛，基本无药、无手术方法来"治愈"，社会上的各种防抗衰老剂方，如果不是骗人营利之术，就只能是自欺欺人式的安慰。

在后现代语境下，症候不仅仅指身体状态，也包括"历史和文化"，是"一种产生症候的、被压抑的、创伤性的欲望，又是一种产生于症候的满足感（enjoyment）"，而且与我们的"身份"紧密相关，厌食症患

① 洛奇：《小说的艺术》，第 153 页。

② 刘国枝、郑庆庆：《译后记》，［英］戴维·洛奇：《失聪宣判》，上海译文出版社 2011 年版，第 329 页。

者、酗酒者和吸毒者都是症候的后现代表现者①，拉康因此而提出了"症候合成人（Sinthome）"这个概念，"产生于主体与社会的相遇过程中"，

> 例如，听力受损的激进分子们（activists）反对把耳聋视为一种身体缺陷的观念，他们时常会提出要与听力正常的社会相隔绝的主张，因为后者将他们解释为是匮乏的。对于这些人而言，他们的创伤正是与听力正常社会相遇，而不是耳聋本身。②

斯拉沃热·齐泽克将拉康的精神分析理论用来研究文化和政治现象，他强调享欲（jouissance）"是一种巨大的快乐"，拉康把它与症候联系在一起。齐泽克的观点是：

> 资本主义责令主体在自由、平等、追求幸福等西方自由主义民主原则的引导下享受自己的症候。脱口秀节目、调查报告、自传体书籍和电影通过在众人面前展示受害人以及他们的种种症候而获得了蓬勃发展。另一方面，由专家、组织、产品和服务构成的一整套机构既迎合又扩散着症候的生产③。

本文将分析小说中一对退休父子因衰老失聪而遭遇的诸多生活困境，讨论衰老中器官功能衰退的常见特征，将"失聪"作为老年的"提喻"，作为死亡的"转喻"，表明了老年人所要面对的巨大创痛的同时，后现代的消费文化不但忽视了老年人衰老这一创痛，反而将"失聪"这一"症候"作为值得消费的享乐点。

---

① ［美］维克多·泰勒、查尔斯·温奎斯特编：《后现代主义百科全书》，章燕、李自修等译，吉林人民出版社 2007 年版，第 471—472 页。

② 泰勒等：《后现代主义百科全书》，第 471 页。

③ 泰勒等：《后现代主义百科全书》，第 471 页。

（二）作为死亡转喻的失聪

"聋""死"之转喻

小说所呈现的衰老"失聪"症候在后现代语境下变成消费的享乐点，体现了小说里反复强调的"失聪和喜剧密切相关……失聪具有喜剧性"① 这一表达中。德斯蒙德被医生诊断为后天性高频耳聋，与遗传并无关联（尽管他的父亲也确实耳聋），仅仅是与生命进程本身，即生命衰老相关的疾病：

> 因内耳中的毛细胞急剧减损所致，而人们依靠这种毛细胞将声波转换成信息传至大脑。很显然，每个人从出生之际就开始失去这些毛细胞，但每只耳朵里有大约 17000 个毛细胞，其数量超出了我们的需要，只有在我们失去百分之三十左右时，才开始影响我们的听力，多数人到年约六旬才会这样，但对其他人——比如拉金和我——而言，发生的时间则要早得多。②

也就是说，只要一个人活得足够长寿，他在自己的生命中或迟或早、不可避免地遭遇耳聋。在排除了耳聋的两个常见诱因——创伤与遗传之后，他已经暗示出是生命本身导致了他的耳聋，即在生活中，即使不遭遇事件性的创伤这类剧烈伤害，也会遭遇生活本身缓慢地伤害我们的机体和生活。

老年人特有的无疾之痛失聪，成了喜剧性的段子素材，来隐喻人类的衰老状况，或者更加具体来说，来隐喻人类的死亡和死亡过程，在修辞手法上属于转喻。在转喻中涉及的两个概念分别是"失聪"（deaf）和"死亡"（death）。在英语中，只存在一个辅音间的微小区别，使得"失聪"——（衰老）——"死亡"之间存在着一种几乎等值的联系。失聪

---

① ［英］戴维·洛奇：《失聪宣判》，刘国枝、郑庆庆译，上海译文出版社 2011 年版，第12 页。

② 洛奇：《失聪宣判》，第 15 页。

的人被听力正常的社会理解为"匮乏"（lacking），匮乏产生"创痛"感受。① 在衰老与死亡的文化等式中，那些处在死亡过程中的人们，虽然是活着的，但由于被更有活力的群体视为生活的匮乏，而遭受死亡感受的折磨，这种折磨只有身在其中的人才会有切肤之痛的体会。

叙述者不断地以文字游戏的方式在死亡（death）与耳聋（deaf）之间制造喜剧性的张力，因此，当他说耳聋具有喜剧性，他实际上就是在说死亡的喜剧性。死亡对生命意义的颠覆历来都被理解成悲剧色彩，在德斯蒙德这里，却成了喜剧性的话题，点明了后现代语境之下，人们无法真正捕捉死亡对于生命的意义。当人们进入文化意义上的衰老之后，就等于是进入了漫长的死亡期，被变成了一个"活的死人"，其中的所谓喜剧性，实际上就是后现代语境下对生命意义漠视的反讽，是齐泽克所谓的"享受"自己的症候。

德斯蒙德回忆起几年前他在聚会上听到一个人兴致勃勃地谈论起一本书，书名为《聋了》（Being Deaf），他觉得这本书听起来像是为他写的，但是出于礼貌他并没有因为好奇而上前打断那个人，致使他只能以他听到的书名到书店问询。在这里，德斯蒙德受损的听力又一次引发误会。当店员问他作者的名字时，他记得他听到的是格蕾丝，最后发现作者是克雷斯，而那本书原来是小说，而不是他猜想的耳聋手册指南，书名也不是 Being Deaf 而是 Being Dead（《死了》）。德斯蒙德以喜剧的方式自我调侃来呈现这段记忆。高频性耳聋所导致的疾病使他听不到辅音字母的发音，在这两个表达之间，他在听到 [de] 这个音之后，想到了 [def] 而不是 [ded]，这说明现在困扰他的还远不是看似远在天边的死亡，而是近在眼前的失聪问题。然而，这种文字游戏的设置又隐隐透露出老年失聪与死亡几乎可以等同。德斯蒙德接着反思道，

　　　　通常情况下，我只有通过语境才能将 deaf 和 death 或 dead 区分开来，有时候，它们似乎还可以相互替代。失聪是一种前死亡，是一种缓缓地带领我们走进我们每一个终将进入的漫长静寂的过程。"对世上的每一个人，/失聪迟早都会来临。"麦考利可能会这样写道。但迪伦·托马斯不会，"一旦开始失聪，就不存在其他状态"。其实

---

① 泰勒等：《后现代主义百科全书》，第 471 页。

存在很多其他的状态，存在着听觉退化的各个阶段，犹如一溜长长的楼梯通往下面的坟墓。①

利用"语境"来区分"死亡"暗示了老年生活与"死亡"的模糊边界。德斯蒙德对死亡还没有切肤之痛，但他已感受到了失聪作为死亡的转喻的悲哀，然而这种卖弄文采式的呈现又减轻了悲剧之感，营造了喜剧的愉悦成分，但是以"死亡"作为享受、消遣，其中的悲剧性反而得到了更进一步的凸显。

难言之痛

在另几处，德斯蒙德同样完成了"聋"与"死"的置换。他在日记中呼喊，"耳聋啊，你的螫刺在哪里？答案是：无处不在"。② 根据注解，原文为 Deaf, where is thy sting? 是对一首著名的赞美诗 "Abide with Me"中的句子 Where is death's sting?（死亡的螫刺在哪里？）的戏仿。③ 这首赞美诗为 19 世纪的虔诚的英国乡村牧师亨利·莱特所写，虔诚让他虽然濒临死亡，却并不畏惧。德斯蒙德对宗教话语的戏仿，将"死"（death）转喻置换为"聋"（deaf），烘托了后现代语境下死亡如同耳聋无处不在的困扰。

德斯蒙德在学生的建议下戏拟的遗书《瑞克特里路遗嘱》是对贝多芬的遗嘱《海利根施塔特遗嘱》的戏仿。遗嘱是对生命绝望之人在临死前留在身后的信息，德斯蒙德虽然是在戏作，但他自己注意到在文体特征中，自杀遗书显然是经过斟词酌句的努力，比如在称谓上，他最终在几个选项中选用"最亲爱的维妮弗雷德"，以"最亲爱的"来冲淡"维妮弗雷德"这一全名的正式感；并且他也注意到了自杀遗书作为自杀者在孤独和绝望的不冷静中写下的，是不会有"分号"的。德斯蒙德列举了自己听力受损以来遭受的各种挫折、羞辱与孤独感，以解释自杀的动机，也几乎得出了"这样的生活不值得过下去"④ 这一论断。"尽管我为自己想象出来的情形可能令人郁闷，但也并非完全不堪忍受。还是会有些快乐，而

---

① 洛奇：《失聪宣判》，第 21 页。原文着重。
② 洛奇：《失聪宣判》，第 68 页。
③ 洛奇：《失聪宣判》，第 68 页，注释内容。
④ 洛奇：《失聪宣判》，第 169 页。

且并无疼痛"。① 德斯蒙德戏仿音乐家贝多芬的遗嘱有同自杀遗书一样的动机。

　　　　向亲人和朋友表明自己深深的绝望，解释他为什么在表面上看起来是这样一个坏脾气、不合群的浑蛋，并让他们因为没有意识到他那么痛苦而难过。也许正因为如此，我才动手写起了这部日记；也许它就是一份遗嘱。《瑞克特里路遗嘱》②。

　　虽然德斯蒙德听力一直在下降，他也明白终将完全失聪，甚至死亡，他并没有像贝多芬那样深深地感受到一种几近自杀的苦闷与绝望。这就使得无论是他草拟的自杀遗书，还是这本他写的日记都不具有真正意义上的死亡所具有的绝望感与无力感，他虽谨慎对待自杀这一问题，却也能感同身受地体会自杀者的绝望。

　　根据注解与译后记，全书唯一出现标题的第十六章"午后之聋"（Deaf in the Afternoon）是对美国作家海明威 1932 年出版的讲述西班牙斗牛的作品《午后之死》（*Death in the Afternoon*）的戏仿。与海明威式的斗牛士在斗牛时所要面对的生死之战的庄严感不同，"午后之聋"这一章节所呈现的依然是让人啼笑皆非的故事。德斯蒙德洗桑拿时，在一番热水浴后的冷水浇灌下，他瞬间失去听力，他也经历了一番恐惧。"那么多冷水突然淋在他过热的脑袋上，肯定对毛细胞或者连接着毛细胞的皮层部位产生了灾难性后果，切断了所有交流"。③ 然而，在如此悲壮的陈述之后，却证明是耳垢堵塞这一看似可笑的原因使他暂时失去听力，使得这一戏剧性场景并没有以悲剧的方式结束，因此增加了些许喜感。德斯蒙德在这一章节将第一人称日记体转变为第三人称叙述，似乎也是为了缓解第一人称叙事带来的尴尬之感。整体而言，这里"失聪"（deaf）与"死亡"（death）在文本间形成张力，使得"失聪"以及转喻下的"死亡"之含义具有后现代消解死亡的喜剧感。

---

① 洛奇：《失聪宣判》，第 169 页。
② 洛奇：《失聪宣判》，第 170 页。
③ 洛奇：《失聪宣判》，第 252 页。

"千万不要老"

失聪所代表的衰老更是为他的老年生活蒙上了一层阴影。在他退休后，他依然要照顾比他更老的父亲，这给他的老年生活带来了极大的负担。在老龄化时代，"第三年龄老人"（the Third Age）却要伺候比自己更老的"第四年龄老人"（the Fourth Age），亲情与生活的矛盾严重影响老年人的生活质量。在短短几个月的日记里，他记录了往返于从自己家到伦敦将近90岁的高龄的父亲那里的差不多每四周一次"义务性的探望"。可能在大多数情形之下，老年人如果有自己的选择，他们都会拒绝去养老院，而习惯了独立生活的西方人大都不希望几代人在一起共同生活而让下一代人感到厌烦。这样一来，对于一个像德斯蒙德这样自己已经是退休老人的人来说，如何对待这样一个独立生活在他处的高龄老父就是一个极大的精神负担——他甚至从中感觉到自己也已经老到成了别人的"负担"。①

德斯蒙德没有以浪漫的叙述口吻来表达一个儿子的"尽孝伦理"。在他的心目中，父亲非常值得自己尊敬，各种场合下也表达了父子情深的情感关系。但这一切，都无法改变一个年老近死、生活几乎无法自理、却又十分固执而且拒绝去养老院生活的老父亲对自己生活质量的严重影响。这位父亲没有干净整洁的生活空间，不懂得如何呵护与护理自己的身体，对陌生人充满戒备，害怕死亡而拒绝接受死亡，对现代医药手术与现代设备充满拒绝，拼命存钱而在生活中偏执地一丝一毫都舍不得花钱，将自己困围在自家小屋，抱着对往昔的记忆，无依无靠而又只能自己专心致志地对付每一天。人性的伦理与情感要求又在时刻提醒他对待自己年迈父母的责任和义务：

> 这是一种义务性的探望，大约每四个星期一次。如果我把这一次描述得详细一点，就可以充当多数时候的一个记录，因为每次的程序都大同小异。总是漫长而令人筋疲力尽的一天。②

中国有句俗话叫"水只往低处流"，意为下一辈人对待上一辈的父母

---

① 洛奇：《失聪宣判》，第84页。
② 洛奇：《失聪宣判》，第40页。

无论在何种意义上都比不过当初父母对自己的养育付出。每一代人都在这种伦理愧疚中与自己的父母渐行渐远。德斯蒙德虽然承认自己是"义务性"的探望，但总是被弄得筋疲力尽。他把接父亲与自己一起过圣诞节的行程称为"史无前例的""接父行动"，① 考虑到节假日高峰期公共交通的拥堵，他开车去伦敦接父亲，返途中老父亲小便失禁，在寒冬季节里尿湿棉裤，他只好在服务区的洗手池为父亲洗尿湿的裤子，然后又到烘干机上烘干。在别人不解的好奇眼神中，他感到羞惭尴尬，狼狈不堪。

在关于养老院的问题上，德斯蒙德不无好意地希望父亲在最后的日子里能受人照顾，但是他又不希望父亲叨扰他的晚年生活。在一次德斯蒙德探望父亲回来后，他对妻子提出，父亲不能一个人无人照顾地住在伦敦。他妻子拒绝让他父亲长期住在他们的家里。德斯蒙德同意了这个意见，"其实我也有同感，但是我很感激弗雷德准备把这个决定的坏名声揽到自己身上"。② 在日记中，他十分坦诚地说出了自己同样不欢迎老父亲的意愿。在劝他父亲搬到他家附近的养老院时，他提出父亲可以经常搭公交来看他们，父亲十分直率地拒绝了。"'你很快就会烦的。'他直率得令人难堪地说。他当然说得对，他不愿马上搬进布莱德尔家园，让我在嘘了一口气的同时又心有愧疚"。③ 在儿子的家里生活不受待见，而养老院"看上去更像牢房而不像是家"，④ 况且他也不能随时看望儿子。现实让德斯蒙德以及他的父亲明白，老人其实除了一辈子打拼下来的房子之外，无处可去，看似有选择，其实也别无选择。

圣诞节后匆忙送父亲回家，短期内的长途奔波，让老人的大脑空间认知受到巨大的刺激，开始出现间歇性的失忆，这也就成了他死亡的前兆。就在他去波兰的短期讲座过程中，老父亲竟然一个人在家中风，幸亏孙子从剑桥临时赶回，才不至于耽搁太久，没有影响送往医院。德斯蒙德回来后，即使是在护士的帮助下伺候父亲换尿布，他仍然感觉到一种绝望的无助，回来后对妻子说，"我最突出的感受是，衷心希望我自己永远不需要任何人这样来侍候我"⑤。小说一方面在强调生命之可贵，另一方面在面

---

① 洛奇：《失聪宣判》，第 184 页。

② 洛奇：《失聪宣判》，第 68 页。

③ 洛奇：《失聪宣判》，第 226 页。

④ 洛奇：《失聪宣判》，第 226 页。

⑤ 洛奇：《失聪宣判》，第 299 页。

对生命尊严时，也暗示了在万不得已的情形之下，"安乐死"竟然是一种可以考虑的选择。尽管安乐死对死者而言是一种解脱，但对协助"安乐死"的亲人来说，却是毕生的精神折磨。

极度衰老，却并没有多少智慧去面对衰老，更没有勇气去选择死亡的现状使得衰老变成一种极度的创痛。德斯蒙德与比自己更加年老许多的父亲之间关于衰老的对话就充分体现了这一点：

> "听我的建议吧，儿子，"他说，"千万不要老。"
> "可我已经老了，爸爸。"我说。
> "还不是我说的那样老。"①

这是小说中最不富"喜剧"色彩的真实对话，只有老到这个年龄、离死亡只有几个月距离（尽管他本人并不一定有这种精确的时间计算能力）的老人，才会有这种莫名其妙的创痛语言表述。没有人知道他说的"那样老"到底包含了怎样的含义，但大家又似乎都很容易懂得其中的感受。老人一本正经地要自己实际上已经进入衰老状态的儿子"不要老去"时，他到底希望儿子如何听从他的"建议"？一个自认为已经老去的、退了休的儿子，会如何体会即将死去的老父亲对衰老创痛的描述？

（三） 失聪是喜剧性死亡

失聪带来的欢乐享受

在弗洛伊德看来，"生活过于艰难，它给我们带来过多的痛苦、失望和无法完成的任务。为了忍受这种生活，我们只能采用缓和的方法"。②于是转移注意力（powerful deflection）、替代性满足（substitutive satisfactions）和麻醉品（intoxicating substances）就成为人们追求"消除对痛苦的敏感"的手段。而弗洛伊德讲我们受到痛苦的首要威胁就是来自我们

---

① 洛奇：《失聪宣判》，第63页。

② ［奥］弗洛伊德：《一种幻想的未来：文明及其不满》，严志军、张沫译，河北教育出版社2003年版，第68页。

的身体，"它注定要衰老和消亡，而且，如果没有疼痛和焦虑这些警告信号，我们的身体甚至都无法运作"。① 或者在后现代语境中，人们是"听信"了弗洛伊德的建议而想尽各种办法来把生活变得扁平化，消解一切痛苦，甚至消解死亡带来的恐惧。

　　失聪是衰老所必不可少的症状之一，器官功能的这一丧失代表了衰老之国度中各个器官都在衰竭，这符合作为部分代整体的提喻式修辞。在这本小说中，失聪的症状同样是衰老的症候，当失聪带来"喜剧性"时，后现代语境下拒绝"死亡"这一过于沉重主题的普遍特征就得到了充分体现，这实际上也是消费自身症候的病态性心理。与耳聋带来的诸多"喜剧"性效果一样，衰老在别人眼里也正在变成可以消费的笑料。问题是，自我叙述中是调侃、是喜剧，在他人眼里、口里被"善意"地掩饰而只能在"私下里"偷着乐，这种可笑的场景就成了社会性的荒诞剧了：

> 　　90 年代，随着行政部门像八爪鱼一般不断加强对学术生活的控制，会议似乎越来越多——系务会议，教授委员会会议，教务会议，及其下属的各种分委员会和工作小组会议。他发现自己要大致听清别人的某个观点越来越费力，所以常常保持沉默，不敢插话，唯恐自己完全理解反了，到了最后，他干脆彻底放弃，只是沉浸在无聊的胡思乱想之中——当然，除非是他自己主持会议。而当他主持会议时，有时会注意到有人嘴角泛起一丝笑意或者隔着桌子交换好笑的眼神，于是明白自己理解错了或者说了不该说的话，接着某个友好的同事或系里的秘书就会巧妙地帮他圆场。②

　　别人嘴角的笑意与交换好笑的眼神，在表面的客气与包容之下，掩盖的是老年人不受待见的现实。他最终还是接受了主动退休这一选择，其实也说明他是大学里教师团队的弃子。陆谷孙教授认为，以洛奇为代表的"学院派小说"（campus novels）的典型特色包括"在讨论社会价值观时，始终不忘以闹剧手法戏仿'学院派'，抨击教师的虚荣、知识缺陷和钩心

---

① ［奥］弗洛伊德：《一种幻想的未来》，第 69 页。
② 洛奇：《失聪宣判》，第 29 页。

斗角，学生的伪激进与肤浅"①。

听力受损大大打击了他的男性气质，也急剧缩小了他的社交范围与享受文化生活的乐趣，这些都困囿着他的老年生活。听力受损使他失去工作，成为"家庭妇男"，而他妻子代替他成为了这个家的经济支柱。在社交场合只能猜想对方说的话才能做出回应，而往往也都是词不达意的回答，这使得他的社交圈子缩小，到最后他反而喜欢自己一个人待着。哪怕是他的妻子也要时时忍耐他的听力受损所带来的交流困难。耳聋使得他与日常生活，特别是文化生活之间的距离愈来愈大，即使是提供耳机红外系统服务的剧院，或者电影院，由于观景效果大打折扣而基本上与老人的生活无缘，提供字幕的电视成为为数不多的文化生活选择。

德斯蒙德因耳聋而闹出的喜剧层出不穷。小说开篇就带领读者饶有兴味地进入德斯蒙德的心理描写，向读者展示了一个听力受损者的内心纠结，他的助听器坏了，听不到对方的声音，却不能无礼貌地中断交谈，只好凭对方的表情猜测对方希望他给出的回应；随后通过呈现德斯蒙德与妻子的两个版本的对话，压缩简洁版与真实对话版，之间以重复对话内容与误听误回复造成喜剧感令人捧腹。他甚至在公众场合大嗓门地谈论私事，却没有察觉周围人的反应，"我发现其他桌上的人也在既有趣又好笑地看着我们，于是意识到我和爸爸交谈时都是用的大嗓门。离开自助餐厅时，感觉就像是走下舞台"。② 在圣诞聚会上，德斯蒙德依然当着众宾客的面"表演"。在聚会前，他发现助听器没有电了，而他身为男主人必须招待客人，他于是就抓住任何一个找他攀谈的客人侃侃而谈而不给别人任何插嘴的余地，以免暴露他难以对别人的回应做出回答的事实：

> 任何人只要倒霉地跟我搭上话，我就对着他——而不是与他——说个不休，自己气都不歇一口，也不让别人插一句话，而那些话题要么是别人毫无兴趣，要么是让人十分难堪。③

这种自作聪明的救场之举让读者忍俊不禁，但叙述者的难言苦衷也跃

---

① 陆谷孙：《耳聋判决之后》，［英］戴维·洛奇：《失聪宣判》，上海译文出版社 2011 年版，第 2 页。

② 洛奇：《失聪宣判》，第 154 页。

③ 洛奇：《失聪宣判》，第 215 页。

然纸上。

老即为死

无论是强制性退休，还是像德斯蒙德那样把学校提出的提前退休作为"千载难逢"的好机会主动接受，对退休的当事人也好，对社会用人成本也好，都是巨大的资源浪费。不胜工作之烦的人不时会幻想有一天退休或许就"解放"了，就拥有了真正的人身自由了。但德斯蒙德的体会却并非如此，他发现退休之后——仅仅过了一年半左右的退休长假式的生活之后——每天都会被"我今天该干些什么？"这样一个问题所困扰。生活的悖论就是，我们人类并不是一个需要彻底休闲的动物，我们需要一种有节奏的忙碌感来充实自己的生活，来让自己的生命显得"有意义"。或者说，我们所需要的休闲与自由要有一个前提，那就是"劳累"。只有在劳累之后，人们的休闲才显得有意义。劳累之余我们还可以抱怨生命的不公，悠闲之中，我们还向谁、又以怎样的借口去抱怨呢？

罗萨提出以生命的速度感来分析当代人的异化程度与生命质量的观点。但是他也拿不准当代社会的加速度对人们的生活到底是好还是坏。他说，"要评判加速本身空间是恶性的还是良性的时间变化，自然还是依赖于加速所产生的后果"。[①] 罗萨虽然看到了生活节奏与生命质量的相关性，但由于他没有进一步地指出在何种意义上的正负相关，也就使得他的加速概念打了折扣。在这里，精确的表述应该是人们的"速度感"，而不是简单的"速度"概念。当人们切换到一种新的生活模式时，通常就是进入了由该模式所决定的节奏与速度。正常情况下，人们对速度是无感的，这一点在我们坐飞机、高铁或自驾车时就有明显的体会。我们对速度的感知是在速度改变之时，无论是加速还是减速，主体都会在速度的改变中产生某种兴奋或焦虑感。如果速度改变过于频繁，人们就会有晕眩不适感。但新的稳定速度一旦形成，人们很快也就会失去对速度的感知，进入新的速度适应期。不同的速度改变有着不同的调适期，德斯蒙德用了一年半左右的时间来适应退休的节奏。这种适应是指从一开始的退休兴奋与享受阶段进入乏味感受阶段。

---

① ［德］哈尔特穆特·罗萨：《加速：现代社会中时间结构的改变》，董璐译，北京大学出版社 2015 年版，第 23 页。

德斯蒙德作为一个退休教授，按道理讲，他可以不必太多地顾忌社会需要，他也拥有了研究人员最为奢盼的时间与自由，而且，他也对自己的研究能力和研究对象具有信心，"且他仍然时不时地有些独到的研究想法"需要遵循自己的研究兴趣继续从事相应的知识生产，"但令他意想不到的是，他很快就发现自己其实毫无做研究的欲望"，因为退休之后，他既无职业动机，也无经济动力，更要命的是，在宝贵的科研付出之外，他还得应付各种期刊格式要求、漫长的审稿等待与修改反复。

> 想到完成这项工作需要这么大费周折，他心里就产生了一种巨大的、不难预料的疲惫之感，于是，未等正式开始他就放弃了。[1]

也就是说，是社会——资本主义社会所要求的新产品包装模式这一套接受体系——妨碍了个人劳动创造的实现，而不是这些劳动过程和劳动产品本身的价值。在晚期资本主义中，生产越来越个性化，人们不一定会完全按照社会需要来生产自己的产品，很多人会选择按照自己的个人理解与兴趣来从事生产。这种生产的风险被无法跟上生产节奏的社会需要呈现出来；这就出现了一种明显的反传统生产模式——在传统中，社会需要什么，人们就生产什么；而在晚期资本主义向共产主义生产模式过渡过程中，人们会不顾社会需要来进行生产，这种生产的风险远大于那种重复性的生产大路货的工作方式。

在西方语境下，老被等同于死，老年人只能沦为文化的弃子。他们难以创造社会价值，更是社会或家庭的经济负担。在社交上，要么像个隐形人，要么成为被嘲笑的焦点。衰老剥夺了老年人生理层面、情感层面、精神层面与世界的交互性以及自身成长的可能性。在喜剧的背后更是一出出关于衰老与创痛的悲剧。

色之诱

整个西方文明中对性文化的过度渲染，让从这种文化浸染中走过来的老年人处于一种"性尴尬"的维谷境地。身体机能的退化，让"正常"的夫妻生活严重受阻，而药物尝试并不成功。而在另一方面，性文化之熵

---

① 洛奇：《失聪宣判》，第32页。

却在"树欲静"之际而"风不止",虽然身体机能无法满足性生活的需要,对性的渴望与幻想却丝毫没有退出其舞台。德斯蒙德"日益衰老、耳朵越来越聋、偶尔还出现勃起功能障碍",而性生活对他而言,越发"没有高潮","只是前戏",他似乎只能求助于药物,而事实上他也这么做过。[1]"根据医生的建议,他试用过伟哥,也产生了希望的效果,但是却引起了过敏反应,于是不得不放弃"。[2] 以职业医师为代表的医疗体系没能使他跨越生理上的性衰老。而性文化潮流下,江湖术士更无法真正满足他。"每天都有一些宣传伟哥、犀利士以及江湖医生承诺可以增强男性雄风的草药的垃圾邮件冲破他的电脑防火墙,它们也无助于他内心的平静"。[3] 每逢重大节庆,就以狂轰滥炸的电子邮件的营销方式进入人们的生活,什么"给她一份她会真正喜欢的礼物!……'为圣诞假期充充电吧!'"等等,不一而足。[4]

事实上,德斯蒙德的二婚妻子在年龄上比他小八岁,因此这段婚姻也算是"老夫少妻"组合。德斯蒙德其实受到了两重的性诱惑,二婚妻子因为事业与重拾信仰而焕发光彩并重新塑形身体,"把自己发福的身材打造成迷人的沙漏形状",[5] 使得他重新感受到了"一种始料未及的激情"。[6] 此外,小说一开头,就将一个已经退休的老年人与一个正处青春期的性感异性放在一起,营造了浪漫叙事的张力,德斯蒙德也确实面临着这位来自美国的攻读博士学位的女学生亚历克斯的各种主动的挑逗。这位女博士生带着美国人的那一份开放的个性,大概是为了能从德斯蒙德这位并非导师的学者身上得到更多的实质性帮助或指点,从一开始就极尽引诱之能事,希望以自己的青春和性感来赢得德斯蒙德的好感与认同。表面上,德斯蒙德成功地抵御了她的各种诱惑手段,但事实上,这种诱惑的不成功,主要原因还是由于他的老年性"阳痿"。在性感女神艾洛斯与死神桑那托斯的较量中,德斯蒙德明显地臣服于桑那托斯的控制之中,跟自己年轻妻子的床第之欢基本上只能停留在口头玩笑之中,一次次的做爱承诺

---

[1] 洛奇:《失聪宣判》,第79—80页。

[2] 洛奇:《失聪宣判》,第80页。

[3] 洛奇:《失聪宣判》,第80页。

[4] 洛奇:《失聪宣判》,第184页。

[5] 洛奇:《失聪宣判》,第71页。

[6] 洛奇:《失聪宣判》,第71页。

都"无疾而终"。一定程度上讲，德斯蒙德对妻子的这方面义务充满了愧疚之心，好在妻子很有"风度"地并没有什么抱怨①。这位女博士曾经偷偷将自己的内裤塞进德斯蒙德的外套口袋里，又有一次，她借道歉之名，给德斯蒙德写了一封极为露骨的电子邮件，请求德斯蒙德到她住的地方以性虐待的方式"惩罚"她。德斯蒙德不可能前往，但是，他在日记里承认："亚历克斯这封信我肯定从头到尾读了五六遍，每读一遍都会勃起。我不打算按她的提议前去赴约，但是那种施虐场景却在我的脑海里挥之不去。"② 陆谷孙认为，"退休教授与美国女学生那一段若即若离又渐行渐远的纠葛，与其说是'学院派小说'的应有元素，不如说是'后伟哥'时代文学中新出现的一种 buffer-babe（老幼恋）现象"。③ 虽然在文化中存在大量的"老幼恋"现象，但很明显，这不是在写老幼恋，而是一个阳痿的老年人已经被死神牢牢控制在手中，面对性感女神艾洛斯发出的生命诱惑的有心无力的性幻想般的"窥淫"之举。德斯蒙德虽然凭着自己的理性能够抵抗女学生的引诱，但他的"本能"却仍然在带着他看女学生身上他这种身份"不该看"的地方：

> 她正站在敞开的公寓门前迎接我，像以前一样穿着黑衣黑裤。我本能地注意到她的毛衣是高领，所以这一次不会瞥见她的乳沟，不过作为补偿，那件紧身的全棉针织衫让她的胸部曲线毕露。④

"作为补偿"（though to compensate⑤），到底是这位性感女郎的用意，还是观察者的想象？其中充满了文本张力。诱惑，不仅仅是出现在生命的青壮年阶段；即使在耄耋老年也一样随时以不同的面目降临。人们除了要在人生岁月时练就辨识诱惑的各种面目，还要学会如何谨慎拒绝诱惑。人生从来就没有与诱惑无缘的岁月，对于老年人而言，德斯蒙德的那一份谨慎的保守态度，就显得尤为难能可贵。生命中充满诱惑。按照俗世哲学来说，人很难做到"坐怀不乱"——这是人性的弱点，但有一定生命谨慎

---

① 洛奇：《失聪宣判》，第 123 页。

② 洛奇：《失聪宣判》，第 144 页。

③ 陆谷孙：《耳聋判决之后》，第 7 页。

④ 洛奇：《失聪宣判》，第 136 页。

⑤ David Lodge, *Deaf Sentence* (London：Penguin, 2009), p. 129.

智慧的人，就应当学会如何不让"坐怀"的机会发生。如果说 20 岁、30 岁做不到，40 岁、50 岁做不到，那至少在 60 岁、70 岁要学会做到。德斯蒙德与一般的"脏老头"形象比较起来，多了一份学者式的坦诚与睿智，在每一次犯错误的边缘都让自己停了下来。

（四）"老"作为"死"的隐喻

消解不尽的死亡悲剧性

德斯蒙德参观了奥斯维辛集中营遗址，对死亡的理解又提到了一个新的高度，贯穿整个小说的调侃、戏仿的笔调不再存在，生与死回归到了其本身该有的严肃层面。"死亡"的叙述置换成关于"耳聋"的叙述，戏仿是喜剧性的，它解构了死亡的严肃性；这种置换似乎体现了耳聋是德斯蒙德的当下忧虑这一心理状态，但这并不意味着死亡不会来临，他再一次思考二者间的关系："说'失聪具有喜剧性，死亡则具有悲剧性'似乎更意味深长，因为死亡具有终结性、必然性和神秘性。"① 而这种感悟其实在某种程度上是每一个人发自内心对死亡的敬畏，对生命可贵的认同，这种体验式的认同仿佛更多的是来自人自身的经历，而非文学作品或文化传统，如同每一个人都要独自亲历死亡，文化所带来的表述终究是他人对生命的感悟。德斯蒙德利用在波兰的学术之旅，听从儿子的建议，冒着大雪严寒去参观了奥斯维辛集中营遗址。这更让他对生死有了另一重的解读：

> 我没有轻易流泪。说到底，也许你所能做的就是面对这里发生的一切表示谦卑，并且永远庆幸自己没有被卷入这罪恶的旋涡，不管是承受苦难还是参与犯罪。出于偶然——由于自己的无能为力——我就这样感受着这个荒凉的地方，我知道对此我将永生难忘。②

面对生命的易逝，无论是岁月时光的无情，还是天灾人祸的造物弄人，人们只能庆幸自己还活着，所以好好地珍惜自己生命中的每一天。但

---

① 洛奇：《失聪宣判》，第 323 页。
② 洛奇：《失聪宣判》，第 285 页。

珍爱生命，说起来似乎很容易，不真正经历过生死的人，是不懂得这句话的全部含义的，小说借奥斯维辛一个受害人切姆·赫曼的文字，表达出了这种生命观：

> 如果说在我们生活中的许多时候，发生过一些小小的误会，那么现在我终于明白，人们是多么不会珍惜正在逝去的时光。①

小说安排了德斯蒙德从奥斯维辛遗址返回抵达酒店时，接到的国内的电话说他女儿为他生了一个外孙。在这种死与生的对接点上，人们似乎读到了这样的信息：不管人类的命运如何乖张无常，新的生命总会降临，人恰恰是要在生命最黑暗的信息面前，保持生命本身的乐观。

在德斯蒙德父亲得了老年痴呆又中风后，死亡仿佛成为他父亲唯一的选择。医院里的实习医生告诉他，父亲的生命已经没有了自主选择权，他只能听任身为儿子的家属的选择。也就是说，"我们可以让他活着，但是活得没什么质量。我们也可以尽量让他舒服一些，然后听天由命。这完全由你决定"。② 他的妻子也告诉他，"对处于爸爸这种状态的任何人来说，她看不出这种介入和人为的方法来维持生命有什么意义"。③ 他妻子果断地对犹豫不决的德斯蒙德说，"你真的想让他躺在医院里，可能一躺就是几个月，说不出话，认不出人，像孩子似的被人照顾，通过胃里的一个洞来进食吗？让他走反而会更好"。④ 衰老临死的父亲仿佛变成了另一种"生物"，他被极度衰老异化成非人的生命状态。神志不清，身体无法动弹，甚至进食也出现了问题。在这种时候，留给后人考虑的问题也就成了该不该让身为至亲的老人"安乐死"这一沉重的问题。

反思生之"快乐"

在别人眼里看来退休后闲适的老年生活，有钱有自由，可以独立思考些自己感兴趣的学术问题，这应该是最幸福不过的事了。但德斯蒙德很明显不觉得幸福。促使他思考这些问题的起因，一是发现自己年迈的父亲已

---

① 洛奇：《失聪宣判》，第 296 页。
② 洛奇：《失聪宣判》，第 323 页。
③ 洛奇：《失聪宣判》，第 300 页。
④ 洛奇：《失聪宣判》，第 301 页。

经开始患上早期痴呆症，二是最近一次与妻、友一同去林中度假过程中，由于他的耳聋和许多自作聪明之举，把整个旅程弄得一团糟。因此，他才觉得"是的，我不快乐。有一位痴呆的父亲和一位不愿搭理我的妻子，我没有理由快乐"。① 而大环境下他所提到的全球变暖问题与萨达姆被施以绞刑反而使这位暴君看起来像个英雄或是殉道者使他重复念道，"是的，我不快乐"。② 大到全球视野与国家大事，小到家庭生活，他为身处其中的自己感到难过。

于是，从自己的职业习惯出发，他开始以语料库为基础思考"幸福"与"快乐"这些概念的语言学意义，也实际上提供了"幸福"的语言学意义的"结构"。与"幸福"（happy）搭配最多的词是"生活"（life）和"使"（make），这也就是说，生活幸福是大多数人所追求的目标。而构成生活幸福的要素包括，"婚姻、回忆、父亲、家庭"，德斯蒙德发现这正是"其中许多都是我自己追求快乐或缺少快乐的生活中的关键词"③，而快乐是需要被感知的，也就是说生活中不仅需要这些快乐因子，更需要人们从中体会到快乐。而德斯蒙德似乎难以从中感受到真正的快乐，这为他的老年生活蒙上了一层阴影。德斯蒙德指出，"让我感到意外的是，在语料库中，修饰 happy 的最常见的副词是十分地和完全地，而不是 fairly（比较地）或 reasonably（相当地）等。我们究竟有没有十分地、完全地快乐呢？如果有，也不会很持久"④。这也就是说，幸福是一种很强烈的感受，容不得妥协，这是种很真实也很诚实的内心感受，因此幸福只能用意为"完满"的副词修饰，而不能用表程度的副词修饰。对德斯蒙德来说，完全的幸福并不太会有，即使有，也不是生活的常态。德斯蒙德注意到，回忆往昔更有幸福感，这似乎也暗示了当下生活没有幸福感，"我们生活在其中的日子总是不可避免地令人失望"。在语料库出现的关于日子的复数形式（days），使他联想到菲利普·拉金的一首题为《日子》（"Days"）的十行小诗。而拉金的这首诗所传达出来的意义却是生命只有一天天的日子，并没有幸福的悲观态度。拉金与德斯蒙德一起追问这个问题，"生命如果不是在过日子，又该走向何处"，这隐隐暗示着生存的

---

① 洛奇：《失聪宣判》，第 258 页。

② 洛奇：《失聪宣判》，第 259 页。

③ 洛奇：《失聪宣判》，第 260 页。

④ 洛奇：《失聪宣判》，第 260 页。

无奈，只剩下死亡。这首诗以虚无的时间这一客体来代替人类生命这一主体，是对生命意义与人生幸福的否定。而日子仿佛成了包围生命的牢笼，人类要么在日子里喘息，要么在日子里窒息。虽然德斯蒙德注意到拉金在诗中提出，"在其中应该快乐"，但无论是诗的叙述者还是拉金，抑或是德斯蒙德，他们都不快乐，也没有办法明白该如何快乐，而诗中提到的神父和医生只能让他们在临死时减轻痛苦，而没有办法让人们快乐。在德斯蒙德完成这种感叹时，写道"为上文加一个脚注"[1]。这样类似于转移话题的做法，既突出了他的学究气质，也说明关于"幸福"的哲思并不容易。

他在另一处隐隐暗示了，当代人不快乐与宗教信仰缺失似乎存在一定的关联，"与那些信仰体系完全世俗化的人相比，他们觉得幸福的可能性要大得多"；但是现代科技理性早已让信仰远离普通人的日常生活，甚至带着怀疑论者的思维去质疑他们的信仰没有坚实的基础，这也使得他"对教徒们的信仰既羡慕又怨恨"[2]，但是也似乎在预示，幸福是一个不可能的概念。

艰难的挣扎

毕竟聋了还不是死亡，小说也在现实主义的语境下营造一种为了生命意义而付出的艰难努力。除了使用助听器之外，德斯蒙德还上了唇语课程培训，即不通过声音而是通过说话人的口型来判断对方的说话内容，这似乎给了德斯蒙德一些逃脱"失聪——死亡"控制的希望，他也确实很享受："在我目前事事不顺的生活中，唇读课堂成了一个让人忘却烦恼、无忧无虑的宁静去处。"[3] 当然，人们可以想象，这种解脱是有条件、有限制的，并不是真正的解脱，他们在唇读交流中还是遭遇了许多的困难。

德斯蒙德面对自己的衰老与失聪，面对自己无法正常地与外面的世界进行听与说的交流时，他转向了日记书写作为自己的替代性满足：

> 2006 年 11 月 1 日。昨晚写上那么一篇，今天早晨又重读一遍，让我很是自得其乐。当听说交流变得越来越困难时，游刃有余地驾驭

---

① 洛奇：《失聪宣判》，第 261 页。
② 洛奇：《失聪宣判》，第 82 页。
③ 洛奇：《失聪宣判》，第 276 页。

书面话语的能力就显得越来越有吸引力，特别是当话题涉及耳聋时。所以我不妨再写一点儿。①

叙述者在以日记的方式来表达耳聋的心声，他在诉说是因为耳聋使他与外界的交流变得困难。这个时候，在失聪导致的人与人之间的交流愈发困难时，书写作为代替性满足，在与自己的内省式交流中，能够在一定程度上缓解这种创伤。生命就是这样，只要一天不死，生活就得继续，而且必须要在"有意义"中继续。在没有声音的世界，德斯蒙德努力追求自己的内在声音，反而觉得自己乐在其中，让他对生命意义有了更为本真的理解，而且不必担心外界的交流不畅或其他的干扰。德斯蒙德在处理父亲后事办理相关手续时，瞥见办事人员电脑屏幕上似乎有一个"死亡菜单"的选项，他由此而想到在死亡过程中哪些是可以选择的。

> 我时常想起登记处电脑显示屏上那个"死亡菜单"的标题，胡思乱想地琢磨着，如果死亡天使真的提供这样一种单子，就像餐馆里的菜单一样，那人们会如何选择。显然是会选择毫无痛苦的方式，但是不能太突然，以便你有时间去接受，去向生命告别，去把它握在手中，然后再松开；但另一方面，也不要拖得太久，以免令人讨厌和恐惧。要毫无痛苦，保持尊严（不要便盆和导尿管），意识清清楚楚，全身完整无缺，不要太快，不要太慢，要在家里而不是在医院，所以不要发心脏病，不要中风，不要患癌症，不要遭遇空难或车祸。②

然而人就是人。没有选择时，希望有选择，有选择时，没有人会选择：

> 问题在于我们根本就不想点这种单，不想点任何形式的死亡，除非是自杀。（自杀式人弹为所有人点了死亡之单。）③

生活不管有多艰难困苦，在正常理性中，人们还是愿意活下去，再美

---

① 洛奇：《失聪宣判》，第 11 页。

② 洛奇：《失聪宣判》，第 323—324 页。

③ 洛奇：《失聪宣判》，第 324 页。

好的死亡菜单也不去点，因为生命本身就是一个死亡的过程，何必再去为死神操劳？况且天灾人祸总有发生。德斯蒙德生活的 21 世纪初的英国并非是个平安之地。新闻上到处是"爆炸、谋杀、暴行、饥荒、流行病、全球变暖"等让人郁闷的报道。[①] 在一次他去伦敦看望老父亲时，就亲身经历了一次恐怖袭击，甚至可以将之定义为"纽约 9·11 事件的后续在等待已久之后终于来到了伦敦"。[②] 因此，身处于这样的世界，似乎死神随时会来临，无辜受害也由不得人选择。

　　你可以说出生本身就是一种死亡宣判——我估计某位能言善辩的哲人在什么地方已经说过这种话——但这是一个怪异而无用的想法。最好是多想想人生，并尽量珍惜不断流逝的时光。[③]

　　到此，我们就比较清楚地了解了洛奇借德斯蒙德这样一位有着充分理性的现代知识分子的口所希望表达的观点：面对衰老和其隐喻的即近死亡，谁都不可能做到超脱，谁都希望找到一个较为合理的解释或选择。

（五）本章小结

　　人生在苦难和生死的各种无常中颠簸，有一些人在绝望的折腾中"看透人生红尘"，以一种不介入的"生无可恋"的姿态生活着，维持一个超低欲望社会，不买房不买车，不恋爱不结婚，不生孩子甚至不做爱，这种人生带来了一个新词："佛系"人生甚至前一段时间影响很大的所谓"三和大神"——那种拒绝工作压力，只求日薪的工作模式，不开心就炒老板的鱿鱼。不考虑生活成本，也不考虑未来的一群新式年轻人。确切地说，是城市化与信息化的当代文化让这种简单的生活模式成为可能。洛奇在自己人生 70 多岁时推出的这部小说对生与死同样有许多感叹，但很明显，他宣讲的不是佛系生存方式。他希望告诉读者的是，生活虽然充满了各种艰难的变数，但以一种谨慎乐观的生活态度去珍惜生命的赠予，每一

---

① 洛奇：《失聪宣判》，第 9 页。
② 洛奇：《失聪宣判》，第 148 页。
③ 洛奇：《失聪宣判》，第 324 页。

个活着的日子都是一个福祉，不作无妄的奢望，理性面对死亡，坦然接受失意，即使在去日苦多的老年，也要努力做好人生的各种可能的选择。人不到老年，不要说看透人生，不到死去，不要放弃生活，不要放弃对幸福的向往，否则，人在生下来的那一天就可以死去了。

失聪是老年的提喻，是死亡的转喻。失聪的老年给别人、也给自己提供很多笑料，有足够的知识修养和自我调侃能力的老人也在心情好的时候，在公众场合，积极地共同参与这些笑话，既构成命运和生活中难得的幽默因素，给别人添乐也给自己添乐。但永远如此豁达的老者毕竟不会太多，更多的人只能是以自己的衰老作为别人的笑料，自己却在死亡的转喻中笑不出来，或者是人前欢笑人后悲愁。

衰老不是疾病，而是症候。消费症候在齐泽克看来是后现代主义社会的一大主要特征。但洛奇没有从社会批判的角度来批判老年歧视的文化，而是以第一人称日记的方式自我消费衰老的症候。失聪的提喻式修辞引发的反讽型笑声，表面上是叙述者自娱自乐式调侃，但尴尬的笑声背后是面对衰老现状的死亡般的无奈。人类悲剧性的屠杀死亡与父亲的死去让死亡的阴影弥漫了一个老年孤独者的全部心灵，尽管生命的诱惑仍然存在，尽管新的生命仍在降临，却改变不了死神笼罩的晚年生活所感受到的巨大悲哀。

第三部分

衰老创痛之"意义"出路

创痛从本质上讲不存在什么"出路"问题，即便是面对历史性创痛所开发出来的各种临床心理手段都无法有效地应付时时与生命相伴的滞后痛感。由于衰老创痛的一个重要致因就是"死亡意识"，在文学作品中，衰老也普遍地作为死亡的"隐喻"，而且由于死亡在主体生命中是处于"缺席"状态，即主体无法"经历"自己的死亡，只能通过见证别人的死亡来感知自己的死亡。老龄化的社会实际上就是增强了人们对死亡的感知，面对日益强烈的"死亡意识"所带来的痛苦，人们本能地挣扎不想死，而在无法不死的时候寻找某种"意义"的出路。

第11章以罗斯的纪实性小说《遗产》讨论死亡的清晰可知、不可回避时，人们所面临的"永生"式的选择。在无暇顾及亲人即将逝去之际，"遗产"的隐喻让将死与送终的两代人都想努力留下永久的记忆，以美国文明为代表的后现代生活中亲情孝道的严重缺失，让传统的犹太文明有了一些展现的空间，为多元的后现代的老龄化应如何对待衰老问题提供了有益的思考。

第12章讨论罗斯2006年的小说《凡人》，从一个已死叙述者的角度反观其努力躲避死亡的一生，来思考生命的意义与死亡的艰难选择。小说以简略的语言一笔带过他22年的成年健康生活，却以大量的笔墨描写他一生经历的各种手术，把衰老与创痛书写突出到极致。在生与死的各种信息提示下，他开始学会接受死亡，虽然非常被动与不甘，他的死亡意外却又如期地降临在他身上。

第13章以罗斯跨度20多年的两部小说，《鬼作家》和《退场的鬼魂》，分析作品中的"书写"主题，叙述者对书写匠艺强调的背后凸显意义生成之难。年轻的叙述者对"意义之父"的依赖既体现了意义生成中的不自信，又体现了对创痛缺乏第一手体验时的书写稚嫩；作者罗斯通过叙述者以半自传的方式传达了意义生成对于创痛的出路意义，也表达了年龄变化对于创痛和意义的不同理解。

第14章以萨藤持续20多年的七本随记为研究素材，观察她对日常琐事的记述中所包括的"创痛书写"意识，以及自己走出创痛的努力效果，分析面对无边的结构性创痛时，书写作为"出路"的替代性转移，虽然无法从本质上改变创痛的现状，但艰难的书写让生命呈现出一定的条理性，创痛也在意义的承诺中得到某种缓解。

第十一章

《遗产》中的丧亲创痛与遗产加工

（一） 简介

菲利普·罗斯作为来到美国的犹太移民之后，作为一个土生土长的美国人，凭着他的作家敏锐与人文情怀，面对人性的各种伪善和社会体制的诸多恶行，以他独有的无畏勇气，对犹太人性，也是对整体的人性进行了最深刻的解剖。《遗产：一个真实的故事》以他一贯的半自传性作风，以回忆录的方式记录了自己在将近两年的时间里伺候86岁的老父亲赫曼·罗斯从发现罹患脑瘤到1989年88岁时去世的经历，以"一个慈爱、孝顺的儿子"的身份，寻求"焦虑地治愈过去的轻伤"①，忠实地记录了面对年迈多病的父亲的伦理对话，折射出他们之间深厚的父子亲情与犹太孝道文明。

在《旧约》十诫中，尊神、守安息日之外，就是要求人们必须"孝敬父母"，后现代的全球化浪潮也同样在影响着古老的犹太文明，神在退隐，杀人、偷盗、奸淫、作假证、贪多求得频繁地发生在包括犹太民族的所有种族身上。但在这背后，犹太人对孝敬父母的情愫却顽强地扎根于每一个犹太人的内心深处。然而在当代社会，"孝敬父母"的成本却过于高昂。特别是当犹太人以移民的身份来到美国之后，代际传承、伦理压力、生存环境都在发生巨变，人类最为传统的人伦天理在最不需要人伦天理作为发展参数的经济大潮中，该如何抉择？

《遗产》的副标题叫作"一个真实的故事"，将"真实"与"故事"

---

① Jeffrey Berman, "Revisiting Roth's Psychoanalysts," in *The Cambridge Companion to Philip Roth*, edited by Timothy Parrish (Cambridge：Cambridge UP, 2007), p. 103.

的虚构性放在一起，非常具有深意。讲故事的人是小说家罗斯，故事的主角是罗斯父子俩，这是"真实"的部分，虚构的部分自然是书的标题"遗产"所涵盖的隐喻信息。所谓遗产，就是别人身后留给你的东西，这种东西与其说是为了你的生存需要，不如说是为了你能够记住他，记住他对你的情与爱。因此，一个人对该遗产所能记住的分量，就是遗产的价值与意义。从这个意义上说，遗产是能够成为一个人未来人生的精神财富、影响他人生轨迹的东西。

（二）失亲创痛中的遗产寻找

衰老中死亡判决书与创痛

父亲突如其来的一系列身体状况恶化，使得菲利普·罗斯强烈地感受到父亲可能时日无多。身体还算硬朗的父亲突然出现了面瘫、右耳失聪、右眼失明等一系列症状，先被误诊为贝尔式瘫痪，后来又发现是脑部的大肿瘤，这使得罗斯第一次感到父亲身体急剧恶化，有可能马上死去，这份检测报告就像"死刑判决书"[1] 一样，给叙述者带来的创痛打击可想而知。

亲人的死亡就意味着逝者将永远从自己的生命中消失，生者继续生活，无论感情多深厚，死亡隔断了活着的人与曾经活着的人，并使他们之间越来越远。菲利普被父亲的"死亡判决"所完全控制了，他甚至无法正常思考，在开车去父亲所住的伊丽莎白市时，他竟然不知不觉中开车来到了7年前安葬他母亲的墓地，也是将来要埋葬他父亲的场所：

> 如果墓地里没有人注意你，为了让逝者显得不仅仅是逝者，你可以做些颇为疯狂的事情。但即使你做了，并且渐渐感觉到他们的存在，你还得告别他们而去。至少对于我这样的人，墓地所能证明的，并不是逝者仍然与我们同在，而是他们已离我们远去。他们远去了，我们还没有。无论你怎样难以接受，这都是容易理解的根本事实。[2]

---

[1] 罗斯：《遗产：一个真实的故事》，第7页。

[2] 罗斯：《遗产：一个真实的故事》，第11页。原文着重。

叙述者所陷入的无边创痛完全地控制了他的生活、他的思想。他不知道自己为什么会、又是如何来到母亲的墓地，他甚至不知道该如何控制自己不做出疯狂的举动以唤回母亲的灵魂，好让自己感觉到母亲的存在。作为一个有了一定人生成就的成年人，他不愿意将自己内心的情感对陌生人显露，但父亲将死，将在墓地里与7年前就已经离去的母亲永远地待在一起，如果菲利普不以"疯狂"的行事方式，就无法感知到死人的存在，但即便以疯狂的情感表达形式，也复活不了父母，他还必须告别墓地，告别那被瞬间复活的父母。他被神秘力量牵引至墓地，见证的不是父母在那里，而是逝者的彻底离去，这既是由于亲人死亡的事件而引发的历史性创痛，又是人类特有的感知亲人终将缺失的结构性创痛。

金钱也可以作为遗产

当菲利普发现墓地留不住亲人时，为了走出这种结构性创痛，他就想寻找到其他的符号性的"遗产"来留住父亲的永恒记忆。小说对遗产的找寻、也就是定义遗产的曲折过程，也呼应了丧亲之痛实际上是任何遗产都无法弥补的。金钱、经文护符匣、剃须杯等这些常见的遗产形式都难以让双方真正如愿。

人们在理性之中都自然会明白自己的父母终将离开自己，他们的财物也将以遗产的形式留给自己。少年轻狂之际，人们会不太在乎父母将留给自己什么有形的财物，因为过于在乎这方面的得失足以表明一个人没有出息。菲利普在进入青春期之后就高度自觉地执着于宣布这种经济独立、自立；他以作家身份出版过畅销书，虽不至于富甲天下，但至少不会太在意金钱。因此，在考虑到父母身后给自己留什么遗产时，自然不会去计较，而是很慷慨地两次建议父亲将存款留给哥哥山迪和两个侄子。[1]

如今在接到父亲脑瘤诊断之后，知道父亲不久将离开人世，他看到父亲真的在按照他当年的意愿执行这个遗嘱方案时，感觉到这意味着把他排除在继承人之外，"这就产生了一种意料之外的反应：我有种被抛弃的感觉——虽然他没有把我列入遗嘱是我自己造成的，但这没有丝毫减轻我被他抛弃的感觉"[2]。这使他明白放弃金钱作为遗产是多么地"天真，愚蠢，

---

① 罗斯：《遗产》，第80页。

② 罗斯：《遗产》，第80页。

哑口无言"①。尽管是成年人，尽管他有自己独立而成熟的思考方式，但面对亲情的丧失，他仿佛自己再回孩童时期的天真——会把亲人的死亡理解成对自己的一种"抛弃"，他必须挣扎着抗争，不想让这种被抛弃的现实发生。此时此刻，他想到的是，父亲的任何物件，哪怕是当年虚荣地拒绝的金钱，如果能留在自己身边，也将是未来永久的念想。

　　但毕竟"金钱"所代表的物质符号过于世俗，菲利普不得不放弃这笔对他而言可能的精神遗产。当他真的被排除在继承人之外，他才感到难过，并察觉到自己这种提议对父亲可能的伤害。菲利普幡然醒悟，"金钱"所代表的不只是一笔他可以忽略不计的财富，父亲在漫长人生中所挣的钱是见证他一生辛劳的东西。因此，父亲的钱在某种程度上代表了他父亲本人；继承父亲的钱是身为儿子的一大象征，金钱作为遗产也代表了罗斯的儿子身份。它不仅仅是物质意义上的一笔财富的馈赠，这笔来之不易的钱更在精神上代表了一个艰苦奋斗才能在美国生存下去的他的犹太父亲一生的艰苦岁月与他坚忍不拔地守护这个家的顽强毅力以及给予儿子们以物质帮助的爱与努力。

　　　　令我非常沮丧的是，现在跟他站在一起看着他的遗嘱，我发现自己很想从我这个执拗顽强的父亲历经艰难困苦一辈子积攒下来的财产中，分得一份。我要这笔钱，因为这是他的钱，我是他的儿子，有权得到他的遗产。我要这笔钱，因为就算不是他艰苦谋生挣来的一大堆积蓄，它也体现了他克服或者挨过来的艰难。这是他必须给我的，也是他想给我的，按照传统习惯也应该给我，为什么我不能紧闭嘴巴，让一切自然而然地发生？②

　　这笔钱更是父亲一生节俭度日，一分一毫为孩子们省下来的钱。在老年时候他经济情况殷实，却"很不舍得在自己身上花钱"，"自己喜欢或需要的东西却不买，总要不可理喻地把钱存起来"。③菲利普最终明白，父亲虽然挣不了大钱，但是这些细细碎碎攒下来的作为遗产的钱是他全部

① 罗斯：《遗产》，第 81 页。
② 罗斯：《遗产》，第 82 页。
③ 罗斯：《遗产》，第 12 页。

的心血和对这个家、对两个儿子的无私的爱。

此时的菲利普已经意识到当初提议放弃金钱作为遗产的愚蠢，但是如今的他想要回这笔遗产依然难以启齿，毕竟临终改变遗嘱，特别是对涉及金钱之类的遗产处置方式，说不定会招致本来是一家人的继承者之间不必要的猜忌；另外，从性格因素考虑，菲利普执意将自己的自尊自大贯彻到底。

象征的遗产

无法继承金钱的菲利普转而想得到父亲的犹太经文护符匣，但赫曼在自感时日无多时，选择将他一生珍视的护符匣放在犹太青年会泳池更衣室里，希望有某个依然信教的青年人拿去，而不是留给他的儿子与孙子。赫曼身上体现了犹太传统文化中不看重财产占有的品质，任何贵重的东西都应该留给那些最需要的人，而不一定是自己的家人：

> 他似乎通过定期去犹太会堂所得到的慰藉——他告诉我他在那里能感受到宗教在他漫长人生中所给予他的和谐感，仿佛他父母在和他交流——使得他把经文护符匣"处理掉"的举动，又成为一个高深莫测的例子，佐证其延绵一生的习惯——丢弃而非保存往昔的珍贵物品。①

菲利普试图去理解父亲把护符匣放在犹太青年会的更衣室里的意义，并发现"这里希伯来青年会的男子更衣室比犹太会堂里拉比的书斋，更接近于相伴他一生的犹太教的本质"②，那里才是他们犹太人在美国的"礼拜堂，才是他们之所以为犹太人的地方"③。犹太青年会似乎比犹太会堂更具集会特征，更有归属感，里面或许有依然信奉传统宗教的青年；而他更年轻的孙子一代没有了宗教信仰，也就不会懂得护符匣的含义，他可以给孙子们钱，但不会把护符匣传给他们。

但是从菲利普的角度而言，他这一代人虽然也没有了宗教信仰，但是他们仍然明白经文护符匣的精神意义，以及对父亲这一代人来说的意义，

---

① 罗斯：《遗产》，第71页。

② 罗斯：《遗产》，第73页。

③ 罗斯：《遗产》，第73页。

同样地，对菲利普的未来也或许具有一定的意义：

> 我没有问他，为什么不把它们交给我。我没有问他，为什么把那些手帕、桌布、餐具垫全都还给我，却不把经文护符匣给我。虽然不会用它们做祷告，可我会很珍惜它们，特别是当他去世以后。然而，他怎么会知道这些呢？他满以为把经文护符匣传给我的想法会招来我的讥笑——要是放在四十年以前，他这么想是对的。①

菲利普明白父亲处理护符匣的方式更具 "仪式性"，更富 "想象力"，或许是比交给他们更为合适的方式。在两次寻找遗产受挫以后，菲利普主动提到了爷爷的剃须杯。在代际传承与具体家庭事务记忆之外，剃须杯还是具有故事性的叙说功能："跟我说说爷爷的剃须杯吧"②，菲利普会这样要求父亲的讲述。

> 他去世以后，卫生间里的这只剃须杯总让我觉得他还活着，不过有趣的是，并不是作为祖父，而是作为一个普通男人，一个理发店里的顾客。在那儿，他的剃须杯和街坊其他移民的剃须杯放在一个架子上。这让幼时的我确信那句每个人都说过的话：他家从不浪费一分钱，每星期单独留出一毛钱让他到理发店为安息日剃胡子。③

很明显，剃须杯承载的是这个家族和传统的记忆。剃须杯部分地满足了菲利普对自己家庭传统的记忆渴望："它对于我来说，就是一只揭示希腊人神秘起源的希腊花瓶。"④ 他这种对自己身份因子记忆的要求延续到了他父亲身上，他不仅希望得到爷爷的剃须杯，也希望得到父亲写下来的向医生打听的问题的那张单子。看着父亲用铅笔写的，

> 费劲地用庄稼汉一般笨拙杂乱的笔迹把问题列出来，句子里所有的名词都是大写，不过除了一两个词，拼写倒都是对的。我们出门前

---

① 罗斯：《遗产》，第 73—74 页。
② 罗斯：《遗产》，第 82 页。
③ 罗斯：《遗产》，第 15 页。
④ 罗斯：《遗产》，第 16 页。

他给我看过上面列出的问题。我当时就想："我要保存这张单子。有它和剃须杯就可以了。"①

经过一番周折,父亲或许已经明白了儿子的心意,慎重地将剃须杯交到了儿子的手里,而且操作得很有仪式感:

> 我正要辞别回纽约时,他走进卧室,拿了一个小包裹给我。两只棕色纸袋胡乱绞在一起,以免里面的东西磕碰,又用长短不同的苏格兰带子捆起来。这些带子大多卷成一圈一圈的,就像一个个 DNA 螺旋体。我看得出,包装纸是他自己做的,还能看出他的笔迹——他用记号笔在包装纸上面的折口高高低低写了一行大写字母:"由父亲交给儿子。"
> "拿着,"他说,"把这带回家。"
> 下了楼,我在车上撕掉所有包装,发现是祖父的那只剃须杯。②

父子之间没有太多的语言或仪式的交流,但在两个人的心中都有着沉重的生命交接仪式。这或许就是在父亲死后,菲利普将赖以记住自己父亲的凭证,他接过的并希望保存的,是这个家庭久远的、DNA 一般的记忆因子。

(三) 对美国代际文明的批判与反思

美国白人"巨婴"

从表面上看,菲利普得到了从父亲手中传过来的爷爷的剃须杯,也得到了父亲手写的便笺,他寻找遗产的过程可以宣告完成了。但是,他却总似乎心有不甘。作为一个犹太后裔的作家,他的族裔来到美国到他这里已经是第三代人了,他是一个完全意义上的"美国人"。美国文明有许多令人称道的优秀之处,但作为一个美国人,无法不对自己文明中的不足进行

---

① 罗斯:《遗产》,第88页。
② 罗斯:《遗产》,第93页。

反思。菲利普利用打的途中与出租车司机的一番经历，道出了美国代际文明中对待老人、对待遗产继承中的缺陷。

偶遇的这位司机向菲利普历数来自其父的各种伤害，并以此为借口以暴力伤害的形式“回报”父亲，他无法和父亲用言语沟通，无法超越自己狭隘的自怜自艾与自我保护心理去以更大度的心情看待父亲。他甚至将对父亲的仇恨转嫁到母亲身上，对母亲恶语相向。他向菲利普谈起自己曾经用拳头打掉了父亲四颗牙齿的事。在罗斯看来，这位出租车司机之所以在人性的层面上堕落成眼前的样子，就是由于他没有一个“像样”的父亲，留下了他这位情感上受伤的儿子。在这个儿子眼中，他的父亲对他全然无爱，甚至无缘无故地施害：

> “他是个老浑球，自己没干成啥事儿，想把我也毁了。自己倒霉想叫别人也跟着倒霉。他老让我哥在街上揍我。我哥在街上揍我，我老子从来都不阻止。所以等我二十岁的时候，有一天去找他，一拳把他鸟嘴里的牙齿打掉，然后说：‘你知道这是为啥？因为波比打我的时候你从不保护我。’我连他的葬礼都没去。”①

年少缺爱的成长环境使他缺少对别人的信任，总是以暴戾的姿态使自己不被伤害。“他已死的父亲留给世界的，就是一个总是带着怀疑眼光看事物的小儿子”②。不过随后菲利普注意到，“他的语气突然变得虚软、自辩似的惭愧”③。这说明这位司机并不是全无良知，他只是无法面对来自父亲的伤害，他只能回报之以肉体的伤害。罗斯注意到，在这位司机嘴里吐出来的“妈”这个词好像不是一个词，“而是他吃进嘴里的某种腐烂的东西”④。对这位司机来说，亲情与伦理已经成了令人恶心的东西，暴露了美国家庭情感的悲剧。

虽然这样一个出租车司机不能代表整个美国人对待自己长辈的现实，但这种情形在美国发生却并不偶然。叙述者无法去改变他，只能敷衍他说：“继续干吧。”而且充满讽刺地补充道：“我意识到，他确实干了，把

① 罗斯：《遗产》，第 128—129 页。
② 罗斯：《遗产》，第 129 页。
③ 罗斯：《遗产》，第 129 页。
④ 罗斯：《遗产》，第 129 页。

他爸给干了"，这位"巨婴"般的成年司机如今虽然有了一点愧疚之心，却依然坚信自己是对的，是可以被原谅的。他似乎从与叙述者的对话中获得了某种宽容，露出笑容。"他的脸，原本一张成人娃娃脸，一张肉鼓鼓、醉醺醺、带着恶意的四十岁婴儿脸，现在堆满了笑容。"① 很明显，这是一个永远也长不大的婴儿，更谈不上去爱那"不可爱"的父母。

这样一个言语粗俗下流的出租车司机与身为作家的菲利普·罗斯，他们受教育的程度、对生命意义的理解、对爱与亲情的耐心与观察力都有着巨大反差；但菲利普却能从中看到父子关系共同之处。他自己的父亲赫曼并不是一个"可爱"的、"完美"的形象："他不是随便什么样的父亲，他就是这种父亲，既有一名父亲身上一切可恨之处，也有一切可爱之处。"② 赫曼退休后与妻子相处时间变长，他过分地固执，使得他妻子几近崩溃，甚至想在 76 岁高龄与父亲离婚。

"天下无不是之父母"

在后现代的"巨婴时代"，作者想说，自己在很大程度上与这位司机竟然也有着类似的与父亲无法融解的隔阂，但自己永远不会对父亲拳脚相加。没有人会同意这位出租车司机的行为就代表了美国人的亲子关系就是暴力关系，但代际之间的紧张关系却是普遍存在的。事实上，"人老难养"③ 是老龄化时代的一个普遍难题，正是面对这样难处的亲人，亲情中的耐性与陪伴才显得尤为重要。在美国文明中，父子之间难有深的情感交流，有的只是野蛮与原始的暴力冲动。菲利普发现，自己与父母之间同样存在深深的隔阂，只不过这种隔阂通常是用语言造成的。

> 我们搞破坏，搞毁灭，并不用愤怒的拳头，无情的阴谋或者丧失理智、无休无止的暴力，而是用语言，用大脑，用智慧，用一切造成父亲与我们之间痛苦鸿沟的东西，和他们承受着巨大的压力给予我们的东西。他们鼓励我们要聪明伶俐，成为犹太学校的好学生，却几乎不知道，他们正在使我们离他们远去，彼此隔膜，在我们闹哄哄的铿

---

① 罗斯：《遗产》，第 131 页。
② 罗斯：《遗产》，第 148 页。原文着重。
③ 罗斯：《遗产》，第 137 页。

锵声音面前，他们无法理解。[①]

对于他成长的这个家庭来说，或许也对于很多寒门学子来说，父子之间在智力上的差距难以弥补，这种差异甚至会造成后辈对父辈的轻视之感，总觉得自己比起父母来有了许多过人之处，有了难得的成就。在童年的虚荣心驱使下，他也曾渴望有一个见识多、有地位的父亲，而不是一个没有文化甚至让他感到有点羞愧的这个爸爸。可贵的是，菲利普并没有忘记父辈的辛苦付出，正是因为父亲不惜承受了巨大的生存压力也要提供儿子们上学受教育的机会，才有了在智力上、在智慧上不断与父辈拉开差距的菲利普。菲利普甚至心疼期待儿子们长大成人的父亲，儿子们越长越大却也越走越远。有幸的是菲利普并没有弃父亲远去，任由这隔阂阻断父子之情。菲利普不希望与父亲拉开距离，却发现自己一丝一毫的成长进步"都在扩大着我们心灵之间的差距"，而且这个差距"越来越大"。"那个理性的我自己却怎么也始终摆脱不了心头那种与父亲合而为一的感觉，摆脱不了那种强烈的信念——纵使是疯狂的信念——他以某种方式与我共生，与我一起增长智力"[②]。这种信念代表了儿子对父亲深沉的爱，菲利普感恩父亲无私付出的同时，也想努力弥合这种成长带来的与父亲的隔阂。但是，再强烈的信念也只是心里的念头罢了。他后来又带他父亲上大学，显然这也不是个合适的方式。菲利普最终传递给我们的信息是，与其让父亲以儿子希望的方式成长与增长智力，不如慢慢地去理解并接受父亲的生活方式，慢慢地去看到父亲的处事哲学，慢慢地去倾听父亲的需要。

被病痛折磨的老人，往往如婴儿般羸弱，然而他们却无法像婴儿那样给人们展现对未来的期许，老人面对的是不得不逐渐走向坟墓的事实。与死亡符号相联的老人，已经不招人喜欢，却需要后辈或社会更加悉心的照顾，尤其是情感上的照顾。他们需要一个具有女性气质的儿子的照料，尤其需要一个"像母亲"一样温柔又无微不至的儿子来帮助父亲。在每一个羸弱得如同婴儿却又有着父亲般的倔强的老父面前，像一个母亲一样温柔而又心满意足地去照顾这样的父亲成了罗斯向当代人传递出的另一个信

---

① 罗斯：《遗产》，第 132 页。

② 罗斯：《遗产》，第 132 页。

号。如老罗斯对别人所说，罗斯像母亲一样照顾他，"菲利普像妈妈一样对我"①。

所谓"天下无不是之父母"，并不是说父母不会犯错误，也不是说子女面对父母的错误要无动于衷；而是说，当父母真正老去的时候，他们变得不再像子女小的时候那么能表现爱意与呵护，他们甚至变得不可理喻。这个时候的子女需要表现得如同一个逆来顺受的乖巧女儿，又像一个充满爱心的"母亲"，去理解老人、接受老人，包括他们可能犯下的各种不理性的错误。这一点是发达的资本主义文明与消费文明所无法容忍的孝道伦理，由于其社会成本太高，其社会存在就愈发具有闪光的人文价值。生活不管多么艰难，做父母的往往是不计成本地与子女患难与共，并抚育子女成人；而子女无论在何种意义上讲，其生活水平都往往胜出父母的时代良多，虽然说如果没有老病的父母"拖累"，他们可以更好地享受生活，但对比父母曾经的付出，他们都有理由在父母面前多一份耐性，毕竟，那是自己生命之源头。这是一个热爱自己生命、懂得生命价值之人的使命。

"一样都不能忘"

任何一个自诩为"人"之人，都不应该——实际上也无法——忽视自己生命之起源，也就是那些一天天老去的父母；更何况，每个人都知道，终有一天，自己也会老去。为了理解、记住自己的生命之源，人们才会寻找"遗产"。对于这位美国文化典型代表的出租车司机而言，他的遗产不是他找到的，而是降临在他身上的。尽管他不愿意，但是不管他活多久，他同样永远都不会"忘记"他的父母，但是他的记忆里却充满了仇恨、悔意与困惑，这就是为什么他会主动地同陌生的乘客聊起自己的父亲。聪明的现代人自然应该寻找到更加充满"正能量"的方法来记住自己的先人、自己生命的源头，也就是自己的生命，是自己对生命的热爱。

在父亲逐渐面对死亡的时候，菲利普·罗斯选择用力记住父亲身上的一切。在一次他照看赤身裸体地洗澡的父亲，他试图努力记住父亲身体上的每一个细节，他甚至着重将注意力放在象征着他如何来到这个世

---

① 罗斯：《遗产》，第149页。

上的父亲的阴茎。至此，他将自己的作品《遗产》点题了，他以一种颠覆性的全新方式定义了"遗产"，一种让他永远都能铭记自己父亲的东西，也是他与父亲之间父子关系的"见证"，他要借此努力地记住父亲的一切：

> "我一定要记清楚，"我对自己说，"把每一个部位都记得清清楚楚，等他过世的时候，我就能再造那个创造了我的父亲。"一样都不能忘。①

"一样都不能忘"是一种无法实现的认知愿望，但是在这里却代表了一个儿子对父亲的朴素情怀，他希望在父亲死后还能够在自己的心中完美地复制出父亲的形象，包括每一个细节。

"重复"是文学书写的常见修辞之一。"You must not forget anything"在书中一共出现了三次。在中文翻译中，另外两次分别被译为"你不能遗忘一切"②与"什么事你都不准忘"③，其中，"你不能遗忘一切"是明显的误译，将强烈的全部否定翻译成了部分否定，小说希望传导的情感因素因此受到不必要的影响；更为重要的是，作者希望借"重复"来实现的情感与修辞效果被翻译损害了。

遗忘是人的记忆规律，不能遗忘却是做不到的事，叙述者将这一切"不能遗忘"的东西用书写转变、固定成艺术作品，让父亲在艺术作品的流传中作为罗斯的父亲而永世留存。对赫曼来说，他的记忆就是他活过的证据，他因拥有记忆而存在着，"活着，对他来说，就是活在记忆里——对他来说，一个人活着要没有回忆，那他就白活了"④。从父亲身上，菲利普继承了"记住"一个人的重要性，他的书写承载了他对父亲的爱与记忆，也承载了父亲一生与父亲的记忆。重写这些记忆，是罗斯尊重父亲生命经历的一种方式。他从赫曼那里得到的遗产不仅仅是对父亲的记忆本身，也是将"记忆"看作一次行动。

赫曼也读懂了儿子的用心，懂得珍惜儿子的示爱表现，并且积极地配

---

① 罗斯：《遗产》，第146页。原文着重。
② 罗斯：《遗产》，第98页。
③ 罗斯：《遗产》，第198页。
④ 罗斯：《遗产》，第99页。

合儿子行动。

（四）　父子合作的遗产深加工

"照我说的做"

　　赫曼在爱妻离世后，固执地想亲自把自家"整得跟她在的时候一个样"，[①]然而他并不懂打扫卫生，也不让花钱雇用保姆帮忙。此时，菲利普只好满足他的要求，去买一把马桶刷与一瓶来苏尔消毒液。当他把工具交给父亲时，似乎不自觉地像对待小孩子一样把它们作为礼物交给父亲。他甚至刻意制造惊喜的氛围，"是你一直想要的，闭上眼睛"。在这种父子关系逆转的情境中，他发现，"令我惊讶的是，他居然真像个期待礼物的小孩子一样听我的话，尽管脸上并没有露出那种非常憧憬的表情"。赫曼的顺从体现了一个老年父亲对儿子的理解，他不是小孩子，自然无法表现出孩童的憧憬。他同样地听从儿子温柔如同教小孩一般向他展示的刷马桶的方法，"我来教你一些你在第十三大街学校从没学过的招"。

　　菲利普十分清楚，父亲有时像小孩一样听话，但毕竟有成年正常的情感需要。当赫曼想在自家公寓里待着，不想出去社交时，为了消解父亲的孤独，菲利普希望父亲住进犹太人联合会大楼，他同样是几乎以哄小孩的方式说服他固执的父亲就去那里看一眼再做决定，事后菲利普反思，"我不记得这辈子曾经说服他做他不想做的事情，不知道以前是不是也这么愚蠢地尝试过"。[②]当菲利普得知父亲做手术可能遇到的风险以及之后要面对的折磨后，他无法消解这种恐惧，只想到伊丽莎白市陪着父亲。在遭到父亲拒绝后，他还是执意去看望父亲，带他出去走走。在再次劝说父亲无果后，菲利普第一次以强硬的态度改变固执的父亲，并意识到这种强硬的措辞可能改变了定义他们父子之间的关系的东西，他对父亲说，"照我说的做"。罗斯反思道，"于是我对他说了五个字，这是我有生以来第一次对他说这五个字，'照我说的做'"。菲利普十分在意自己的这个表述，"'照我说的做'，我对他说——他就做了。一个时代结束了，另一个黎明

---

①　罗斯：《遗产》，第26页。

②　罗斯：《遗产》，第27页。

开始了"。① 这种表达颠覆了父子关系，使得菲利普处于下命令的父亲的位置，老赫曼处于"不听话"的孩子的位置。

　　一切出于关爱、体贴的指导与命令，或许都迟早能得到父亲的理解。但老年人更需要的交流与沟通，就需要子女了解他们的兴趣所在。菲利普会带着父亲一起看棒球赛并谈论比赛的细节，这也是在寻找与父亲产生联系的契机，他使父亲迷上了大都会队。菲利普这样回忆，"总决赛期间我在伦敦，每天晚上都会打电话给他，问问他比赛的情况。我喜欢听他对比赛兴致勃勃的描绘"。菲利普在乎的不是比赛的情况，而是父亲对比赛状况的描绘。在同一天，告诉父亲身处伦敦的他必须去睡觉后，又克制不住下床到厨房给父亲打电话。"我并不只是因为大都会队的比赛而找他"。菲利普在电话中的第一句话是问候父亲怎么样，显然罗斯在担心父亲的身体，而他却隐晦地从父亲对比赛的描绘来判断，并鼓励父亲详细描述比赛状况。赫曼第二天刚起床就打电话告诉儿子比赛结果。父子之间通过球赛而有了共同话题，并借转述球赛赛况而表达对对方的爱与牵挂。

　　这种父子之间心照不宣的陪伴式遗产加工是一种"苦中作乐"的创痛模式，菲利普清楚地知道，"我们的精神只放松了二十四小时。脑瘤又要控制全局了"。②

遗产如"屎"

　　而被病痛折磨着的老人几近绝望，他渴望有人能够帮他去除病痛，菲利普发现了他写给医生的书信草稿："亲爱的克荣医生，我要恢复我的视力。我要治好我的眼睛。这就是我的愿望。赫曼·罗斯。"③ 而一次切片检查手术就让赫曼有"还不如死了算了"④ 的想法。接着又是四天无法解大手的折磨⑤。

　　而也是随着无法排便的痛苦折磨，整个小说的遗产加工达到了高潮。老赫曼·罗斯在做了活组织切片手术后住到了菲利普·罗斯家。但他尽自己之可能不去给别人添更多的麻烦。我们看到菲利普还是尽可能地照顾到

①　罗斯：《遗产》，第 61 页。
②　罗斯：《遗产》，第 117 页。
③　罗斯：《遗产》，第 118 页。
④　罗斯：《遗产》，第 133 页。
⑤　罗斯：《遗产》，第 139 页。

父亲的这种情感需要，没有刻意地要代替他做什么：

> 午饭将尽，他挪开椅子，朝厨房的阶梯走去。这是他在这顿饭中第三次起身离开餐桌，我也站起来，扶他上楼，可他不让我扶。我估计他还是想去解决生理问题，也就没坚持搀扶，怕他感到尴尬。①

然而，离开后较长时间没有动静，时间留下的空白让菲利普感到了某种紧张或不祥的预兆——"喝咖啡的时候，我想起他还没来。别人都在聊天，我悄悄地离开餐桌，匆忙走进屋子，心想他肯定死了。"这种自然的与死亡的迅速联想，也表明了他已经接受了父亲随时死去的可能性，但接下来他说，"他没死，虽然他可能也希望自己还不如死了"。② 儿子为自己看到的眼前的景象所震惊，他深深地体会到了衰老无助中的父亲宁愿自己已经死去的巨大内心创痛：

> 在上二楼的楼梯上我就闻到大便的臭味。洗手间的门敞开，门外过道的地板上扔着他的粗棉布长裤和内裤，我父亲，全身赤裸，站在门后面，刚刚冲好淋浴出来，浑身还淌着水，臭味很重。③

对于习惯了在后现代富裕的物质文明中养尊处优的当代人而言，良好的卫生习惯已经让他们无法想象——更不要说接触便溺了。我们可以想象罗斯在书写这一段文字时的心情。但恶心的细节还在继续：

> 到处是屎，防滑垫上粘着屎，抽水马桶边上有屎，马桶前的地上一坨屎，冲淋房的玻璃壁上溅着屎，他扔在过道的衣服上凝着屎。他正拿着擦身子的浴巾角上也粘着屎。在这间平时是我用的小洗手间里，他尽了最大的努力想独自解决自己的问题，可由于他几近失明，加上刚出院不久，在脱衣服和进冲淋房的过程中就把大便弄得到处都是。我看到，连水槽托架上我的牙刷毛上也有。④

---

① 罗斯：《遗产》，第 141 页。
② 罗斯：《遗产》，第 141 页。
③ 罗斯：《遗产》，第 141 页。
④ 罗斯：《遗产》，第 141—142 页。

　　菲利普·罗斯不厌其烦地将这种违反现代文明卫生的阅读习惯的文字呈现出来，就是为了让人们知道，人世间最为美好、众人通常愿意挂在嘴边的一个"爱"字，即使是爱自己的血缘亲人，也不是那么容易的一件事。他甚至将最污秽的便溺与最容不得污秽的牙刷毛放在一起呈现，文字的震撼性张力达到了极致。

遗产只是"活生生的现实"

　　他不但要清理父亲留下的狼藉，还要安慰父亲糟糕的心情："我一边擦一边说：'你的努力很勇敢。但这情形恐怕没成功'"，"'别担心，没人会知道。这种事每个人都可能发生。忘了它吧，好好休息。'我说"。①

　　父亲睡去之后，他既要克制自己无边的恶心，又要不动声色地打扫这污秽的空间：

> 　　洗手间看上去就像一些怀恨在心的暴徒洗劫一空后扔下名片扬长而去。由于父亲不想让人知道这一切，我真想马上把门关上钉起来。永远忘了这个洗手间的存在——"这就像写一本书，"我想——"不知道从哪儿开始写起！"但我还是蹑手蹑脚跨过地板，伸手打开窗子，这就是一个开始。然后我走下通往厨房的后楼梯，在避暑间里聊天的赛斯、露丝和克莱尔视线之外，从水槽下面的柜子里拿出一只水桶，一把刷子，一只崭新的盒子，两卷纸巾，上楼回到洗手间。②

　　一番筋疲力尽的劳作之后，看到垂危的父亲并没有真的死去，他仿佛得到一丝安慰，又仿佛得到了一种洗礼似的感悟：

> 　　我踮着脚尖回到他安睡的卧室，他还有呼吸，还活着，还与我在一起——这个永远是我父亲的老人，又挺过了一次挫折，想到他在我上来以前勇敢而可怜地想自己清洗这个烂摊子的努力，想到他为此而羞愧、觉得自己丢脸，我就感到难过。现在，既然此事已经结束，他又睡得这么香，我想在他死以前，我就不能要求自己得到更多

---

① 罗斯：《遗产》，第 142 页。
② 罗斯：《遗产》，第 143 页。

了——这，也是对的，理应如此。你清洗父亲的屎，因为你必须清洗，可清洗完之后，所有过去没有体会的感觉，现在都体会到了。这并不是我第一次明白这点：当你抛开恶心，忘记作呕的感觉，把那些视若禁忌的恐惧感甩在脑后时，就会感到，生命中还有很多东西值得珍惜。①

从与父亲陪伴的污秽不堪中走出的菲利普，发现生命中那些值得珍惜的东西，发现了自己的人性得到了升华。然而，他并没有因此而美化自己在对待老人时的情感与道德的提升，他也清醒地认识到，面对老人的这种生存现状，对任何一个人而言，都是巨大的挑战与压力："但是，我心里又对这个被软骨瘤挤压的沉睡中的大脑说，一次也许足够了；如果让我天天干这个，我最后就不会觉得这么激动了!"② 而要命的悖论是，一个病人老人恰恰是在很长一段时间内"天天"需要别人——最好是亲人为他们伺候屎尿。至此，他清晰地总结了自己与父亲这一段时间的纠结中共同寻找的遗产：

> 那么，遗产也是如此：这并不是因为清洗象征着别的什么，而是因为它不是，它什么都不是，它只是活生生的现实。
> 我得到的遗产：不是金钱，不是经文护符匣，不是剃须杯，而是屎。③

在菲利普清洗完父亲留下的污秽之后，他担心年迈的父亲无法独自洗澡，他主动要求留下看着父亲洗澡。在他眼里，父亲像孱弱的婴儿却带着他固有的倔强。他特意去买父亲提出的爱普森牌浴盐，并在浴盆里试试水温，就像他母亲过去常用她的肘部试水温一样。接着他又答应了父亲执意要自己洗澡的要求，选择在旁默默看护着。

> 这种奉献是原始的、卑微的。而我，作为他的儿子，得到过他比这境界更高的关爱吗？并不总是要最开明的关爱。——事实上，这种

① 罗斯：《遗产》，第 144 页。
② 罗斯：《遗产》，第 144 页。
③ 罗斯：《遗产》，第 144—145 页。

关爱我到十六岁、感到自己因此而不自在的时候就不想再要了，而是此刻我所发现的这种关爱：我能心满意足地坐在马桶盖上看着他像摇篮中的婴儿一样上下蹬腿，也就是让我略加回报了。①

哪怕有一次这样照顾父亲洗澡的经历都让罗斯觉得心甘情愿，如愿以偿。而事实上，这样的经历也只有这么一次。菲利普没有主张自己要从作家身份转变为父亲的护工身份，但在生命的仪式中，他凭着对父亲的无限热爱与崇敬，努力尽到为人子的微薄礼仪，提醒自己之为人不可以在人性层面堕落得太厉害。一次简单的护理，也将是他永恒的记忆。

（五） 本章小结

菲利普·罗斯在得知父亲赫曼·罗斯将不久于人世，希望能寻找到一份在父亲身后还能永存的"遗产"，无论是从遗产的选择还是最后对遗产的定义，都充满了各种变数，这些变数体现了一个犹太后裔在来到美国这片土地之后在保持、继承犹太传统与适应美国语境之间的各种冲突。有学者认为，罗斯在剃须杯与父亲排泄物之间的遗产转换的象征意义表现在：

> 剃须杯是控制身体的标志，修剪身体的分泌物使之符合普遍的社会规范，但罗斯在他父亲之后清理的排泄物是失去控制的标志，是肉体战胜意志的标志。②

这样的对比虽然有一定的内在联系，但是我们还是要看到，菲利普是在经历了金钱、护符匣、剃须杯之间的选择的艰难历程之后，在没有"选择"便溺的情况下遭遇父亲的大便失禁的，其中引出的思考是当下美国语境下父子关系该如何维系的问题。弗洛伊德说，父亲之死是"一个

---

① 罗斯：《遗产》，第 148 页。

② Hana Wirth-Nesher, "Roth's autobiographical Writings," in *The Cambridge Companion to Philip Roth*, edited by Timothy Parrish (Cambridge：Cambridge UP, 2007), p. 166.

男人生命中最刻骨铭心的失去"①，很明显，罗斯对此深有同感；但他把父亲的死亡过程变成了自己的一次生命再教育的过程，并以此重新思考人性，从父亲死亡的创痛中走了出来，让父亲的生命在自己身上得以有意义地延续。

---

① ［奥］弗洛伊德：《梦的解析》，朱更生译，中国画报出版社 2017 年德语第二版（序），第 11 页。

第十二章

《凡人》中的选择与生命意义

（一）简介

菲利普·罗斯以《凡人》（*Everyman*）为题创作的这部小说，既是对同名道德剧的戏仿①，又是在思考人人都在晚年回顾人生时所要思考的两个命题：1. 生命该如何延续？2. 即将走完的这一生该如何总结？

罗斯的晚年作品中，《凡人》（*Everyman*）是一部成就很大的作品。小说以罗斯风格的优美语言，简洁地呈现了一个在 71 岁死去的无名主人公一生都在竭尽各种可能的手段逃避死亡，而终于在生命的尽头坦然地接受了死亡。这种死亡的接受方式与过程完全不同于死亡心理学家所描述的阶段性特征。在"库布拉-罗丝模型"（Kübler-Ross model）中，刚得知自己将死之人的心理可以分为五个阶段，即"震惊"（shock）、"愤怒"（anger）、"讨价还价"（bargaining）、"沮丧"（depression）、"接受"（acceptance）②。该心理模型自出现之初就受到了各种实证研究的证实与质疑，但在文学家笔下，则又是另一种风景。

《凡人》中的无名主人公童年时起就早早地有了死亡意识，知道生命必将死去的他在 70 余年人生中就一直在想尽一切办法来逃避死亡。最终他逃无处逃，意外地死在他希望借助现代医疗技术来逃避死亡的手术台上。一方面，小说表现了医疗技术解决不了人必将一死的宿命；但在另一方面，小说省略了与死亡"讨价还价"的心理过程，在沮丧的绝望中接

---

① Claudia Roth Pierpont, *Roth Unbound: a Writer and His Books* (NY: Farrar, Straus and Giroux, 2013), p. 285.

② Elisabeth Kübler-Ross, *On Death and Dying*, *What the Dying Have to Teach Doctors*, *Nurses*, *Clergy and Their Own Families* (Oxon: Routledge, 2009), pp. 31–111.

受死亡时，表现出一种矛盾的心理。小说以"凡人"（Everyman）来命名，而且拒绝赐予其姓名——他也是小说中少有的无名角色，这充分表明小说努力揭示的不是一个具体人物的命运，而是每一个普通凡人的宿命。在现代物质条件下，生命充满了各种诱惑，显得无限美好，人们本能地愿意长久地活下去。但常识又在时刻提醒人们，人都注定一死，无法求得永生。而且，人们即使是在寿终正寝之时，仍然在满怀希望地细想未来，在"想着自己离死还远、命不该绝，渴望自己心想事成"[①]。人毕生惧死、躲避死亡，最终却在心不甘、情不愿中死去。这是每一个地球人的生命悖论，小说呈现出来的恰恰是被死亡折磨着的创痛人生，那种看不见伤口却有着巨大痛楚的生命形式。本章拟回答小说中留下的一个选择性悖论：作为老年手术，更为安全的做法是听取医生的忠告，选择局麻而非全麻，但在最后一次手术中，他选择全麻，在一定程度上讲，正是这样的选择让他死在手术台上。他对自己这样的选择有怎样的思想准备？又表明了他面对死亡时怎样的态度转变？这种态度的转变对理解生命的结构性创痛有怎样的意义？他的生命意义是因死亡而被颠覆，还是与这个美丽的星球同在？

回答这类问题让人们看到，小说似乎在呈现老年人在进入生命晚年的衰竭期之后，在极度的悲观中绝望地选择放弃，既不同于自杀式选择，也不是安乐死模式，表现的是后现代语境下的选择与放弃选择之间的复杂性。

（二）强烈的死亡意识

早至的死亡意识

大多数人只有在死到临头之时才会有死亡意识，但小说主人公却从很小就有了死亡意识，而且会根据情境中的各种符号来作出死亡反应；这种强烈的死亡意识或者说强烈的死亡恐惧，恰恰是他极强生命意识的体现，因为想活下去而怕死。死亡不是创痛事件，也不会带来创痛——因为人死，什么感受都不会再有了，自然不会有"创痛"的感受；但死亡意识，

[①]　［美］菲利普·罗斯：《凡人》，彭伦译，人民文学出版社 2009 年版，第 148 页。

并因此而产生的对死亡的恐惧却是生命的结构性创痛。小说从主人公的葬礼开始，以一种类似第三人称的"死亡叙述者"（dead narrator）的口吻来追忆其一生。在当代小说中，"死后的声音"（posthumous voices）有其特殊的叙述功能：

> 死后的声音被用来对完整的生平和全知状态的理想可能性进行虚构的探索，提供了一种对因其完整性而得到显然完善的生活重述。①

这也就是人们平常所讲的"盖棺论定"的意思，一个人只有在走完了生命的"全部"进程之后才有"权力"对生命发言；但很遗憾，满足此条件的都是"死人"，无法发声。因此，只有小说的"虚构"功能可以实现这一目标。在罗斯的《凡人》中，作者并没有选择用"第一人称"的死亡叙述者，而是"第三人称"的死亡叙述者，与"全知视角"有一定的重合之处，但人物的大量内心世界的刻画，仍然让读者有第一人称叙述的亲切感与真实感。

葬礼之后，小说就转成了主人公9岁时的疝气手术经历，他看到邻床的小病友一夜之间不见了，就猜测他是死了，并因此而觉得自己的死期将至。人在一生中总会与死亡直接面对，这包括见证死亡的符号——如死尸或重大病症、医院等。小说的无名主人公在9岁时的这次手术必须住院，而当时的手术条件不允许亲属在医院里陪夜，"所以他就在妈妈、爸爸和哥哥都不在身边的情况下独自睡觉。对此他也很焦急"。② 也许是他把这种可能是第一次远离亲人独自在医院这样的陌生环境里睡觉的夜晚孤独与死亡联系起来了，他于是把旁边病床一个刚做完胃部手术、不怎么说话的孩子理解为死亡，"他相信这男孩要死了"。在这种焦虑意识的恐惧折磨之下他无法入睡，"他起初毫无睡意，因为他要等着看男孩的死"，在失眠状态下，他又把以前见到的死亡符号联系起来："接着还睡不着，是因为他不由自主地想起刚过去的夏天被冲上海滩的溺水者尸体。"③ 小说没有以全知视角来交代同病房的男孩是否真的死去了，但对于主人公而言，

---

① Alice Bennett, *Afterlife and Narrative in Contemporary Fiction* (London: Palgrave Macmillan UK, 2012), p.148.

② 罗斯：《凡人》，第14页。

③ 罗斯：《凡人》，第14页。

他是坚信那个男孩已经死了。尽管他妈妈解释说小孩仅仅是转移到其他病房了，但妈妈毕竟当时并不在现场。

他这种坚定的死亡意识，实际上是将医院这类符号与死亡联系在一起了。接下来在他的手术过程中，他感受到的一切都发生了变化，医院的走廊"奇丑无比"，本来熟悉的医生也因为戴上了口罩、穿着手术长大褂而成了完全不同的另一个人，他脸上罩着的乙醚盖也"像是要闷死他似的"①。

死亡在任何时候都是带来震惊的创痛事件，即使是所谓的"寿终正寝"，即使是人们对这种死亡早有预期，但死讯本身永远带来创痛性打击。小说提到主人公的上司在84岁去世后，他的妻子是这样描述当时丈夫去世的感受："可以说我是有心理准备的，可真到了那时候，谁会有准备呢。那天我回到家，发现他躺在地上已经死了，那场景太可怕太令我震惊了。"②

生命必将死去的意识是小说生命创痛悖论呈现的焦点："你本生而为生，事实却是为死"③，这是让有着强烈主体意识之人最为困惑的生命悖论，明明生是一种本能，奈何却又向死亡走去？但死亡不应该成为生命的"本能"（instinct）或"冲动"（drive）——对于人之外的其他生命而言，或许存在死亡本能，但对于热爱生命之人来说，却是一生都在为生之本能而努力，并竭力抗争生物生命的死之本能。人一生下来就是为了活下去，固然没有错；但对于人而言，活下去却是为了快乐。这一点在弗洛伊德的"唯乐原则"（pleasure principle）中已经表达得很清楚。生命永远追求快乐，但身体却无法承受永远的快乐——所有的快乐都以高强度地燃烧身体能量为前提。身体有一套自我保护机制不受快乐体验的损害，就是当一项快乐达到高潮之后，就迅速地对该刺激源产生排斥而不再应激。人的生命不仅仅是身体，而是在身体之外有着长期和短期记忆和意志力。记忆与意志放大了快乐机制，受不了没有快乐感受的时间，因而总是不顾身体的机制而过度追求快乐，导致了机体在超出自身阈限之后无法对正常刺激表现出应有的反应，也就是身体的失控。失控状态给主体带来创痛。

当然，从生命本身的机制设定规律而言，我们可以"理性"地接受

① 罗斯：《凡人》，第22页。
② 罗斯：《凡人》，第115页。
③ 罗斯：《凡人》，第81—82页。

这种死亡本能是对生命本身的一种保护，让生命能够有更好的、更旺盛的繁育能力来实现生命的延续，从这个意义上讲，死亡本能本身就是一种生命本能——让最优秀的生命和生命阶段留下来培育未来的生命，让不符合这种设计的生命死去。但生命的承诺对有着理性分析与想象的人们来说，人们还是愿意永远地活在这个星球上。

躲避死亡的一生

主人公成年以后，34 岁的他自己感觉已经成了生活的主人，有了自己的知心情人，但整整一个月的二人世界他虽然很开心，但仍然无法让他摆脱死亡意识：

> 唯一让他不安的时刻在晚上他们沿着沙滩一起散步时来临。幽暗的大海伴随着如雷的轰鸣声翻滚，繁星满天，这令菲比兴高采烈，但他感到恐惧。繁星分明是在告诉他，他难逃一死，大海的轰鸣近在咫尺——还有海水的狂暴下那最黑暗的噩梦——令他想逃离人终将湮灭的威胁，回到那温馨、明亮、尚未装修好的房子。[①]

此处他面对的是繁星、大海，这些在太空、在地球上都相对"永恒"不死的物体，面对不死的符号，衬托出来的就是他的必死。显然他的死亡意识迥异于一般人，在没有死亡诱因的情境中，他仍能感受到死亡的存在，这在一定程度上也是在烘托他强烈的生命意识。而在面对各种死亡诱因近在眼前的时候，他的逃命本能就完全释放了，更何况这是在他与菲比享受美好爱情的时刻，美好的生命因为有了爱情而更显得可爱、富贵。

主人公的父亲在他出生的 1933 年创立了"凡人珠宝店"，"凡人"就成了这本书的名字，也与无名主人公形成年龄、价值取向等多重指涉。但主人公已经明显感到，随着父亲的去世，那些最为宝贵的价值观正在丧失，他看到自己的子侄 6 人在祖父葬礼上埋葬老人的节奏：

> 这些强壮的小子，他们已经找到了自己的节奏，既不能停，也不

---

① 罗斯：《凡人》，第 23 页。

愿意停，即使他蜷起身子自己跟进坟墓命令葬礼终止，他们也不会停，现在没有什么事情可以阻止他们。他们只会继续铲土，把他也埋了，如果要完成这个任务必须这么做的话。[①]

他感受到生命的节奏不会顾及他的意志，即使是亲人，谁也无法阻止死神的脚步。如果说面对必死的生命要留下点什么，那就是如钻石一般的对生命的"爱"。生命会消失，但钻石不会，钻石所象征的对生命的执着与爱也不会："在增添美丽、显示地位价值之外，钻石是永恒不朽的。世间一块不朽之物，平凡女人手上也能戴！"[②] 不管生命如何平凡，也不管生命如何艰难，但对不平凡的钻石追求就是不平凡的、永恒的，让普通的生命拥有钻石一般永恒的品质追求，是主人公的父亲希望给自己俩儿子留下的精神财富，也是该小说的主旨之一。罗斯如今笔下的主人公已经没有了像祖克曼系列作品那样的心情去指责、批判美国文化与政治中各种弊端了，面对各种弊端可能引发的生命灾难，他迅速逃避。

社会层面的各种威胁与死亡因素也在不断地逼近他的心理防线。9·11事件给他的感受是"每个人都没有了安全感，每个人生活都时时如惊弓之鸟"，双子塔倒下的第二天，他就对女儿南希讲出了自己内心的恐惧："我对逃命有一种根深蒂固的爱好。我要离开这儿。"如果有可能，他就会尽力不让死亡"哪怕是提前一分钟到来"[③]。

医院曾经是他厌恶的、代表死亡的场所，然而强烈的死亡恐惧让他会主动地求助于他曾经厌恶的医院，当他感到身体有莫名的不适时，他会主动去找医生说，"'让我住院吧。……我觉得快要死了'"。[④] 他当时是阑尾穿孔。在他的长辈中，他的父亲、他的叔叔都曾害过阑尾穿孔，他的父亲活过来了，而他的叔叔却因此而丧命，他也因此而怀疑自己到底是会像父亲那样康复，还是像叔叔那样死去[⑤]。

这次阑尾手术后，他度过了人生中最为美好的22年成年人健康富庶

① 罗斯：《凡人》，第47页。
② 罗斯：《凡人》，第45页。
③ 罗斯：《凡人》，第52页。
④ 罗斯：《凡人》，第27页。
⑤ 罗斯：《凡人》，第30页。

的生活，"二十二年不用与疾病和相应而来的灾难为敌"①。22 年是人生中不算短暂的时间，然而小说就选择这样一笔带过，没有做太多的说明。这种写作手法特别富有韵味。作者不是选择"忽视"的方式让这 22 年的美好人生在文本中处于"缺席"的位置，而是以这样简略的、轻描淡写的方式使其"在场"，然后以"在场"的方式提示其"缺席"。按理讲，这 22 年是很值得回忆、值得大书特书的生命出彩经历。但对于一个死亡叙述者而言，这些都不是生命中真正值得提及的地方，值得提及的恰恰是那些给生命带来无限创痛的各种医疗手术和死亡恐惧。

与手术打交道的一生

接着就是 56 岁的他发现自己的病情恶化，"心电图上有明显异样，显示出冠状动脉主干严重阻塞"。② 手术前他再一次感受到自己就是当年 9 岁手术的邻床男孩："这么多年过去了，他活着，而那个男孩死了——现在他成了那个男孩。"③

即使在手术后，他仍然有死亡的感觉："他在加护病房恢复知觉的时候，发现咽喉下有一根管子，令他感觉快被梗死了。"④ 事实证明，这一场病也确实厉害，如果不及时治疗，"一场严重得极可能要命的心脏病差点就发作了"。⑤ 年龄学研究（Age Studies）主张生命年龄是人的第一成就，"天以百凶成一人"，人之出生、成长、发展，充满了各种偶然与机遇，即使是太平年代，也总有许多人夭折在人生半途，难享天年。重病手术之后，他感觉到别无他求，"昏昏沉沉地对自己还活着感到心满意足"⑥。任何一个高寿之人，无不是在与死神的各种擦肩而过之中幸运地存活下来的奇迹。只不过在现代物质生活条件下，这类奇迹似乎多起来了，人们对高寿也似乎习以为常了。这也是小说以"凡人"命名作品的主旨：任何一个看似平常的普通生命，都是生命之神眷顾之下的幸运儿。人理当尽一切可能珍惜自己难得的生命时光，因为死神就是那样时刻在人

---

① 罗斯：《凡人》，第 32 页。

② 罗斯：《凡人》，第 33 页。

③ 罗斯：《凡人》，第 34 页。

④ 罗斯：《凡人》，第 35 页。

⑤ 罗斯：《凡人》，第 37 页。

⑥ 罗斯：《凡人》，第 37 页。

生的每一刻随时"恭候"每一位的到来。

到了60多岁时，他更加明显地感觉到了死亡在迫近，于是"逃避死亡似乎已经成了他生活的中心事务，并且活生生地破坏着他完整的故事①"。对于任何一个像主人公这样普通的生命而言，生命就该如同一个完整的故事，从生到死，平安度过。但生命的真相却不是如此，各种变故在干扰这个故事的完整性。死亡意识是一种恐惧的积累，并不单单是由幼年形成的心理压抑所致，而且只有真正到了老年，才会意识到自己距离死亡是如此之近，对死亡的感受是如此的真切，而死亡的阴影才极难除去。在他生命最后一次手术之前，本来这可能是一次极为平常的手术，他却感受到了不一样的生命终结预兆："他从未像现在这样要费这么多力气和花招，来驱散死亡带给他的心理阴影②"，到了晚年，他更是感到死亡的脚步在逼近，逃避的心情就更强烈。

小说不厌其烦地详尽列举了他晚年的手术经历，包括肾动脉阻塞手术、颈动脉手术、疏通左颈动脉手术（连接大动脉和脑胲、向大脑送血的动脉之一）、连续两年做两次血管成形手术、在一年中他还一次性植入三根支撑管的手术——这次是为了对付动脉阻塞、永久性地植入一个心脏去纤颤器的手术……仿佛是"久病成良医"，叙述者能够轻松而不厌其烦地叙述自己生命中的各种手术，清晰而精确，一方面反映了他在手术期间的紧张程度让他有了如此清晰的注意与记忆，另一方面也在暗示当代医疗手术的"过度医疗"在侵入普通人的日常。

各种现代医疗手术都似乎在一定程度上给了他一些生命的承诺，但都没有给他带来期待中的恢复，反而令他沮丧：

> 看他身体的变化。看他性能力的衰退。看那些把他整得不成人样的医疗过失，那些令他身体愈发不正常的突然打击既有他咎由自取的，也有外部原因造成的。③

可能的"过度医疗"给他带来了严重后果。医生并不如人们希望中的那么尽职尽责，他们有自己的顾虑和诉求，有时在可做可不做的选择中

---

① 罗斯：《凡人》，第56页。
② 罗斯：《凡人》，第13页。
③ 罗斯：《凡人》，第58页。

就做了手术。

他的整个就医经历体现了他对死亡的态度改变。首先，他因对医疗手术的无知而产生的恐惧，把医院与死亡机械相联；其次，随着就医经历的增加，他既对医药技术产生了依赖，有事无事就往医院跑，也对医生和技术不信任，不管医生做出何种承诺，他都相信自己马上会死掉。到了晚年，他的身体里已遍是手术伤痕，动脉血管里有“六根金属支撑管”，胸腔后壁皱褶中安着“去纤颤器”心脏警报系统，这对他是“陌生名词”，如同“自行车轴链”，这些完全异化于身体的东西就这样在他的身体里扎根，一方面给他些许生存的承诺，一方面限制他的自由。

（三） 为情所累的人生之痛

磕磕绊绊的婚姻

创痛，既是一种外部刺激的结果，也是主体自身的易感性的感受结果。亲情、爱情失去对主体的感受打击在老年生命的孤独期尤为突出。小说中主人公一生三次婚姻，多次婚外恋情，给他留下了难言的痛苦折磨。

对于第一段婚姻，在他的记忆里是“磕磕绊绊”，他一定程度上是屈从于父母之命，两个儿子一生都在谴责他这个做父亲的——“兰迪和隆尼是他内心深处负罪感之源，但他已无法解释当初为何那样对待他们。”①这种责备让他十分委屈，甚至愤怒。

在他为自我辩护的意识中，他选择的理由之一就是小说名“凡人”的意义，他的做法是普通美国人都在做的——即不再为了家庭伦理而恪守一段不幸福的婚姻，因此，他不应因此而受到儿子的指责。第二个理由就是，在曾经的家庭中，他已经尽到了一个做丈夫、做父亲的责任，同样不应该受到儿子们的指责。第三点理由是，他也为此付出了代价，他也失去了“家庭”，也是受害人。

他一生喜欢绘画，儿子们因此给他取绰号“快乐的笨画匠”（the happy cobbler）②，儿子们的这种不尊重给他带来的羞辱与愤怒让他几乎愿

① 罗斯：《凡人》，第74页。
② 罗斯：《凡人》，第76页。

意放弃这段亲情：

> 这个平素心气平和的人猛烈地捶着自己的心脏，像某个做祈祷的狂热信徒，并且不仅仅是为一个错误而后悔自责，而是因为他所犯的所有错误，所有根深蒂固、无可避免的愚蠢错误——他满脑子想着自己痛苦的不足①。

第一段婚姻就是这样，留下的都是晚年记忆中那无法沟通的悔恨。这是一个已经知道自己时日不多的老人的临终悔恨，悔恨的源泉在很大程度上是由于第一次婚姻留下的两个儿子的长期指责与拒绝修复父子关系。虽然罗斯在各种情况下反复强调自己是一个美国人，但是在他的作品中所体现出的犹太传统还是非常深刻，他一直希望能够将犹太传统移植到对美国价值的建构之中。但是，很明显，他笔下人物在追求"美国身份"、成为千百万个普通美国人之一的过程中，家庭被放置到了一边，个人的生命快乐被放在了首位。这种理想与现实的冲突所带来的创痛感直到人物的老年才得以充分体现。

无法终老的爱情

第二段婚姻本来非常完美，这次婚姻给他留下了一个非常可爱的女儿南希，他更愿意把自己表述为"这个和南希的母亲游过海湾的男人"②。

小说在隐隐暗示好的子女是老年父母的福报，却也是一种可遇而不可求的"运气"。"他始终牵挂着她，也不明白这样一个好孩子怎么碰巧就成了他的女儿。未必是他做了什么正确的事才有了这个结果"③，他只能认为这是生命中的一个"奇迹"："他的运气太好了，赶上了其中一个奇迹，那就是永不变心的孝顺女儿。"④ 尽管主人公本人可能并没有完全意识到，小说却并没有将主人公的这种"奇迹"完全归结为"巧合"，作为父亲的主人公在生命中是有一种特殊的"情感投入"的。在南希 13 岁时，为了早日成名成功，选择了走田径之路，主人公"暂时中断了早晨

---

① 罗斯：《凡人》，第 130 页。
② 罗斯：《凡人》，第 132 页。
③ 罗斯：《凡人》，第 60 页。
④ 罗斯：《凡人》，第 60 页。

到俱乐部游泳，一大早就跟她一起跑，有时，也在月色渐暗的夜晚跑两小时。他们去公园跑，只有他们俩和影子、灯光"①。客观来说，现代人太关注自己的"个人"生活品质，有时甚至忽视了与家人的相处。事实上，家人之间的相濡以沫的陪伴关系看似简单，却是人世间最为宝贵的情感投资，对成人是如此，对成长中的孩子更是如此。对于一个 13 岁的孩子而言，在即将走上孤独的成长之路，一个人要面对艰难的情感世界时，父亲的陪伴将是她人生关键时刻的重要"强心剂"。这段情感竟然成了日后情感回报的"投资"："他意识到，希望获得别人安慰并非小事，尤其是安慰来自于一个依然奇迹般爱着你的人。"②

由于他的情感放纵，也由于妻子确实有身体原因，一段美好的爱情婚姻被毁，但女儿非常理解他、爱他，他也因此而觉得"他这辈子没有一个女人比他女儿更重要"③。

他愿意永远都不离开南希：

> 但是离开南希——我做不到！她以前上学路上就可能碰到这种事情！女儿再也得不到他的保护，只剩下他们的血缘关系！他也永远听不到她早晨的电话了！④

女儿能给他老年人最需要的保护。"他对纽约毫无挂念，除了南希——只要有这孩子在他身边，她无时无刻不想着法子让他高兴，而此时，她也已经是带着两个四岁孩子的离婚女人，失去了他所希望的那种保护。"⑤ 在南希给他帮助与照料的同时，他也就成了女儿的负担。他做手术时希望能够有南希在身边陪伴，他就会感觉好些，"但是南希既要工作，又要照看没有伴侣可以搭搭手照顾的孩子，难以分身"⑥。对女儿深深的爱使得他无法容忍自己因衰老而成为女儿的负担：

---

① 罗斯：《凡人》，第 61 页。
② 罗斯：《凡人》，第 85 页。
③ 罗斯：《凡人》，第 73 页。
④ 罗斯：《凡人》，第 134 页。
⑤ 罗斯：《凡人》，第 51 页。
⑥ 罗斯：《凡人》，第 53 页。

背叛了他搬到海边之后立下的誓言，也就是不让他这个反应实在太快的女儿再为他这个上了年纪的老人所面临的恐惧、弱点而操心。①

他的内心世界隐约暴露了一个老人对"居家养老"的渴望。但对自己个人福祉的企盼最终还是让步于他对女儿生活的关爱，他甚至不忍心将自己的手术告诉南希："他也不用费心告诉南希他即将动手术的事，尤其是此时她还有母亲需要照顾。"②

激情荡漾的岁月

按理讲，有这么一个可爱的女儿，他应该知足，应该尽量在一开始就努力维系这样一个温馨的家。可惜当初在成年人旺盛的性欲面前他屈服了，牺牲了一个本来非常幸福的家庭。充满悖论的是，当他第二任妻子菲比发现了他的这段婚外恋与他离婚之后，他匆忙地进入的第三段婚姻竟然是以南希为借口："事已至此，他不知道还能怎样才能使既成事实也算回事儿，或者使自己显得负责任——特别是为了在南希眼中他又恢复了过去的状态。"③ 为了在女儿心目中留下一个"负责任"的形象，他将错就错地将一段纯粹为了欲望的恋情变成了婚姻。

他从一开始就不是为了婚姻而接近后来的第三任妻子梅瑞特，而是"欲望"。"他的第三次婚姻就是建立在永不满足的欲望基础上的，就是跟一个除了欲望没有任何其他关系的女人，这种欲望总能使他盲目，使他在50岁的年纪，还玩年轻人的游戏。"④ 梅瑞特是一个并不懂得感情的幼稚女人，在小说里被呈现为一个性感的符号，作为广告模特，是广告业和广告公司的牺牲品。她性感迷人，她所在的公司为讨好他、感谢他的业务"投桃报李"地为他在宾馆之外单租了一套房子，他们彼此间就心照不宣地走到了一起。从理性的角度、从他对爱妻菲比的15年的夫妻关系和在13岁爱女的角度，甚至从他年龄的角度——"在50岁的年纪，还玩年轻

① 罗斯：《凡人》，第111页。
② 罗斯：《凡人》，第128页。
③ 罗斯：《凡人》，第98页。
④ 罗斯：《凡人》，第76页。

人的游戏”①——他都“不愿意”进入这样的婚外恋关系。其中菲比可能是在身体方面出现了某些“隐私”方面的问题——“他已经六年没有跟菲比睡过觉”②。对于一个已婚男人，一个懂得性事乐趣的成熟男人而言，性生活的缺乏固然是让他难以承受的折磨。然而这似乎并不是真正的原因，“而是过了那么长时间才发生这种事，甚至婚姻令他的激情渐次衰退殆尽之后，还隔了那么长时间”③。面对一个年仅19岁的秘书赤裸裸的勾引，他没有丝毫的反抗。

　　而面对梅瑞特的诱惑，他如同一个“白种猎人”，梅瑞特那“带着野性的自信永远都能迷死他”，“热带大草原上的上千头羚羊中”吃草的猎物，他一方面感受到“一开始希望自己永远不要过双重生活的年轻人”，如今到了50多岁的时候，竟然“将用一把短斧把自己劈开”，④彻底过上了双重生活，直到妻子菲比公开她实际上早已发现了这段恋情。而也就在这一天，菲比让他“意识到就在几个小时之内，他已经失去了两个最爱他的女人，她们的爱曾经是他力量的源泉”⑤。如果说人到了晚年身体力量难免会服从自然法则逐渐丧失，但在这里，主人公生命力量的丧失，却是由于生命中那无法抗拒的野性冲动，人仿佛被这种冲动驱赶着离开生命中最宝贵的情感呵护，而终于堕入生命的最后孤独。

　　性与激情是青春期成年人的游戏。退休后他在海边生活，他生命中最后一次试图挑逗晨跑时邂逅的一位“穿着运动短裤、紧身背心、孩子般的”“风中女郎”，这在他生命中以前的任何时期都不是一个问题，但如今，在寒暄之后，他给对方留下了电话号码，对方虽然没有当面拒绝，却从第二天开始跑步再也不经过这里了，这件“荒唐事”也以失败告终⑥。

---

① 罗斯：《凡人》，第76页。
② 罗斯：《凡人》，第76页。
③ 罗斯：《凡人》，第86页。
④ 罗斯：《凡人》，第88页。
⑤ 罗斯：《凡人》，第95页。
⑥ 罗斯：《凡人》，第109页。

（四） 生死之间的犹豫与选择

父母墓前的告白

一生的医疗手术已经让主人公疲惫不堪，他一生重情，到了晚年却无情可重。他曾经的情感挫折让他愈觉得情感是何等珍贵，以及情感缺失会带来如何巨大的折磨。他是为了躲避死亡才离开纽约这样易受各种恐怖袭击的大都市，如今他希望能够回归到女儿身边，与女儿一起照料已经中风在床的前妻菲比。他打算把现在住的公寓卖了去纽约买一套房子与女儿一家生活在一起，但权衡利弊之后他放弃了这个念头，因为他不想成为孩子的负担。他改为在手术前去看看南希一家和中风的前妻菲比，但途中他却又改变主意去了父母的墓地：

> 他最终没有去纽约。在泽西收费高速公路上向北行，他想起纽瓦克机场的南边就是他父母落葬的墓园出口。于是他就在那里下了收费公路……路旁边就是占地大约五亩的犹太人墓园①。

在他遭受一连串的衰老打击之后，他希望把海边的房子卖了，回到他深爱着的女儿身边；因此纽约代表他的家人，也表示了他重拾晚年生活信心的愿望，他计划去纽约，就表明他希望以这样的方式继续勉强地与生活相连。但是他终于在路途中打消了这样的念头，放弃了与生活相连的最后纽带。墓地代表的就是死亡的信息，连接着生与死，提示人们这里埋葬的是过去的自己。主人公在看到刻在墓碑上自己父母的名字时，"一股热泪涌了出来，是那种能令婴儿都手脚发软的哭泣"②。

人们在墓地容易流泪，不但主人公会哭，别的老年人来到墓地也会很容易联想到自己不远的死期而哭泣，"环顾四周，他不禁想，这些人中谁是下一个死者呢"③。老年参加葬礼时，更能感受到这种死亡的追问，他

---

① 罗斯：《凡人》，第 135 页。
② 罗斯：《凡人》，第 138 页。
③ 罗斯：《凡人》，第 136 页。

们也更能不自觉地流下真挚的对生命留恋的眼泪。主人公看到一个矮胖的老太太“哭得难以自制”而感叹说：“她是为自己哭。因为生命最令人心烦意乱的极限是死亡。因为死亡是多么不公平。因为人体验过生命以后，死亡似乎就不显得理所应当。我想过 —— 当然是偷偷地想 —— 生命一直延续下去。”①

从心理学上讲，“哭泣”是情感的释放，有助于主体的康复与回归理性，回到理性现实的主人公，想到在坟墓中的“亲人”已经不再是“亲人”或“人”了，人死如灯灭：

> 他们只是骨头了，装在一口箱子里的骨头，但是，他们的骨头就是他的骨头，他尽可能地站在骨头旁边，好像缩短了距离他就可能和他们连在一起，就可能缓减因为丧失未来而产生的孤立感，并且将他与已经逝去的过往重新联系起来。在一个半小时的时间里，这些骨头对他而言是最重要的。重要得可以让他不顾这座冷落的墓园那阵阵腐败气息的来袭。只要他和这些骨头在一起，他就不能离开，不能对他们说话，只能在他们说话的时候倾听。他与这些骨头之间还有许多未竟的事，远远多于现在他与那些血肉之躯之间所发生的事。血肉消失了，骨头却长存。对于一个不寄望于来生、坚信所谓上帝是虚构、今生就是自己唯一的人来说，这些骨头是仅有的安慰。在他与年轻时的菲比初次相逢时，她或许使它们的重要性退居次席，但现在要说说他最深切的快乐得自于墓园，也并不为过，他可以在这里自得其乐。②

超越很快在这里实现——生命易逝，却有骨头长存。死亡从科学生态意义上讲是一种物质间的正常循环，源自泥土回归泥土，是一个自然过程；人的死亡不是一般的死亡概念，是血肉腐化之后留着骨头的记忆，即使有一天骨头也没了，即使记忆的主体自己也走到了自己行将就木的人生尽头，有可能成为“被记忆”的对象，他对已逝亲人的记忆却依然会随岁月的增加而增加；最后，人的亲情记忆是一种发自内心的情感诉求，是带着宗教虔诚的自己体内心灵的需要，而不是外在压力所使的结果。虽然

---

① 罗斯：《凡人》，第 137 页。原文着重。
② 罗斯：《凡人》，第 138—139 页。

这种需要在人生的不同阶段会受到其他更强烈、更实在的器官需求的压制与排挤，但却占据心灵最深处，总也挥之不去。这种心灵的需要让当代人在送走了虚无的上帝之后精神无所适从。必然地，他死后，他的骨头也将存留下来。

死亡的消息

骨头能留下来，这既是面对死亡的安慰，也是衰老的创痛，其可怕的创痛画面在真实的笔触下表露无遗，衰老的人生成了社会的负担，成了有着敏感主体的现代人所不愿意看到的画面，他们无法容忍自己做人的尊严在别人眼里受到丝毫的损害，更不能容忍自己所爱之人因为爱而深受其累：

> 他已活了近四分之三个世纪，最有创造力、最有活力的日子已经过去。他既不再拥有精力旺盛的男性魅力，也不能再做只属于男人的乐事，他竭力克制自己对此不要太渴求。有一度他觉得自己失去的这部分还会不知不觉回来，令他重新战无不胜无所不能，觉得他将恢复行使他被错误中断的权利，回到仅仅几年前他停下的地方。但是现在，他似乎和许多老年人一样，已陷入每况愈下的境地，无可奈何消磨着没有目的的日子。就算走到头，他都只是如此无目的的白天，不确定的黑夜，虚弱地忍受身体的败坏，终极的悲哀，等待而无所等待。①

他先是发现自己无法做"男人的乐事"，继而发现慢慢地变成和"许多老年人一样"，曾经如此美丽的生命如今已经不再可爱，身体"每况愈下"，隐隐之中他可能感觉到了自己生命的大限将至，先是噩梦不断，接着又感觉到自己奇特的心理变化。老去的现实是如此的不堪，而他在这个世界留下的形象似乎让他充满遗憾：

> 失败的父亲，妒忌的弟弟，不忠的丈夫，无用的儿子——呼喊着一个个他无论怎样努力都追不上的亲人的名字。"妈妈，爸爸，豪

---

① 罗斯：《凡人》，第131页。

伊，菲比，南希，兰迪，隆尼——如果我知道怎么办就好了！你们听见我吗？我要走了！结束了，我要离开你们了！"而他们正以同样的速度与他背道而驰，迅速消失，他们转头若有深意地向他喊："太晚了！"①

死亡或许是可以预知的，只不过人们在很多时候无法充分交流这种预知而将其斥之为虚妄。面对马上要到来的手术，他感觉到，"身体里的六根支撑管告诉我，我一定会在最近哪天就要无所畏惧地说再见了"。② 假如这次手术没有让他死去，这又将成为他死亡意识的一部分；而他死了，这就成了一种死亡的前兆，但如今，比起当初对死亡无边的恐惧，如今接受死亡似乎已经是一种很自然的心理了。很明显，医疗手段无法让他摆脱死亡阴影的缠绕——

　　　　所有这些手术、住院无疑令他变得比刚退休的第一年更孤独、更不自信。连他珍惜的平和、安静似乎都变成了一种自发的幽闭形式，他还深受一种感觉的困扰，感觉自己在被带向死亡。③

在他的生活中，闲适的退休生活就是死亡的代名词。生活本身成了死亡的隐喻，躲无处躲。即使如此，对死亡本能的恐惧还是与对生活作为死亡的隐喻交织在一起，生活中任何可能导致死亡的因素，都让他避之唯恐不及，并在几害相权中努力取其轻："他没有搬回易受恐怖分子袭击的曼哈顿，而是决心抗拒这种身体衰弱所带来的疏离感，要以更积极的态度进入周围的世界。"④ 在这种心境之下，他开了面向养老社区的绘画班。

绘画是他晚年生命中的一项重要选择，也已经脱离了他的职业、生存需要，甚至不是他的兴趣。他为了摆脱死亡的困扰，"以更积极的态度进入周围的世界"，却又不愿意"搬回易受恐怖分子袭击的曼哈顿"，"为此他面向养老社区的居民开设了两个绘画班，每周各上一节课，一个是教人

---

① 罗斯：《凡人》，第 134 页。
② 罗斯：《凡人》，第 134 页。
③ 罗斯：《凡人》，第 62 页。
④ 罗斯：《凡人》，第 62 页。

门新手的下午班，另一个是针对有一定绘画基础者的晚班"。① 事实上，绘画班对大多数参与者来说只是一个"借口"，大家不过希望在这里"与他人建立令自己满意的联系"，大家更感兴趣的是彼此的健康情况，"疾病比绘画更容易引起他们的共鸣"②。"他一直希望绘画班上出现某个能吸引他的女人——这也是他开课的一半原因。"③ "绘画就像驱邪的仪式"④，只是他自己都说不清自己生命中的晚年时光到底中了什么邪。

遗憾的是，绘画不但没有驱除他的心魔，也没有给他带来一个吸引他的女人，反而让他的死亡创痛更为明显。班上大部分学员学不会画画，在一起谈论的也多是病痛与治疗，唯一的一个有灵性的女性学员面对疾病的痛苦还选择了自杀。他为了追求一点生的希望与信息，却再一次得到死亡的提示。

面对衰老与死亡，他在"且战且退"。他在女儿面前声称他已经做了"一个不可恢复的审美绝育手术"⑤，代表了老年对人生的"看透"，对生命之无意义本质的认识，并因此而放弃对生命意义的追求。他终于明白了"人怎么会自觉自愿地放弃充实而选择无尽的虚无呢"⑥ 这一生命悖论："老年不是一场战斗；老年是一场大屠杀。"⑦

（五） 本章小结

生命太美好，不管生活多么艰难、痛苦，主人公还是想"活"下去。因此，像"9·11"、世界大战、大流感，他都不会去思考，只会作出应激反应，尽可能地远离这些可能带来死亡的直接诱因。

《凡人》表达了一个关于生命的结构性创痛悖论：人们一生追求快乐最大化，拼命躲避死亡，但最终却在生命的晚年面临创痛的无边折磨。生

① 罗斯：《凡人》，第 62 页。
② 罗斯：《凡人》，第 63 页。
③ 罗斯：《凡人》，第 80 页。
④ 罗斯：《凡人》，第 81 页。
⑤ 罗斯：《凡人》，第 82 页。
⑥ 罗斯：《凡人》，第 134 页。
⑦ 罗斯：《凡人》，第 127 页。

命对任何一个人来说都是如此美好，每个正常人都愿意自己能够像钻石一样，在这个钻石般的美丽星球上获得永生。蝼蚁尚且贪生，人更是希望活出生命的精彩。只是蝼蚁可能缺少了一种生命意识，缺少了对生命必死的思考，而正常人又都知道"你本生而为生，事实却是为死"这样一个基本的生命事实。因此，自人最早获取死亡意识开始，人们就开始被生命的无常所折磨，会想尽一切办法在躲避死亡的困扰，求助于医药、逃避到更安全的空间，但最终仍将证明一切都是枉然。面对枉然，人们总希望在自己身后留下点什么美好的东西，来作为自己一生为之努力过、奋斗过的人生见证。主人公的父亲选择向无区别的普通凡人出售钻石，来告诉自己的儿子，生活是如此值得留恋，值得人们在面对各种痛苦与折磨时仍然不轻言放弃。主人公理性地放弃传统宗教的欺骗性一面，面对女儿给自己的无私之爱，努力感悟生命中难得的真爱给自己带来的安慰。小说并没有以矫情的浪漫虚构来让主人公有更高的人生觉悟，而是任他意外又意料之中地死在希望能够挽救生命的手术台上：

> 他想，日光普照大地，一个又一个夏日的阳光照耀在充满生机的大海上，真是一个光的瑰宝，它如此巨大，如此珍贵，好像他能透过刻着他父亲姓名首字母的夹眼放大镜凝视这个完美、无价的星球，凝视他的家园，这个十亿、万亿、兆亿克拉重的行星地球！他想着自己离死还远、命不该绝，渴望自己心想事成，渐渐失去了知觉。但是，他再也没有醒来。心脏停止了跳动。他不在了，不再存在，进入了他根本不知道的乌有乡。正如他当初的恐惧。①

这种生命的结构创痛真实感，让小说在后现代主义生命荒诞语境下显得格外突出，似乎他的死亡之后仍有意识，仍然在继续生命的这种痛苦历程，正如他一生的恐惧。

小说以"凡人"为题，传达的生命信息是"人"的第一要务就是活下去！主人公因此而疲于奔命、躲避死亡；而死亡终究是无法躲避的，这就给当代人留下了生命本无意义的困惑，这种困惑将在老年人的世界里长时间折磨每一个主体，寻找生命意义也就成了恒久的新时代主题。

---

① 罗斯：《凡人》，第148页。

第十三章

《鬼作家》和《退场的鬼魂》中的"意义"之魂

（一）简介

人之所以区别于其他生命体，就在于人对生命有"意义"的期待，这是人性本身的结构所决定的。假如生命没有意义，特别是当主体自认为生命没有意义时，他或许就会选择自行结束。任何一个挣扎着活下去的生命，都默认生命还有某些值得活下去的意义。但一个生命从生到死，除了生存本身之外，并没有一种叫作"意义"的东西。换言之，所谓生命意义，不过是主体对生命的一种投射，一种寄托，一种世上本无事、人性自扰之的纠结。如果人不过分地追究生命的意义，他的生命就可以如其他形式的生命一样以"活下去"为唯一最高目标相安无事地终老一生。但在人性结构中，对生命意义的追问却是随文明进程不断上升的生命压力。因此，在意义意志、生命意义、无意义之间的张力让人生活在长期的自设痛苦之中。

在人性自设的对于生命意义的需求的结构性创痛中，各族裔因其文化与文明的传承差异而各有不同。在菲利普·罗斯的书写中，犹太族裔对意义的源头的解释，一个能够取代曾经的天父"耶和华"来作为意义的终极权威与源头的形象就成了这个民族在生命意义的结构性缺席中的变体表现。这个意义之父的替代身份纠结了罗斯近20余年的成熟写作时间。罗斯从1979年开始第一部以祖克曼为角色的小说《鬼作家》到2007年《退场的鬼魂》为止，共出版了9部以祖克曼为主角和/或叙述者的小说，全程见证了罗斯借祖克曼作为作家的"寻父"与"弃父"之旅进行思考的心路历程。

本章选择讨论罗斯从《鬼作家》中的"寻父"主题到《退场的鬼

魂》"弃父"主题的嬗变，主张这一变化代表了当下后现代语境中对"意义"的思考；在传统的意义体系中，"意义"在"神"、在像《圣经》这样的经典中。后现代的多元化语境颠覆了意义的一元性，生命的独立个性得到最大的张扬，但被"去中心化"的生命意义该如何产生，却成了关键性的问题。生命的无意义状态让对意义有着严重依赖的当代人处于一种结构性创痛之中。在罗斯的作品中，我们不断地看到，罗斯在努力主张只有书写才能有意义，书写让意义发生。然而在众多从事书写的人中间，在一个人众多的书写成品中，意义是否真正得到了体现，还是一个问题。如何通过书写建构生命的意义，在罗斯小说的探讨中体现了他构建的"意义结构"，其中包括意义的层次性，也包括想象力与文学虚构性，以"爱"为核心，真实性，意义的年龄时间性，意义的空间性等要素。

生命的意义扑朔迷离，人们寻找意义就像寻找鬼魂一样，直到意义像鬼魂一样消失。意义的结构性缺席是生命创痛的本来源泉。不理解这种缺席则会任生命在一种莫名其妙的混沌创痛之中存在；理解了这种缺席则让生命处在一种寻找鬼魂般的徒劳状态。

（二）寻找意义之父

寻找"父亲"

在《鬼作家》中，叙述者祖克曼是一个取得了一定成就的中年作家，他回顾了自己20多年前的"文学寻父"。这种时间设定很耐人寻味。作家以其独有的介入优势，完全可以不必"多此一举"地以"那是二十多年以前——我当时才23岁，刚刚写作了我的第一批短篇小说"[1] 来以回忆的方式开始叙事，而完全可以这样开头："我今年23岁，刚刚写作了我的第一批短篇小说"。祖克曼对20年前一段生命经历的反思，足以表明这段经历对其生命成长与思考的重要意义，表明20年这一段不短的生命岁月完全没有改变当年通过写作来实现意义的初衷，没有改变当初向一个精神层面的父亲，一个可以为意义生成作见证、下断语的权威致敬的心

---

[1]　[美] 菲利普·罗斯：《鬼作家》，董乐山译，上海译文出版社2011年版，第3页。

情。这也说明小说中的洛诺夫作为精神层面的父亲对青年作家的指导与呵护。《鬼作家》发表于 1979 年，是罗斯的第一部以祖克曼为叙述者的小说。按照罗斯的写作与发表速度推算，小说的写作时间大概在 1976—1978 年，即罗斯的实际年龄可能在 45 岁左右，前推 20 多年的罗斯大概是 23 岁（即 1956 年），而罗斯也正是在这一年首次在芝加哥见到了已经成名的作家索尔·贝娄（Saul Bellow，1915—2005），这些数据均与罗斯作品中惯有的自传性特征基本吻合。对罗斯影响较大的犹太作家包括贝娄、塞林格（Jerome David Salinger，1919 —2010）、马拉默德（Bernard Malamud，1914—1986）。人们很难从现有的线索中精确判断罗斯创作时脑子里是以哪一位作家作为蓝本，或者是以三个人的共同特征虚构而成。毕竟在小说里提及的 1956 年罗斯 23 岁前后，这三位作家也都才 40 多岁，与小说中的 70 多岁的洛诺夫在年龄上还是有很大的距离。在小说分析中，生平数据永远只能作为参考，文学文本本身才是分析的重要依据。布伦特在研究中认为，弗朗索瓦·拉伯雷（Francois Rabelais，1483—1553），伊萨克·巴别尔（Isaac Babel，1894—1940），弗兰兹·卡夫卡（Franz Kafka，1883—1924），都有可能是他的文学之父①，我们有理由认为，罗斯借祖克曼的心路历程，是将多个文学之父合而为一的书写形式。

　　青年人对生命意义生成缺少信心，需要一个"意义之父"（区别于生物父亲）的肯定与指引，包括技艺的指点，但更多的是精神上的肯定。以《圣经》的《旧约》为代表的犹太文明中，一个"天父"耶和华的形象是真理与终极审判官的化身。现代理性宣判了这样一个父亲的"死刑"，然而拥有现代理性的人却并不因此而过得轻松。相反，他必须努力寻找到一个新的"父亲"来作为生命意义的化身。罗斯的《鬼作家》正体现了这样一次寻找父亲的心路历程，这一历程恰恰反映了小说希望探讨的在一个无神、进而也无信仰的后现代主义时代，人们该用何种方式来追求生命意义的严肃思考。

　　作为一个有抱负的短篇小说家，祖克曼希望得到一个同样是"作家"与"艺术家"的"意义之父"的指导，希望他给予自己关于意义的权威的尺度与作家的风骨。另一方面，祖克曼的生物父亲无法给予祖克曼以任

---

① Jonathan Brent，"Philip Roth and the Imagination," in *Reading Philip Roth*，edited by Asher Z. Milbauer and Donald G. Watson（London：Palgrave Macmillan UK，1988），pp. 180-200.

何创作上的支持。祖克曼的父亲是一位"脚病医生",而且他没有直面真理的勇气。如祖克曼所想,"这种支持不仅要来自一个不是脚病医生而是艺术家的父亲,而且要来自美国最有名的那位文学苦行者,那位坚忍不拔和无私无我的巨人"①。

祖克曼除了以独特的书写天赋为读者、评论界甚至也为洛诺夫所接受之外,他还具有自己的慧眼,可以发现洛诺夫的特殊价值。他在公共场合毫不掩饰自己对洛诺夫的崇敬之情,也引得了洛诺夫的注意。他曾把自己创作得比较满意的四部作品寄给了洛诺夫,毫不掩饰要成为他"20 岁的儿子"②。双向的好感与喜悦终于让洛诺夫非常例外地主动邀请祖克曼到家里做客。年轻的祖克曼应邀来到作家洛诺夫家里做客,就是一次这样的寻父历程。

父亲的"资格"

作为意义之父需要相应的"资格",明显地区别于生物父亲的"血缘"资格。祖克曼渴望的是将自己的全部创造力用来从事那"崇高超然"的事业,这是他所希望过的人生。祖克曼初识洛诺夫是设定在 1956 年。23 岁的他来到隐居于 1200 英尺的高山上的作家家里,迅速产生了表面上的认同感:

> 我可以看到发黑的高大枫树上光秃秃的树枝和白雪皑皑的田野。纯洁。肃穆。简朴。遁世。你的全部精力、才华、创造性都留下来用在这绞尽脑汁的崇高超然的事业上了。我看了一下四周,心里想,这才是我要过的生活。③

将自己生命中最美好的部分用来从事创造性的事业,是祖克曼所希望倡导的生命本真模式,与美国文化、犹太文化都不是直接相关。相关的是生命的本真状态与生命意义的建构。

洛诺夫作为一个成名作家,尽管他竭力避世,仍然无法摆脱一个名人被社会烦扰的苦恼,因此他不会轻易见人。祖克曼能享此厚待,在于他较

---

① 罗斯:《鬼作家》,第 10 页。

② 罗斯:《鬼作家》,第 68 页。

③ 罗斯:《鬼作家》,第 5 页。

早地公开地表达了对洛诺夫的崇拜，被洛诺夫视为同道，才主动邀请他上门。以文字功底见长的作家祖克曼非常认真地对待自己崇拜的偶像，自荐信斟词酌句写得异常艰难：

> 我发现我写什么东西都没有像我写那封信那样吃力。不可否认，这些话都是真话，但是我一写下来就觉得显然是假的，越是要显得真诚，效果就越糟。我最后寄出的信已是第十稿了，发出了以后又想伸手到邮箱里把它掏回来。①

这种面对崇拜偶像的紧张心情还体现在他与洛诺夫一开始的交谈中。语言本身的交际功能在这里似乎已经失效，甚至想到要模仿别人的口气来说话。但紧张的心情并没有破坏他坚定的目标：

> 我羞羞答答地、上气不接下气地说完了我的经历——虽然在那充满自信的年代里这是不合我的性格的——我一点也没有因此感到发窘，倒反而因为发现自己没有拜倒在他脚下的钩针编织的地毯上而感到奇怪。因为你瞧，我就是为了想充当 E. I. 洛诺夫的精神上的儿子而来的，就是为了要祈求得到他道义上的赞助，如果能够做到的话，得到他支持和钟爱的神奇庇佑。②

"认父"行为是需要谨慎行事的，毕竟每个人都有深爱自己的生物父亲，抛弃一个生物父亲而去寻找一个精神父亲，在伦理上需要合理的解释。祖克曼的生物父亲对其小说既不理解也不支持，这种原因促使祖克曼去寻找那种能够从精神上支持自己坚持走自己人生道路的父亲：

> 当然，我有自己慈爱的父亲，不论什么时候去找他，他总是有求必应，但是我父亲是个治脚病的医生，不是个艺术家，而且最近因为我的一篇新小说我们家有了严重的分歧。他对我写的东西感到迷惑不解，就跑去找他精神上的导师，一个叫奥波德·瓦普特的法官，要这

---

① 罗斯：《鬼作家》，第 8 页。
② 罗斯：《鬼作家》，第 9 页。

位法官帮助他的儿子醒悟过来。结果是，二十年来我们无话不谈，几乎从未间断，如今却快有五个星期没有说话了，我也就到别的地方去找父辈的支持了。①

祖克曼看到父亲"他毕生都热烈支持犹太人反诽谤联盟"②，凭着犹太人血浓于水的民族情怀，他无法、也不愿意直面自己文化中的各种劣根性，他认为祖克曼的小说是对"家庭的名誉和信任的最可耻和最不光彩的侵犯"③。而祖克曼在小说创作中为真理而发声需要得到支持。生物父亲对儿子的爱，往往体现在对儿子的世俗成就与伦理接受度上，他们更希望自己的子女能够被社会所接纳，而不希望孩子为了所谓的艺术或真理的追求与世界为敌，更何况以他们的人生阅历，往往不可能理解下一辈的叛逆，更不要说艺术与精神上的追求。面对生物父亲的不支持，祖克曼"有点不耐烦做孝顺儿子了"④，这位父亲责备儿子丑化了犹太人，不该把大家都写得那么"贪心"⑤。然而，祖克曼依然需要直面真实、直面真理，特别是直面自己族裔、自己家人的各种劣根性。祖克曼的父亲将他的小说转交给一位颇有名望的法官瓦普特，希望能得到法官的帮助使儿子回心转意，不要以小说的方式揭露族人丑闻。法官同样是审判的权威化身，但是他并不能给予祖克曼任何理解与支持，他自诩热爱艺术的妻子更是火上添油地批评祖克曼。对付这些真理面前狭隘的伪君子，虽然同为犹太人，祖克曼一点不留情面：

　　　　羞辱了你的，是你自己——现在就得自作自受，你这个满口道德说教的笨驴！瓦普特是个无知的牛皮大王！自居为社会栋梁的糊涂虫！还有那个热爱艺术的虔诚的阔太太！她自己有一千万的身价却责备我谋"经济增益"!⑥

---

① 罗斯:《鬼作家》，第 9 页。
② 罗斯:《鬼作家》，第 12 页。
③ 罗斯:《鬼作家》，第 85 页。
④ 罗斯:《鬼作家》，第 88 页。
⑤ 罗斯:《鬼作家》，第 89 页。
⑥ 罗斯:《鬼作家》，第 115 页。原文着重。

作为一个自负而有一定成就的小说家，祖克曼有着自己特立独行的世界观与真理观，他不需要别人的"支持"。他所需要的是一种"见证"。任何一个不"支持"他的人，他可以立刻起身离开——他就是这样对待他那位"脚病医生"父亲的。他要见证的是自己理解中的"真理"和真理产生的方式。在他这样一个有才华的作家身上，作品的创作必须服务于说真话基础上的真理的生产。任何煽情的假话，不管是如何地合乎情感与伦理，他都会拒绝。一个生物父亲在伦理意义上、在偏狭的父子之爱面前，都会面对真理而退缩。祖克曼心中只有真理，宁愿放弃这样一个他深爱着、也更深爱着他的父亲，因为这个父亲不具备一个意义之父的"资格"。

认父仪式

作家是松散的意义与真理的"共同体"，跨越时空而存在，心心相印，互相超越而不相残杀。他们之间不仅仅是有"联系"或者"影响"的关系，而是"一家人"的欣赏与学习和合作的互爱关系。祖克曼试图厘清这种共同体里的成员关系：

> 当然，说"联系"这个词并不恰当。"影响"也是如此。我说的是一家人的相似。照我看来，好像你是巴别尔的美国亲戚——而费里克斯·阿勃拉伐纳尔是另外一个。你通过"耶稣之罪"和《红骑兵》里的一些东西，通过有讽刺意味的做梦和直率的报道，当然，还有通过写作本身。[1]

阿勃拉伐纳尔在小说里是洛诺夫的反衬，他无法与祖克曼成为"一家人"，他有一副类似父亲的面孔，但不会给人以真正的裨益。作为一个成功的作家，他同样拥有魅力，却"在那些阿谀奉承的人们中间，他使我想到了一座无线电铁塔，塔顶上亮着一盏小小的红灯，警告低飞的飞机不要挨近"[2]。阿勃拉伐纳尔虽然成功，也不为名利所累，但是其给祖克曼的印象却是他以孤傲的姿态拒绝给予后辈以任何教益。祖克曼用铁塔与

---

① 罗斯：《鬼作家》，第48页。
② 罗斯：《鬼作家》，第60页。

飞机不能碰撞的比喻来形容阿勃拉伐纳尔与青年作家的断裂和隔阂。因此，阿勃拉伐纳尔无法成为祖克曼所需要的真正的精神导师，永远不会像巴别尔的《耶稣之罪》和《红骑兵》这些作品一样给人鼓舞。"这便是我为什么从夸赛把四篇已发表的小说邮寄给洛诺夫的原因。费里克斯·阿勃拉伐纳尔肯定不想要一个 23 岁的儿子"。①

这种公开的认父心声表明了他对自己未来将要走的人生之路的决心。"这正在我的心中激起了一个儿子对这个有很高德行和成就的人的女儿式的喜爱，这个人了解生活。了解儿子，而表示称许。"

而认父仪式也随之进行。"我突然想吻他。我知道男人之间这种事情比大家说出来的多的是，但是我刚成人不久（实际上只有五分钟），而这种感情是我开始刮胡子以后很少对我自己父亲有过的一种感情，因此它的强烈使我感到糊涂了"。这种吻的冲动是认父仪式的标识。

祖克曼在一定程度上是继承洛诺夫的父亲品质的，洛诺夫未来的自我。祖克曼坦承自己对洛诺夫的喜爱："我喜欢他！是的，对这个没有幻想的人，我的感情是不折不扣的喜欢。我喜欢他的直率、审慎、严格、冷淡；喜欢他毫不留情地筛掉孩子气的、炫耀自己的、永不知足的自我；喜欢他的艺术家的执拗脾气和对几乎一切其他东西的怀疑；喜欢他被掩藏的魅力。"② 这是祖克曼对一个作家的详细描述，也是他自己理解中对真理不懈追求的人的主要品质特征，也是他将用自己毕生精力去实践的生命准则。"我对自己起誓说，我以后要一辈子努力，不辜负他的敬酒"③。

然而祖克曼大概无法想象，他所努力追求的文学父亲，虽然能够给他精神上的指引，他虽然在慢慢地领悟文学的含义，可是当有一天他也将成为"父亲"的时候，他会遇到"不肖之子"。由于生命意义的生成需要有艺术家的情怀，艺术家很明显地区别于普通人，是因为他们有着很强的生命意义意识，愿意将自己对生命意义的理解固定成一定的符号形式来与世界互动，既让自己的意义塑造得到确证，也希望对世界有所裨益。一个有意义的艺术品总是被默认为能够贡献于价值构成的。艺术家必须有一定的天赋，能够对意义的某种媒质、语言天生地感兴趣，并愿意为之付出努力使得自己更加熟悉这种语言的各种语法，能够更好地制造出新的秩序与美

---

① 罗斯：《鬼作家》，第 68 页。

② 罗斯：《鬼作家》，第 58 页。

③ 罗斯：《鬼作家》，第 47 页。

感，也就是新的意义。艺术家生活在世界上不可能不受到世界的束缚。但他必须有突破世俗藩篱的勇气。所有的艺术家都能够很敏感地嗅到这种天分的气息。艺术，特别是能够很快得到同时代认同的艺术也可以给艺术家带来诱人的回报。这就让即使不具备艺术天分的人也会觊觎艺术家的光环与回报，而急于跻身于艺术家的行列。应该说，假以时日，大部分人都能够通过自身的努力，以"时间换取空间"的方式接近艺术，即使无法成为伟大的艺术家，也可以让自己取得一定的艺术成就。但如果连时间也不愿意投入，只希望通过各种"捷径"来假艺术之名通向俗世的成功，就不但难以如愿获取成功，反而招来真正艺术家的鄙弃，这就是祖克曼在《退场的鬼魂》与克里曼遭遇时所必须解决的难题，努力把生命时间引入对艺术地呈现生命意义的理解。

（三）父亲般指引的匠艺精神

对"儿子"欣赏与肯定

祖克曼费尽心机寻找到的这个精神之父并非徒有虚名；洛诺夫对儿子的深刻理解兼悉心呵护，都是建立在他一丝不苟地细读祖克曼的文字之后。他充分肯定了祖克曼的写作才华，特别是他敢于为真理发声的骨气。他对祖克曼十分有信心，并期待他的成长："我想说明的只不过是，他不应该扼杀那显然是他的才华的气质。"①

洛诺夫并不是轻率地奉承祖克曼的才华，他给予祖克曼肯定与鼓励是一个高龄内行的精确评语，这不是一般的人所能够做得到的，而他看到的祖克曼身上不同寻常的东西，也是一般作家所难以企及的。洛诺夫是一个专业作家，但更是一个职业的读者，他会连续几天读，每天读上三个小时别的作家的作品。他认为，"不是这样的话，尽管他做笔记、画线，他就接触不到那本书的内在生命，还不如不读"②。正是这样的阅读方式才能真正懂得别人书写的质量与含义，才能对别人的书写作出合理的评价。要知道此时的祖克曼并不十分自信，迫切地需要有分量的权威的肯定。

---

① 罗斯：《鬼作家》，第33页。

② 罗斯：《鬼作家》，第68页。

洛诺夫发现了祖克曼小说中有自己的坚持与思考，有敢于发声的勇气，有直面自己母国文化中的各种劣根性的勇气，有为"人"发声的勇气。祖克曼的小说在其生物父亲那里得不到肯定。洛诺夫同样坚定而真诚地以年长权威作家的身份告诉祖克曼，他为真理发声并没有问题，这种直面真理的勇气恰恰是最值得肯定的，他说：

> "祖克曼的声音是我这些年来所听到的最有吸引力的声音，以一个初出道的人而言，肯定可以这样说。……我是指声音：那是发自膝盖后部一直达到头顶上面的东西。别太担心'毛病'。继续写下去。你会到那里的。"①

这是对祖克曼最大的鼓励，但话里也充分表达了他洛诺夫作为一个业已成名的作家，并不是说祖克曼的作品全无"毛病"，他只是觉得这些毛病是一个作家成长的代价，是可以克服的。因此，罗斯努力刻画的在表面上是"犹太美国人"而不是"美国的犹太人"，但实质上是无区别的普遍意义上的人。对于一个"有根"的流动的民族，犹太人在任何新的环境中希望更多地留下自己根子上的印记，这完全可以理解。但故步自封式的自我陶醉，甚至想以自己的传统文明取代美国现代文明，或者至少能够囿于自己的文化圈子里形成"国中之国"的文化飞地（enclave），显然无论是对于目的国美国而言，还是对于居住于斯的犹太居民而言，都是有害的。

罗斯笔下的洛诺夫正是致力于这样的努力的人物形象，洛诺夫是犹太权威意义化身的符号，这种权威并不是压迫性的审判，而是真正的祖克曼需要的有着"真理之声"的权威。祖克曼可以说是力排众议"发现"了洛诺夫这样一位父亲，在他同时代的人眼里，洛诺夫不过是"那一代的一个犹太人"，一个"移民之子"，"居然娶了新英格兰一家名门望族的闺秀，这些年来还一直住在'乡下'——这就是说，住在鸟鸣兽语、树木密布的 goyish 的荒野里"。Goy 是希伯莱《圣经》中的"族裔"（nation）概念，就是这样一个深居简出的作家形象所生活的空间却具有与整体民族

---

① 罗斯：《鬼作家》，第 74 页。

相联的象征含义："美国当初就是在那里发源的，也早已在那里告终了。"① 这已经非常清楚地向读者交代了，洛诺夫不是一般的犹太人，祖克曼所寻找的既不是犹太人身份重构的机会，也不是简单地以犹太文明替代美国文明。他是在一个已经死去的美国文明的发源地推出一个犹太权威意义化身的符号。这在表面上是对美国文明的彻底批判与否定，但他并没有因此而狂妄地将自己根源的犹太文明推向神话般的崇高位置。相反，整个小说并没有对美国文明大加挞伐，而仅仅是在开头以这样的背景设定——已死的美国文明的曾经发源地——来对犹太文明进行批判，更主要地，服务于对生命意义的终极追问与建构。这在一定程度上也回答了罗斯在书写中常为批评界所关注的犹太身份建构问题。很明显，他无意于建构一个美国语境下的犹太身份，甚至也不完全是犹太文明背景下的美国身份。他更大的诉求在于，努力思考普遍意义上的"美国人"的问题，以及一般意义上人的问题，他要努力解决书写的目的和生命意义的生成方式。

新族裔身份

人固然不能忘本，不能忘记自己的"根"，但这不意味着到了新的生存环境还得死守原来的传统，不越雷池一步，他既需要思考、挑战自己根上的传统中的陋习，又要重新称量自己目的地文化中的不足。洛诺夫在当年海明威和菲茨杰拉德统治美国文坛时期，就创作了一系列犹太人流亡的小说，以极大的勇气挑战以海明威、菲茨杰拉德等所组成的当时占统治地位的美国权威话语："那种小说是此前所有美籍犹太人都不曾写过的。"② 在这里，叙述者没有走向对立的极端说海明威之流有怎样的话语错误，而是在强调那些被忽视的犹太话语在美国语境下该如何共同来构成美国话语。洛诺夫在这种通过加入新声音来建构美国共同话语的过程中，自然不会得到海明威之流已经形成的美国声音的读者们的拥趸；但更为严重的是，他的表述方式与内容也让犹太人自己不满。他们会认为，犹太人不应该是以这种形象在美国语境中出场。

洛诺夫所为之发声的真理与意义正是这样一种在美国语境下，直面犹

---

① 罗斯：《鬼作家》，第 4 页。

② 罗斯：《鬼作家》，第 11 页。

太人封闭、惨淡的生存境况的声音，这种声音融合了对犹太文明深刻的爱与批判，却又超越文化、种族与国别，传递出洛诺夫直面真相，对"人"的深切关怀。这里包含了像犹太族裔作为移民身份来到美国所遭受的各种不幸，但是不幸不可以作为借口让自己和自己的族人继续"与外人隔离、不相往来"。洛诺夫刻画了这些"失意的、躲藏的、囚禁的灵魂"。①

祖克曼看到了自己的犹太群并没有认清现实，依然沉浸在自恋情结与自以为义的故步自封的民族狭隘情绪中，并没有看到祖克曼的创作并不是犹太人的自我诋毁，而是他们极力遮掩的、不敢直面的犹太人真实的生存境况。祖克曼自身倒是悲天悯人甚至有了悲观厌世的情结，需要通过书写来作为精神堡垒。祖克曼一针见血地指出，"移民身份的局限性与贫瘠的文化导致了他们性格中同时具备了暴躁与温柔的两个极端"。②

一个作家如果能直面自己的时代，为自己的时代精确画像，就是件了不起的大事。这就是祖克曼将洛诺夫作为精神父亲的最直接理由。洛诺夫的作品"挖苦"了上辈犹太人为之自豪的犹太复国行为，其中也挖苦了包括祖克曼的亲生父母在内的亲人，祖克曼从中则读到了一种全新的族裔精神：

> 他的小说在我心底里复燃起我对基本上已美国化的本家族的血缘感情，他们原先是没有钱的、移民出身的小店主，就在离纽瓦克市内巍峨的大银行和大保险公司一箭之遥的地方，继续过着他们的隔离的生活；尤其是，他的小说复燃起我对我们虔诚的、无名的祖先的血缘感情，他们在加里西亚所遭到的磨难，对于在新泽西安安逸逸地长大的我来说，比起亚伯拉罕在迦南所遭到的磨难，其陌生程度只是稍逊一些而已。③

在洛诺夫的书写中，祖克曼读到了自己陌生而遥远的历史与自己的关联。任何一个族裔的血泪史只能靠那些从中走过、亲身经历的人来书写，任何经书上的或者别人口中的真理，都无法真正有益于自己的人生。无论

---

① 罗斯：《鬼作家》，第12页。

② ［美］菲利普·罗斯：《菲利普·罗斯作品　退场的鬼魂》，姜向明译，上海译文出版社2011年版，第86页。

③ 罗斯：《鬼作家》，第13页。

是今天的美国，还是当初的迦南，都不过是一个空间地名而已，只有生活在其中的人，才是历史的真实，他们所经历的每一天都富含生命的真理，值得提炼。

祖克曼看到那些当初不理解自己写作的人，有些经历了艰难的婚姻，财政的危机，种种老年病痛，以及他们儿孙的自私自利的背叛，犹太人终于在生命的最后，明白了祖克曼的小说不是对犹太人的诋毁，而正是反映了他们真实的生活。"其中有些人软化下来和我交上了朋友，再也不会一味地反驳，使我不得不一再重复我说过的话"。[1] 他们明白了生命的许多真理，只是代价略显沉重，用了他们一辈子的时光，对他们而言，似乎晚了一些，但对于新族裔精神的建立，对于人们如何走出自己的狭隘情绪，融入更大的人性，还是有着很大的意义。

匠艺精神的追求

洛诺夫还让祖克曼知道，一个作家必须专注于书写，要有一种艺术家该有的"匠艺精神"。书写并不是文字的简单堆砌，而是艰难的打磨过程。洛诺夫对祖克曼这样传授自己的写作真经：

> 我把句子颠过来倒过去。这就是我的生活。我写了一个句子，把它颠过来，看了一下，又把它倒过去。接着吃午饭。吃过午饭又回来写另一个句子。接着喝茶，把新句子颠过来。接着把这两个句子再看一遍，又把它们都倒过去。接着我躺在沙发上思索。然后我又起来，把这两个句子都扔掉，另起炉灶，从头开始。这已成了例行公事，要是我不这么做，不到一天，我就感到闷得慌，有一种白白浪费的感觉[2]。

洛诺夫谈论的是意义的最小单位"句子"。他能够长时间地纠结于这种最小单位的反复斟酌，足见意义生成之艰难，也足见一个人如果立志于定格生命意义，其所面临的是怎样的挑战，既是毅力的煎熬，又是文字匠工的千百遍重复打磨。

---

① 罗斯：《退场的鬼魂》，第86页。
② 罗斯：《鬼作家》，第18页。

执着于意义生成的人，当意义的形式成为生命的全部时，制造与加工意义的过程非但不显枯燥，不辛苦，反而是一种享受。他写了一篇小说《生活是令人难堪的》，无疑这又是对生命的结构性创痛的思考，已经是第27稿，洛诺夫还在说"这么多次……还是写得不对"①。我们已经很难想象面对一篇文字稿的27遍反复修改而仍旧不满意的心情。这里不是绝望，而是不断提升的自己对完美的追求。他曾对学生说"没有耐心就没有生命"②。所谓的耐心，是指面对最无法等待的一种快要憋得"爆炸了的"等待，即我们自认为已经到了自己努力的边缘的时候还在继续凭着顽强的耐心作出最后的努力。

客观地说，洛诺夫对祖克曼的书写建议，强调要有对真理的勇气，书写自己族裔的苦难是为了融入新的生活，面对文字要有耐心的匠艺打磨等，并无特别的励志新意；但这些话从一个不屑于俗世名利的成名作家嘴里说出来，又十分符合正在成长中而尚未建立充分自信的青年作家的心理期待，就显得具有了不同寻常的价值。因此，洛诺夫虽然已经老去，但他那永远不会老去的忠告在祖克曼那里永远闪耀着父性的光辉。

因写小说而成名的洛诺夫当然不止影响了祖克曼一个人。书中还让一个年轻女子"艾米"，一样痴迷于洛诺夫，同样痴迷于写作，同样希望视洛诺夫为"父亲"，甚至为"恋人"。艾米是在"二战"中从荷兰流亡到英国，然后来到美国，她想象自己与《安妮日记》的作者一样的经历，见证、亲历而且记录了人生中最为灾难的身心折磨。她把自己想象中的经历告诉洛诺夫，希望洛诺夫能将她这样一个由未死的安妮改名成艾米的人写入小说。有类似想法的还大有人在，不断地有读者给洛诺夫写信，提供情节希望洛诺夫写入小说；还有一个22岁的印度青年，希望洛诺夫能够收养他，以便让他实现能够来美国的愿望。不难看出，即便像洛诺夫这样一个一心避世的、鬼魂一般的作家，也无法逃脱外面的各种干扰。

在祖克曼从60岁到71岁的这11年的隐居生活中，他褪去了名利与浮华，如同当年的洛诺夫一样，全神贯注地投入写作，竟因此获得了生命的自由。在岁月的沉淀后的独居生活中，体会了"技进乎艺"的快乐：

---

① 罗斯：《鬼作家》，第26页。

② 罗斯：《鬼作家》，第26页。

我可以不太轻松地说，就像我之前说过的，我已经征服了孤独的生活方式。我知道这种生活的艰难与自由，随着时间的流逝我已将自己的需求降至极限。我早就抛弃了兴奋、亲昵、冒险与仇恨，取而代之的是宁静、安稳、与自然和谐的交流、阅读和写作。①

摆脱了不必要的俗世的干扰与成名的喜悦，祖克曼如洛诺夫般沉浸在写作的意义建构之中，并能从书写中获得自由与满足感。

就这样，在这个与世隔绝之地，在我不知不觉之间，日子一天天过去，我成为了一个正宗的老头。一个人过日子的习惯，没有烦恼的孤独生活，已经彻底浸入我的骨髓，摆脱了责任的枷锁，自由自在的快乐——说来荒唐，自由真的比一个人的生命更为重要。一连数日埋头写作，我会感觉到一种近乎奢侈的满足感。②

但遗憾的是，他从自己意义之父洛诺夫那里继承下来的对技艺的体会与喜悦却无人可传，他身边出现的"儿子"觊觎他的是名声，而不再是那种面对真理的魅力而愿意打磨自己技艺的青年。

（四）告别意义之父

父亲遇到"不肖子"的角色转换

祖克曼看到自己并非是需要洛诺夫父亲般帮助的唯一的青年，于是他发挥自己作家的虚构能力，利用从洛诺夫身上学到的写作知识，虚构了一幕生动而煽情的画面，这一画面虚实难辨、扑朔迷离的真相直到《退场的鬼魂》中才得以揭开谜底。30 年后，他在纽约再见到艾米时，他对艾米如实相告：

回想当年，我甚至异想天开地为她构思出一部内容翔实的文学作

---

① 罗斯：《退场的鬼魂》，第 27 页。
② 罗斯：《退场的鬼魂》，第 40—50 页。

品。利用欧洲出版的安妮传记里的恐怖的背景资料，我大胆地把她想象为安妮·弗兰克，但在我构思的情节里，安妮并没有在"二战"的欧洲丧生，而是作为一名来自荷兰的外国孤儿，隐姓埋名地从欧洲来到美国，成为新英格兰的一名大学女生，先当了 E. I. 洛诺夫的学生后又成为他的情人。①

《退场的鬼魂》以 2004 年总统选举为背景，小说中艾米无法接受克里输给了"满口谎言"的小布什，而祖克曼却无动于衷，他见证了很多次的"民主选举"的绝望，"我作为一个不满的自由党和愤怒的公民的历史已经结束"。② 如今业已老去的祖克曼似乎参透了美国政治的本质：

> 在我到达六十岁之前，我并没有背离人生，也没有离开纽约，也没有过隐居的生活。我尽力直面人生，可无论我还会写出怎样的作品，没听说过或不了解基地组织、恐怖主义、伊拉克战争、小布什连任的可能性等，都不会给我带来丝毫的损失。要人们抵制这样强烈的愤怒与危机感是不明智的——在越南战争期间，我也曾狂热得无法自拔——如果我要回到城市里住，那么不用多久我就会被这种情绪及伴随它的诲人不倦般的连篇废话所淹没。这样的情绪，再加上一个空虚之夜的魔法，可以使人变得如疯子般狂热、痛苦又愚蠢。③

祖克曼也曾希望自己对国家真正有益，但是他的热情在一次又一次的绝望中消耗殆尽，无论他再怎么想要维护他心目中该有的国家，却又发现自己只能无能为力。面对文明的堕落，他的对策是在文学作品里，在艺术里，在爱情里，在大自然，唯独不在政治抗议里，只是如今的文学也在遭到文明与政治的"清洗"。

每一个时代都有像当年祖克曼一样急于寻找到文学父亲的青年。如今71 岁的祖克曼在纽约就碰到了克里曼。在克里曼身上祖克曼似乎看到了年轻时的自己，看出了一些自己当年急于求得成功、急于得到别人认同的影子，他几乎是明确地说出了二人之间的相似性："咖啡馆里的人们也许

---

① 罗斯：《退场的鬼魂》，第 32 页。
② 罗斯：《退场的鬼魂》，第 32 页。
③ 罗斯：《退场的鬼魂》，第 36—37 页。

会轻易地误认为克里曼是我的儿子",① 祖克曼利用想象将克里曼塑造成一副无赖的嘴脸,在杰米面前显得污秽不堪。这种形象与现实中如同叙述者的"儿子"相似的形象的反差,与二者在叙述空间上的接近,充满了悖论逻辑,即克里曼以儿子的身份在现实生活中会实施、完成一个父亲因生理原因而无法完成的、他头脑中的愿望——那种最本能的性冲动,这种冲动与当年的祖克曼可能存在某种父子性的因承关系,只不过已经被如今进入老年的父亲角色下的祖克曼所厌恶。

但是,如今已经进入老年的父亲角色下的祖克曼却无法认同克里曼的所作所为。事实上,克里曼从名校毕业,也很勤奋,几乎是个"天才"②,具备了一个艺术家的基本素质,可以走上呈现生命意义的道路,但遗憾的是,他会把自己的天才与勤奋用在凭着想象来为洛诺夫写传记,重点打算还原洛诺夫作品中的"乱伦"情节与洛诺夫本人生活的重合点,以招徕读者。

无论是洛诺夫还是祖克曼,他们都选择"主动退场",相信自己作品的内在生命与声音,不以自己外部的声音干涉任何解读。而克里曼所做的恰恰是通过"创作"作家的生平来干预解读,要重新复活一个死去的作家,让作家的鬼魂,变成作家的肉身。他所要创作的洛诺夫的传记更是以突出洛诺夫的性丑闻来博人眼球,他失去了他该学习到的作家的"英灵",即一个作家与艺术家的风骨与操守。

"文化记者"式的儿子

克里曼是书写的当代符号。他的才华自不必说,但为了迎合市场的阅读需要,他可以放弃写作原则,即放弃了那种敢于为真理"发声"的勇气,他就成了"文化新闻"(cultural journalism)的代表——"文化记者"(cultural journalist)。祖克曼对克里曼虽有一定的理解与同情:

> 作为一个文艺青年,我在他这个岁数初到纽约,从此就饱受了这样的折磨。那些四五十岁的作家和评论家简直把我当个屁也不懂的小孩,除了在性方面也许有那么一点点可怜的知识,而他们认为这方面

---

① 罗斯:《退场的鬼魂》,第 216 页。
② 罗斯:《退场的鬼魂》,第 83 页。

的知识简直就是愚昧，尽管他们自己当然也在性欲中无尽地翻滚。①

但他无论如何也无法原谅克里曼不顾书写伦理的堕落行为，他认为克里曼是想"靠文学混饭吃的队伍中最差劲的一类人"。② 克里曼有时带着狂妄的自信与直白的坦诚在祖克曼面前承认，他想为洛诺夫写传记，并想一炮打响，并不是想要开创一份事业。③ 祖克曼看穿了克里曼想通过挖掘洛诺夫的"隐私秘闻"来为自己赢得成功，并试图制止他这么做。他批评克里曼的行事不过是为了迎合人们的恶趣味，而不是像洛诺夫那样愿意62 次地沉溺于一个句子的精确打磨。

> 为了一个简单的句子可以反复琢磨六十二遍，然而收获的却是对文学的极度无知无觉，对文学的全然不理解，对文学意义的漠视。在他们的眼里，作家精心构造的一切，煞费苦心写出来的一句句一段段，不是噱头就是谎言。作家们因此失去了文学动力。刻画现实的兴趣也因此降低到零点。作家们主要的写作动力总是来自于他们自身，而且一般都不会很大。④

文学家反复打磨出来的文字，在后来人那里变得无知无觉。因此，一方面，作者作为对于文学作品而言的"已死的鬼魂"，被迫退场，这是洛诺夫与祖克曼以及艾米所做到的事。他们不为名利所累，不干涉读者，默默地退场。面对这些悄然而退的鬼魂，克里曼这类文化记者竟然要去纠缠作家的隐私逸闻，以迎合阅读的低级趣味，扰乱鬼魂的清静；另一方面，克里曼并没有继承洛诺夫与祖克曼的文学志趣，去追求真正创造出对自己生命有所裨益的作品，说明鬼魂的退场也是黯然离场，如今再也无人愿意纠缠于意义之鬼魂，无法通过语言呼唤这些意义精魂的出世。洛诺夫活着的时候曾经描述说，"阅读和写作的人们，我们完蛋了，我们是见证了文学时代没落的鬼魂"。⑤ 至此，小说也算是为"鬼魂"的退场点题了——

---

① 罗斯：《鬼魂的退场》，第 86 页。

② 罗斯：《退场的鬼魂》，第 87 页。

③ 罗斯：《退场的鬼魂》，第 40 页。

④ 罗斯：《退场的鬼魂》，第 154 页。

⑤ 罗斯：《退场的鬼魂》，第 156 页。

文学"大众的用途"① 被忽视，而被强加上了许多与文学、审美没有关系的猎奇式阅读，因此文学解读甚至文学创作本身都被扭曲了，这也表明了人们对生命没有意义表现出了麻木的接受，不愿意再为生命的意义作出任何努力了。他们无法挽救一个堕落的、不需要文学本身意义的时代的人。克里曼抛弃了洛诺夫与祖克曼身上身为艺术家与作家的风骨，抛弃了他们作为"意义之父"所能给予的庇佑。

以克里曼为代表的新一代书写者已经彻底抛弃了以洛诺夫与祖克曼为代表的对文学本身的热爱——即通过文学语言来呈现真理。克里曼只想着如何在文艺界一炮打响，并不是想通过向"意义之父"致敬来获得自己的艺术素养，来加入追求真理和意义的艺术家共同体。作为一个投机分子，克里曼所处的时代就是亵渎文学的时代。他们根本不需要一个"意义之父"对自己文学创作的指引，他们只是以文学为猎奇与谋生的手段。这一代人忽视那些真正对文坛有所贡献的人，转而敬仰只有政治正确的作家。同样具有文学鉴赏力的艾米发现，在一场名为"现代文学的里程碑"的展览中，大幅的作家照片中的作家，"都是些愚不可及的所谓政治路线正确的傻玩意"。② 以真理为标榜的大学竟然成了这些愚蠢价值观的起点："这种风气是从大学开始的，可现在已蔓延成燎原之势了。"③

克里曼不在乎文学作品的含义，只知道追逐作家的隐私。艺术作品作为生命意义的形化品，不具备反溯生命的特征，这实际上涉及的是如何解读文学作品的话题，也就是说，利用文学作品来实现生命的赋形只是完成了第一步，而如何解读作品本身的意义却是另外一个重要的话题。这或许也是作家作为意义之鬼魂所必须退场的一个原因。

退隐作家　呈现艺术

以洛诺夫和祖克曼为代表的老一辈作家，为了自己文学作品的含义，选择主动退场。他们深信自己作品的真理，在最大程度上希望自己的作品能启迪心智，而不是通过作品反映作家本人的生命轨迹。这样纯粹的意义时代已经远离，如今的文化工作者无论如何都不想关注作品本身。洛诺夫

---

① 罗斯：《鬼魂的退场》，第 153 页。

② 罗斯：《退场的鬼魂》，第 143 页。

③ 罗斯：《退场的鬼魂》，第 147 页。

假借艾米之名向编辑部写了一封读者来信，信中写道：

　　"在过去，知识分子们把文学视为思想的手段。可这样的时代已经走到了尽头……而现在，在美国，遭到驱逐的是文学本身，因为它反映出人们对生活的看法，其影响是十分严重的。如今，文学的主要功能是被使用在启人心智的文化类报纸上和大学的英语系里，在那种地方人们总是在争论不休，关于虚构文学的意义，关于文学可以给一个思想开放的读者带来多大的收获，而这种争论给文学带来的是破坏性的影响，以至于人们认为文学最好不要再具有任何大众的用途。"①

　　文学遭到驱逐，人们为一些非文学本身话题而争论不休，让文学自身的价值得不到体现，这种为了争论而争论的做法极大地伤害了文学。文化新闻者不是把关注点放在挖掘作家隐私上，就是放在追求作品内容的事实性上，而不是作品的文学真理性上，他们的报道仅仅只是"伪装成对'文艺'感兴趣的小道消息，而它报道的一切也都是有违于真实的"，他们还以"虚伪的仁义道德"质问作家在胡说八道，这些手段仅仅是为了获取关于作家本人的生活细节。② 要知道，文学作品的真实性并不在于作品本身提到的地点、人物或事件是否真实存在，而是这个虚构作品本身传递的对"人"的生存境况的描绘，对思想的描绘是否为"真"，是否能够有利于人们认识自身。

　　作家呕心沥血的小说作品，以及他们尽力去回避解释与说明的努力，就是为了"启发人们去思考"，③ "让他们通过书本本身去了解书本的意义"，④ 去看到小说自身的"想象力"与"文学性"，这些都被文化新闻所掩盖了。文化新闻者所做的就是"将真诚的英语转变为废话"。洛诺夫进一步指出，这"是一帮江湖艺人在竭力摧残文化的野蛮行径"。⑤

　　罗斯在一定程度上呼应了"作者已死"的文学批评宣言。如罗兰·巴特所反对的将作家意图与作家传记包括进对文本的解读中的传统文学批

---

　　① 罗斯：《退场的鬼魂》，第152—153页。
　　② 罗斯：《退场的鬼魂》，第153页。
　　③ 罗斯：《退场的鬼魂》，第154页。
　　④ 罗斯：《退场的鬼魂》，第155页。
　　⑤ 罗斯：《退场的鬼魂》，第154页。

评方式，他认为书写与创作者是不相关的。艺术作品本身有它们的独立性。那些新闻文化者也并不在乎对作品本身的解读，他们以文学与文艺为借口，只是为了卑鄙地挖掘作家的隐私，尤其是有损名誉的隐私。退隐作家，呈现艺术。

不管是洛诺夫还是祖克曼都宁愿主动退场，以保全作品的意义。而大众只对揭人隐私感兴趣的奇特文化现象让取得一定文化成就的人不但成不了文化英雄，反而感到是一件让人难堪的事。文化成就是一个人事业成就的副产品，即当一个人努力追求自己的生存以及后来的事业成功时，他对社会可能做出了一定的贡献而引起社会的关注。这种贡献不是他的设计，社会关注也不是他的动机。但社会对其关注却更进一步引向了多方面，特别是隐私。"名人无隐私"已经成为社会共识。文化人被社会的这种不健康兴趣折磨得非常厉害，对文化关注避之唯恐不及。文化人所希望大众能够关注的是他们的作品，能够去阅读经典，而不是去阅读作家，特别是拿作家的私生活作为人生常态去关注，作为文化品位的谈资。

退隐不去"鬼魂"

在《鬼作家》中，艾米是《安妮日记》的作者，见证、亲历而且记录了人生中最为灾难的身心折磨。在祖克曼的虚构中，艾米成了个主动追求新生活的人，愿意忘记自己惨痛的过去，让生活重新开始的人，不希望别人、当然也包括不希望自己靠"创痛营销"来赢得别人的同情和怜悯。事实上，安妮并没有死里逃生，更没有来到美国；也不是《安妮日记》的作者，而艾米只是有幸从瑞典纳粹人手下逃离并辗转来到美国的犹太难民。祖克曼将安妮与艾米杂糅、拼贴在一起，就是想要在文学想象中塑造一个直面真理的"人"，并且充满"性幻想"地爱上了艾米。由于小说中虚构与现实结合过于紧密，也难免会引起误读。因此，在《退场的鬼魂》中，祖克曼专门作了"澄清"，承认这是他将想象力发挥到极致的一次文学构思。"回想当年，我甚至异想天开地为她构思出一部内容翔实的文学作品"。①

在《退场的鬼魂》中，自从祖克曼做了治疗前列腺癌的手术后，他就必须承受丧失性功能与小便失禁这来自生理上的双重打击，然而他依然

---

①　罗斯：《退场的鬼魂》，第141页。

向往生活，向往爱情，即使到了老年，他仍然会选择接受生活的这种
诱惑：

> 我在七十一岁的高龄，又回到了曼哈顿的上东区，这时离我生龙
> 活虎、身强力壮的青年时代曾住过的地方才几步之遥。①

他确实重新找到了生活，在这里他迷恋上了一位叫杰米的已婚女性。
杰米性感，懂艺术，在小说中与克里曼正好处在对立面，祖克曼不可抗拒
地爱上了这位 30 多岁的美女作家。这位女作家长得美丽，个性独立，敢
于追求真理，他再一次发挥自己善于虚构创作的特长：

> 我要把这个故事变幻为我的真实，这个关于艾米、关于克里曼、
> 关于所有人的故事。我就这样口若悬河地又说了一个多小时，雄辩地
> 证明了我的逻辑，直到最后连我自己都相信了我说的这一套。②

祖克曼在"小说""事实"与"真实"之间进行艰难的区分："小说
从来也不代表着复述事实。它是在叙述形式下的一种沉思。"③ 对祖克曼
而言，生活真正让他难受的，固然有肉体不便带来的痛苦与羞辱，包括小
便失禁，包括失去性能力，但更主要的在于生活在一个没有爱的世界里。
当他突然发现自己爱上了年轻的杰米，他希望通过文学作品来实现自己爱
情梦想的愿望就变得异常强烈。

小说的第四章"我的大脑"就是祖克曼把生活中本来不存在的"事
实"变成自己心中意义的"真实"。在虚构的创作中，当杰米问他生活中
多年无法与女人做爱是不是非常"难受"的事，他的回答是"从某种角
度来说，一切都让我难受"。④ 这是一个悟透了生活本来面目的答案，从
老年"居高临下"地看人生，生命充满了各种创痛，一切都让人难受。
都市有都市的痛苦，隐居有隐居的痛苦，都体现了生命无爱无意义的

---

① 罗斯：《退场的鬼魂》，第 4 页。
② 罗斯：《退场的鬼魂》，第 168 页。
③ 罗斯：《退场的鬼魂》，第 167 页。
④ 罗斯：《退场的鬼魂》，第 183 页。

"结构性创痛"。活到 71 岁，祖克曼突然又感觉到了生命的"疯狂"，[①] 这不再是性的驱动，而是对爱的渴望，是希望通过"爱"来实现生命意义。从这个意义上讲，作家全身心地投入自己的创作中，就是为了自己渴求的"意义"的生成，而不是为了社会"功效"，为了意义，作家会不顾社会的各种误读，也会不顾自己的辛苦付出。

表面上，这是一个老年人"心有不甘"地希望介入生活，而实际上，这是以"情欲"为代表的生命意义冲动，是一种"好德"如"好色"一样的生命原始冲动的隐喻。如果人们能够明白这一点，就应该知道生命中哪一刻也无法或缺的意义是可以通过幻想、虚构、书写和象征来实现的，是文学才能承担的、虽如鬼魂一般幽幻、却又必不可少的人类精神。

（五）本章小结

祖克曼从 20 世纪 50 年代寻找一个文学的意义之父到 21 世纪初拒绝一个不肖之子的认父请求，宣布文学在当代的丧失，让文学的鬼魂从人们的生活中"退场"，是小说从主张文学像宗教一样进入人们的日常生活，到批判世俗社会对文学的糟蹋，实际上是从一正一反两个方面来表述了文学的意义。两部小说都分别运用到了衰老的母题，在《鬼作家》中，老弱的洛诺夫连一个鸡蛋都需要与人分吃[②]，却仍然可以坚守文学的最后阵地；在《退场的鬼魂》中，祖克曼的年龄甚至已经超过了当年洛诺夫的年龄，前列腺手术让他丧失了性功能，但面对 30 多岁的杰米，他却似乎重新唤回了生命里的情欲，重新激发了艺术创作的热情。而面对社会价值观的整体堕落，面对文学正在变成人们对作家生活的猎奇，作品本身的意义被忽视，或者成了人们以性幻想的方式想象作家生活的手段，于是他以批判的姿态宣布文学鬼魂的退场，而实际上，人们通过文学追求生命意义的努力永远也不会真正消失。

---

① 罗斯：《鬼魂的退场》，第 105 页。

② 罗斯曾经拜访过马拉默德，事后罗斯曾回忆马拉默德叫妻子为他煎半只鸡蛋的有趣经历，也容易被解读为马拉默德"不放纵自己"的例子。（Pierpont, *Roth Unbound*, 109）但很明显，这样的文本证据并不足以将洛诺夫等同为马拉默德，而只表明罗斯在利用自己身边的真实素材塑造理想的文学形象。

　　罗斯塑造的主人公祖克曼，将文学创作看成是生命意义的实现方式，需要一个人从他涉世之初就有追求真理的勇气，还需要一个理解自己、赏识自己才华与努力的"意义之父"来不断地鼓励和鞭策自己，这样一个父亲要苍老到遍识人间沧桑，不轻易向创痛低头；还需要面对冰冷文字时反复打磨的匠艺精神。这种理想化、浪漫化的生命意义固然美好，但过于严苛的实现方式却似乎与普通人的生命无缘。

第十四章

梅·萨藤随记中的衰老创痛与成长

刘伯茹（浙江农林大学暨阳学院 副教授）

（一）简介

20 世纪 90 年代，在文学老年学的影响下，"叙事老年学"（Narrative Gerontology）提出通过讲述"生命故事"来丰富老年生活，并通过他们的讲述内容来诊断衰老或健康状况（如阿尔茨海默症），并相应地带来一定程度上的恢复与生命弹力①。然而，叙事老年学局限于从社会、文化或实证等角度出发，是从外部"介入式"的"外主位"（etic）养老模式，没有能够照顾到老年人的意义建构的自我启蒙、自我教育的"内主位"（emic）式的晚年创造性。

人类是一种"有故事的种属"（story species）②，甚至人们通常所说的"自我"也是靠叙事来实现。布鲁纳就说"没有故事，就没有自我"③。叙事老年学强调"老年人在自己生命中怎样创造与再创造个人意义"，是"进行叙事意义生成、维系与改变的研究的异常紧迫场所"④；主

① 如兰德尔等讨论了老年传记带来的生命"弹性"（resilience）恢复能力，William L. Randall, "The importance of being ironic: Narrative openness and personal resilience in later life," *The Gerontologist* 53（1）（2013）, pp. 9-16.

② Joseph Gold, *The Story Species: The Life-literature Connection*（Markham, ON: Fitzhenry-Whiteside, 2002）.

③ Jerome Bruner, "Narratives of aging," *Journal of Aging Studies* 13（1）（1999）, p. 8.

④ Steven Weiland, "Criticism between Literature and Gerontology," in *Voices and Visions of Aging: Toward a Critical Gerontology*, edited by T. Cole, W. Achenbaum, P. Jakobi, & R. Kastenbaum（NY: Springer, 1993）, p. 85.

张"心所经历的生活与叙述的生活密不可分"①，而且，"每一个人的生命都是一个故事，都在生活的过程中讲述自己"②。更有学者认为，"人生结构在一定程度上近似文学文本"③。在现实生活中，女性远比男性长寿，其中一个原因可能就是由于女性每天要说 2 万字，而男人每天最多说 1 万字，这也就是说，那些希望健康长寿的男性公民要向萨藤、向女性学会增加语言的日产出量，提高大脑代谢程度，把语言的深层使用（Deep Use）作为深脑刺激（Deep Brain Stimulation，DBS）的一种有益尝试，提高大脑在老年的活跃程度，来有效地延缓衰老对我们身心健康带来的不利影响。遵循叙事老年学的本初思路，倡导老年人在日常生活中以"随记"为载体，来进行衰老主体的内主位自我深脑刺激，就成为一种理想的对抗衰老的手段。

　　"随记"英文是 journal，与 journey（旅行）同根，指以"天"（day）为单位时间里所完成的事或路程，与"日记"（diary）一词同义，故此义的 journal 在汉语里基本上都译为"日记"，但随着时间的推移，人们进而或许觉得 diary 的"日记"含义过于强调"每日"（day，daily），时间的约束性太强不易于遵守，故而人们多用 journal 来记录当天或近期发生的事，而较少用 diary。本章为了这种意义上的区别而将 journal 临时理解为"随记"，仅供讨论之方便，并无特殊的区别意义。从本质上讲随记当然也是传记文学的一种特殊形式，其不同于"日记"（diary）的地方在于，随记不满足于日常生活的简单记录，也不必像日记那样遵循严格的时间约束，不必"每日一记"，而是以时间为顺序将日常生活中值得记录的琐屑小事与感受精心记录下来，虽然与日记一样也强调记录即近发生的事件，但重视作者对生活事件的反应而不是单单的事件性记录（即什么时间在什么地点与什么人发生了什么事），而是强调记录人认为这一件事对自己有怎样的影响或改变；同时，随记与"传记"（biography）或"回忆录"（memoir）又有着很大区别。传记是"从结尾处开始"（Pascal 1960，12），从后向前看，是对生命的自省式、总结性回顾，但由于记忆的"选

---

① Jerome Bruner, "Life as Narrative," *Social Research* 54（1）（1987），p. 31.

② William Bridges, *Transitions: Making Sense of Life's Changes*（Toronto, Canada: Addison-Wesley, 1980），p. 71.

③ Stuart L. Charmé, *Meaning and Myth in the Study of Lives: A Sartrean perspective*（Philadelphia: University of Pennsylvania Press, 1984），p. 51.

择性"或不精确性，都会让回忆录的作品在贴近生活本身方面打了不小的折扣。萨藤以前也曾写过"自我叙事"的作品，如《植梦深深》（*Plant Dream Deep*），就更像是"回忆录"，与她后来的随记相比，这本书既不具有随记作品的"亲和力"，也少了"自我剖析"的成分①。而随记则不同，总在"进行中"②——立足现在、记录过去、指向未来，强调过程、反思和重构，对预防大脑早衰有着特殊意义。由于叙事"是我们物种对时间的理解的主要组织方式"③，随记叙事则最理想地突出了叙事的这一特征，老年人的生活恰恰是陷入了生活时间、记忆时间、身体时间（生物钟）的时效性混沌，随记叙事对时间认知起到了明显的纠缠作用，一些著名作家如沃兹渥斯（Dorothy Wordsworth）、沃尔芙（Virginia Woolf）等都非常重视随记书写的艺术与实践④。

　　在社会语言学看来，"语言使用是一个微妙的语言年龄标识"⑤，观察语言的使用状况，就可以判断一个人的语言年龄状况，以及其晚年生命中的衰老创痛和应付创痛的方式。本章以萨藤的随记文本为基本分析素材，探讨随记书写对于思考积极健康衰老模式的意义，看到晚年随记书写是如何组织、管理老年生活、晚年创新、建构衰老主体、探寻生命意义的。

（二）　自我书写中的衰老创痛

　　萨藤在生命最后 25 年间（1970—1995）先后发表了 8 本随记，这一历时性语料见证了她在衰老过程中的创痛细节。纵观她的全部随记，几乎从头到尾都充满了衰老中的创痛记录。她的传记作者皮特斯写道："与她

---

① Chris Gilleard，"Suffering old age? An exploration of May Sarton's later life in writing，"*Educational Gerontology*，44：7（2018），p. 423，Note 4.

② Margo Culley，"Introduction，"in *A Day at a Time：The Diary Literature of American Women from 1764 to Present*，edited by Culley（NY：The Feminist Press，1985），p. 19.

③ H. Porter Abbott，*The Cambridge Introduction to Narrative*（Cambridge，UK：Cambridge University Press，2002），p. 3.

④ Stephanie Dowrick，*Creative Journal Writing. The Art and Heart of Reflection*（Crows Nest，NSW：Allen & Unwin，2007），p. 5.

⑤ James Pennebaker，Mehl，M.，Niederhoffer，K.，"Psychological aspects of natural language use：Our words，our selves，"*Annual Review of Psychology* 54（2003），pp. 547-577.

创造的神话相比，她的真实生活非常杂乱、内疚，满是痛苦和失望。"①
与萨藤在作品中所建构的叙事相比，痛苦和煎熬同样存在，她的衰老过程
与任何一个在艰难中老去的女性一样，并不具有那种浪漫的"美"。

　　萨藤的整个衰老创痛在很大程度上是由于她的各种疾病、反复发作的
抑郁症，同时，随记虽然以当前或最近时间里发生的事件为主要记述内
容，她过去的各种创痛记忆还是不断地出现在她的书写之中，而这一切的
痛苦感受又随着她年龄的增加而不断恶化，到了她衰老的"第四年龄"
阶段，她连自己打字都困难，整个书写变成了她的口述录音，别人记录，
再经她和朋友共同编辑成文出版，其中的创痛经历又与其他阶段迥然
有异。

"斤斤计较"的衰老创痛

　　在老年生活中，创痛就是生活的一切。以时间为主要约束的随记体裁
让书写者能够更好地关注现在，而不是像回忆录那样较多地关注过去。然
而在萨藤的随记中，过去发生的创痛也占了不少的位置，这包括在她无法
书写的时候留下的痛，以及她在过去书写中未能涉及的创痛，如今在书写
中，这些创痛可能呈现在她面前，成为一种当前的书写必要："我最近感
到自己像文身一样披满了创伤——我看到的每一处过去都是痛苦。那么为
什么整体上我却是个快乐的人。"② 此刻的她是在描述自 8 月出院到此时
12 月以来几乎没有看过医生的好时光，在表面上宁静的老年生活中，创
痛之感仍然不时地困扰她的思绪。衰老中的创痛让她对以前并不那么健康
的生活也充满了怀旧般的向往："我头一次明白，也许，需要怎样的勇气
才能变老，不再能够做甚至一年前还不算什么的事情有多么气人。"③ 没
有进入那种衰老与创痛阶段的健康之人往往会充满善意地对别人提出各种
理想化的建议，但这些建议对在衰老中痛苦挣扎的人来说，效果却适得
其反：

　　　　我了解了几样不宜对中风患者说的事。不期望巨大的改善是个好

---

① Margot Peters, *May Sarton: A biography* (NY: Fawcett Columbine, 1991), p. 5.
② ［美］梅·萨藤：《梦里晴空》，马永波译，北方文艺出版社 2001 年版，第 199 页。
③ ［美］梅·萨藤：《梦里晴空》，马永波译，北方文艺出版社 2001 年版，第 15 页。

主意。"你感觉好些了吗？"在没有机会演说的时候一个人可以很快地感觉好些了。例如：写作。有几个人建议我坚持写日记——在二月二十号后最初的几个星期。这使我大叫并哭泣起来。"我一行也写不了！我不是我自己了，很长时间都不会是。"有些话会让人感觉残忍——比如对轮椅里的跛子说，"散步对你有好处！"①

如果不是通过萨藤的文字，我们可能很难想象自己平时好心地对老人们的各种"关爱"的"指导"竟然对老人来说可能是"雪上加霜"的残忍。萨藤在努力为自己辩解：不是她不想写作，而是写作的建议与期待让她感到非常的痛苦。她的忠告是：让一个像她这样有着强烈自我意识的人自己思考如何改变，而不要给她那些廉价的或者她一直萦绕在心头的建议。这也是她感到孤独的原因。那些好心的朋友，除了给她带来烦恼，几乎不会交流、沟通。或许对于尚拥有健康的人来说，这确实难以理解：写写字而已，举手之劳，何难之有？但在萨藤看来，被创痛缠绕而不想动笔的时候，人就仿佛不是自己："因为我的头感到这么的不舒服，心理或生理上最小的努力，都让我筋疲力尽。"② 这种"最小"努力甚至包括走路上台阶之类的基本动作："走十级台阶我就气喘。更重要的是没有能力帮忙埋葬我钟爱的猫的骨灰。"③ 这与其说是生活，不如说是死的煎熬——别人等着她的死亡，她自己也感觉生不如死的折磨，如果不是一个有着像萨藤这样顽强生命意志的人，很难想象生命该如何继续。

在衰老的苦痛之中，"过去"本身就成为了一种压力，让老人表现出一种"怀旧"的姿态——回忆过往人生中失去的一切——有一种"我被过去压倒"④ 的感觉：

> 我对所有的丧失都过于敏感，我的痛苦常常与人际关系有关。我经历过太多的生活，自从二十五岁开始真正的生活以及一九三四年我的戏剧公司失败之后，五十年间我与如此多的人发生了关联。⑤

---

① 萨藤：《梦里晴空》，第 15 页。
② 萨藤：《梦里晴空》，第 2 页。
③ 萨藤：《梦里晴空》，第 21 页。
④ 萨藤：《梦里晴空》，第 4 页。
⑤ 萨藤：《梦里晴空》，第 1 页。

而当身体的痛苦不那么敏感时，精神上的折磨又时刻如影随形地与她相伴，即便是她一直很能够哲学的“独处”，一个人的老年生活如同“监狱”①，即使与人相处，她也难求精神上的充实：

> 我一直非常得意于孤独——“孤单是自我的贫乏，孤独是自我的丰富。”现在我惊人地孤单，因为我不是我自己。在与朋友相处超过半小时后，我就会感到我的灵魂在被抽干，仿佛空气涌出一只气球一般。所以什么人在我这里都不会起作用。②

在一个人的世界里，她清晰地体味着“孤单”（loneliness）和“孤独”（solitude）③ 这些在语义上并不存在十分清晰界限的概念；在茫茫人海中，我们特别渴望亲情、友谊与爱情，来实现自己、理解自己，于是我们善待家人、朋友，建立爱情，希望有一天能够得到情感上不再“孤单”的回报。但遗憾的是，有一定理性深度的人们真正以批判的理性去看待这些关系的时候，就会发现，这一切渴望的实现又是那样的浅薄、不值，他们会更愿意回到自己的“孤独”之中，而在宁静的孤独之中却又同时因无一知己来理解自己、来与自己沟通，无法在交流中提升自己而倍感孤单与悲凉。关键的问题是，这种情绪还很难向人诉说，或者变成文字发表出来，因为一旦成为文字就是一种伤害。那些真诚地给予我们各种“浅薄”的帮助、各种“廉价”的善意的人们，发现不被理解时，也会感到莫名的受伤。

面对强烈的衰老意识，她不断地产生“去日苦多”的感觉，为朋友找房源的无功而返对她来说是一种极大的“浪费”，“浪费时间使我很恼怒。这些日子以来我很清楚，留给我的时间不多了，没有几年的时间了。过去我曾吹嘘我决不会退休养老，可现在我却有时梦想只要生活、种花种菜就行了，不再写书了。那该多好！”④ 事实上此时离她去世尚有 20 年时间，如果她真的能够预知自己在这个世界上尚有 20 多年的人生，她又该有怎样的人生设计？或许正是她这种时时将自己的衰老与死亡相联系的意

---

① ［美］梅·萨藤：《海边小屋》，杨国华译，北方文艺出版社 2001 年版，第 17 页。
② ［美］梅·萨藤：《海边小屋》，杨国华译，北方文艺出版社 2001 年版，第 5 页。
③ May Sarton, *After the stroke*: *A journal* (London：The Women's Press, 1988), p. 4.
④ 萨藤：《海边小屋》，第 153 页。

识，让她不断地奋起、努力，让她能够一直写作到生命的最后时刻。

在老年的随记之中，主要内容都是书写者一个人的世界，以自我为中心也使得她的书写容易对外面的任何刺激表现出"斤斤计较"的心理，即使那些善意的关心或帮助。萨藤没有过多地掩饰自己的这种负面情绪，书写让她得到了一定的情感释放。

难以捉摸的身体之痛

衰老中更直接的痛苦还是来自对身体的失控，以及对身体的困惑。有时候，她会一整个下午都在莫名其妙地"发抖"[1]，身体的不受控制让她不时有濒死的感觉："二月二十日半夜我恐惧地醒来，感到仿佛有一条麻木的、也许是死人的手臂正在扼住我。实际上那是我自己的左臂。我无法解脱。"[2] 老年生活的诸多不便，让她即使是在梦中也感觉到如同有死神在随时困扰自己，难以摆脱。她只能勉为其难地应付病痛带来的一切，那些无休止的医疗诊断与结果：

> 随后是六天的测试和交谈。CAT 分层造影扫描显示脑中有一次小出血——也许是不规则心跳排出的一个凝块。然后我回了家，真正幸运的是能讲话和照顾自己——电话成了我的生命线。[3]

好在病症似乎是不能够打倒有着顽强意志的萨藤的，她只要感觉到自己仍然能够掌控语言，就有了把握自我的机会，即使是中风，她也在努力克服："在这样一次轻微的中风后，一个人感到陌生和压抑的程度，那是七周来我慢慢熟悉的东西。"[4] 她在一个人的世界里，艰难地处理老年的生活——"当我中风后从医院回到家时，日常家务似乎不能自理。整理床铺使我精疲力竭，我马上躺下休息了一个小时。"[5] 但各种药物不但没有给她带来安慰，反而带来了更加折磨人的疼痛："那心脏病新药和旧的

---

① 萨藤：《梦里晴空》，第 117 页。

② 萨藤：《梦里晴空》，第 9 页。

③ 萨藤：《梦里晴空》，第 9 页。

④ 萨藤：《梦里晴空》，第 10 页。

⑤ 萨藤：《梦里晴空》，第 13 页。

一样毒害我，白天晚上我的腹绞痛都非常厉害。"① 服药让她有"创伤性逆转"的感受："我认识到我又要下地狱了"②，有时候"我有药物中毒感，今天疲惫不堪"。③

有些疾病似乎是老人的"专利"。萨藤去医院做了钡灌肠，医生诊断她为"憩室炎"，好在不是很严重，医生估计"一周内用代谢药物治愈"④；医生对一个老人的这种承诺，不亚于救命福音。憩室的形成，尤其是在左结肠，都表现为与老化相关，年龄越大，越容易发生憩室现象。憩室本身并不会造成任何问题，但若开口被阻塞时，则形成憩室炎（diverticulitis）。而老年的身体就像一颗威胁随时要引爆的"地雷"，主体也不知道危险何时会发生："我的肌肉和骨骼剧烈疼痛了十天，什么也没做。验了血，什么也没有。做了 X 光胸片，肺里有液体，我竟一无所知。"⑤ 在她曾经寻求"恢复"的过程中，不但恢复没有如期到来，却有了另一次乳腺癌的诊断，她只能接受乳房切除术。那种让一般人望而生畏的手术，在萨藤这里也有了一种"病急乱投医"的"驱魔"效果⑥，帮她消除了一段时间以来的愤怒和自我仇恨。

医生能够给出明确诊断的病情多少都会给她一定的安慰，而她有痛苦的感觉，医生却不知就里，就会给她的痛苦之外再增加一种恐慌与绝望：

> 我进食困难。我一点也不饿。我甚至很难咽下花生酱三明治，好在姜汁汽水似乎有点用，而且我正在服用的治疗胃痛的药物已经起作用了。但大多数时候我还是觉得恶心。我大多只是觉得病了，觉得"不舒服"，觉得有些东西问题很严重，我却无法控制的，无法弄明白。⑦

---

① 萨藤：《梦里晴空》，第 121 页。

② 萨藤：《梦里晴空》，第 53 页。

③ 萨藤：《梦里晴空》，第 55 页。

④ 萨藤：《梦里晴空》，第 22 页。

⑤ May Sarton, *At Eighty-Two*: *A Journal*（London：The Women's Press, 1996），p. 335.

⑥ ［美］梅·萨藤：《过去的痛》，马永波译，北方文艺出版社 2001 年版，第 106 页。

⑦ Sarton, *At Eighty Two*, p. 295.

癌症往往是年龄和疾病的标志，在萨藤这里被当作生命的"挑战"①，她希望从中获取"额外力量"② 来满足自己的老年成长需要；萨藤经历的痛苦是她精神痛苦的延续，她的丧失感和被贬值、被遗弃的感觉，似乎已经渗透到她整个成年生活中，就像渗透到身体一样③，她不简单地抱怨痛苦给自己带来的折磨，而是努力去理解痛苦。她说，"身体是我们同一性的一部分，它的痛苦和不满，它倔强的对'应该'做的事情的拒绝，都会摧毁自尊"④。人不可能抛开身体而独活，要尊重身体给主体发出的各种信号，主体必须放弃必要的尊严，以求得二者的和谐，以达到共同的成长。

第四年龄创痛与书写挣扎

在萨藤极端虚弱之际，连打字都困难，只好用录音机口述她的随记，作为她顽强地"从老年打开的门"⑤。这既是她书写媒质与表达方式的改变，也是她进入生命衰老的"第四年龄"的重要标志，即在很大程度上要依赖于他人或外力的帮助来维系生命。她觉得她现在能期待的只有"持续的疼痛和不断增加的虚弱"，来自"一颗颤动的心脏，一个充满液体和肠易激综合征的肺"。在 79 岁生日后她写完这本随记，她说这是艰难的一年，"学会依赖的一年"，但是，即便在这种情境下，她仍然一直在期待自己会"最终好起来，真正地好起来"⑥。到了她 79 岁快结束之际，她再一次开始了自认为是"新的也是最后的随记"，她称之为"《返场》"。⑦ 一次次定义"最后"表明她已经做好了随时死去的心理准备。她对朋友们说自己"极其脆弱"⑧，并指出"极度痛苦不会产生良好的行

---

① Gilleard, *Suffering old age?*, p. 418.

② Sarton, *Recovering*, p. 128.

③ Gilleard, *Suffering old age?*, p. 418.

④ 萨藤:《梦里晴空》，第 99 页。

⑤ May Sarton, *Endgame: A Journal of the Seventy-Ninth Year* (London: The Women's Press, 1993), p. 9.

⑥ Sarton, *Endgame*, p. 342.

⑦ May Sarton, *May Sarton: Selected letters*, 1955-1995 (Edited and introduced by Susan Sherman, New York, NY: W. W. Norton & Company, 2002), p. 363.

⑧ Sarton, *May Sarton*, p. 359.

为……最好让非常老的病人尽可能地死去"①，对死亡的渴望只能表明她的身心都被折磨到了极点，但像一只 "不死鸟"，她从来不曾真正尝试过要结束自己的生命。

在《返场》中，她的感受起伏非常明显，她时而感到 "很糟糕"、是 "一副可怜的衰老身体" "极度痛苦"②，并经历了 "生命中最黑暗的一段"③，时而又感到正经历着 "美妙的圣诞节"，从不知道自己 "如此无忧无虑"，并深信 "我正在变得更好"④。与人生的其他年龄阶段一样，老年的萨藤也在经历着明显的情感起伏。只不过在这种起伏过程中，她的主动参与和驾驭能力已经越来越弱了，起伏也越来越频繁了。⑤

萨藤虽然在各方的支持下完成了几本随记的写作与出版，但是她仍在渴望写出的中篇小说却永远也难以实现，她越来越感到 "心有余而力不足"。当她开始写另一本随记《八十二岁》时，她形容自己终于进入了 "真正的老年"⑥。表面上没有什么变化：与她早期的随记不同，82 岁的她明显没有痛苦的表情，她所描述的痛苦是 "总是回到过去"⑦。然而，她 "不那么努力"，仅仅是 "一个聪明的老女人，每天享受着它所带来的一切" 的意图，却很容易被那些没有计划的事情带来挫败感⑧。她在书写中抱怨各种琐碎的烦恼，诸如书摆放不当，开罐器坏了，猫没来和她坐在一起，录音不正常，照片让她很沮丧，她发现一个人时常在哭，而且她发现无法真正表现自己的抑郁程度—— "现在不是一种生活。" 要知道就在两天前，她还曾明确地说自己 "快乐，为我学习一种新的幸福，这种幸福与成就，甚至与创造无关"⑨。表面上看，她的晚年书写中充满了日常小事的琐碎与混乱，但反过来看，如果她不忠实地记录这些经历，她的生命就变成了这种完全无意义的混乱。书写中，她需要将这些混乱整理

---

① Sarton, *May Sarton*, p. 349.

② May Sarton, *Encore: A Journal of the Eightieth Year* (New York, NY: W. W. Norton & Company, 1993), pp. 147, 144.

③ Sarton, *Encore*, p. 145.

④ Sarton, *Encore*, pp. 184–185, 203, 209.

⑤ Gilleard, *Suffering old age?*, p. 420.

⑥ Sarton, *At Eighty Two*, p. 15.

⑦ Sarton, *At Eighty Two*, p. 253.

⑧ Sarton, *At Eighty Two*, p. 253.

⑨ Sarton, *At Eighty Two*, p. 252.

出来、记录下来，至少对她本人而言，这都是极有意义的老年认知行为。

虽然她描述了自己的身体局限性，但她的痛苦主要还是源于抑郁和挫折。直到生命的最后，她仍然全神贯注于自己的写作、出版和诗歌创作，仍然期待着自己会恢复健康。在与医生磋商时，只要他没有告诉她已经发现癌症，她就感到放松。她在随记中写到，医生鼓励她谈论自己的问题，以"帮助我适应老年生活"。她总结认为这对她会有好处。但正如她的传记作者所指出的，"在客观的时刻，她欣赏讽刺的意味：伟大的智慧的老女人无法在自己的生活中处理老年问题"①——衰老的必然进程自然不会顾及一个人的"智慧"与"伟大"。尽管如此，在她 83 岁的时候，她继续到伦敦旅行，并且还在编辑她随记的校样——《八十二岁》，即使她认为"83 岁太老了"②。

（三）　随记的"衰年变法"

由于随记是一种特殊的，尤其适合于老年人使用的特殊文学体裁，随记"让老年发生"，通过"用进废退"的语言使用机制，有效地防止大脑功能衰退、防止或延缓衰老所引发的语言蚀失。坚持随记写作是一种积极的内主位（emic）的意义建构，让老年生命不仅充满生命"意味"或"意思"（sense of life），更充满生命"意义"（meaning of life），而要创造生命意义（make meaning），说到底就是讲出生命故事（make stories）。③

事实上，"随记书写"（journaling）也是一种特殊的文学创作形式，其文学文类特征、对于自我表达和情感宣泄等的功能得到了普遍认可④，晚年的生活书写将事实与虚构融合为一⑤，有学者将这种书写范式称为"关于衰老的痛苦和快乐的编年史"⑥。随记文体的独有特性——内容与形

---

① Peters, *May Sarton*, p. 392.

② Sarton, *May Sarton*, p. 391.

③ Mark Turner, *The Literary Mind*（NY：Oxford University Press, 1996）.

④ Philippe Lejeune－*On Diary*（Biography Monograph Series）（2009），p. 80.

⑤ Gilleard, *Suffering old age?*, p. 416.

⑥ Mark K. Fulk, *Understanding May Sarton*（Columbia, SC：University of South Carolina Press, 2001），p. 16.

式的开放性和包容性、面向现在和未来的时间指向性以及整理经历、重构人生的创作生成性——可以服务于以及如何服务于老年创新与成长仍有待学术上的挖掘与论证。

随记书写的老年选择

萨藤对随记写作的态度也一直在转变。一开始,她完全是从"出版"的市场角度与读者角度来写作,尽管一直到她的最后一本随记,她都有着明确的为市场写作的意识,但她还是经历了从为读者而写到为自己而写的过程。在萨藤看来,虽然各年龄阶段都有随记书写的实践,但随记最适合于老年人,因为随记只需要自由与闲散的能量,在精力有一定富余之时,她会更加放飞自己的想象力,在随记中不断对比有更高要求的写作形式:"对我来说写小说真的是一场格斗,在写作时它给我的快乐是如此之少,因为要付出的努力如此巨大。而从虚无中发动袭击的诗歌却不是这样。写诗确有一种极其迷人的欢乐,即便是打了许多次草稿。"① 她一直在渴望自己能够进入更高层次的创作模式:"但是我发现日记令人怀疑,因为它几乎是太容易了。它是一种低级创造形式。"② 萨藤最终选择以更常规的随记书写来作为老年的创作与表达形式,表明了她愿意必须面对现实的心理。衰老中人就会精力不济,可能不宜于诗歌和小说之类的创作,但生命仍然存在意义意志,要利用不断减弱的这种意志能量和创造力,随记就成了很好的选择:随记是一种很好的表达方式,比搞艺术创作要轻松一些,因为作诗需要高度的凝练,写小说要有充沛的精力。③

随记对她来说仿佛是"一个极好的容器,我可以把瞬间清晰的思想感受注入进去,用此来整理日常经验",但如果是要出版的日记,就要"讲究艺术,同时又非常体现私人生活内容"④。很明显,在萨藤这里,"随记"不再是普通意义上的个人生活行为,而是一种"文类"(genre)创作的努力,即那种将个人日常生活"加工"成可读性的文字作品的形式。萨藤对随记的文类定义固然让随记具有了更大的文学性,但也必然让"随记"远离衰老过程。因为对于许多老年人来说,他们可以从事日记书

---

① 萨藤:《过去的痛》,第 35 页。
② 萨藤:《过去的痛》,第 36 页。
③ 萨藤:《过去的痛》,第 18 页。
④ 萨藤:《过去的痛》,第 19 页。

写，但无法追求"出版"，毕竟出版是市场行为与文学书写的结合，与普通人的日常生活还是有较大的距离。但如果从另一个方面来理解的话，这里面的含义就是，对每一个有意于利用书写来对抗自己衰老的人来说，都不可以把这种书写行为理解为简单的"记录"——尽管这样的书写对记忆衰退和语言认知仍然有一定的好处——而是想象自己的文字必将服务于别人和未来，成为别人了解自己的生活、自己所处的时代所无法替代的见证，因此，他就必须尽可能地加入自己的创造性思维，让自己的文字最大可能地体现意义。

萨藤晚年对随记书写的主动选择，是其"衰年变法"的标志之一。从她对随记文学性的辩护，认为随记与诗歌、小说一样，是一种文学创作，包括对真实生活的取材、修辞与合理的虚构，更适合老年人以现实生活为原型的创新需要，可以看得出，她选择的艰难。从写作实践上看，在萨藤的第三年龄衰老阶段，随记是她老年活动的众多创作书写之一，而在她的第四年龄衰老阶段，随记成为她唯一的创作活动，她晚期随记的篇幅也在显著增加。

老年书写的自我调整与自我定义

萨藤在 66 岁的时候开始创作的《康复》（*Recovering*），是她在达到了通常意义上的"老年"之后出版的第一本随记①。她说写这本随记的目的是"整理"自己的生活（sort myself out）②，"看看我是否能以这种熟悉的方式使我的生活恢复一种意义感和连续性"③。她要的，一部分是希望从自己与恋人的情感失意中走出来，也有是表明她想从自己的衰老混沌的生活中理出个头绪来。

写《70 岁》（*At Seventy*）时，她计划将其作为"精力旺盛的老年"的危险和快乐的证明④。她在自己 70 岁生日那天思考 70 岁意味着什么时，她得出的结论是："我一点也不觉得自己老了，与其说是一个仍在途

---

① Gilleard, *Suffering old age*?, p. 418.

② May Sarton, *Recovering: A Journal* (London: Women's Press, 1997), 9.

③ 萨藤：《过去的痛》，第 1 页。

④ Peters, *May Sarton*, p. 352.

中的人，不如说是一个幸存者……"① 面对 "衰老的，70 岁的" 外表，
她写道：

> 对我的年轻朋友来说，70 岁一定显得特别老……事实上，我比
> 六年前写《海边小屋》时年轻得多。比我在尼尔森写这首诗的时候
> 还年轻，《六十岁的格式塔》。我发现，那些关于老年的想象并不完
> 全准确。②

不想服老的萨藤在接下来的岁月里还是很快就感受到了时间的脚步。
在她的下一本随记中，75 岁的她感到自己（当然也是由于中风的原因）
"一跃进入了老年"③。由于健康状况不佳的种种症状，她感到自己 "突然
间意识到自己的身体是痛苦的源泉，而不再仅仅是表达痛苦的工具"④。
萨藤的随记开始把衰老的经历与疾病的经历结合起来，此时萨藤已经明显
地进入了她的 "第四年龄" 的衰老依赖状态，那种日渐 "衰弱和日益依
赖的时光"⑤。

　　衰老中的萨藤最难得的一点就是，即使在中风之后她身体极度脆弱，
连写作这样简单的行为也会给她带来痛苦与折磨，但她始终没有放弃写
作。她清晰地认识到 "这是自我支撑的一个方式"。⑥ 写作让她能看到自
己的坚持："但不能写作使我感到丧失了自我，自一月初我就与我一生想
要的东西隔离了，于是我想我必须试着每天写上几行。"⑦ 写作的简单动
作都让她痛苦不堪，但不写作让她感到自我丧失，对她这样一个有着强烈
自我意识的人来说，心灵的创痛感远重于肉体的痛感。

　　创痛从这一层面上来说，与人的大脑结构性相关联。人 "天生" 地
需要 "意义" "自我" 这些对于肉体生存来说并不是非常起决定作用的虚

---

① May Sarton, *At seventy*: *A Journal* (South Yarmouth: John Curley & Associates, 1984),
p. 2.

② Sarton, *At Seventy*, p. 34.

③ 萨藤：《梦里晴空》，第 18 页。

④ Gilleard, *Suffering old age*?, p. 419.

⑤ Fulk, *Understanding May Sarton*, p. 127.

⑥ 萨藤：《梦里晴空》，第 1 页。

⑦ 萨藤：《梦里晴空》，第 1 页。

构概念，对于人性尚未发展到（或曰"进化"到）自我意识状态的人来说，这些概念并不存在，他们只能隐约地感受到生命中那难言的痛，却无法将其与生命意义、灵魂存在、自我主体性这些概念直接等同起来，更不知道如何去建构这些概念来满足自己的意义冲动。结构性的生命意义缺席，是一种自我的未来投射。在传统概念上，人们把这种缺席的弥补寄托在来世的灵魂归宿，以神的审判、肉体保存、石碑坟墓、艺术创造、立德立言等能够想象出来的各种符号来保存自己的生命意义。

生活是由各种经历交织而成，生活本身并没有"意义"，意义是由人所创造并赋予的。萨藤主张通过随记来"让老年以新的方式发生"①，用文字在构建一个与现实生活平行的虚拟世界，利用随记写作在杂乱中创造秩序、在退场中寻求入场、在疾病中构建健康的新的衰老模式，这才是随记所具有的艺术功能区别于一般意义上的写作的地方。她说，"在我最好的随记中我觉得我传导了正在发生的事，使之看上去为真"②，让作者本人、也让读者有对发生了的事产生了身临其境的真实感，是文字的魅力所在，也是老年生活通过语言的媒质自我调节的主要目的。

书写与衰老中的认知能力

在身心调节之外，书写对记忆同样具有修复功能。萨藤说："我不愿回首过去的一个原因，中风之后我发现自己掉进了回忆的大旋涡中，我震惊于自己爱过这么多人。"③ 这种震惊有两层含义，一是对于自己"无情"的忏悔，很多人她爱过，但竟然近乎遗忘，她无法忍受自己如此多情的薄情；二是她的生活确实太过忙碌，即便在老年表面赋闲的日子里，她没有让自己耽于安适，而是不断地寻找生命中那些值得热爱的主题，将其变为文字，也就是说，她用自己对生命的不断感知、从不间断的爱的发现来充实自己的老年生活。是日记让她重新唤醒那些几乎失落的"爱"。而在认知层面，这种与遗忘斗争的意识与努力的意义就更为明显了。表面上，她在不断地抱怨："忘了东西在哪里。忘记朋友的名字，忘记花的名字（前几天我不记得金盏花了），我在半夜想到在这里写的东西——忘记这么多

---

① Sarton, *At Eighty-Two*, p. 72.

② Sarton, *At Eighty-Two*, p. 72.

③ 萨藤：《梦里晴空》，第 235 页。

东西有时会让我感到迷失方向，也会让我慢下来。"① 每一次抱怨都是一次近乎遗忘的记忆，如同她记不住"金盏花"（calendula）的名字，但通过各种努力，她还是拼写出了这个单词，这样，一个本来可能在她记忆中消失的词汇就随着她的书写而复活、而变得对她有了意义。

那些似乎最无意义的日常琐事，在随记中被书写者所关注、记录并赋予了"意义"："我试着从做家务中学到些什么，学会把家务当作练习，故意埋下来，品味床单的光滑，品味整理秩序本身的乐趣。"② 即便是负面的情绪，经过文字处理，也具有了安抚的功能："自我的深处蜷缩起来。因为这时我甚至连接电话的力气都没有。如我在今天开始时写的，这是一个新阶段——一个我比以前更要孤独的阶段。"③ 她反复书写自己的孤独状态，表达了一种对眼前生活的深深厌恶，与希望好起来的渴望。通过书写对生活琐事进行"赋值"，就是一种良好的认知习惯，因为记录人必须有意识地去挑选生活中值得记录的事件，必须加强对生活的观察与反思，思考生命中的各种为什么。我们可以看到，她通过观察、体味生命中表面上毫无意义的琐事或负面情绪，这些琐事被赋予了感知而具有了"意思"（sense），而当她把这些琐碎的、随时间和记忆而很快消失的意思写成有一定逻辑主题的语篇时，这些事件就被赋值、被定格，成为构成生命意义的有效元素，让生命意义成为可能。书写有面向未来的开放性展开，随记立足当下，既复活记忆，但更主要的是，随记的计划特性让书写者永远期待着未来的发生。针对老年生活不断逼近死亡的封闭性，随记的时间纪律性让书写者能够真正地做到活在当下、分析过去、期待未来。即使在萨藤人生随记的最后篇幅中，她仍然在安排未来。

老年生活由于没有太多的需要奋斗的社会意义层面的"人生目标"而显得破碎，书写给她带来秩序感。在被动的日子她很快就会发现"这些日子不是我选择生活，而是生活选择了我"④，但当她把这种被动感转变成一天的文字的时候，生活的混乱与被动瞬间就成了一种有意义的结构秩序。书写本身就具有一种微妙的治疗作用，萨藤觉得哪怕是记流水账式

---

① Sarton, *At Eighty Two*, p. 28.

② 萨藤：《梦里晴空》，第13页。

③ 萨藤：《梦里晴空》，第54页。

④ 萨藤：《梦里晴空》，第149页。

的日记书写，"写这些家务的流水账使我明白，我好多了"①。生命需要秩序，但日常生活的琐屑重复让生活仿佛在一种无意义的乱麻中，老年生活就更需要书写的治疗、驱魔，没有这种书写经历的人或许永远都无法体会其中的神奇，但即使是在她最痛苦的中风之后的恢复期，也是她最不想动笔写字的时期，她仍明确地说，"我认为写作就是驱邪"②。老年认知层面的这种积极意义不可小觑，秩序感让老年人可以增加对生活的信心与操控感。

（四）　生命在文字中升华

衰老的文本存在性（texistence）③ 不仅仅是一种类比性存在，也是主体通过自己的语言营造出来的一种理想的生存状态。随着年龄增长与身体的衰退，主体的自我意识、对生活的关注方式、认知能力的变化都会体现在其老年生命书写的文本中。

萨藤的写作生涯对老年生活与衰老的偏爱是一个非常了不起的、也是她一以贯之的特点。在她的大部分写作和采访中，她多次表达了自己对老年的理解："我们通常避免的因素——依赖、被动、孤独，甚至皱纹"可以是"正常、有用而美丽的"④，对人们不喜欢的依赖、被动等这些负面的因素，萨藤虽然在写作之中也不时抱怨，但即使是抱怨式的书写，她也在尽力赋予其应有的价值。萨藤一直到生命的尽头，始终坚持做自己"生命的代理人、渴望的主体、建构者和叙述者"；在她生命的最后几个月里，她仍然在修改她最后一本随记的校样。"在过着一种生活时又在创造另一种生活，以不断地给她众多的忠实粉丝带来欢乐"⑤，同时为每一本新的出版物和每一本新的读物增添新的内容，正是通过语言与生命的互

---

① 萨藤：《梦里晴空》，第41页。

② 萨藤：《梦里晴空》，第78页。

③ William Lowell Randall, McKim, A. Elizabeth, *Reading Our Lives: the Poetics of Growing Old* (New York; Oxford: Oxford University Press, 2008).

④ Sylvia Henneberg, *The Creative Crone: Aging and the Poetry of May Sarton and Adrienne Rich* (Columbia: University of Missouri Press, 2010), p. 9.

⑤ Gilleard, *Suffering old age?*, p. 417.

动，她的衰老与病痛才呈现出不一样的风景。

书写走出病痛

词语具有疗效作用（Logotherapy），对于创痛中人、老年人而言，这种作用尤为明显。随记作为萨藤晚年的一种生存方式，在她的生命中占有越来越重要的位置。当身体衰退到不能书写时，她就借助录音机口述随记。随记是她应对衰老、疾病以及各种挫折和打击的有效手段。她讲随记"是一剂良药"："我确实认为写日记是一味良药，即使只能是说出来的而不是写出来的。随记让我清理出什么是现在生活中重要的。"[①] 这种词语的自我治疗让她走出孤独、抑郁、乳房切除、中风、癌症等阴霾，即使是给她带来痛苦与恐惧的手术，在书写的过程中也充满了某种希望：

> 手术开辟了使我成为一般人的道路，不给任何人回信，不允许内疚进入那片领土。问题是那是消极的。那积极的，回到能够证明自身的诗歌，尚没有发生。它会再次发生吗?[②]

她甚至觉得身体不舒服本身就是在表达自己的苦恼、感觉和痛苦，有享受在其中，有一些快乐是可以享受的。在这一点上，萨藤认为身体的苦痛远比长期影响她并将继续影响她的抑郁发作更有成效。这些精神压抑的痛苦，往往并不是因为失去爱而引起的，会让她觉得"自己应该在出生时就完蛋"[③]。

她在别人身上比在自己身上更经常看到年龄的痛苦，包括那种能够引起她"钦佩"的痛苦。比如，她当年的同性恋人朱迪，后来患上老年痴呆症，不认识萨藤，这一度给她很大的打击。这些痛苦经深思熟虑后似乎不再仅仅是当事人的痛苦来源，而是给萨藤作为病情的见证人和见证被带走的人带来许多痛苦[④]。人类对于痛苦的感受有时非常奇特。那些被通常接受的苦难之源所引发的折磨并不一定是在当事人身上。当事人在神奇的生命力驱使之下，也有着强大的自我修复功能，而见证痛苦的人，却在很

---

① Sarton, *Endgame*, p. 65.

② 萨藤：《过去的痛》，第 121 页。

③ 萨藤：《过去的痛》，第 110 页。

④ Gilleard, *Suffering old age?*, p. 418.

长时间都必须生活在那种痛苦的景象中，被那种场景所控制，不时被噩梦缠绕难以走出。

她仍然认为可以通过随记来驯服自己的病痛，并使她最终能够"实现老年的一种美"①。通过书写，她可以将痛苦重新定义：

> 痛苦是最伟大的教师。黎明，我带着这种思想醒来。快乐、幸福，我们会不加疑问地接受。也许，它们是不成问题——一种存在。但痛苦迫使我们思考，迫使我们做出联系，理清事情的究竟，发现是什么事情导致了痛苦。而且，足够奇怪的是，痛苦总是以一种有意义的方式把我们引向他人，而快乐或幸福在某种程度上却使我们孤立。②

《梦里晴空》大部分记录了 1986 年她自认为"充满疾病、压抑的糟糕的旧年"③，而在日记接近尾声的时候，她仍然充满希望地期待 1987 年，只是期待中还带着一丝对衰老创痛的恐惧："这个新年感到沉重，因为恐怕我的心脏又出现了心室纤维颤动。我感到疲倦。"④ 期望中带着一丝恐惧，恐惧之中又寄托了新的希望："这可怜的老躯体，这沉重的心脏仍在继续跳动，上帝知道这是为什么。"⑤ 毫无疑问，医疗手术给了她一定的生命承诺，"通过手术我获得了这样一个洞见，生理残疾激活了愿望，这愿望如此强烈，以致在克服它时似乎有额外的能量投入了，这能量走出了需要"⑥。人们对于健康、舒适与幸福通常有着错误的认知。在很多情形下，人们在有了不适感、经历了病痛或死亡的近距离接触之后，反而容易产生积极的生命观，那些生命中的负面因素也对她具有了积极的意义：

---

① Carolyn Heilbrun, *The last gift of time*: *Life beyond sixty* (New York, NY: Dial Press, 1997), p. 86.

② 萨藤：《过去的痛》，第 185 页。

③ 萨藤：《过去的痛》，第 198 页。

④ 萨藤：《梦里晴空》，第 201 页。

⑤ 萨藤：《梦里晴空》，第 201 页。

⑥ 萨藤：《过去的痛》，第 116 页。

最近几年我一直感到富有，但当我生病的时候我认识到，我富有是因为我一直高产。……我在写诗时感到幸福。“我的杯充溢着快乐”。有时诗歌直接来源于一次创伤。一切都是整个人的一部分，所以，文身，从外部强加的一种图案，并不是一种精确的形象。我推断，创伤教会你强迫自己去解决、战胜、超越。我不愿像一个濒死的动物一样被永远打败。我可以恢复过来并继续创造。①

萨藤顽强而奇特的生命哲学中，虽然创痛一样不受欢迎，虽然她也不断地犹豫甚至想放弃，但她总能将负面的痛楚转换成上进的力量，让生命永远充满活力。

意义意志与衰老中的成长

意义意志（will to meaning）指的是有清晰生命意识之人对日常生命的意义赋值（meaning-giving），自我决定（self-determining），自我创造（self-creating）或自我建构（self-constructing）②的过程，虽然措辞有所不同，但在本质上，都是在混沌的生命历程的“自我启蒙”，是生命意义生成的终极体现。从本质上讲，老年危机就是意义危机，因为在老年人生中，人们的选择少了很多，主体很容易因为丧失选择与操控能力而感到生命缺少意义。萨藤的随记不仅仅是利用语言来解决老年生命创痛的“词汇疗法”，而是拒绝“权力意志”（will to power）与“唯乐意志”（will to pleasure），也拒绝文化歧视性的老年生命意义“叙事权没收”（narrative foreclosure）③。随记让她有调整自我定义的机会，使用随记书写来创造自我、形成新的老年身份故事，践行的是意义意志的“存在主义分析”（existential analysis），不仅仅是一种“发现”（discover），而且是“唤醒”

---

① 萨藤：《梦里晴空》，第 200 页。

② Gary M. Kenyon, "The Meaning/Value of Personal Storytelling," Gary M. Kenyon, Jan-Erik Ruth (Eds), *Aging and biography*: *Explorations in adult development* (NY: Springer Publishing Co., 1996), p. 23.

③ Mark Freeman, "When the story's over: Narrative foreclosure and the possibility of self-renewal," in *Lines of narrative*: *Psychosocial perspectives*, edited by Molly Andrews, S. Slater, C. Squire, & A. Treacher (London: Routledge, 2000), p. 81.

（awaken）主体的自由与责任意识①，努力摆脱宏大叙事与传统、文化对个体的影响，构建自我的独立话语体系与意义体系，让老年生命意义最大化。

萨藤真正的人生最后一本随记——《八十二岁》（At Eighty-two）在她死后一年出版。她对晚年的生活和老年充满了同样的矛盾心理："我说了什么？"她问自己，一个独自生活的老女人……她经常沮丧，但已经学会了思想是如何变化的，而且，她仍然"幸运，被爱包围着"。②这种不断地反躬自问，表面上是对自己的意义构建与创新的不满，实际上也体现了她不愿意以敷衍的方式对待自己的写作，而是希望对自己的书写负责。

在 63 岁她尚有充分的身体自由不受病痛折磨之时，她希望的"老年"含义仍然有"成长"（growing old）的意味，她在思考英语语言的这种词语搭配，既然有了 grow 一词，就表明是一种"成长"，但实质上她所经历的却是"衰竭"与"退化"，要与这些负面的因素抗争。"老年人身上的孩子气"是可以用来对付衰老的"缓慢囚禁"的手段，"带着孩子般的欢喜享受着眼前的一切。这是上帝赐予的一种恩典"③。萨藤在随记中尝试老年成长各种方式，她随记中的老年包括两种内涵，一种是积极主动地拥抱老年，有选择地进入生命的最后绽放和意义选择阶段；另一种是身不由己地被拽入老年，竭力地做出无谓的抵抗挣扎。萨藤明确提出"变老的方式与年轻的方式一样多"④，在老年面对生命的衰老与退化，要学会从"黑暗"的负能量中吸收生命成长的养分，随记帮助她计划、尝试老年生命的各种可能，记录各种点滴成功与失败，分析得失的因果。萨藤的老年成长理念与成长意识，"成长"不仅指生理上的成长，而且包括人在心理、认知、情感、社会、动机等各个方面的成长变化。萨藤认为，成长意味着以一种新的方式看待世界。成长在人的整个一生都是可能的，并

---

①　Viktor E. Frankl, *On the Theory and Therapy of Mental Disorders. An Introduction to Logotherapy and Existential Analysis* (trans. James M. DuBois) (New York, Hove：Brunner-Routledge, 2004), pp. 61-62.

②　Sarton, *At Eighty-Two*, p. 345.

③　萨藤：《海边小屋》，第 18 页。

④　原文中有 "There are as many ways of growing old as of being young"，显然萨藤是在强调 grow 一词的成长含义，即认为在老年，也是一种成长意义，故此处译文根据原文稍有变动，参阅：May Sarton, *The House by the Sea* (London：The Women's Press 1995), p. 180；萨藤：《海边小屋》，第 160 页。

且是必须的；她的随记明确地表达了成长可以发生在晚年甚至直到生命的
最后时刻这一全新的生命理念。

解构死亡的负能量

面对西方当代文明将衰老与死亡、病痛相提并论的文化等式，萨藤反
其道而行之，冷静地面对死亡，同时剖析死亡。在自己的随记中，无论是
友人的死讯，还是她感觉到的自己的死亡，她都进行了大量的描述，体现
了积极的 "向死而生" 的晚年生命哲学。她不回避对死亡的讨论，将每
一天都看成与死神的对话，却同时将每一天的存在价值最大化。

与普通人一样，萨藤也会在衰老的早期就将 "衰老" 与 "死亡" 放
在一起考虑，她承认 "人到了六十岁的时候，内心深处总会有一种深深
的顾虑，即怕死……或者我应该这么说，即是怕死得不体面，让人嫌弃，
诸如长期卧病，让人照看"。[1]《海边小屋》出版时，萨藤 62 岁，在她后
面的 20 多年的书写与思考中，死亡不时地出现，特别是在衰老的过程中，
人们往往会频繁地听到 "别人" 的死亡："近来死亡消息太多了，我感到
脊背发冷，父母亲那一辈的人一个又一个地都去了。"[2] 每一个熟悉的名
字所代表的生命的离去，都会给她带来不小的震动："每次收到这类死亡
消息都是一次地震，每一次地震都会把过去的一部分永远地埋葬。"[3] 当
然更大的震动还是 "物伤其类" 地感受到自己死亡的临近，但由于此时
她毕竟离自己的死亡尚为遥远（尽管她不可能知道到底有多远），她书写
中 "死亡" 的主语较常见的是一个复数的 "我们"：

> 我们走向死亡，却意识不到这点……可我们却明白，当我们年龄
> 越来越大时，对生活强烈的爱必须和更大的超然配合起来，抑或是我
> 们所依赖的起了变化？[4]

这与她在后来的书写中更为直接地提到 "我死后" 的表述存在明显
的差异。在她的老年书写中，她在努力 "提醒" 自己要为死亡做好 "准

---

[1] 萨藤：《海边小屋》，第 38 页。
[2] 萨藤：《海边小屋》，第 63 页。
[3] 萨藤：《海边小屋》，第 64 页。
[4] 萨藤：《海边小屋》，第 39 页。

备"："最近几年来，我一直高度有意识地提醒自己，从现在起就要做死的准备，一定要考虑死亡，而且要尽量把事情办得周到些。"①

所谓理解死亡，不仅仅是培养自己接受"人人都终将死去"这样的宿命，而是培养自己在面对死亡时的合理思考。"也许凤凰只能从它的灰烬中升起，当它达到尽头，那死亡本身。……那是生活着诗歌的某个秘密之处。它如此狂野——有时热情而遥远。"② 也就是说，在心情好的时候，她对死亡还是有着"浪漫的憧憬"。她从自己心爱的宠物猫的安乐死和朋友的死亡中，悟出了生命生死之间的含义，"我花了一夜不眠，试图接受我也许永远见不到她这件事——那是灵魂的死亡，不可能的梦的结束。足够奇怪的是，第二天我就开始写这部日记，知道我真正的自我正在回归"。③ 应该说，每一个生命，无论是物是人，进入我们的生命都不应该被视作偶然，而是一种宗教意义上的启迪之光，是成就我们灵魂与自我的因素，关键是我们该以怎样的心态与智慧来解读这些降临在我们身上的元素。萨藤不但捕捉了生命中这些难得的信息，而且努力将自己对这些信息的感悟变成实际的结果，开始自己的行为随记，定格生命的信息与意义。要知道，每个人都是一天天地"活"过来的，每个人生命中都不缺少这种信息与启迪，但一般人可能就停留在"灵光一现"的感动之中任由其自生自灭了。在思考的分析与解构中，一切的可怕似乎都可以变得合理与可以接受：

> 衰老如此可怕的原因，当然是它动摇了我们有关生命信念的基础，漫长的生长过程后，我们所期望的成熟可能只不过是灵魂朝向更多光明进化中的一步。衰老破坏了这个幻觉或似乎如此。当连续的自我丧失，当不再有任何的整体，你如何能相信一个自我能在另外的地方继续？但当我坐在这里思考这一切时，我突然安慰地想到，大脑的萎缩，大脑累积的动脉硬化，也许并不能毁灭储存在那里的一切，只是冻结或僵化在现在利用不了的地方。随着肉体的死亡，它会再次变得可用吗？④

---

① 萨藤：《海边小屋》，第 39 页。

② 萨藤：《梦里晴空》，第 14 页。

③ 萨藤：《梦里晴空》，第 14 页。

④ 萨藤：《过去的痛》，第 176 页。

随着衰老的深入和病痛不断折磨，老年人很容易有一种"生不如死"的感觉，不时地会产生"自杀"以了结这种痛苦的愿望。在病痛折磨最为集中的《梦里晴空》和在生命晚期的《残局》（*Endgame*）和《八十二岁》（*At Eighty-two*）中，与"死亡"与"自杀"相关的概念在明显增加。在1986年9月24日的日记里，她以很平静的口吻谈到自己死后的一些安排："在我死后我所有的诗歌书籍都将进入这所图书馆"①，在《残局》中，1991年3月16日萨藤接到了一个以前的学生自杀的消息，这让她认真思考了"自杀"这个话题：

> 这以一种奇怪的方式让我比以往任何时候都更加坚定地抛弃了自杀的幻想，想以此来摆脱持续的慢性疼痛。一是我不知道该怎么自杀，但在某种意义上，我觉得人必须有自己的死亡，一个人不能制造自己的死亡。人必须在时间到了时让死亡降临。如果一个人没有遭受太大的痛苦，这么说说会很容易。②

萨藤顽强的生命意识，或者说她从传统中接受到的对死亡的敬畏，让她不轻言死亡，不选择死亡，而是尽量尊重生命本身的进程，静候死亡的降临。对死亡的思考，竟然让她激动不已："这让我热泪盈眶，因为这些天我对死亡有很多想法，死亡的愿望很强烈"，③ 这篇日记写于1993年11月23日，此时的萨藤已经极端衰弱，她确实明显地感觉到了自己的生命即将走到尽头，她已经是全心愿意接受死神的到来，死亡对她来说是一种解脱，但是，在死神没有到来之前，她不会想到自杀，她的生命意志同时也在顽强地拼搏。

任何人的生命都有一个极值，是一个"常量"。在老年阶段，如果人们能够通过有效的手段来延长自己选择、操控生命的"第三年龄"，在年龄常量不变的情况下，就是缩短了第四年龄的依赖期。根据萨藤在日记中的记录，她是在1990年8月24日开始尝试用录音机来"写"日记，由她的助手南茜整理④，并在友人的帮助下编辑出版的。也就是说，她于1995

---

① 萨藤：《梦里晴空》，第126页。

② Sarton, *Endgame*, p. 282.

③ Sarton, *At Eighty- Two*, p. 146.

④ Sarton, *Endgame*, p. 75.

年 7 月 16 日去世前有三本日记，即《残局》（Endgame）、《返场》（Encore）、《八十二岁》（At Eighty-two）都是通过录音听写来完成，这其中体现了她顽强的生命意志与意义意志，也让她生命中的最后时光在与痛苦的斗争中把一个完整的萨藤、一个完整生命和人性呈现在世人面前。我们能够读到的她发表的自己生命中的最后一篇日记写于 1994 年 8 月 1 日①，离她去世不到一年时间，可以说，她用书写将自己的生命支撑到了最后。

（五）　本章小结

在快 60 岁时，萨藤发表了小说《眼前的我们》（As We Are Now），讲述了一个老年女性在疗养院与生活的暴政做斗争的故事。小说刚一出版就受到了"齐声赞美"的评论，讲萨藤不仅是妇女们的冠军，也是老人们的冠军②，小说开头，她这样写道：

> 我不是疯了，只是老了。我这样说是为了给我勇气。为了让你明白我所说的勇气是什么意思，我只要说我花了两个星期才拿起笔记本和笔你就懂了。③

无论是在萨藤的老年小说，还是在她的老年随记中，她都表现出了顽强的"意义意志"，当读到她在小说中提到的要花上两个星期的斗争才勉强拿得起纸和笔的时候，我们就可以感受到她的这种顽强是多么来之不易；同年，她出版了自己的第一本"随记"——"独居随记"（Journal of a Solitude），她从 58 岁开始写作，一直到 60 岁时出版，此后她虽然对继续写随记还是从事艺术要求更高的创作，如写小说或诗歌，一直在犹豫，但她始终不曾放弃随记的书写与发表，一直到她生命结束前不到一年的时间。很难说萨藤本人从自己的书写中到底获得了多少"直接收益"，但从一些对比中我们还是能看出一些端倪。萨藤的文学执行人卡罗琳·海伦布（Carolyn Gold Heilbrun，1926—2003）) 本人也是一名女性作家，也一直

---

① Sarton, *At Eighty-Two*, p. 343.

② Peters, *May Sarton*, p. 304.

③ Sarton, *As We Are Now*, p. 9.

在坚持写作，萨藤称她为"一位如此有天赋、对她的家庭、她的作品和学生如此负责的女性"，[①] 海伦布承认自己在过去的几年里，"也曾希望自己死去：太痛苦了，即使是最简单的家务活不经历极度的疲劳也无法完成"[②]。要知道，海伦布此书出版于 1997 年，也就是在她刚到 70 岁左右的年龄，而且一直到 2003 年她自杀时，人们都不曾发现她生过病，也没有精神病史，没有服药，也没有被诊断为抑郁症[③]。我们虽然尊重每一个人的生死选择，但也从中足以看出衰老创痛对一个人的晚期生命影响之大，能够让一个像海伦布这样专门研究衰老的大学教授都不堪重负而主动选择放弃生命。同时，从中也可以看出晚年萨藤的生存状态是何等的艰难不易，而在这种生存折磨中，她还能坚持生活书写，直到生命的最后时刻，没有超乎寻常的生命意志与意义意志，这一切都是不可想象的。

随记虽然是以日常琐事为主要内容，但其书写价值仍然是围绕人类生命的核心价值展开。萨藤随记的内容、形式、语言风格与质量一直在发生历时性变化，不变的是她对死亡、爱情、生命意义这些常见主题执着的思考，这种面对自己一个人的终极考问，带着一种不自欺的生命勇气，通过文学与语言的方式来探寻真理，"老迈昏聩的结局固然不好，但现在又有什么关系？我已回归到了本质，而这本质是给予生命的，并且会这样留存下去"。[④] 回到生命的本质本真，其中需要的是非同一般的勇气，但收获的却是主体的精神上的独立，以及大脑永不停息的精密运转。"生命在于运动"，但更有意义的"运动"在于大脑的高强度运转。困扰当代衰老过程的"阿尔茨海默症"的成因至今没有明确的定论，更无有效的治疗手段。我们只能从健康老人的生活习惯中，从衰老中的语言蚀失现象思考将日记、随记作为一个积极的应付手段，毕竟对于有充分时间，且有一定读写能力的老年人来说，这不是一项艰巨的投入，更无明显不良反应。

衰老中的书写重在定义"生命意义"，这是人类生命的"结构性需要"，如果人类的意义意志得不到实现，人们的生活就在支离破碎的感官"生命意思"中重复、轮回，主体也因此而更加容易受到创痛的折

---

① 萨藤：《过去的痛》，第 149 页。

② Heilbrun, *The last gift of time*, p. 84.

③ Vanessa Grigoriadis, "Carolyn Heilbrun 1926~2003: A death of one's own," *New York Magazine*, 43 (36), New York, 2003.

④ 萨藤：《过去的痛》，第 97 页。

磨。围绕生命意义的老年书写，两个突出的问题有待解决，一是如何记录身心之病痛这些每日都会重复的感官经历，如何走出这些经历；二是如何面对一天天临近的死亡。死亡作为对生命意义的彻底颠覆，老年人在日记中不应该、也不可能回避。我们愿意理解、也尊重那些生命中不堪痛苦重负的人们在伦理、法律允许的条件下选择"安乐死"，但萨藤赋予生命的"永不言死"的意志，不愿意向死神低头，赋予生命以本身的尊严，更值得人们反思，该如何善待生命、善待死亡。萨藤面对痛苦时，不是没有受到自杀的诱惑，但通过书写，她获得了一种死亡"觉悟"，愿意主动打消这些念头，而是选择尊重生命本身的进程，并通过对自己身后一些事情安排来把死亡变成了生命的一次"历险"而似乎也同样充满了意义。

在我们能够读到的她已经出版的人生最后一篇随记中，萨藤这样写道：

> 是该合上这本日记了。我不必再一天一天地数下去，我要开始构思一本新小说。我渴望重新生活在想象的世界中，那里有我认识的人们，我对他们非常了解，在那里我可以讲心里话。在一本打算出版的日记作品中要把什么都讲出来是不可能的。[①]

很明显，萨藤曾经对随记的这种每日记事式的"日记"体书写还是存在一定的轻视心理的，因为在日记里她觉得无法对"想象的世界"进行充分游历，也似乎因为发表日记这类私密性的书写方式而无法穷尽"心里话"的不尽兴之感。但因为出版而需要面对公众读者接受能力的顾虑，掩盖不了她通过书写定义生命意义的努力，而且，所谓的生命意义，必须是对自己当前阶段的定位与肯定，而不是羡慕别人或那些已经不属于自己的过去："年轻时人们有各种各样的丰富生活，老年生活也同样如此，只不过我们有时忘记了这一点。"[②] 老年随记书写不但丰富、充实了在一般人眼里孤独而空虚的时光，更让生活和感知世界中难得一见的老年风景得以保存、呈现，共同定义生命的完整。

---

① 萨藤：《海边小屋》，第 245 页。
② 萨藤：《海边小屋》，第 160 页。

结　语

　　全球化背景下的人口老龄化催生的诸多问题，在当代的文学作品中都或多或少地有一定的体现。西方发达的资本主义国家率先进入老龄化社会，相应的文学作品也应时而生，反映人口衰老中的各种问题。令人意外的是，"老龄"并不是一个数字概念，而是一个不断变化的文化概念。在汉语表达中，曾经的"年过半百""人生七十古来稀"的"古稀之年"都是当时衰老的标签，但如今，不要说年过半百的 50 岁，就是"古稀"的 70 岁之人，依然在生命的各个层次保持活跃生命体征者，也不在少数；由此可见，许多地方实行的到了一定年龄就"强制退休"，对社会资源是多大的浪费！这在学者之中可能尤为严重！他们用毕生精力积累之所学，正在巅峰成熟之际，可能就随着退休而无用武之地，这一点在《失聪宣判》中已经有了体现。这种浪费的背后也伴随着对老年人权的漠视。

　　随着医疗卫生水平、经济水平、受教育水平，特别是人们普遍提升的生命健康意识，人们的寿命在不断提高，这在客观上必然导致人口年龄结构的改变，老龄人口会越来越多；而且长寿已经不再是人们的唯一追求，对生命质量和生命意义的追求也越来越为人们所重视。人口结构的这种变化和人们对生命意义的整体叩问，以及老年人在总体上的进步与成长速度同社会的加速度发展之间存在的巨大"剪刀差"，让老年人更容易产生相形之下的巨大失落感与创痛感，并因此而反过来影响他们的生命质量。反映这些既存问题，想象人类寿命极限与意义极限的各种可能，就责无旁贷地落到了文学肩上。文学以其挑战各种现存价值体系的勇气与能力，以其不受约束的想象空间，可以凭着其固有的不自欺的坦诚，呈现老年生活这一并不十分招人热爱的生命空间。

　　生命本无意义，活着就是生命的意义；但人这一特殊的物种却又特别需要意义。在生命的壮年期，人们容易被肉体操控，误将各种感官感受

（senses）当作意义（meaning），只有到了晚年，感官衰竭溃败，人才开始活成本真的自我。本该"从心所欲"之人却深感"为时已晚"，误入歧途的泥沼太深而难以自拔。

劳伦斯的小说《石头天使》代表性地体现了在 20 世纪 60 年代一个充满生命创痛、走过 90 载春秋的老人哈格·辛普利，在生命尽头反观自己一生的心路历程。她对自身的衰老现状充满厌恶；几乎看不惯身边的所有人和事，也害怕让别人看到自己老弱的真实面貌。她的这种自仇自厌心理一定程度也折射了社会的"仇老厌老"文化对其心理所产生的压力。生活中她拒绝与人配合，也拒绝接受他人帮助，把别人的各种好意都看作虚假的做作与老年歧视。她抱怨命运对自己不公，而事实上她的每一次选择又恰恰给身边的人带来各种麻烦。细究起来，她身上体现了一种"天使情结"的双重盲视，即在需要时感觉得不到命运天使的呵护，并因此怨天尤人；而另一方面自己又想做个天使呵护亲人，却总是事与愿违。临死前她突然开悟，认识到是自己性格中的高傲导致了一生的苦痛与失败，并试图从小我的狭隘中走出，接受自己的命运与死亡。她自然不可能真的成为天使，也不可能给别人以任何呵护，但她的临终醒悟，体现了一种衰老文化中人们对死亡的期待，既然死亡无法避免，不如从中寻找到些许意义。客观地说，这种觉悟来得有点迟，只能接受为聊胜于无的一种告慰。

艾米斯在 70 年代写小说《翘辫子》时已年过半百，也在隐约担忧自己的衰老，70 年代的英国已开始进入老龄化社会，艾米斯让笔下五个老人这样集中离奇地死去，一定程度上体现了艾米斯本人以及他所处时代在面对不断加剧的老龄化社会进程中不便明言的"恐老"与"仇老"现象，既害怕自己也会像这五位老人中的某一位一样，无厘头地"堕落"到这样的衰老惨状之中；也希望在社会中的老人早一点死去，才可以"眼不见心不烦"。年轻人不喜欢老年生活，老年人自己更是"受害人"，他们更不喜欢自己的衰老处境，无法接受自己衰老中的生活乏味无趣与身体上的痛苦折磨。小说将"死亡冲动"进行集中突出的处理，以期早点结束这种生不如死的衰老惨景，来回避"割喉自尽"的伦理悖论与文明的不堪。

英国 70 年代的另一部小说皮姆的《秋日四重奏》描写了正在老去的一代都市人的情感困境，小说不断地呈现在传统叙事中的"爱情元素"，但"爱情"却始终没有发生。老年无爱、老年不能爱的状况既有历史的原因（如两次世界大战的后遗症），也有都市化的因素。主人公虽然在一定程度上仍然渴望爱情，却又害怕爱情发生，同时又患上了强迫症，只能通过单恋的方式来实现对爱情的想象，面对老年的"述情障碍"使得乡村也无法成为浪漫想象与养老回归的场所。

多丽丝·莱辛 1984 年以"简·萨默斯"的笔名发表《简·萨默斯的日记》，小说以当代社会的老龄化为背景，虚构了一个刚刚进入 50 岁的中年白领女性，思考当代语境下人们在中老年阶段如何继续成长的话题。拒绝成长，就会让人们在中年甚至晚年依然成为"长不大的妻子、长不大的女儿"，面对不成长的创痛恐惧思考自己当前与未来的成长，特别是中年阶段的成长，就必须以极大的勇气接近真正的老人，了解自己生命的必然归宿，培养自己无所畏惧的自立精神，不以爱情、婚姻或事业为借口，来逃避自己的自立与成长。每一个主体对成长的这种追求，积极以老者为师为亲，则又在客观上让一个衰老无缘的社会变得有缘有爱，如果人们都能够以身边的老人为师为镜，既了解生命的真谛，了解死亡的真相，又积极地学会自己的衰老，勇敢地面对自己的衰老与孤独，让生命永远处在开放与成长的状态，也在客观上照顾到了老人的起居与情感需要。

英国当代小说家玛格丽特·福斯特 1989 年发表的小说《男人们够了吗》讲述了一个三世同堂的大家庭服侍患有阿尔茨海默症的老奶奶终老的经历，使当代都市化生活中"居家养老"的话题得到很好的呈现。老人的两个儿子、一个女儿都人在中年，分别代表了英国资产阶级、中产阶级和无产阶级三种家庭背景，他们对自己高龄母亲所表现出的情感在结构上代表了老龄化时代所遭遇的消费主义背景，人们以自己小家庭的支出能力来计算自己的养老付出，把对老人的照料完全交给社会机构式养老，而机构式养老则被描写为以非人的方式对待老人。而当老年人处在阿尔茨海默症的老年失智状态，其对家庭成员的生活习惯与节奏都是巨大的挑战，居家养老的成本消耗因而远不止于用金钱付出的计算上，情感与生活质量的消耗可能更大。小说给人们的思考是，在当代老龄化社会里，差不多人人都有老父老母，该如何照料他们既是一个金钱问题，又是一个情感问题，也实际上牵涉人们如何定义生命质量的问题。如果生命质量就是过自由享受、无忧无虑的日子，老年人就该被送进养老院"集中处理"，如果老年人是我们生命的一部分，社会、家庭与个人就应该考虑更适合于老年情感需要的居家养老模式。

澳大利亚女作家西娅·阿斯特利 90 年代的小说《终曲》以老年人语言蚀失为切入点，隐喻社会文化在老龄时代对老年人生存现状的"失语"，老年人处在自己记忆的边缘，在意义的混沌中挣扎，包括她那骨子里有着深深的"殖民情结"的丈夫在中年时期对婚姻与家庭失去兴趣，以及他的死亡；下一代儿女又把她当作保姆，当作剥削、压榨的对象，忘恩负义地背叛老人，在后现代与后殖民与消费主义的语境中，文化和政治不但让老年人"边缘化"，而且尽一切可能无情地剥削老年人，让老年人生活在外部世界的抱怨和愤怒的情绪之中。

菲利普·罗斯在《遗产：一个真实的故事》面对"子欲养而亲不待"的丧亲创痛，思考以怎样的形式从前辈继承"遗产"的话题，在对比金钱遗产、宗教精神遗产、身体纪念遗产之后，小说让两代人的亲情体现在临终关怀的悉心呵护上，体现了"陪伴是最长情的告白"的亲情表达方式，在两代人的真情中，以遗产的动态加工、建构的方式告诉读者，即使是"屎"也可以成为珍贵的遗产。同时以对比的方式批判了美国文明中亲情孝道严重缺失的现状。

南非作家库切的《耻》和美国作家罗斯的《人性的污秽》是在世纪之交的两部关于"衰老"与"性"的高质量小说，两部小说共同呈现的老年人不断衰弱的性欲给老人带来死神临近的消息。不甘轻易言"死"的老人盲目抗争，恰恰落入"脏老头"现象的文化陷阱。小说中通过人物对"性欲"与"情欲"的误读，通过巨大的年龄差烘托出的伦理困境，看到文化与传统对人本性的打压，让老年人不断产生对自我本性的厌恶情绪，甚至会产生通过技术性"阉割"的想法，使得老年阶段的"性""情""伦理"与"文化"形成复杂的纠缠因素，更增加老年人的衰老创痛。

戴维·洛奇《失聪宣判》选择了"提喻"的修辞手法来呈现他理解的衰老现象，以"转喻"的修辞来呈现他理解的衰老后必将来临的死亡，利用书名"deaf sentence"与死刑"death sentence"之间一个辅音上的细微差别，以近似文字游戏的形式，呈现了一幅在后现代语境下的西方老龄化社会中，表面上看来，好像是因为衰老而失聪所导致的各种滑稽可笑的生活画卷，但实际上是深层次的"衰老即死亡"西方话语中的创痛现实。后现代文化的特征之一，就是结构性创痛"症候"被"消费"。小说把个人的死亡与更大的参观奥斯维辛集中营遗址的死亡放在一起呈现，凸显了后现代语境下人类生存现状的幸福感缺失状况。

保罗·奥斯特 2008 年的小说《黑暗中的人》把老年创痛放在美国政治话语中来呈现，把衰老创痛表现为"广场恐惧"，老人被困在不敢见人的狭小闭塞空间，只能寻求虚构的讲述走向意义的死循环，揭露了美国式的"以自我为敌"的内战式折磨；而痛上加痛的是还必须见证自己所爱的家人后代也在无意义的创痛折磨中挣扎。

菲利普·罗斯 2006 年的小说《凡人》改变了他祖克曼系列小说的政治批判与文化批判的叙事风格，以一个已死的叙述者来呈现其努力躲避死亡的人生，来思考生命的意义与死亡的艰难选择。主人公一生为了求生，经历了各种医疗手术，身体里布满了各种器官替代物，当代"过度治疗"的医疗困境得到呈现，小说以简略的语言将无名主人公 22 年的成年健康生活轻松带过，却以大量的笔墨描写他所遭受的各种死亡恐惧与盲目挣扎，人物在几近绝望的无意义衰老中，虽然试图接受死亡，但他一生的努力却在恐惧之中变得毫无意义。

罗斯的祖克曼系列小说《鬼作家》与《退场的鬼魂》中间跨度近三十年，两部小说都把衰老与创痛的主题放在"意义"视角下呈现，而相对于衰老过程中的创痛而言，生命的"意义"成为更大的挑战。"书写"作为"意义"的主要生成方式，需要一个权威的、父亲式的角色来充当意义的尺度。叙述者寻找意义之父的过程体现了意义本身的不确定性，也给主体带来了困惑。在《鬼作家》中，祖克曼找到了意义之父，体会到了在意义生成的书写过程中需要"匠艺"精神的打磨。到了《退场的鬼魂》中，叙述者则看到了当代美国生活中已经不需要意义，书写变成了文化权力争夺的语言游戏，艺术的"鬼魂"正在退场。

结合衰老中对生命意义的重视，以美国作家梅·萨藤在 58—82 岁期间共书写并出版的 8 本随记讨论意义生成的方式，随记被认为同样是一种艺术体裁，同样服务于生命意义的敞开。随记书写有助于组织、管理老年生活，服务于晚年创新，并能够建构衰老中的主体，探寻生命意义。随记体以松散的艺术形式，最大限度地接近了生命的真实，但其中素材的取舍、组织与修辞手段的运用，又不完全等同于生命的真实。在真实与虚构的双重作用下，晚年生命的意义不断地受到质疑，病痛、死亡这些话题都被近距离地仔细观察，书写者冷静地安排自己的死前细节，反而体现了生命的价值，以及对自身生命的尊重。

人类生命对意义、对爱情的结构性需要，决定了其不同于其他生命的过程与规律；而意义的难以定义，让人类在有选择的成年生命中做出不少个体的、集体的错误决定，使得生命中充满了创痛，而这些创痛又会集中在老年羸弱阶段体现出来。因此，只要生命足够长，任何人都会遭遇到衰老与衰老创痛。

衰老中的创痛，首先是生命过程中积累下来的身体创痛，包括机体所遭受的意外伤害和自然退化。无论是哪一种情况，都会让老年主体产生类似"幼肢疼痛"的错觉，或者产生"顾影自怜"式的老年自仇心理，憎恶自己的衰老形象；而同时，文化则会以"症候消费"的形式将老年人的身体缺陷作为一种文化娱乐材料来消费享乐。

衰老中的书写重在定义"生命意义"，这是人类生命的"结构性需要"，如果人类的意义意志得不到实现，人们的生活就在支离破碎的感官"生命意思"中重复、轮回，主体也因此而更加容易受到创痛的折磨。围绕生命意义的老年书写，两个突出的问题有待解决，一是如何记录身心之病痛这些每日都会重复的感官经历，如何走出这些经历；二是如何面对一天天临近的死亡。死亡作为对生命意义的彻底颠覆，老年人在日记中不应该也不可能回避。萨藤在晚年生命书写中赋予生命的"永不言死"的意志，赋予生命以本身的尊严；在面对痛苦时，她同样受到自杀的诱惑，但通过书写，她获得了一种死亡"觉悟"，愿意主动打消这些念头，选择尊重生命本身的进程，并通过对自己身后一些事情安排来把死亡变成了生命的一次"历险"。

基本上人人都有机会老去，衰老就意味着要面临创痛（而不仅仅是疾病）。如同弗兰科所言，如果生命有意义，痛苦作为生命必然的一部分，也就必须有意义[1]。因此，进行衰老中的创痛研究的目的，就是让还未曾老去的人们懂得这一点，不但不要去害怕衰老中的创痛，不但要学会如何勇敢地面对衰老中的创痛，更重要的是要学会如何弄懂创痛对于我们生命的意义到底是什么。这是每一个凭着自己的"意义意志"所必须要完成的人生任务。弗兰科给出的建议是"词语疗法"（logotherapy），也可以翻译成"意义疗法"，即对任何事情，如果觉得其对自己的生命有"意义"，就要学会用语言精确地表达出来。弗兰科试图从精神分析法、从权

---

[1]　Frankl, *Man's search for meaning*, p. 72.

力意志、唯乐原则中走出来，把"存在性真空"（existential vacuum）看作一种生命常态而不是病态，从而否定了"精神分析"中的"治疗"的观点。对于老年生活中意义的缺失，实际就是处于"存在性真空"的"无聊的状态"①，是衰老中的典型特征，与"星期天神经症"（Sunday neurosis）有一定的类似之处，即因为过于空虚而导致的抑郁在折磨着人们，在渴望已久的自由到来之际、在自己可以享受闲暇的时候内心的空虚感反而变得明显，人们开始意识到自己的生活缺乏满足感、缺少意义。②弗兰科将痛苦的主体不看作"病人"，是对心理分析的一个进步，他对意义疗法的具体做法给出的建议是：

> 根据词语疗法，我们可以通过三种不同的方式来发现生命中的意义：（1）通过创造一件作品或做一件事；（2）通过经历某事或见到某人；（3）通过我们对待不可避免的痛苦的态度。③

包括他的第三条建议在内，我们都能看到其中"事件性"的就事论事的特征，也就是说，只有在当事人"遭遇"到"存在性真空"的意义危机时，才需要进行词语的"意义疗法"，这明显有悖于他所主张的存在性真空的生命"常态"的特征，那种"当代群体性神经症"（mass neurosis of the present time）④，一种集体的、普遍的空虚和无意义的感觉。⑤按照弗兰科对存在性真空的普遍性的描述，当代人都应该尽早意识到这种精神卫生的"亚健康"的危害，主动地想到应付的方法。因此，就必须在一次次的存在性真空的遭遇中，按照弗兰科的上述三条建议操作之外，还要从常态的方式一以贯之地将这三种方式整合成一个统一体，即生命的意义是单一的，每一个有意思的生活片段都必须服务于这种单一意义的生成。

所谓的"单一"意义，是指那种自我的唯一性、一体性，并非指一成不变的僵死语言定义。以弗兰科建议的"创造一件作品或做一件事"，

---

① Frankl, *Man's search for meaning*, p. 111.

② Frankl, *Man's search for meaning*, p. 112.

③ Frankl, *Man's search for meaning*, p. 115.

④ Frankl, *Man's search for meaning*, p. 131.

⑤ Frankl, *Man's search for meaning*, p. 143.

能够在短时间内让生命产生"有意思"的感觉——这种有意思的感觉都是短时间的，包括人们选择去吃一顿丰盛的晚餐——但如果要让这件作品或一件事有利于生命意义的生成，他就必须用自己的认知水平的提高、对生命意义认知的全面性来衡量。因此，他每一次有意义的设计，在完成之后，就变成了一次时间层面的过去的"意思"（senses），要服务于整体的生命意义生成。

这样一来，生命就始终处于面向未来的意义开放，永远必须承受意义生成的压力。表面上看，这会让生命很难受，但正是这种主动选择的"难受"、压力，在化解生命的存在性真空所带来的空虚感与创痛感。那种祈求"生活静美""心如止水"的心态，如果一旦实现，对主体反而是更大的伤害：

> 人真正需要的不是一种无压力的状态，而是为了一个有价值的目标，一个自由选择的任务而努力和奋斗。他需要的不是不惜任何代价释放压力，而是一种潜在意义的召唤，等待他实现。①

也就是说，适度的意义焦虑所产生的压力反而是一种健康心理。当一个人感觉到当前生命舒适无比时，必然很快遭遇更大的心理危机。因此，"学会衰老"实际上就是学会面对衰老状态中生命无意义的存在性真空。除了弗兰科列举的那三条"老有所为"的建议之外，像萨藤那样的随记式书写是更好的方式，也就是，对于一个尚有书写能力之人来说，如果他每天（或至少是每隔几天）能够将自己的当前经历、当前内心世界，有感的与无感的，都翻译成文字，以最精确的方式准确地表达自己的经历与感受。他会发现，只要一动笔，他马上就会遭遇表达的困境，不但提笔忘词，而且有限的词语所能够表达的都是极度重复的琐事，似乎根本不值一记。如果他有勇气走出这一步，开始寻找新的词语来描述每日重复的事情中不同的心情与感受，他就开始了自己生活的再创造。事实上，无论怎样重复的经历，如果他愿意真心、细心对待的话，其中的感受，即使是乏味、厌倦的感受，都是各有差异的。对这些差异的描述，既是语言能力、认知能力的提升，更是发现自我的内心真实的有效途径，也是老年人如同

---

① Frankl, *Man's search for meaning*, p. 110.

照镜子一般见证自己的衰老，并在衰老中成长的过程。哪怕是最简单的字数的增长，也是个人数据上的成就，更何况他不可能停留在数据的机械增长上。这样一来，一年后，或者经年之后，当他再读到几年前自己的内心感受时，他会为自己当初的看不开、不成熟而感受到当年自己的成长的喜悦。

因此，老年人不能一味地追求生命的平静与无欲无求，而是相反，努力地保持一定的意义"落差"，即以书写来反思自己的生命意义，发现生命中意义的不足，积极地看到这种"不足"的意义，通过解释这种不足来理解意义缺失的弥补与建构方式，通过积极主动的认知行为与反思过程，来延缓认知衰退的过程，并同时发现衰老与"无为""无用"的价值。

文献引用

1. Abbott, H. Porter. *The Cambridge Introduction to Narrative*, Cambridge, UK: Cambridge University Press, 2002.

2. Achenbaum, W. Andrew; Daniel M. Albert. *Profiles in Gerontology: A Biographical Dictionary*, Westport, Conn.: Greenwood Publishing Group, 1995.

3. Amis, Kingsley. *Ending up*, London: Penguin, 2011.

4. Anker, Elizabeth S. *Fictions of Dignity: embodying human rights in world literature*, NY: Cornell UP, 2012.

5. Astley, Thea. *Coda*, London: Seeker & Warburg, 1995.

6. Atkinson, Meera and Michael Richardson. "Introduction: At the Nexus," In *Traumatic affect*, edited by Meera Atkinson and Michael Richardson, 1-20. Newcastle upon Tyne: Cambridge Scholars Publishing, 2013.

7. Bailey, Joe. *Pessimism*, London and New York: Routledge, 1988.

8. Ball, Christopher. "Reflections on the Third Age," *Quality in Ageing-Policy, practice and research* 3 (2), 2002: 3-5.

9. Bazin, Victoria; Rosie White. "Generations: Women, Age and Difference," *Studies in the Literary Imagination* 39 (2), 2006: i-x.

10. Beauvoir, Simone De. *Old Age*, Trans. Patrick O'Brian, London: Andre Deutsch and Weidenfeld and Nicolson, 1972.

11. Benjamin, Walter. *Illuminations: Essays and Reflections*, translated by Harry Zohn, edited by Hannah Arendt, 253-264, New York: Schocken, 1968.

12. Bennett, Alice. *Afterlife and Narrative in Contemporary Fiction*, London: Palgrave Macmillan UK, 2012.

13. Berman, Jeffrey. "Revisiting Roth's psychoanalysts," in Timothy Parrish (Ed), *The Cambridge Companion to Philip Roth*, Cambridge: Cam-

bridge UP, 2007: 94-110.

14. Betjeman, John. *John Betjeman letters*, 1906-1984, London: Methuen, 1995.

15. Blanchot, Maurice. *The Unavowable Community*, Translated by Pierre Joris, Barrytown: Station Hill Press, 1988.

16. Bliss, Carolyn. "Review of Astley," in *World Literature Today* 66, 1992: 202.

17. Bird, Delys. "New Narrations: Contemporary Fiction," In Elizabeth Webby (ed), *The Cambridge Companion to Australian Literature*, Cambridge: Cambridge University Press, 183-208.

18. Bradbury, Malcolm. *The Modern British Novel*, London: Penguin Group, 1994.

19. Bradford, Richard. *Lucky Jim: the Life of Kingsley Amis*, London: Peter Owen Publishers, 2001.

20. Brennan, Teresa. *The Transmission of Affect*, Ithaca: Cornell University Press, 2004.

21. Brennan, Zoe. *The Older Woman in Recent Fiction*, McFarland & Co Inc Pub, 2005.

22. Bridges, William. *Transitions: Making Sense of Life's Changes*, Toronto, Canada: Addison-Wesley, 1980.

23. Brothers, Barbara. "Women Victimised by Fiction: living and loving in the novels of Barbara Pym," In Thomas F. Staley (eds.), *Twentieth-Century Women Novelists*, London: Palgrave Macmillan UK, 1982: 61-80.

24. Bruner, Jerome. "Narratives of aging," *Journal of Aging Studies* 13 (1), 1999: 7-9.

25. Bruner, Jerome. "Life as Narrative," *Social Research* 54 (1), 1987: 11-32.

26. Caruth, Cathy. *Trauma Explorations in Memory*, Baltimore, London: Johns Hopkins University Press, 1995.

27. Caruth, Cathy. *Unclaimed Experience: Trauma, Narrative and History*, Baltimore: Johns Hopkins University Press, 1996.

28. Charmé, Stuart L. *Meaning and Myth in the Study of Lives: A Sartrean*

perspective, Philadelphia: University of Pennsylvania Press, 1984.

29. Chen, Gengqing; Liting DONG. "Jane's Self-Development in The Diaries of Jane Somers: An Analysis of Doris Lessing's Feminist Perspectives," *Studies in Literature and Language* 2 (10), 2015: 26–30.

30. Copper, Baba. "Two novels about older women: *Winter's Edge & The Diaries of Jane Somers*," *Off Our Backs* 15 (11), 1985: 16–17.

31. Cotsell, Michael. *Barbara Pym*, NY: St. Martin's Press, 1989.

32. Culley, Margo. "Introduction," In Margo Culley (Ed.), *A Day at a Time: The Diary Literature of American Women from 1764 to Present*, NY: The Feminist Press, 1985.

33. Dale, Leigh. "Colonial History and Post – Colonial Fiction: The Writing of Thea Astley," *Australian Literary Studies* 1 (19), 1999: 21–31.

34. Deng, Tianzhong. "Hemingway's aged characters as the symbol of death," O. Hakola & S. Kivistö (eds.) *Death in Literature*, (Newcastle: Cambridge Scholars Publishing, 2014): 103–119.

35. Deng, Tianzhong. "Traumatic Incontinence of Old Age in Contemporary Fiction," In Karen O' Donnell (ed.), *Ruptured Voices: Trauma and Recovery*, Oxford: Inter-Disciplinary Press, 2016: 41–51.

36. Donato, Deborah. *Reading Barbara Pym*, Danvers: Fairleigh Dickinson UP, 2005.

37. Dowrick, Stephanie. *Creative Journal Writing: The Art and Heart of Reflection*, Crows Nest, NSW: Allen & Unwin, 2007.

38. Dunmore, Helen. "Introduction," In Kingsley Amis. *Ending up*, London: Penguin, 2011.

39. Eaglestone, Robert. "Knowledge, 'afterwardsness' and the future of trauma theory," In *The Future of Trauma Theory: Contemporary Literary and Cultural Criticism*, Gert Buelens, Samuel Durrant, Robert Eaglestone (eds), NY: Palgrave Macmill, 2014.

40. Falcus, Sarah. "Literature and ageing," In Twigg, Julia & Martin, Wendy (eds.), *Routledge Handbook of Cultural Gerontology*, NY: Routledge, 2015: 53–60.

41. Featherstone, Mike. "Post – Bodies, Aging and Virtual Reality," In

Mike Featherstone, Andrew Wernick (eds), *Images of Aging: Cultural Representation of Later Life*, London; New York: Routledge, 1995.

42. Felman, Shoshana. "Benjamin's Silence," In *Traumatic Affect*, edited by Meera Atkinson and Michael Richardson, 22-58, Newcastle upon Tyne: Cambridge Scholars Publishing, 2013.

43. Felski, Rita. *The Gender of Modernity*, Cambridge, MA: Harvard University Press, 1995.

44. Fiedler, Leslie A. "Eros and Thanatos: Or, The Mythic Aetiology of the Dirty Old Man," *Salmagundi* 38-39, 1977: 3-19.

45. Forster, Margaret. *Have the Men Had Enough*, London: Vintage, 2004.

46. Frankl, Viktor E. *Man's Search for Meaning: An Introduction to Logotherapy*, 4th ed. part one translated by Ilse Lasch; preface by Gordon W. Allport, Boston: Beacon Press, 1992.

47. Freedman, Richard. "Sufficiently Decayed: Gerontophobia in English Literature," In Stuart F. Spicker, Kathleen M. Woodward, and David D. Van Tassel (eds), *Aging and the Elderly: Humanistic Perspectives in Gerontology*, Atlantic Highlands, NJ: Humanities Press, 1978: 49-61.

48. Freeman, Mark. "When the story's over: Narrative foreclosure and the possibility of self - renewal," In Molly Andrews, S. Slater, C. Squire, & A. Treacher (Eds.), *Lines of narrative: Psychosocial perspectives*, London: Routledge, 2000: 81-91.

49. Friedrich, Patricia. *The Literary and Linguistic Construction of Obsessive-Compulsive Disorder: No Ordinary Doubt*, NY: Palgrave Macmillan, 2015.

50. Fulk, Mark K. *Understanding May Sarton*, Columbia, SC: University of South Carolina Press, 2001.

51. Gilleard, Chris. "Suffering old age? An exploration of May Sarton's later life in writing," *Educational Gerontology* 44 (7), 2018: 416-424.

52. Gold, Joseph. *The Story Species: The Life - literature Connection*, Markham, ON: Fitzhenry-Whiteside, 2002.

53. Greene, Gayle. *Doris Lessing: The Poetics of Change*, Ann Arbor: The University of Michigan Press, 1994.

54. Grigoriadis, Vanessa. "Carolyn Heilbrun 1926 - 2003: A death of

one's own," *New York Magazine* 43 (36), New York.

55. Gullette. Margaret M. *Aged by Culture*, University of Chicago Press, 2004.

56. Gullette. Margaret M. *Declining to Decline: Cultural Combat and the Politics of the Midlife*, Charlottesville, VA and London: University Press of Virginia, 1997.

57. Hartman, Geoffrey. "On Traumatic Knowledge and Literary Studies," *New Literary History* 26 (3), 1995: 537-563.

58. Hartman, Geoffrey. "Trauma Within the Limits of Literature," *European Journal of English Studies* 7 (3), 2003: 257-274.

59. Heilbrun, Carolyn G. *Writing a Woman's Life*, London: Women's Press, 1988.

60. Heilbrun, Carolyn. *The Last Gift of Time: Life Beyond Sixty*, NY: Dial Press, 1997.

61. Henneberg, Sylvia. *The Creative Crone: Aging and the Poetry of May Sarton and Adrienne Rich*, Columbia: University of Missouri Press, 2010.

62. Hepworth, Mike. Aging and Emotions, Bendelow, G. and S. J. Williams (eds), *Emotions in Social Life: Critical Themes and Contemporary Issue*, London: Routledge, 1998: 173-188.

63. Hepworth, Mike. *Stories of Ageing*, Buckingham: Open University Press, 2000.

64. https://en. wikipedia. org/wiki/Traumatology. 检索日期: 2018 年 2 月 23 日。

65. Jakobson, Roman; Morris Halle. *Fundamentals of Language*'s - Gravenhage, Mouton, 1956.

66. James, Andrew. *Kingsley Amis: Antimodels and the Audience*, Montreal; Kingston; London; Ithaca: MQUP, 2013.

67. Jeffrey, David L. *A Dictionary of Biblical Tradition in English Literature*, Grand Rapids, Mich. : W. B. Eerdmans, 1992.

68. Kaplan, E. Ann. *Trauma Culture: The Politics of Terror and Loss in Media and Literature*, NJ: Rutgers University Press, 2005.

69. Kenyon, Gary M. "The Meaning/Value of Personal Storytelling," In

James E. Birren, Gary M. Kenyon, Jan-Erik Ruth (Eds), *Aging and Biography: Explorations in Adult Development*, NY: Springer Publishing Co., 1996: 21-38.

70. Kenyon, Gary. *Storying Later Life: Issues, Investigations, and Interventions in Narrative Gerontology*, Oxford; New York: Oxford University Press, 2011.

71. Khazaei, Mahsa; Farid Parvaneh. "Lacanian Trauma & Tuché in Paul Auster's *Man in the Dark*," *International Journal of Applied Linguistics & English Literature* 4 (4), 2015: 211-215.

72. Kübler-Ross, Elisabeth. *On Death and Dying, What the dying have to teach doctors, nurses, clergy and their own families*, Oxon: Routledge, 2009.

73. LaCapra, Dominick. *Writing History, Writing Trauma*, Baltimore; London: Johns Hopkins University Press, 2001.

74. Larkin, Philip. "Reputations Revisited," *Times Literary Supplement*, 21 January, 1977.

75. Laurence, Margaret. *Stone Angel*, Toronto: McClelland and Stewart, 1988.

76. Lessing, Doris May. *The Diaries of Jane Somers*, London: Flamingo, 2002.

77. Levinas, Emmanuel. *Time and the Other*, Translated by Richard A. Cohen, Pittsburgh: Duquesne University Press, 1987.

78. Lever, Susan. "Fiction: Innovation and Ideology," In Bruce Bennett and Jennifer Strauss (eds), *The Oxford Literary History of Australia*, Oxford: Oxford University Press, 1998.

79. Lever, Susan. "The novel, the implicated reader and Australian literary cultures, 1950-2008," In Peter Pierce (ed), *The Cambridge History of Australian Literature*, Cambridge: Cambridge University Press, 2009: 517-548.

80. Leys, Ruth. *Trauma: A Genealogy*, Johns Hopkins University Press, Baltimore: MD., 2000.

81. Lodge, David. "Closing Time," InRobert H. Bell (ed), *Critical essays on Kingsley Amis*, NY: G. K. Hall; London: Prentice Hall International,

1998: 309-314.

82. Lodge, David, *Deaf Sentence*, London: Penguin, 2009.

83. Lodge, David: Nigel Wood. *Modern Criticism and Theory*: *A Reader* (2nd Edition), Harlow, U. K. ; NY: Longman, 2000.

84. London Times Obituary: Sir Kingsley Amis, in Robert H. Bell (ed), *Critical essays on Kingsley Amis*, NY: G. K. Hall; London: Prentice Hall International, 1998: 327-331.

85. Loughman, Celeste. "Novels of Senescence: A New Naturalism," *The Gerontologist* 17, 1977: 79-84.

86. Lowry, Beverly. "Tough Old Thing," *New York Times* October 02, 1994.

87. Martin, Brendan. *Paul Auster's Postmodernity*, NY: Routledge, 2008.

88. Matthews, Sean. "Change and Theory in Raymond Williams's Structure of Feeling," *Pretexts Literary & Cultural Studies* 10 (2), 2001: 179-194.

89. Mattila, Aino K. ; Jouko K. Salminen, Tapio Nummia Matti Joukamaa. "Age is strongly associated with alexithymia in the general population," *Journal of Psychosomatic Research* 61, 2006: 629- 635.

90. Mcdermott, John. *Kingsley Amis*: *An English Moralist*, London: Palgrave Macmillan Limited, 1989.

91. Metaxas, Eric. *Life*, *God*, *and Other Small Topics*: *Conversations from Socrates in the City*, London: Collins, 2011.

92. Onor, Maria Luisa; M.Trevisiol, M.Spano, E.Aguglia & S.Paradiso. "Alexithymia and aging: A neuropsychological perspective," *Journal of Nervous and Mental Disease*, 198 (12), 2010: 891-895.

93. Oro-Piqueras, Maricel. "Narrating Ageing: Exploring Older Women's Attitude to Aging through Response," *Journal of Aging Studies* 27, 2013: 47-51.

94. Pennebaker, James; Mehl, M. , Niederhoffer, K. "Psychological aspects of natural language use: Our words, our selves," *Annual Review of Psychology* 54, 2003: 547-577.

95. Percopo, Maureen L. "Generational Change: Women and Writing in the Novels of Thea Astley," In Barthet, Stella Borg; Barthet, Stella Borg

(eds) , *Shared Waters: Soundings in Postcolonial Literatures*, Amsterdam; New York: Rodopi, 2009: 167-180.

96. Peters, Margot. *May Sarton: A biography*, NY: Fawcett Columbine, 1991.

97. Pierpont, Claudia Roth. *Roth Unbound: a writer and his books*, NY: Farrar, Straus and Giroux, 2013.

98. Pym, Barbara. *Pym Manuscripts*, Bodleian Library, Oxford.

99. Pym, Barbara. *Quartet in Autumn*, London: Pan Macmillan, 1977 (2004) .

100. Randall, William L. & McKim, E. "Toward a Poetics of Aging: the Links between Literature and Life," *Narrative Inquiry* 14 (2), 2004: 235-260.

101. Randall, William L. "The importance of being ironic: Narrative openness and personal resilience in later life," *The Gerontologist* 53 (1), 2013: 9-16.

102. Randall, William Lowell, A. Elizabeth McKim. *Reading Our Lives: the Poetics of Growing Old*, New York ; Oxford : Oxford University Press, 2008.

103. Rossen, Janice. *The World of Barbara Pym*, NY: St. Martin's Press, 1987.

104. Rothberg, Michael. *Traumatic Realism: The Demands of Holocaust Representation*, Minneapolis, MN and London: University of Minnesota Press, 2000.

105. Rubenstein, Roberta. "Feminism, Eros, and the Coming of Age," *Frontiers* 22 (2), 2001: 1-19.

106. Rubenstein, Roberta. "Notes for Proteus: Doris Lessing Reads the Zeitgeist," In Raschke, Deborah (ed), *Doris Lessing: interrogating the times*, Columbus: Ohio State UP, 2010: 11-31.

107. Russell, Cherry. "Ageing as a Feminist Issue," *Women's Studies International Forum*, 10 (2), 1987: 125-132.

108. Sarton, May. *After the Stroke: A Journal*, London: The Women's Press, 1988.

109. Sarton, May. *As We Are Now*, London: The Women's Press, 1983.

110. Sarton, May. *At Eighty - Two: A Journal*, London: The Women's Press, 1996.

111. Sarton, May. *At Seventy: A Journal*, South Yarmouth: John Curley & Associates, 1984.

112. Sarton, May. *Encore: A Journal of the Eightieth Year*, NY: W. W. Norton & Company, 1993.

113. Sarton, May. *Endgame: A Journal of the Seventy - Ninth Year*, London: The Women's Press, 1993.

114. Sarton, May. *May Sarton: Selected letters*, 1955-1995, Edited and introduced by Susan Sherman, NY: W. W. Norton & Company, 2002.

115. Sarton, May. *Recovering: A Journal*, London: Women's Press, 1997.

116. Sarton, May. *The House by the Sea*, London: The Women's Press, 1995.

117. Schulz, Muriel. "The Novelist as Anthropologist," In Dale Salwak, *The Life and Work of Barbara Pym*, London: Macmillan; Iowa City: University of Iowa Press, 1987: 101-119.

118. Sedgwick, Eve Kosofsky, and Adam Frank. " Shame in the Cybernetic Fold: Reading Silvan Tomkins," In *Shame and Its Sisters: A Silvan Tomkins Reader*, edited by Eve Kosofsky Sedgwick and Adam Frank, 1-28, Durham: Duke University Press, 1995.

119. Sheridan, Susan. "Thea Astley a Woman among the Satirists of Post-war Modernity," *Australian Feminist Studies* 18 (42), 2003: 261-271.

120. Sheridan, Susan. " Violence, Irony and Reading Relations: Thea Astley's Drylands," In Susan Sheridan, Paul Genoni (eds), *Thea Astley's Fictional Worlds*, Newcastle: Cambridge Scholars Publishing, 2006: 164-175.

121. Showalter, Elaine. *A Literature of Their Own: British Women Novelists from Brontë to Lessing*, Princeton: Princeton University Press, 1977.

122. Sprague, Claire. *Rereading Doris Lessing: Narrative Patterns of Doubling and Repetition*, Chapel Hill: The University of North Carolina Press, 1987.

123. Timoney, Linden R.; Mark D. Holder. *Emotional Processing Deficits and Happiness _ Assessing the Measurement, Correlates, and Well - Being of*

People with Alexithymia, Dordrecht: Springer Netherlands, 2013.

124. Tönnies, Ferdinand. *Community and Civil Society*, Translated by José Harris, Cambridge: Cambridge University Press, 2001.

125. Turner, Mark. *The Literary Mind*, NY: Oxford University Press, 1996.

126. Varvogli, Aliki. *The World that is the Book: Paul Auster's Fiction*, Liverpool: Liverpool UP, 2001.

127. Varvogli, Aliki. "Ailing authors: Paul Auster's travels in the scriptorium and Philip Roth's *Exit Ghost*," *Review of International American Studies* 3-4, (3) 1, 2009: 94-101.

128. Wallace, Diana. "Literary Portrayals of Ageing," In Ian Stuart - Hamilton (ed.), *An Introduction to Gerontology*, Cambridge: Cambridge University Press, 2011: 389-415.

129. Wallace, Diana. "Women's: Women, Age, and Intergenerational Relations in Doris Lessing's *The Diaries of Jane Somers*," *Studies in the Literary Imagination* 39 (2), 2006: 43-59.

130. Weiland, Steven. "Criticism between Literature and Gerontology," In T. Cole, W. Achenbaum, P. Jakobi, & R. Kastenbaum (Eds.), *Voices and Visions of Aging: Toward a Critical Gerontology*, New York: Springer, 1993: 76-104.

131. Weld, Annette. *Barbara Pym and the Novel of Manners*, NY: Palgrave Macmillan, 1992.

132. Whitehead, Anne. *Trauma Fiction*, Edinburgh: Edinburgh University Press, 2004.

133. Wilmes, D. R. "When the Curse Begins to Hurt: Kingsley Amis and Satiric Confrontation," In *Critical essays on Kingsley Amis*, Robert H. Bell (ed): 176-186, NY: G. K. Hall; London: Prentice Hall International, 1998.

134. Wirth-Nesher, Hana. "Roth's autobiographical writings," In Timothy Parrish (Ed), *The Cambridge Companion to Philip Roth*, Cambridge: Cambridge UP, 2007: 158-172.

135. Woodward, Kathleen. *Aging and its discontents: Freud and other fictions*, Bloomington: Indiana University Press, 1991.

136. Wyatt-Brown, Anne M. "Introduction: Aging, Gender, Creativity,"

In Wyatt-Brown and Rossen （eds），*Aging and Gender in Literature*：*Studies in Creativity*，*Charlottesville*；*London*：*University Press of Virginia*，1993：1-15.

137. Wyatt-Brown，Anne M. "Late Style in the Novels of Barbara Pym and Penelope Mortimer，" *The Gerontological Society of America* 28 （6），1988：835-839.

138. Wyatt - Brown，Anne M. " The Coming of Age of Literary Gerontology，" *Journal of Ageing Studies*，1990 （4）：299-315.

139. Wyatt-Brown，Anne M. "The Coming of Age of Literary Gerontology，" *Handbook of the Humanities and Aging*，In Thomas R. Cole，Robert Kastenbaum，Ruth E. Ray （eds.），NY：Springer，1992.

140. Wyatt-Brown，Anne M. "The Narrative Imperative：Fiction and the Ageing Writer，" *Journal of Ageing Studies* 3 （1），1989：55-65.

141. Wyatt-Brown. Anne M. "The Future of Literary Gerontology，" *Handbook of the Humanities and Aging*，In Thomas R. Cole，Robert Kastenbaum，Ruth E. Ray （eds.），NY：Springer，2000：41-61.

142. Zeller，Robert. "Tales of the Austral Tropics：North Queensland in Australian Literature，" In CA Cranston，Robert Zeller （eds.），*The Littoral Zone*：*Australian Contexts and their Writers*，Amsterdam，NY：Rodopi，2007：199-219.

143. ［奥］弗洛伊德：《梦的解析》，朱更生译，中国画报出版社 2017 年版，德语第二版（序）。

144. ［奥］弗洛伊德：《一种幻想的未来：文明及其不满》，严志军、张沫译，河北教育出版社 2003 年版。

145. ［德］哈尔特穆特·罗萨：《加速：现代社会中时间结构的改变》，董璐译，北京大学出版社 2015 年版。

146. ［古罗马］奥古斯丁：《上帝之城》，王晓朝译，人民出版社 2006 年版。

147. ［加］玛格丽特·劳伦斯：《石头天使》，秦明利译，中国文联出版公司 1994 年版。

148. ［法］让-吕克·南希：《解构的共通体》，郭建玲等译，上海译文出版社 2007 年版。

149. ［南非］J. M. 库切：《耻》，张冲、郭整风译，译林出版社 2002

年版。

150. ［美］菲利普·罗斯：《遗产：一个真实的故事》，彭伦译，上海译文出版社 2011 年版。

151. ［美］菲利普·罗斯：《人性的污秽》，刘珠还译，译林出版社 2011 年版。

152. ［美］菲利普·罗斯：《凡人》，彭伦译，人民文学出版社 2009 年版。

153. ［美］菲利普·罗斯：《鬼作家》，董乐山译，上海译文出版社 2011 年版。

154. ［美］梅·萨藤：《梦里晴空》，马永波译，北方文艺出版社 2001 年版。

155. ［美］梅·萨藤：《海边小屋》，杨国华译，北方文艺出版社 2001 年版。

156. ［美］梅·萨藤：《过去的痛》，马永波译，北方文艺出版社 2001 年版。

157. ［美］保罗·奥斯特：《神谕之夜》，潘帕译，译林出版社 2007 年版。

158. ［美］保罗·奥斯特：《密室中的旅行》，文敏译，人民文学出版社 2008 年版。

159. ［美］保罗·奥斯特：《黑暗中的人》，徐振锋译，人民文学出版社 2010 年版。

160. ［美］唐·德里罗：《白噪音》，朱叶译，译林出版社 2012 年版。

161. ［美］维克多·泰勒、查尔斯·温奎斯特编：《后现代主义百科全书》，章燕、李自修等译，吉林人民出版社 2007 年版。

162. ［英］戴维·洛奇：《失聪宣判》，刘国枝、郑庆庆译，上海译文出版社 2011 年版。

163. ［英］戴维·洛奇：《小说的艺术》，王峻岩等译，作家出版社 1998 年版。

164. ［英］多丽丝·莱辛：《好邻居日记》，陈星译，译林出版社 2016 年版。

165. ［英］多丽丝·莱辛（Doris Lessing）：《简·萨默斯的日记》，

外语教学与研究出版社 2000 年版。

166. ［英］多丽丝·莱辛：《岁月无情》，赖小婵译，译林出版社 2016 年版。

167. ［英］雷蒙·威廉斯：《关键词 文化与社会的词汇》，刘建基译，生活·读书·新知三联书店 2005 年版。

168. ［英］雷蒙德·威廉斯：《政治与文学》，樊柯、王卫芬译，河南大学出版社 2010 年版。

169. ［英］雷蒙德·威廉斯：《漫长的革命》，倪伟译，上海人民出版社 2012 年版。

170. ［英］弗兰克·克莫德：《结尾的意义：虚构理论研究》，刘建华译，辽宁教育出版社 2000 年版。

171. ［以］尤瓦尔·赫拉利：《未来简史》，林俊宏译，中信出版社 2017 年版。

172. 邓天中：《当代英语小说中老年叙事研究》，中国社会科学出版社 2013 年版。

173. 何卫华：《主体、结构性创伤与表征的伦理》，《外语教学》2018 年第 39 卷第 4 期。

174. 姜颖：《保罗·奥斯特小说的叙事策略》，《英美文学研究论丛》2009 年第 2 期。

175. 刘国枝、郭庆庆：《译后记》，［英］戴维·洛奇著：《失聪宣判》，上海译文出版社 2011 年版。

176. 刘意青：《荒漠里的赫加：评玛格丽特·劳伦斯的小说〈石头天使〉》，张冠尧主编：《加拿大掠影 1》，民族出版社 1998 年版。

177. 陆谷孙：《耳聋判决之后》，［英］戴维·洛奇著：《失聪宣判》，上海译文出版社 2011 年版。

178. 魏婷：《挥之不去的梦魇：保罗·奥斯特〈黑暗中的人〉的创伤叙事》，《重庆交通大学学报（社会科学版）》2018 年第 5 期。

179. 尹星：《保罗·奥斯特的〈玻璃城〉后现代城市的经验》，《当代外国文学》2016 年第 4 期。

180. 虞建华：《解读人生年轮的刻记（代序）》，邓天中：《亢龙有悔的老年：利用空间理论对海明威笔下老年角色之分析》，中国社会科学出版社 2011 年版。

后　记

　　本书自课题申报之初到成书出版，得到了诸多师友的大力支持与帮助，特此表示衷心感谢！

　　恩师虞建华教授一直在关心我的学术进展，在课题申报批复之初即发来短信祝贺，正是老师一如既往的鼓励与关怀，才使得我在学术的缓慢进展中得以坚持！

　　殷企平教授当年还是在美国讲学期间得知我课题获批的消息，他第一时间从美国来信祝贺！在课题研究过程中，殷老师几乎是"点对点"地从文字到思路给了我很多细致的指点，让我受益菲浅！本书在出版过程中，殷老师更是积极帮忙筹措出版资金，保证了本书的顺利出版。

　　欧荣教授当时作为外国语学院院长，除了在工作时间上给予了充分的照顾以确保课题能够顺利进展之外，还创造了很多的论证平台让本课题的许多章节有机会听取同行的各种反馈。今年欧荣教授校内轮岗到了新的岗位，相信她也将在新的位置上取得更大的进步！

　　陈茂林教授作为杭州师范大学英美文学研究所的所长，从课题论证之初就积极组织多次专家听取汇报，特别是请来了浙江大学吴笛教授对本课题的论证从选题到结构进行了详细的讨论，也正是听取了吴笛老师的修改意见，本课题从设计到成书才有了现在的模样。

　　陈礼珍教授在本课题尚未完全成形之际就充分肯定了选题方向，认为课题符合当前人口老龄化的趋势，值得认真做下去；在本书即将付梓之际，礼珍已经是杭州师范大学科学研究院副院长，他在为本书筹措经费的繁琐过程中省去了诸多环节，节省了大量时间。

　　好友管南异教授在课题结题材料送审之前，提供了各种有益的经验，还主动为本书审阅了一部分章节，给出很有建设性的意见，极大地保证了课题顺利结题的质量。

杭州师范大学外国语学院有一支亲如一家的优秀团队，已经退休的陈正发、曹山柯、马弦、石雅芳教授平时利用各种聚会，给本研究以各种关注与帮助；陈正发教授作为澳大利亚文学研究的专家，在退休前后积极参与了本课题的设计，为本研究的成形做出了有益贡献；石雅芳教授积极关注衰老问题，多次给出了很多有益建议；马弦、曹山柯两位教授与我们小区毗邻，早晚散步闲聊中的各种闪光趣评，都构成了本书的有机部分。其他如应璎、陈军、张雯、张欢、石松教授，新加盟我院的徐晓东、何畅、郭景华、李佩仑、汪宝荣、杨大然、叶狂、陈敏、黄怡、田颖、金佳、陈海容、吉灵娟、马庆凯等博士教授都直接或间接地给我诸多帮助，确保本课题的顺利进行。科研秘书章琪不辞劳苦，有问必答，为我解决了许多实际的问题。

李庆本教授在参加 2020 年哈佛大学的世界文学讲习班期间与我同租一套公寓，我们同进同出，畅谈艺术与人生，相处甚欢，他的许多建议对本书大有裨益！

如今，周敏教授也加盟了杭州师范大学外国语学院，多年不见，她依然记得我在上外做博士论文时的许多观点，非常感动！对本书的出版也是悉心关注，提出了许多建设性的建议；而且周敏教授在新一轮的岗位聘任中担任杭州师范大学外国语学院的院长，想必她将带领杭师外国语学院在新一轮的教学与科研中走向新的高度。

我的硕士研究生林宵君一边忙于自己的硕士论文撰写，一边抽出时间构思并审阅了本书部分章节，提出了许多宝贵的建议！

出版社的宫京蕾女士与我是第二次合作，她为本书的顺利立项忙前跑后，费心许多周折；稿件的几审订正更是有效地避免了许多不必要的错误！像书中 214 页"主人公布里尔"被误为"主人公布里克"这样的细微笔误，不是有一颗强大的敬业之心与细如发丝的敏锐，很难想象再有第二个人能够发现！而且这样的例子不可胜数！衷心感谢宫老师的悉心付出！

我的家人几年来也一直给我的课题以大力支持，妻子刘伯茹承担了部分章节的撰写任务，女儿邓迎迎一边在波恩大学完成硕士、博士论文，一边不时参与我课题相关环节的讨论，从精神上、情感上给了我大力支持。

限于篇幅，还有许多师友的大力帮助无法逐一列出，在此一并致谢！

邓天中

于老余杭同城印象

2021-8